ALICE HOFFMAN
Der Flusskönig

Buch

Beinahe 150 Jahre alt ist die ehrwürdige Haddan School, ein Eliteinternat in Neuengland. Aber hinter ihren Mauern herrschen ganz eigene Gesetze. So müssen sich neue Schüler erst durch Anpassung und brutale Mutproben als würdig erweisen, der eingeschworenen Internatsgemeinschaft anzugehören. Auch August Pierce ist neu an der Schule, aber der junge Rebell ist nicht bereit, sich den älteren Mitschülern zu unterwerfen. Der einzige Mensch in Haddan, zu dem August sich hingezogen fühlt, ist die bildhübsche Carlin Leander, ebenfalls ein Neuankömmling im Internat. Ihr allein schenkt August sein Vertrauen, denn er spürt, dass sie anders ist als die übrigen Mädchen. Doch eines Nachts kommt es zu einem schrecklichen Streit zwischen den beiden – und am nächsten Morgen entdeckt man Augusts Leiche am Ufer des Flusses. Da der gute Ruf der Haddan School auf dem Spiel steht, wird schnell der Mantel des Schweigens über den tragischen Vorfall gebreitet. Allein der Polizist Abel Gray ist entschlossen herauszufinden, was es wirklich mit Augusts Tod auf sich hat. Im Laufe seiner Untersuchungen beweist Gray nicht nur ein äußerst feines Gespür, sondern er findet auch die erste wahre Liebe seines Lebens ...

Autorin

Alice Hoffman, 1952 in New York geboren, wuchs auf Long Island auf und studierte in Stanford. Ihre eindringlich und sensibel geschriebenen Bücher haben sie zu einer gefeierten Autorin unserer Zeit gemacht. Ihr Roman »Im Hexenhaus« wurde unter dem Titel »Zauberhafte Schwestern« mit Nicole Kidman, Sandra Bullock und Diane Weeks verfilmt. Alice Hoffman, von Entertainment Weekly in die Liste der »100 kreativsten Persönlichkeiten der Unterhaltungsbranche« aufgenommen, lebt heute in der Nähe von Boston.

Von Alice Hoffman bei Goldmann lieferbar:

Zauberhafte Schwestern. Das Buch zum Film (44355)
Das blaue Tagebuch. Roman (gebunden 30986)

Alice Hoffman
Der Flusskönig

Roman

Deutsch
von Sibylle Schmidt

GOLDMANN

Die Originalausgabe erschien
unter dem Titel »The River King«
bei G. P. Putnam's Sons, New York

Umwelthinweis:
Alle bedruckten Materialien dieses Taschenbuches
sind chlorfrei und umweltschonend

Der Goldmann Verlag ist ein Unternehmen
der Verlagsgruppe Random House GmbH

1. Auflage
Taschenbuchausgabe Februar 2004
Copyright © der Originalausgabe 2000 by Alice Hoffman
Copyright © der deutschsprachigen Ausgabe 2002
by Wilhelm Goldmann Verlag, München
in der Verlagsgruppe Random House GmbH
Umschlaggestaltung: Design Team München
Umschlagfoto: Getty Images / Tim Ridley
Druck: GGP Media, Pößneck
Verlagsnummer: 45617
An · Herstellung: Sebastian Strohmaier
Made in Germany
ISBN 3-442-45617-7
www.goldmann-verlag.de

Für Phyllis Grann

Die eiserne Truhe

Die Haddan School wurde 1858 an den schräg abfallenden Ufern des Haddan River erbaut, einem morastigen und gefahrvollen Ort, der sich von Anfang an als unglückselig erwies. In jenem ersten Jahr, als es überall in der kleinen Stadt nach dem Holz geschlagener Zedern roch, kam ein gewaltiger Sturm auf, der Schwärme von Fischen aus den schilfigen Untiefen scheuchte und in einer silbrig schimmernden Wolke über den Ort erhob. Wasserfluten ergossen sich vom Himmel, und am nächsten Morgen war der Fluss über die Ufer getreten, und die frisch geweißelten Holzgebäude der Schule standen inmitten trüber Seen voller Wasserlinsen und Algen.

Wochenlang brachte man die Schüler in Ruderbooten zum Unterricht; Welse schwammen durch die überfluteten Staudengärten und betrachteten mit kühlen glasigen Augen die Verwüstung. Jeden Abend in der Dämmerung hangelte sich der Koch der Schule auf ein Fensterbrett im zweiten Stock und warf seine Angel aus, um Silberforellen zu fangen, jene süße, fleischige Forellenart, die es nur im Haddan River gibt und die besonders gut schmeckt, wenn man sie mit Schalotten in Öl anbrät. Als die Flut endlich zurückging, waren die Böden der Wohnheime mit einer dicken schwarzen Schlickschicht bedeckt, und im Haus des Rektors schlüpften Stechmücken in Waschbecken und Kommoden. Die einfältigen Kuratoren hatten sich von der lieblichen Aussicht auf die üppige Wasserlandschaft mit ihren Weiden und Seerosen verleiten lassen, die Gebäude zu nah am Fluss zu errichten, eine Fehlentscheidung, die nicht mehr rückgängig zu machen war. Noch heute findet man Frösche in den Rohren der Gebäude, und Wäsche und Kleider in den Schränken riechen nach Algen, als seien sie in Flusswasser gewaschen worden und nie vollständig getrocknet.

Nach der Flut mussten Böden und Dächer in den Häusern im Ort erneuert werden; öffentliche Gebäude wurden abgerissen und von Grund auf neu errichtet. Ganze Kamine, aus denen noch Rauch quoll, trieben die Main Street entlang, die einen Wasserstand von zwei Metern hatte und zum Fluss geworden war. Eisenzäune wurden aus dem Boden gerissen und die Metallpfosten, spitz wie Pfeile, den Wellen überlassen. Pferde ertranken, Maulesel wurden weggeschwemmt, und wenn man sie retten konnte, weigerten sie sich danach, etwas anderes zu fressen als Sumpfschraube und Wasserlinsen. Entwurzelter Giftsumach landete in Gemüseeimern und wurde versehentlich mit Möhren und Kohl gekocht, ein Gericht, das einige vorzeitige Todesfälle zur Folge hatte. Luchse erschienen an den Hintertüren und miauten, gierig nach Milch; einige fand man neben Säuglingen in Wiegen, wo sie an den Flaschen nuckelten und schnurrten wie Hauskatzen, die man durch die Vordertür eingelassen hatte.

Damals gehörten die fruchtbaren Felder bei Haddan reichen Farmern, die dort Spargel, Zwiebeln und eine sonderbare Art von gelbem Kohl anpflanzten, der für seine gewaltige Größe und seinen zarten Duft bekannt war. Diese Farmer stellten ihren Pflug beiseite und beobachteten, wie Jungen aus Neuengland und Übersee eintrafen und in der Schule Quartier bezogen, doch selbst die Wohlhabendsten unter ihnen konnten sich den Unterricht für ihre Söhne dort nicht leisten. Die einheimischen Jungen mussten mit den staubigen Bücherstapeln in der Bücherei an der Main Street auskommen, und mit den Kenntnissen, die sie sich in ihren eigenen Stuben und auf den Feldern aneignen konnten. Bis zum heutigen Tag haben sich die Leute von Haddan ein bodenständiges Wissen erhalten, auf das sie mächtig stolz sind. Sogar die Kinder können das Wetter vorhersagen, und am Himmel erkennen sie jedes Sternbild und nennen es beim Namen.

Etliche Jahre nach Gründung der Haddan School wurde in der Nachbarstadt Hamilton eine öffentliche High-School gebaut, was für die Jungen einen Fußmarsch von fünf Meilen bedeutete, auch an Tagen, an denen der Schnee ihnen bis zu den Knien reichte und es so kalt war, dass nicht einmal die Dachse ihren Bau verließen. Jedes Mal wenn ein Junge aus Haddan sich durch den Sturm zur Schule kämpfte, wuchs sein Unmut gegen die Haddan School, wie ein kleines bösartiges Furunkel auf der Haut, das bei der leisesten Berührung aufplatzen konnte. So wurde im Laufe der Zeit ein stählerner Groll geschmiedet, und von Jahr zu Jahr wuchs dieser Hass an, bis die Angehörigen der Schule und die Einwohner des Dorfes einander so fern waren, als seien sie durch einen Zaun getrennt. Binnen kurzem wurde jeder, der diese Grenze zu überschreiten wagte, entweder für einen Märtyrer oder für einen Dummkopf gehalten.

Und doch hatte es einen Zeitpunkt gegeben, an dem eine Versöhnung zwischen den beiden Welten möglich schien: Als der angesehene Rektor Dr. George Howe, der als der beste Schulleiter in der Geschichte der Schule gilt, beschloss, Annie

Jordan zu ehelichen, das schönste Mädchen des Dorfes. Annies Vater war ein geachteter Mann, der an der Stelle Felder besaß, wo heute die Route 17 auf die Autobahn stößt, und er erklärte sich mit der Hochzeit einverstanden, doch bald zeigte sich, dass Haddan gespalten bleiben würde. Dr. Howe war eifersüchtig und unnahbar und wies die Einheimischen ab, die an seiner Tür erschienen. Sogar Annies Familie vergraulte er binnen kurzem. Ihr Vater und ihre Brüder, brave, einfache Männer mit schmutzigen Stiefeln, verstummten, wenn sie auf Besuch kamen, als hätten das feine Porzellan und die in Leder gebundenen Bücher ihnen die Sprache geraubt. Bald entfernten sich die Menschen des Dorfes von Annie, als habe sie einen Verrat an ihnen begangen. Wenn Annie sich für so edel und erhaben hielt, in ihrem vornehmen Haus am Fluss, dann hatten die anderen ein Anrecht auf Vergeltung, und so gingen die Mädchen, mit denen Annie aufgewachsen war, auf der Straße grußlos an ihr vorüber. Sogar Annies Jagdhund, ein träges Tier namens Sugar, rannte jaulend davon, wenn Annie der Farm ihrer Eltern einen ihrer seltenen Besuche abstattete.

Nach kurzer Zeit merkte man, dass die Heirat ein schlimmer Fehler gewesen war – jeder Mensch, der ein wenig weltzugewandter war als Annie, hätte das von Anfang an begriffen. Dr. Howe hatte bei seiner eigenen Hochzeit seinen Hut vergessen, immer ein Zeichen dafür, dass ein Mann sich herumtreiben wird. Er gehörte zu jener Art von Männern, die ihre Frau besitzen, ihr aber im Gegenzug nicht gehören wollen. An manchen Tagen sprach er in seinen eigenen vier Wänden kaum einen Satz, und in manchen Nächten kam er erst im Morgengrauen nach Hause. Ihre Einsamkeit war es, die Annie dazu veranlasste, sich den Gärten der Schule zu widmen, verwaisten verwilderten Streifen Land, auf denen Efeu und Nachtschatten wucherten, dunkle Ranken, die auch noch das zarteste Gewächs erstickten, das in dem mageren Boden vielleicht gedeihen wollte. Annies Einsamkeit erwies sich als Glücksfall für die Schule, denn sie war es, die jene Klinkerwege in Gestalt eines Stundenglases anlegen ließ und mithilfe sechs kräftiger junger Männer die Trauerweiden pflanzte, unter deren Ästen noch heute junge Mädchen ihren ersten Kuss bekommen. Annie brachte das erste Schwanenpaar dazu, sich in der Biegung des Flusses hinter dem Haus des Rektors anzusiedeln, zänkische gequälte Kreaturen, die sie vor einem Farmer in Hamilton gerettet hatte, dessen Frau ihre blutigen Federn zum Füllen der Bettdecken benutzte. Jeden Abend vor dem Essen, wenn die Luft dunstig grün schimmerte vom Licht über dem Fluss, ging Annie mit einer Schürze voll altem Brot zum Ufer hinunter. Brotkrumen zu verstreuen, brachte Glück, so glaubte sie, ein Zustand, den sie selbst seit ihrer Hochzeit nicht mehr erlebt hatte.

Manche Menschen meinen, Schwäne bringen Unglück, und vor allem Fischer scheuen sie, doch Annie war vernarrt in ihre Haustiere. Wenn die Vögel Annies schöne Stimme hörten, traten sie vor sie hin wie vornehme Herren. Sie fraßen ihr aus der Hand, ohne je ein Tröpfchen Blut zu hinterlassen, und am liebsten mochten sie die Ränder von Roggenbrot und Vollkorncracker. Als Leckerbissen brachte Annie ihnen manchmal ganze Kuchen, die im Speisesaal übrig geblieben waren. In ihrem Weidenkorb häufte sie Törtchen mit Äpfeln und wilden Himbeeren aufeinander, und die Schwäne verschlangen sie in einem Stück, sodass ihre Schnäbel purpurrot wurden und ihre Bäuche rund wie Medizinbälle.

Selbst diejenigen, die meinten, Dr. Howe habe einen schwerwiegenden Fehler bei der Wahl seiner Frau begangen, konnten nicht umhin, Annies Gärten zu bewundern. Im Handumdrehen gediehen in den prächtigen Rabatten rosiger Fingerhut und cremefarbene Lilien, seidigen Glocken gleich, auf deren Blütenblättern Tautropfen glänzten. Doch am geschicktesten war Annie mit ihren Rosen, und die neidischen Mitglieder des Haddan Garden Club, der in jenem Jahr in dem Bestreben gegründet wurde, die Stadt zu verschönern, munkelten, es gehe nicht mit rechten Dingen zu. Manche wagten gar zu behaupten, dass Annie zermahlene Katzenknochen auf die Wurzeln ihrer Kletterrosen streue oder die Setzlinge wahrhaftig mit ihrem eigenen Blut dünge. Wie sonst ließ es sich erklären, dass ihr Garten im Februar in voller Blüte stand, während man in den anderen nichts als Steine und Erde sah? In Massachusetts kennt man nur kurze Erntezeiten und gnadenlosen frühen Frost. Nirgendwo sonst muss ein Gärtner mit wechselhafteren Bedingungen rechnen, ob es nun Dürrezeiten, Überschwemmungen oder Käferplagen sind, die schon ganze Landstriche kahl gefressen haben. Annie Howe blieb von solchen Heimsuchungen verschont. In ihrer Obhut überstanden sogar die empfindlichsten Hybriden den ersten Nachtfrost, sodass in den Gärten der Schule noch im November Rosen gediehen, wenn auch ihre Blätter dann nicht selten von einem Eisrand gesäumt waren.

Viele von Annies Schützlingen gingen zu Grunde in dem Jahr, als sie starb, doch einige der Zähesten überlebten. Wer auf dem Schulgelände umherspaziert, findet noch die süß duftende Prosperity, auch Climbing Ophelia und jene zarten ägyptischen Rosen, die an regnerischen Tagen ein so intensives Nelkenaroma verströmen, dass den Händen des Gärtners noch nach Tagen ein süßer Duft anhaftet. Von all diesen

Rosen waren Mrs. Howes preisgekrönte weiße Polarrosen gewiss die schönsten. Kaskaden weißer Blüten schlummerten ein Jahrzehnt, um dann das metallene Spalier neben dem Mädchenwohnheim zu umranken und sich dort zu entfalten, als hätten die Rosen all diese Jahre gebraucht, um wieder Kraft zu schöpfen. Im September, wenn die neuen Schülerinnen eintrafen, übten Annie Howes Rosen auf manche Mädchen eine seltsame Wirkung aus, vor allem auf die empfindsamen, die zum ersten Mal fern von zu Hause und leicht beeinflussbar waren. Wenn diese Mädchen an den Sträuchern in den Gärten hinter St. Anne's vorbeigingen, spürten sie etwas Kaltes am Ende ihres Rückgrats, ein heftiges Kribbeln, als erteile ihnen jemand eine Warnung: Gib Acht, wen du liebst und von wem du geliebt wirst.

Meist werden die Neuankömmlinge gleich zu Anfang über Annies Schicksal unterrichtet. Noch bevor die Koffer ausgepackt und die Klassen zugeteilt sind, wissen sie, dass das gewaltige Gebäude, das einer Hochzeitstorte gleicht und in dem die Mädchen untergebracht sind, zwar offiziell Hastings House heißt – eingedenk eines Herrn, dessen großzügige Schenkung seiner dümmlichen Tochter und damit auch anderen Mädchen die Aufnahme ermöglichte –, aber von niemandem so genannt wird. Bei den Schülern heißt das Haus nur »St. Anne's«, nach Annie Howe, die sich dort an einem milden Märzabend an den Dachbalken erhängte, wenige Stunden, bevor in den Wäldern wilde Iris zu blühen begannen. Es wird immer Mädchen geben, die sich weigern, den Dachboden von St. Anne's zu betreten, nachdem sie diese Geschichte gehört haben, und andere, die sich einer spirituellen Reinigung unterziehen oder sich gruseln wollen und sich unweigerlich erkundigen, ob sie in dem Raum wohnen können, in dem Annie ihrem Leben ein Ende setzte. An Tagen, an denen es zum Frühstück Rosenwassergelee gibt, das vom Küchenpersonal nach Annies Rezept gekocht wird, bekommen sogar die furchtlosesten Mädchen Schwindelanfälle: Sobald sie sich etwas von dem Gelee auf ihren Toast gestrichen haben, müssen sie den Kopf zwischen die Knie hängen lassen und tief atmen, bis ihr Kreislauf sich wieder beruhigt.

Zu Beginn des Schuljahrs, wenn die Lehrer zurückkommen, erinnert man sie immer daran, dass sie die Noten nicht nach oben aufrunden und die Geschichte von Annie für sich behalten sollen. Derlei Unsinn führt zu überhöhten Notendurchschnitten und Nervenzusammenbrüchen; beides sieht man nicht gerne an der Haddan School. Trotz allem ist die Geschichte immer wieder im Umlauf, ohne dass die Schulleitung etwas dagegen unternehmen kann. Jeder Schüler weiß Bescheid über Annies Schicksal, das zum Leben in Haddan gehört wie die Route der Grasmücken, die sich vor dem großen Flug um diese Zeit des Jahres auf Sträuchern und Bäumen versammeln und sich unter dem weiten Himmel Botschaften zuzwitschern.

Häufig ist es außergewöhnlich warm zu Beginn des Schuljahrs, als wolle der Sommer noch ein letztes Mal auftrumpfen. Rosen blühen üppig, Grillen zirpen eifrig, Fliegen hocken reglos auf Fenstersimsen, träge von Sonne und Wärme. Selbst von den gewissenhaftesten Lehrern ist bekannt, dass sie während der Einführungsrede von Dr. Jones einschliefen. Auch in diesem Jahr dösten viele der Anwesenden während der Ansprache ein, und einige Lehrer dachten insgeheim, wie schön es wäre, wenn die Schüler ausblieben. Die Septemberluft, schwer von gelbem Blütenstaub und sattem, zitronenfarbenem Licht, duftete betörend. Am Fluss beim Bootsschuppen raschelten die

Trauerweiden und ließen Kätzchen in den Schlamm fallen. Das klare Perlen des Wassers hörte man bis in die Bibliothek, vielleicht weil das Gebäude selbst aus Flussgestein erbaut war, grauen mit Glimmer gesprenkelten Felsbrocken, die einheimische Jungen für einen Dollar am Tag vom Fluss herangeschafft hatten – Arbeitskräfte, deren Hände bluteten von ihren Mühen und die fortan die Haddan School noch im Schlaf verwünschten bis in alle Ewigkeit.

Wie gewöhnlich waren die Leute neugieriger auf die neu angestellten Lehrkräfte als auf die alten, zuverlässigen Kollegen, die sie schon lange kannten. In kleinen Ortschaften ist das Unbekannte immer am aufregendsten, und diese Regel galt auch in Haddan. Die meisten hatten mit Bob Thomas, dem massigen Dean, und seiner hübschen Frau Meg schon unzählige Male zu Abend gegessen, oder mit Duck Johnson, der Sport unterrichtete und immer nach dem dritten Bier rührselig wurde, im Haddan Inn an der Bar gehockt. Die wechselhafte Romanze zwischen Lynn Vining, der Kunsterzieherin, und Jack Short, dem verheirateten Chemielehrer, hatte man zur Genüge erörtert und zerpflückt. Ihr Verhältnis war vorhersehbar, wie viele der Liebesaffären, die sich in der Schule zutrugen – man fummelte im Lehrerzimmer, fiel sich im geparkten Auto in die Arme, küsste sich in der Bibliothek, trennte sich zum Ende des Schuljahrs wieder. Interessanter waren da schon die Feindschaften, wie zum Beispiel zwischen Eric Herman, der Geschichte des Altertums lehrte, und Helen Davis, zuständig für amerikanische Geschichte und Leiterin des Fachbereichs, einer Frau, die seit fünfzig Jahren zum Lehrkörper in Haddan gehörte und angeblich von Tag zu Tag ungenießbarer wurde, wie Milch, die man zum Sauerwerden in die Mittagshitze stellt.

Trotz der Wärme und der einschläfernden Rede von Dr. Jones, an der sich Jahr für Jahr nie etwas änderte, trotz des trägen Summens der Bienen vor dem Fenster, wo an einer fein verästelten Hecke noch Chinarosen blühten, richtete sich die Aufmerksamkeit aller auf die neue Lehrerin für Fotografie, Betsy Chase. Man sah auf den ersten Blick, dass Betsy mehr Anlass für Klatsch und Tratsch geben würde als jede Fehde im Haus. Doch nicht nur ihre fiebrige Ausstrahlung, die hohen Wangenknochen und die dunklen widerspenstigen Haare weckten das Interesse der Anwesenden. Sie war auch vollkommen unpassend gekleidet. Da saß sie, eine attraktive Frau, die aber offensichtlich von allen guten Geistern verlassen war, denn sie trug eine alte schwarze Hose und ein ausgewaschenes schwarzes T-Shirt, eine Aufmachung, die in Haddan kaum bei den Schülerinnen geduldet wurde, geschweige denn bei einem Mitglied des Lehrkörpers. Ihre Füße steckten in billigen Plastiklatschen aus einem Ramschladen, die bei jedem Schritt ein klatschendes Geräusch erzeugten. Außerdem hatte sie einen Kaugummi im Mund, und als sie sich unbeobachtet fühlte, ließ sie eine Blase knallen; das klebrige Ploppen hörte man noch in der hintersten Reihe. Dennis Hardy, der Mathematiklehrer, der direkt hinter Betsy saß, berichtete den anderen später, dass sie nach Vanille duftete, einer Tinktur, mit der sie den Geruch von Chemikalien aus der Dunkelkammer von ihrer Haut entfernte und die so intensiv nach Backwaren roch, dass viele Menschen in ihrer Nähe unvermittelt Heißhunger auf Haferflockenkekse oder Biskuittorte bekamen.

Vor acht Monaten erst hatte Betsy den Auftrag für die Jahrbuchfotos bekommen. Die Schule hatte ihr auf den ersten Blick missfallen, sie fand sie zu brav und idyllisch. Als Eric

Herman sie zum Essen einlud, war Betsy überrascht und auch misstrauisch. Sie hatte etliche verpfuschte Beziehungen hinter sich, aber sie sagte zu, weil sie trotz der Statistiken, die ihr eine einsame triste Zukunft prophezeiten, noch immer Hoffnung hegte. Eric war umso vieles solider als die Männer, mit denen sie sich auskannte, all diesen Grüblern und Künstlertypen, die es nicht einmal schafften, pünktlich zu einer Verabredung zu erscheinen, geschweige denn sich um die Altersvorsorge zu kümmern. Bevor Betsy merkte, wie ihr geschah, hatte sie eingewilligt, ihn zu heiraten, und bewarb sich auf eine Stelle im Fachbereich Kunst an der Schule. Im Haddan Inn war bereits das »Weidenzimmer« für die Hochzeit im Juni reserviert, und Bob Thomas, der Dekan, hatte ihnen eines der begehrten Cottages auf dem Schulgelände zugesagt, sobald sie verheiratet waren. Bis dahin war Betsy Hausmutter in St. Anne's, und Eric hatte die Aufsicht im Chalk House, einem Wohnheim für Jungen, das so nahe am Fluss gelegen war, dass die schrecklichen Schwäne nicht selten auf der Veranda nisteten und jedem, der vorüberging, nach den Waden schnappten, bis man sie mit einem Besen verscheuchte.

Im letzten Monat war Betsy gleichzeitig damit beschäftigt gewesen, ihren Unterricht und ihre Hochzeit zu planen. Beides waren überschaubare Dinge, doch sie fühlte sich oft, als sei sie unversehens in einer anderen Welt gelandet, in der sie eindeutig nichts zu suchen hatte. Heute beispielsweise trugen alle Frauen in der Bibliothek Sommerkleider, die Männer sommerliche Anzüge und Krawatten, und Betsy saß da in T-Shirt und Hosen und war wieder einmal einer Fehleinschätzung aufgesessen. Sie besaß einfach kein Urteilsvermögen, sie war ein hoffnungsloser Fall. Seit ihrer Kindheit stürzte sie sich blindlings in alles hinein, ohne vorher zu prüfen, ob es ein

Netz gab, das sie auffing. Natürlich hatte ihr auch keiner gesagt, dass die Rede von Dr. Jones ein derart offizieller Akt war; alle hatten nur erzählt, er sei uralt und kränklich und eigentlich lägen alle Entscheidungen bei Bob Thomas. Um ihren Fauxpas wenigstens ein bisschen auszugleichen, kramte Betsy jetzt in ihrem Rucksack nach Lippenstift und Ohrringen, auch wenn damit nicht mehr viel wettzumachen war.

Sie hatte wirklich die Orientierung verloren, seit sie in einer Kleinstadt lebte. Sie war die Großstadt gewohnt, Schlaglöcher und Taschenräuber, Strafzettel und Sicherheitsschlösser. Ob morgens, mittags oder abends, es gelang ihr einfach nicht, sich in Haddan zurechtzufinden. Sie machte sich auf den Weg zur Apotheke an der Main Street oder zu Selena's Sandwich Shoppe an der Ecke der Pine Street und landete am Friedhof hinter dem Rathaus. Sie wollte im Supermarkt Brot oder Muffins kaufen und fand sich auf den gewundenen Wegen wieder, die zum Sixth Commandment Pond führten, einem tiefen Teich in einer Biegung des Flusses, an dessen Ufern Schachtelhalm und Sumpfschraube wuchsen. Wenn sie sich erst einmal verlaufen hatte, brauchte sie oft Stunden, um zu St. Anne's zurückzufinden. Die Leute im Ort hatten sich schon an den Anblick der hübschen dunkelhaarigen Frau gewöhnt, die umherirrte, Kinder und Schülerlotsen befragte und dann doch wieder den falschen Weg einschlug.

Auch wenn sich Betsy Chase nicht zurechtfand: Haddan hatte sich in den letzten fünfzig Jahren kaum verändert. Der Ort bestand aus drei Straßenzügen, die für manche Einwohner die ganze Welt bedeuteten. Außer Selena's Sandwich Shoppe, wo den ganzen Tag Frühstück serviert wurde, gab es den Drugstore, an dessen Tresen die besten Himbeer-Zitrone-Rickeys im gesamten Commonwealth gemixt wurden, sowie einen Eisenwaren- und Haushaltsladen, in dem man von Nägeln bis Veloursamt alles erstehen konnte. Ferner hatten sich ein Schuhgeschäft, die 5&10 Cent Bank und der Lucky-Day-Blumenladen dort angesiedelt, der bekannt war für seine duftenden Kränze und Girlanden. St. Agatha's hieß die Kirche mit der Granitfassade, und die Bücherei mit den Buntglasfenstern war die erste im ganzen County gewesen. Das Rathaus war zweimal abgebrannt und schließlich aus Mörtel und Stein wieder aufgebaut worden. Es hieß, es sei nun unzerstörbar, obwohl der steinerne Adler davor jedes Jahr aufs Neue von einheimischen Rabauken vom Sockel geschubst wurde.

Die Main Street säumten große weiße Häuser, deren Rasenflächen von schmiedeeisernen Zäunen mit kleinen Spitzen umgeben waren: ansehnliche bauliche Hinweise darauf, dass Gras und Rhododendren hier als privates Eigentum galten. Wenn man sich dem Ort näherte, wurden die weißen Häuser immer größer, als hätte jemand aus Holz und Ziegeln eine kleine Spielstadt erbaut. Der Bahnhof lag am Rand des Ortes, gegenüber befanden sich Tankstelle und ein Mini-Mart, die Reinigung und ein neuer Supermarkt. Die Stadt war zweigeteilt durch die Main Street. Östlich der Main Street lebten die Menschen in den weißen Häusern; wer bei Selena's am Tresen arbeitete oder am Fahrkartenschalter im Bahnhof, wohnte im Westteil der Stadt.

Unterhalb der Main Street befanden sich nur noch ein paar Neubausiedlungen und Felder. Die Grundschule lag an der Evergreen Avenue. Wenn man sie Richtung Osten, zur Route 17, entlangfuhr, landete man beim Polizeirevier. Ein Stück weiter nördlich, etwa auf der Grenze zwischen Haddan und Hamilton, in einem Niemandsland, auf das keine der beiden Ortschaften Wert legte, lag das Millstone, eine Bar, in der es fünf Sorten Bier vom Fass und freitagabends Livemusik gab und auf deren Parkplatz es in schwülen Sommernächten zu hitzigen Auseinandersetzungen kam. Streitigkeiten zwischen Eheleuten waren dort bis zur Scheidung eskaliert, und auf dem Gelände hatten sich so oft Betrunkene geprügelt, dass man in den Lorbeerbüschen am Rand des Asphalts handvollweise ausgeschlagene Zähne finden würde, wenn man sich die Mühe machte, danach zu suchen. Es hieß, dass der Lorbeer deshalb jene sonderbare milchige Farbe angenommen hatte, elfenbeinweiß mit einem blassrosa Rand, und dass jede Blüte geformt war wie der Mund eines erbitterten Mannes.

Am Rand der Ortschaft stieß man auf Felder und unbefestigte Straßen, und eines späten Nachmittags kurz vor Schuljahrsbeginn hatte sich Betsy einmal dort verirrt, in der Dämmerung, als der Himmel kobaltblau war und die Luft süß nach Gräsern duftete. Sie hielt nach einem Gemüsestand Ausschau, den Lynn Vining, die Kunsterzieherin, ihr empfohlen hatte, weil es dort angeblich den besten Kohl und die besten Kartoffeln gab, und fand sich unversehens vor einer strahlend blauen endlosen Wiese wieder, auf der Strohblumen und Rainfarn blühten. Mit Tränen in den Augen stieg Betsy aus dem Wagen. Sie war nur drei Meilen von der Route 17 entfernt, aber sie kam sich vor, als sei sie auf dem Mond. Sie hatte völlig die Orientierung verloren, und sie wusste es. Sie konnte nicht mehr verstehen, wie sie es geschafft hatte, in Haddan zu landen und mit einem Mann verlobt zu sein, den sie kaum kannte.

Wenn sie nicht auf die Idee gekommen wäre, einem Zeitungswagen nach Hamilton zu folgen, der vergleichsweise großstädtischen Nachbarstadt, in der es ein Krankenhaus, eine höhere Schule und sogar ein Multiplexkino gab, stünde sie wohl heute noch da. Von Hamilton aus fuhr Betsy nach Süden zur Autobahn, über die sie dann nach Haddan zurückfand. Doch das Gefühl, sich verirrt zu haben, verfolgte sie noch lange. Selbst wenn sie mit Eric im Bett lag, brauchte sie nur die Augen zu schließen, und sie sah jene Wiese mit den unzähligen Blumen vor sich, von denen jede einzelne die Farbe des Himmels hatte.

Doch unterm Strich betrachtet: Was gab es an Haddan auszusetzen? Es war ein reizendes Städtchen, das in Reiseführern Erwähnung fand wegen seiner guten Forellen und der prachtvollen Laubfärbung im Oktober. Wenn Betsy sich in einem so geordneten übersichtlichen Ort ständig verirrte, dann mochte das an jenem hellgrünen Licht liegen, das allabendlich über dem Fluss aufstieg. Sie hatte es sich angewöhnt, für alle Fälle eine Taschenlampe und eine Landkarte mit sich herumzutragen. Sie ging nur auf den bekannten Wegen zwischen den alten Rosenbüschen, doch sogar die wirkten im Dunkeln bedrohlich. Die gewundenen schwarzen Ranken verschmolzen mit der Nacht, die Dornen verbargen sich in den trockenen Ästen, bis eine ahnungslose Spaziergängerin ihnen nahe kam und sich an ihnen die Haut aufritzte.

Trotz des Polizeiberichts in der *Tribune*, in dem es keine schlimmeren Verbrechen zu vermelden gab als Unachtsamkeit im Straßenverkehr oder das Blockieren des Bürgersteigs durch Laubsäcke an einem Dienstag, obwohl die Säcke erst am zweiten Freitag des Monats eingesammelt wurden, fühlte sich Betsy in Haddan nicht sicher. Sie konnte sich gut vorstellen, dass in einem Ort wie diesem jemand eines sonnigen Nachmittags am Fluss spazieren ging und plötzlich verschwand, verschlungen wurde von einem Gestrüpp aus Apfelbeere und wildem Wein. Jenseits des Flusses begannen die dichten Kiefern- und Ahornwälder, die sich nachts dunkel gegen den Himmel abzeichneten und in denen die letzten Leuchtkäfer des Sommers umherschwirrten.

Betsy hatte das Land schon als Kind verabscheut. Sie war ein schwieriges Kind gewesen; als ihre Eltern mit ihr ein Picknick machen wollten, zeterte sie und stampfte mit dem Fuß auf, bis ihre Eltern sie wegen ihrer Bockigkeit zu Hause ließen. An diesem Tag kamen durch Blitze sieben Menschen zu Tode. Ein Perlschnurblitz hatte Zäune und Eichen in Brand gesetzt und Menschen über Felder und Wiesen gescheucht. Linienblitze fuhren in Sekundenschnelle vom Himmel herab und explodierten weiß flammend in der Erde wie Feuerwerkskörper. Statt neben ihren Eltern auf der brennenden Wiese zu liegen, lümmelte Betsy zu Hause auf der Couch, blätterte in einer Zeitschrift und schlürfte rosa Limonade aus einem großen Glas. Noch Jahre später grübelte sie darüber nach, was geschehen wäre, wenn sie ihre unglückseligen Eltern begleitet hätte. Sie wären um ihr Leben gerannt anstatt verblüfft herumzustehen und sich nicht zu rühren. Sie wären Betsy gefolgt und hätten sich hinter einer Wand aus Feuerstein versteckt, die den Blitz abfing, der es auf sie abgesehen hatte, und die so glühend heiß wurde, dass man auf dem wärmsten der Steine noch Monate später Eier braten konnte. Seit damals fühlte Betsy sich schuldig, wie Überlebende es häufig tun, und verlangte geradezu nach Bestrafung. Sie übersah rote Ampeln und fuhr mit fast leerem Tank herum. Sie marschierte nach Mitternacht durch die Straßen der Stadt und rannte bei Gewittern ohne Mantel und Regenschirm nach draußen, weil sie schon vor langer Zeit beschlossen hatte, nicht auf wohlmeinende Menschen zu hören, die behaupteten, derart leichtsinniges Verhalten werde eines Tages dazu führen, dass sie von Kopf bis Fuß unter Strom stehe.

Bevor sie Eric begegnete, war Betsy durch ihr Leben gestolpert, ohne viel vorweisen zu können außer Stapeln von Fotos, einem schwarz-weißen Tagebuch mit Landschaften und Porträts in Aktenordnern und Alben. Ein guter Fotograf musste Beobachter sein, ein stummer Zuschauer, aber irgendwann hatte Betsy begonnen, auf ihr eigenes Leben zu blicken wie ein Außenstehender. *Beachten Sie mich nicht*, sagte sie zu ihren Motiven. *Tun Sie so, als sei ich nicht da, verhalten Sie sich ganz normal.* Und während sie so arbeitete, kam ihr eigenes Leben ihr abhanden, sie wusste nicht einmal mehr, wie man sich normal verhielt. Als sie nach Haddan kam, war sie an einem absoluten Tiefpunkt angelangt. Sie war von zu vielen Männern enttäuscht worden, Freundinnen hatte sie keine, in ihre Wohnungen war eingebrochen worden, während sie schlief. Sie rechnete gewiss nicht damit, dass sich etwas an ihrem Leben ändern würde an jenem Tag, als sie in die Schule kam, um die Fotos fürs Jahrbuch zu machen. Und das wäre vielleicht auch nicht geschehen, wenn sie nicht gehört hätte, wie ein Schüler einen anderen fragte: *Warum hat das Hähnchen die Haddan School verlassen?* Neugierig lauschte Betsy, und als sie die Antwort hörte – *weil es was gegen gequirlte Kacke hatte* –, lachte Betsy so laut, dass die Schwäne auf dem Fluss erschraken und übers Wasser davonstoben und Schwärme von Eintagsfliegen in die Luft aufstiegen.

Eric Herman drehte sich genau in jenem Augenblick um, in dem Betsy am breitesten grinste. Er sah ihr zu, wie sie die Fußballmannschaft der Größe nach aufstellte, und dann gab er, wie er ihr später versicherte, zum ersten Mal in seinem Leben einer spontanen Regung nach, marschierte auf sie zu und fragte sie, ob sie mit ihm essen gehen wolle, nicht am nächsten oder übernächsten Abend, sondern an diesem

Tag, damit keiner von beiden es sich noch anders überlegen konnte.

Eric war einer jener gut aussehenden, selbstsicheren Männer, die immer gut ankommen, ohne sich bemühen zu müssen, und Betsy fragte sich, ob sie vielleicht zufällig gerade in sein Blickfeld geraten war, als er beschloss, dass es nun höchste Zeit war zu heiraten. Sie begriff immer noch nicht, was er mit einer Frau wie ihr wollte, die bei dem Versuch, ganz leise einen Kamm aus ihrem Rucksack herauszuholen, den gesamten Inhalt auf dem Boden der Bibliothek ausschüttete. Jeder aus dem Kollegium der Haddan School hörte die Münzen und Kugelschreiber am Boden entlangrollen und fand sich in seinem ersten Eindruck von Betsy bestätigt. Noch lange, nachdem Dr. Jones seine Rede beendet hatte, kramten die Kollegen Betsys Sachen unter den Stühlen hervor und hielten prüfend Gegenstände in das gedämpfte Licht, als betrachteten sie fremde und geheimnisvolle Artefakte, wo sie doch lediglich eines Notizbuchs, einer Rolle Schlaftabletten oder einer Tube Handcreme habhaft geworden waren.

»Macht nichts«, flüsterte Eric ihr zu. »Ganz normal benehmen«, riet er, obwohl genau das sie immer wieder in Schwierigkeiten brachte. Wenn Betsy instinktiv gehandelt hätte, wie Eric es ihr empfahl, hätte sie auf dem Absatz kehrtgemacht und wäre davongelaufen, als sie zum ersten Mal durch die Tür des Mädchenwohnheims trat, in dem sie die zweite Hausmutter sein sollte. Ein Schauer lief ihr über den Rücken, als sie über die Schwelle trat, die kalte Hand der Angst, die man häufig spürt, wenn man eine Fehlentscheidung trifft. Betsys enge Räume am Fuße der Treppe waren grauenvoll. Es gab nur einen Schrank, und das Badezimmer war so klein, dass man sich die Knie am Waschbecken stieß, wenn man aus der

Dusche kam. Farbe blätterte von den Wänden, und durch die alten blasigen Fenster drang nur der Wind, jeder Sonnenstrahl dagegen verfärbte sich neblig grün. In dieser Umgebung wirkten Betsys Möbel erbarmungswürdig und fehl am Platz: Die Couch passte nicht durch die Tür, der Sessel sah abgewetzt aus, der Schreibtisch wackelte auf den schiefen Kieferndielen und torkelte jedes Mal wie ein Betrunkener, wenn jemand die Tür zuknallte.

In ihrer ersten Woche in der Schule schlief Betsy meist bei Eric im Chalk House. Sie nutzte die Gelegenheit, solange es noch ging, denn wenn erst die Schüler einträfen, würden sie deren Verhalten und auch ihr eigenes überwachen müssen. Doch es gab noch einen anderen Grund, weshalb Betsy es vermied, in St. Anne's zu schlafen. Jedes Mal, wenn sie in ihren eigenen Räumen übernachtete, fuhr sie irgendwann entsetzt hoch, in ihren Laken verheddert und so verstört, als sei sie im falschen Bett erwacht und nun dazu verdammt, das Leben eines anderen Menschen zu führen. Am Vorabend vor Schulbeginn schlief Betsy in St. Anne's und träumte prompt davon, dass sie sich auf den Feldern vor der Stadt verirrt hatte. Wie verzweifelt sie auch umherrannte, sie landete immer wieder nur auf diesem Brachland. Als es ihr gelang, dem Traum zu entkommen, stolperte sie aus dem Bett, orientierungslos und nach Gräsern duftend. Einen Moment lang glaubte sie, wieder ein kleines Mädchen zu sein, das in einer fremden überheizten Wohnung aufwachte, ganz auf sich gestellt, wie nach dem Tod ihrer Eltern, als sie bei Freunden der Familie leben musste.

Betsy knipste rasch das Licht an und stellte fest, dass es erst kurz nach zehn war. Von der Treppe hörte sie ein dumpfes Klopfen, und die Heizkörper pochten und liefen auf Hochtouren, obwohl es draußen außergewöhnlich warm war. Es war nicht verwunderlich, dass sie nicht schlafen konnte; im Zimmer hatte es mindestens dreißig Grad, und es wurde ständig noch heißer. Die Orchidee, die Betsy nachmittags im Blumenladen gekauft hatte, eine Pflanze, die an tropisches Klima gewöhnt war, hatte schon fast alle Blütenblätter fallen lassen; der grüne Stängel krümmte sich in der Hitze und war zu schwach, um noch eine Blüte zu tragen.

Betsy wusch sich das Gesicht kalt ab, steckte sich einen Kaugummi in den Mund gegen die Trockenheit, zog sich ihren Morgenmantel über und machte sich auf den Weg zur ersten Hausmutter. Betsy ging davon aus, dass die Leute übertrieben, wenn sie Helen Davis als selbstsüchtige alte Hexe bezeichneten, die passenderweise auch noch einen abscheulichen schwarzen Kater besaß, der angeblich Singvögel und Rosen verspeiste. Offenbar wurden an dieser Schule schnell Urteile gefällt, denn seit ihrem Missgeschick bei der Einführungsrede hieß es von Betsy nun schon, sie habe nicht alle Tassen im Schrank. Und Eric wurde von denjenigen, die seinen Leistungsansprüchen nicht gerecht wurden und ihm das für immer nachtrugen, Mr. Perfect genannt. Betsy kümmerte sich für gewöhnlich nicht um die Meinung anderer, doch als sie bei Miss Davis klopfte, rührte sich nichts, obwohl Betsy genau merkte, dass jemand hinter der Tür stand. Sie spürte förmlich das Missfallen der älteren Kollegin, als diese durch den Spion spähte. Betsy klopfte noch einmal, diesmal energischer.

»Hallo! Können Sie mir helfen? Ich habe ein Problem mit der Heizung.«

Helen Davis war hoch gewachsen und eine imposante Erscheinung, auch in Pantoffeln und Nachthemd. Sie legte die Haltung einer Frau an den Tag, die früher schön gewesen ist:

Überheblich und selbstsicher, hielt sie es nicht für nötig, höflich zu sein, wenn sie so spät noch von unerwünschten Personen gestört wurde.

»Die Heizkörper«, erklärte Betsy. Da sie gerade aus dem Bett kam, standen ihre launischen Haare in alle Richtungen, und ihre Wimperntusche war verwischt. »Sie lassen sich einfach nicht abstellen.«

»Sehe ich aus wie ein Klempner?« Helen Davis' höhnisches Lächeln war kein erfreulicher Anblick, das hätten viele Schülerinnen bestätigen können. Wer sich ihren Unmut zuzog, dem konnte das Blut in den Adern gefrieren, und schon manche empfindsame neue Schülerin war im Unterricht ohnmächtig geworden, wenn Miss Davis ihr eine einfache Frage gestellt hatte. Miss Davis duldete weder Besserwisserei noch Kaugummikauen, und sie lud niemals jemanden in ihre Wohnung ein.

Die Schulleitung hatte Betsy nicht darüber informiert, dass ihre Vorgängerinnen alle nur ein Jahr durchgehalten hatten. Deshalb ging sie unbefangen an die Situation heran und bat um Unterstützung, statt sich stillschweigend zu verdrücken. »Sie haben doch sicher Erfahrung mit der Heizung«, sagte Betsy. »Das ist ja wohl keine Verschlusssache.«

Miss Davis starrte sie erbost an. »Kauen Sie Kaugummi?«, fragte sie scharf.

»Ich?« Betsy schluckte unvermittelt, doch der Kaugummi klebte in ihrer Luftröhre fest. Während sie verzweifelt um Atem rang, flitzte ein entsetzlich kreischendes Wesen an ihr vorbei. Betsy wich unwillkürlich zurück.

»Angst vor Katzen?«, fragte Miss Davis. Einige von den jüngeren Hausmüttern hatten behauptet, allergisch gegen ihr Haustier zu sein. Betsy hatte nicht viel übrig für Tiere, auch für Katzen nicht, doch ihr war bewusst, dass sie einen schweren Stand haben würde in St. Anne's, wenn Helen Davis nicht auf ihrer Seite war. Eric hatte sich oft darüber lustig gemacht, wie gerne Miss Davis Ben Franklin zitierte, um ihren Worten Nachdruck zu verleihen, und dieses Wissen nutzte Betsy nun zu ihrem Vorteil.

»Sagte nicht Ben Franklin immer, der beste Hund ist eine Katze?«

»Er hat nichts dergleichen gesagt.« Doch Miss Davis merkte wohl, wenn man ihr zu schmeicheln versuchte, und das war schließlich kein Verbrechen. »Warten Sie hier, ich hole Ihnen, was Sie brauchen«, ordnete sie an.

Während Betsy in dem dunklen Flur wartete, geriet sie in eine sonderbare Hochstimmung, als habe sie gerade eine Prüfung mit Bravour bestanden oder sei zur Lieblingsschülerin erklärt worden. Als Helen Davis zurückkam, erhaschte Betsy einen Blick auf die Wohnung, die voll gestopft war mit Krempel, der sich in fünfzig Jahren dort angehäuft hatte. Trotz des hohen samtbezogenen Zweisitzers und des guten Teppichs aus Afghanistan herrschte Chaos in der Wohnung. Überall stapelten sich Bücher neben halb vollen Teetassen und Resten von Sandwiches. Es roch muffig nach alten Zeitungen und Katze. Helen zog die Tür hinter sich zu und drückte Betsy einen Quarter in der Hand.

»Man muss die Heizkörper entlüften, das ist das ganze Geheimnis. Drehen Sie mit dem Quarter die Schraube an der Seite, stellen Sie vorher aber einen Topf unter die Heizung. Wenn die Luft abgelassen ist, kühlt sich der Heizkörper ab.«

Betsy bedankte sich bei der älteren Lehrerin, dann ließ sie, linkisch wie üblich, versehentlich die Münze fallen und musste auf allen vieren herumkriechen, um sie wieder zu finden.

Als Helen Davis sie in dieser Position sah, erkannte sie in ihr plötzlich die Person, die es in der Bibliothek geschafft hatte, Dr. Jones' Rede zu stören.

»Sie sind die Kleine von Eric Herman«, rief Helen aus. »Natürlich!«

»Die Kleine wohl kaum.« Betsy lachte.

»Ja, wohl kaum. Viel zu alt, um auf einen wie den hereinzufallen.«

»Ach ja?« Betsy erhob sich mit dem Quarter in der Hand. Vielleicht war Helen Davis wirklich so gemein, wie alle behaupteten. Es hieß, sie gebe schlechte Noten, ließe vorsätzlich Schüler durchfallen und habe noch nie eine Note revidiert, selbst wenn Selbstverstümmelungen oder Nervenzusammenbrüche drohten. Die letzte Hausmutter, die sich die Aufsicht in St. Anne's mit ihr teilen musste, hatte mitten im Schuljahr aufgehört, um auf eine Fachschule für Rechtswissenschaften zu gehen, und von ihr hörte man, dass Verfassungsrecht und Strafrecht ein Spaziergang seien im Vergleich zum Umgang mit Helen Davis.

»Eric Herman ist der unaufrichtigste Mann, der mir je untergekommen ist. Schauen Sie sich doch mal seine Ohren an. Männer mit kleinen Ohren haben grundsätzlich kein Ehrgefühl und sind geizig. Alle wahrhaft großen Männer hatten auch große Ohren. Von Lincoln heißt es, er habe mit den Ohren wackeln können wie ein Hase.«

»Also, ich mag Männer mit kleinen Ohren.« Dennoch nahm sich Betsy insgeheim vor, einen genaueren Blick auf Erics Physiognomie zu werfen.

»Er ist scharf auf meine Stelle«, teilte Helen Davis Betsy mit. »Sie können es ruhig wissen: Er jammert und beklagt sich gerne. So ein Mann wird nie zufrieden sein.«

»O doch, er ist zufrieden«, sagte Betsy, obwohl Eric sich tatsächlich über den Fachbereich Geschichte beklagt hatte. Er sagte gerne, man solle Helen Davis feuern und danach enthaupten, um ihren Kopf auf einem der Eisenzäune an der Main Street aufspießen zu können. Dann wäre die Alte wenigstens noch zu etwas nutze, indem sie die Krähen statt der Schüler verscheuche. »Er fühlt sich pudelwohl«, verkündete Betsy.

Miss Davis schnaubte verächtlich. »Schauen Sie sich seine Ohren an, meine Liebe, dann wissen Sie Bescheid.«

Betsy blickte den Flur entlang; da war wieder dieses Klopfen an der Treppe. »Was hat denn dieses grässliche dumpfe Geräusch zu bedeuten?«

»Nichts.« Helens Stimme, die wärmer geworden war, als sie Eric schlecht machen konnte, klang nun wieder scharf. »Es ist etwas spät für derlei faulen Zauber, möchte ich meinen.«

Als Miss Davis die Tür schloss, hörte Betsy, wie sie innen den Riegel vorschob. Helen Davis hatte ihr zumindest einen Quarter geschenkt; seit Betsy angekommen war, hatte ihr niemand auch nur angeboten, ihr behilflich zu sein. Selbst Eric war so mit der Vorbereitung seines Unterrichts beschäftigt, dass er tatsächlich mit seiner Zeit geizte. Dennoch war er ein guter Mann, und Betsy konnte ihm wohl kaum zum Vorwurf machen, dass er sich auf seine Arbeit konzentrierte. Heute Abend war gewiss nicht der richtige Zeitpunkt, ihre eigenen Eindrücke anhand von Miss Davis' Einschätzung zu überprüfen, die ohnehin voreingenommen war. Vermutlich lag es an der Stille des Wohnheims, dass sie diese Zweifel verspürte, aber die würde nicht mehr lange anhalten. Ab morgen würde es in den Fluren wimmeln von Mädchen, und Betsy würde die Heimwehkranken trösten, den Schüchternen Mut zusprechen und die Wilden so gut wie möglich bändigen müssen.

Sie hatte dafür zu sorgen, dass jedes Mädchen unter diesem Dach tief und fest schlummerte.

Als Betsy in ihre Räume zurückkehrte, bemerkte sie den intensiven Rosenduft, der durch den Flur wehte. Auch in ihrer Wohnung schlug ihr der Duft entgegen. Hier war er zwar schwächer, verwirrte sie aber so sehr, dass sie zur Heizung hastete, um sie zu entlüften, und sich dabei die Hände verbrannte. Als sie sich wieder ins Bett legte, war sie darauf gefasst, kein Auge zuzutun, doch in dieser Nacht schlief sie tief und fest. Sie verschlief sogar und konnte nur noch eine Tasse Kaffee trinken, bevor die ersten Schülerinnen eintrafen. Dabei fielen ihr die grünen Ranken vor dem Fenster auf. Annies preisgekrönte weiße Rosen trugen noch einige Blüten, groß wie Kohlköpfe und weiß wie Schnee. Im frühen Licht der Morgensonne schienen ihre innersten Blätter mit einem perlmuttenen grünlichen Hauch überzogen. Betsy lachte über sich selbst; wie dumm von ihr, sich am Abend vorher so verwirren zu lassen. Für jedes sonderbare Phänomenen gab es eine vernünftige Erklärung; das hatte sie jedenfalls immer geglaubt. Sie spülte ihre Tasse ab und zog sich an, beruhigt vom Anblick der Rosen. Doch wenn sie auf den Gedanken gekommen wäre, das Fenster zu öffnen, hätte sie festgestellt, dass Polarrosen nicht duften. Nicht einmal die Bienen fanden Gefallen an den cremeweißen Blüten, sie bevorzugten Disteln und Goldrute. Wenn man sich diesen Rosen mit einer Schere nähert, zerfallen sie bei der ersten Berührung. Wenn man eine mit der bloßen Hand brechen will, fließt Blut, denn man sticht sich an jeder einzelnen Dorne.

Der Zug nach Haddan hatte immer Verspätung, und so war es auch an diesem strahlenden Nachmittag. Die Sonne schien, auf den Feldern blühten die späten Astern und Seidenpflanzen, und der Himmel war klar und endlos weit. In den Kiefern an der Eisenbahnstrecke saßen Falken auf den höchsten Ästen, und Sumpfhordenvögel stießen aus der Luft hernieder. Eichen und Weißdorn bildeten hier dunkle Wäldchen, in denen noch viel Wild umherzog und gelegentlich auch ein Elch, der aus New Hampshire oder Maine eingewandert war. Als der Zug langsam durch die Nachbarstadt Hamilton zockelte, rannten ein paar Jungen nebenher; einige winkten den Reisenden fröhlich zu, andere streckten frech die Zunge heraus und verzogen das Gesicht zu sommersprossigen Grimassen, wilde Engel, die den Staub und den Schotter nicht fürchteten, der von den Rädern hochgeschleudert wurde.

An diesem Tag beförderte der Zug viele zukünftige Schüler der Haddan School. Mädchen mit langem, glänzendem Haar und Jungen in ordentlich gebügelten Kleidern, die nach dem ersten Fußballspiel schmutzig und zerfetzt sein würden, versammelten sich im Salonwagen. Wenn der Schaffner die Türen öffnete, hörte man fast überall im Zug Stimmengewirr und Lachen, nur im hintersten Wagen nicht. Dort, ganz am Ende, saß ein Mädchen namens Carlin Leander, das zum ersten Mal ihre Heimat verließ, blickte hinaus auf die Landschaft und freute sich über jeden Strohballen und jeden Weidezaun. Carlin hatte ihr Leben lang davon geträumt, Florida zu verlassen. Daran konnte auch die Tatsache nichts ändern, dass sie das schönste Mädchen ihres County gewesen war mit ihrem aschblonden Haar und jenen ererbten grünen Augen, die daran schuld gewesen waren, dass ihre Mutter mit siebzehn Jahren schwanger in einem Kaff hängen blieb, in dem ein Wanderzirkus als kulturelles Ereignis galt und jedes Mädchen mit eigenem Willen als Fehlgriff der Natur betrachtet wurde.

Carlin Leander hatte ein ganz anderes Wesen als ihre Mutter, und dafür war sie dankbar. Sue Leander konnte man durchaus als warmherzige und liebenswürdige Frau bezeichnen. Doch Carlin hatte nicht die Absicht, fügsam und nett zu werden. Sie war störrisch und eigensinnig; wenn irgendwo vor Schlangen gewarnt wurde, bestand sie darauf, barfuß zu gehen. Die Jungen, die ihr von der Schule nach Hause folgten und von ihrer Schönheit so geblendet und überwältigt waren, dass sie mit ihren Rädern gegen Bäume und in Gräben fuhren, würdigte sie nicht einmal eines Blickes. Carlin hatte nicht vor, in die Falle zu tappen, nicht in einer Gegend, in der es nach Mitternacht immer noch heißer wurde, in der man zu jeder Jahreszeit von Moskitos gequält wurde und die meisten Menschen an einem Mädchen die Schwächen priesen und die Stärken verleugneten.

Manche Menschen wurden einfach am falschen Ort geboren. Wem das widerfuhr, der besorgte sich zuerst eine Landkarte und dann ein Ticket. Carlin Leander hatte Florida schon verlassen wollen, als sie gerade gehen gelernt hatte, und schließlich war ihr mittels eines Stipendiums für Schwimmerinnen an der Haddan School die Flucht geglückt. Ihre Mutter war zwar dagegen, dass Carlin nach Massachusetts ging, wo die Menschen gewiss verkommen und verderbt waren, doch Carlin trug den Sieg davon, indem sie eine Taktik anwendete, die zu gleichen Teilen aus Bitten, Versprechungen und Tränen bestand.

An diesem strahlenden Tag hatte Carlin einen abgeschabten Koffer bei sich, den sie unter den Sitz geschoben hatte, und einen mit Sneakers und Badeanzügen voll gestopften Rucksack. Den Rest ihrer Habe hatte sie zu Hause gelassen, doch er bestand ohnehin nur aus ein paar fadenscheinigen

Stofftieren auf ihrem Bett und einem scheußlichen Mantel, den ihre Mutter ihr als Abschiedsgeschenk bei Lucille's Fine Fashions gekauft hatte, einem flauschigen Acrylmonstrum, das Carlin im Abstellschuppen hinter den Ersatzreifen versteckt hatte. Carlin wollte ihre Fahrkarte als Souvenir aufbewahren, für immer und ewig, wenn sie sich nicht vorher auflöste. Sie hatte sie so oft berührt, dass die Buchstaben förmlich auf ihrer Haut klebten. Carlin hatte versucht sie wegzuschrubben, doch an den Fingerspitzen waren kleine graue Flecken zurückgeblieben, Spuren ihrer Hartnäckigkeit.

Unterdessen raste der Zug Richtung Norden, und als er an den zahllosen Baustellen von Boston vorüberfuhr, spürte Carlin plötzlich kleine knotige Zweifel unter der Haut. Wieso bildete sie sich ein, ein ganz anderes Leben führen zu können? Sie trug billige Jeans und ein T-Shirt aus dem Secondhandladen und hatte ihre Haare achtlos hochgesteckt mit Metallklammern, die in der feuchten Luft von Florida rostig geworden waren. Jeder konnte auf den ersten Blick sehen, dass sie nicht zu den anderen gut gekleideten Reisenden passte. Sie besaß nicht einmal anständige Stiefel und war noch nie beim Friseur gewesen, hatte sich die Spitzen ihrer Haare immer selbst geschnitten, wenn sie vom Chlor spröde geworden waren. Sie hatte den Staub der Sümpfe an den Füßen und Nikotinflecken an den Fingern, und sie kam aus einer Welt der Bratkartoffeln und Spiegeleier und hohlen Versprechungen, in der eine Frau rasch lernte, dass es keinen Sinn hatte, Tränen zu vergießen über verschüttete Milch oder blaue Male, Andenken an Männer, die behaupteten, sie ein bisschen zu hartnäckig oder zu leidenschaftlich zu lieben.

Doch trotz des Gefühls, dass ihr auf Grund ihrer Herkunft so vieles fehlte, war Carlin wieder guter Dinge, als der Zug die

Stadt hinter sich ließ. Goldrute blühte am Wegesrand, und auf den Wiesen weideten Kühe. Die Grasmücken flogen in riesigen Schwärmen Richtung Süden, wendig wie ein einziger Körper, gelenkt von einem einzigen Hirn. Carlin zerrte an dem schmutzigen Fenster, um die Septemberluft hereinzulassen, und stellte erstaunt fest, dass ein großer Junge mit einem Matchsack über der Schulter neben ihr aufgetaucht war und ihr half, das verklemmte Fenster hochzuschieben. Er war mager und hatte einen buschigen Haarschopf, der ihn noch länger, fast storchengleich, erscheinen ließ. Ein langer schwarzer Mantel hing sackartig an ihm, und er trug Arbeitsstiefel, die nicht zugeschnürt waren, sodass seine Füße darin herumschlappten wie Fische. Zwischen seinen breiten Lippen hing eine kalte Zigarette. Auch die frische Luft, die durchs Fenster hereinströmte, konnte die Tatsache nicht verhehlen, dass er stank.

»Was dagegen, wenn ich mich setze?« Ohne Carlins Antwort abzuwarten, ließ sich der Junge auf dem Platz gegenüber nieder und stellte seinen Matchsack in den Gang. Dass er dort jedem im Weg stand, schien ihn nicht zu kümmern. Seine Haut war so durchsichtig, wie das nur bei Menschen vorkommt, die viel Zeit in dunklen Räumen verbringen, um Migräne oder einen Kater auszukurieren. »Gott, diese Idioten von der Haddan School im Wagen nebenan haben mich irre gemacht. Ich musste da raus.«

Aus dem Zucken unter seinem Auge schloss Carlin, dass sie ihn nervös machte. Ein gutes Zeichen, denn es wirkte beruhigend auf sie, wenn Jungen in ihrer Gegenwart befangen waren. Sie steckte eine Haarsträhne fest, die sich gelöst hatte. »Da fahre ich hin«, sagte sie zu ihrem Mitreisenden. »Zur Haddan School.«

»Aber du bist kein Idiot. Das ist der Unterschied.« Der sonderbare Junge kramte in seinen Sachen und förderte ein Zippo zu Tage. Als Carlin auf das Rauchverbotsschild zeigte, zuckte er die knochigen Schultern und steckte sich die Zigarette an. Carlin lächelte amüsiert, zum ersten Mal, seit sie von zu Hause abgereist war. Sie lehnte sich zurück und wartete ab, was dieser merkwürdige Knabe als Nächstes unternehmen würde, um sie zu beeindrucken.

Er stellte sich als August Pierce aus New York City vor. Sein überforderter Vater, der seit der Geburt des Sohnes keine ruhige Minute mehr gehabt hatte, weil Gus' Mutter starb und er den Jungen alleine großziehen musste, hatte ihn nach Haddan geschickt. Gus' alter Herr war Biologieprofessor und hegte große Hoffnungen für seinen einzigen Sohn; es gab Menschen, die hartnäckig an andere glauben, auch wenn sie immer wieder enttäuscht werden, und Gus' Pierces Vater war einer von ihnen. Nachdem er unablässig gescheitert war, fand Gus, dass er seinem Vater einen letzten Versuch schuldete, auch wenn er nicht glaubte, dass sich etwas ändern würde. Was sollte an Haddan anders sein als an allen anderen Schulen, die er besucht hatte? Warum sollte ihm jemals etwas Gutes zuteil werden? Er war am siebten Tag des siebten Monats geboren und hatte nur Pech gehabt. Er konnte die Finger verschränken und auf Holz klopfen und stieß sich doch den Kopf an jeder Leiter, tat immer genau das Falsche. Alle anderen schritten auf der schnurgeraden Straße Richtung Zukunft voran, nur Gus fiel kopfüber in Kanalschächte und Gullis; für ihn gab es kein Entrinnen.

So sah er sein eigenes Leben als Haftstrafe, und seine Erfahrungen waren die eines Gefangenen. Die Schönheit der Welt, wenn er sie denn wahrnahm, verwirrte und entmutigte ihn noch mehr. Deshalb war es eine freudige Überraschung, dass eine schlichte Begegnung ihn so hoffnungsfroh stimmen konnte. Innerlich zitternd, hatte er spontan gehandelt und sich Carlin gegenüber auf den Sitz fallen lassen. Er hatte insgeheim damit gerechnet, dass sie nach dem Schaffner rief, um ihn entfernen zu lassen, doch nun sprach sie wahrhaftig mit ihm. Ein Spatz, der aus seinem Mund flog, hätte ihn weniger verwundert, als dass dieses schöne Mädchen ihm nun einen Kaugummi anbot. Mädchen wie Carlin pflegten ihn gewöhnlich zu behandeln wie Luft; für sie existierte er in der Unterwelt, einem Universum, indem der Schmerz hauste und die Ausgestoßenen, im Keller der Wirklichkeit, einige Etagen unterhalb der hübschen Gesichter und Zukunftschancen. Wenn Carlin sich vorbeugte und seiner halb erfundenen Geschichte lauschte, ohne ihn auszulachen, dann war alles möglich: Amseln mochten sich in Lebkuchen verwandeln, Weiden konnten in Flammen aufgehen.

»Sag mir eine Zahl zwischen eins und zwanzig«, schlug August Pierce nun seiner neuen Gefährtin vor. »Aber sag mir nicht, welche.« Er hatte sich einige Tricks angeeignet, und dies schien ihm ein gelungener Zeitpunkt zu sein, um sie zum Einsatz zu bringen.

Carlin tat, wie ihr geheißen, starrte ihn aber skeptisch an.

Gus schloss die Augen und tat geheimnisvoll, dann entschied er sich für eine beliebige Zahl. »Sieben«, sagte er triumphierend; er hoffte jedenfalls auf einen Triumph, da er eine List angewendet hatte, die jeder Laienzauberkünstler mit etwas Ahnung von Logik mit links schaffte.

Der Trick hatte zwar verfangen, aber Carlin war alles andere als begeistert. Sie hasste es, durchschaubar zu sein, und wollte auf keinen Fall bloßgestellt werden, wo sie sich doch gerade eine andere Herkunft und Identität zurechtlegte. Sie wollte den anderen erzählen, dass ihre Eltern für die Regierung arbeiteten und sie kilometerweit zu allen Schwimmveranstaltungen gefahren hatten, obwohl sie nie lange an einem Ort geblieben waren. Das klang eindrucksvoller, als von einer Mutter zu berichten, die Kassiererin im Supermarkt war, einem Vater, den Carlin nie zu Gesicht bekommen hatte, und den Tramptouren, die sie unternehmen musste, um zu den Schwimmwettbewerben zu kommen. Ein Junge, der ihre Gedanken lesen konnte, war bedrohlich für sie, denn sie hatte tatsächlich die Sieben gewählt.

»Pure Wahrscheinlichkeitsrechnung«, erklärte Gus, als er merkte, dass Carlin die Nummer nicht toll fand. »Die meisten Leute entscheiden sich entweder für drei oder für sieben.«

Carlin funkelte ihn zornig an. Ihre grünen Augen konnten von einer Sekunde zur anderen grau werden, wie flaches Wasser, in dem sich jeder Wetterwechsel spiegelt. »Ich bin nicht ›die meisten Leute‹«, sagte sie mit Nachdruck.

»Nein«, pflichtete Gus Pierce ihr bei. Das entging sogar einem Trottel wie ihm nicht. »Bestimmt nicht.«

Der Zug fuhr ruckelnd in den Bahnhof ein und gab ein langes tiefes Pfeifen von sich, das die Fenster in den Häusern am Bahndamm erzittern ließ und die Krähen aufschreckte, die auf Bäumen und Telefonmasten hockten. Carlin griff nach ihrem Rucksack. Sie hatte hundertfünfzig Dollar in ihrer Brieftasche als Garantie für eine Rückfahrkarte im Juni, doch bis dahin war sie losgelöst von jeglichen Versprechungen. Sie hätte Gus wahrscheinlich auch stehen lassen, wenn er nicht diese blöde Nummer mit dem Gedankenlesen abgezogen hätte; deshalb war er nicht weiter überrascht, als sie hastig ihren Koffer unter dem Sitz hervorzerrte. Als Gus sich anbot, ihr zu helfen, beäugte sie ihn prüfend. Die Erfahrung hatte sie gelehrt, es jemandem lieber gleich zu sagen, wenn sie wusste, dass sie sich nicht zu ihm hingezogen fühlte. Damit konnte man sich viel Verwirrung und Mühe ersparen.

»Am besten, wir bringen das gleich hinter uns«, sagte sie. »Ich bin nicht interessiert.«

Gus nickte zustimmend. »Klar, warum auch?«

Er war so verblüfft über die Vorstellung, dass sie ihn überhaupt in Erwägung gezogen hatte, und so aufrichtig, dass Carlin unwillkürlich grinsen musste, als sie zur Tür ging. Als Gus ihr nachsah, fiel ihm auf, dass ihr Haar die Farbe von Sternen hatte, jenen bleichen weit entfernten Galaxien, die so entlegen sind, dass niemand auf den Gedanken kommt, sie auf einer Karte zu vermerken oder ihnen einen Namen zu geben. Er verliebte sich genau in dem Moment in sie, in dem er tat, als sei sie ihm einerlei. Wenn er Carlin beim nächsten Mal begegnete, würde sie ihn wahrscheinlich so wenig bemerken wie Müll oder Unrat. Vielleicht kam es aber auch anders; seit Gus nach Haddan aufgebrochen war, geschahen seltsame Dinge. Auf dem Flug von New York hatte ihm die Stewardess zum Beispiel ein Fläschchen Chivas geschenkt, ohne weitere Fragen zu stellen. Im Salonwagen hatte er eine Tüte Kartoffelchips gekauft und dabei von der Kassiererin ein Tunfischsandwich spendiert bekommen. Und das Verblüffendste und Wunderbarste war natürlich, dass ein schönes Mädchen nicht nur mit ihm gesprochen, sondern ihn sogar angelächelt hatte. Hand aufs Herz, so viel Glück auf einmal hatte August Pierce zum ersten Mal in seinem Leben.

Als er aus dem Zug stieg, schien die Glückssträhne anzuhalten. Zwei ältere Schüler aus Haddan – Seth Harding und Robbie Shaw, gut aussehende, ernsthafte Jungen, die sich sonst nie mit einem wie Gus blicken lassen würden – hielten ein Schild hoch, auf dem sein Name stand. Als er zu ihnen trat, nahmen sie ihm den Matchsack ab und klopften ihm auf den Rücken wie einem Bruder, den sie lange nicht gesehen hatten. In der frischen Landluft, mit dem weiten blauen Himmel über ihm und dem Geträller der Grasmücken in den Ohren, wurde Gus ganz schwindlig vor Verwirrung und einem anderen Gefühl, das er, wäre er ein anderer Mensch gewesen, wohl als Freude bezeichnet hätte.

»Seid ihr sicher, dass ihr den Richtigen erwischt habt?«, fragte Gus, als seine Begleiter seine Sachen in einem am Straßenrand geparkten BMW verstauten.

»Hervorragend abgeschnitten beim Eignungstest? Herausgeber der Schulzeitung in der achten Klasse der Henly School in New York? Du bist der Richtige«, behaupteten Seth und Robbie.

Gus zwängte sich auf den Rücksitz von Seths Wagen, obwohl die Informationen, über die sie verfügten, lediglich Bruchstücke waren, Teile seiner Vita aus seiner Bewerbung an der Haddan School, einer Darstellung, in der weder seine Neigung zu Depressionen und Trotz noch die Tatsache, dass er wegen Faulheit und Aufsässigkeit von der Henley School geflogen war, Erwähnung fand. Doch wen kümmerte das, auf diese Art kam er jedenfalls zur Schule, und als sie an Carlin vorüberfuhren, die ihren schweren Koffer einen mit Backsteinen gepflasterten Gehweg entlangschleppte, drehte er sich wehmütig zu ihr um und wünschte, sie könnte ihn in Gesellschaft seiner beeindruckenden Gefährten sehen.

Auf der kurzen Fahrt zur Schule erfuhr Gus, dass ihm die Ehre zuteil wurde, im Chalk House zu wohnen, wiewohl ihm weder klar war, womit er das verdient hatte noch was so erstrebenswert sein sollte an dem heruntergekommenen alten Haus, bei dem sie schließlich eintrafen. Von außen unterschied sich Chalk House durch nichts von den anderen Wohnheimen auf dem Schulgelände. Es war ein niedriges kastenförmiges weißes Holzhaus mit einer breiten Veranda vorne, auf der Rollerblades und Hockeyschläger herumlagen, und einem Zugangsweg mit einem Gitterspalier hinten, wo teure Mountainbikes neben Mülltonnen standen. Im ersten Stock gab es einige großzügige Zimmer mit Mahagonitäfelung und offenem Kamin, doch die wurden immer den ältesten Schülern zugeteilt, die sich schon verdient gemacht hatten; die Neulinge landeten unter dem Dach. Hinten hatte man zwei Wohnungen angebaut. In der einen lebte der Sportlehrer, Duck Johnson, der bekanntermaßen so heftig schnarchte, dass die Fensterscheiben klirrten; in der anderen Eric Herman, der mehr Zeit in seinem Büro im Trakt der Geisteswissenschaftler verbrachte als in seinen eigenen Räumen.

Weil Chalk House so nahe am Fluss lag, war es bei weitem das feuchteste Gebäude der Schule. Wenn man etwas in der Dusche liegen ließ, war es morgens glitschig, und abends hinterließen Schnecken schleimige Spuren in den Fluren und an den Wänden. Immer wieder waren unter den Neuankömmlingen Jungen, die es nicht lassen konnten, aufs Dach zu klettern und von dort aus den Versuch zu wagen, direkt in den Haddan River zu pissen. Keiner hatte es je geschafft und zum Glück war auch keiner je heruntergefallen, doch inzwischen hatte sogar die Vereinigung ehemaliger Schüler, die für gewöhnlich Veränderungen nicht schätzte, eingeräumt, dass das Gebäude den Sicherheitsvorschriften nicht mehr genügte. Im letzten Frühjahr war ein Geländer auf das Dach gebaut worden. Dennoch war das Haus in miserablem Zustand. Bei Gewittern setzte die Elektrik aus, und die Rohre gurgelten und neigten zum Verstopfen. Zwischen den Dachsparren, jenseits des feuchten Mauerwerks, wuchsen Generationen von zänkischen Waschbären heran, die nachts herumflitzten und rangelten, sodass die Träume der neuen Schüler durchdrungen waren von Knurren und Getrappel und keiner sich in seinem ersten Schuljahr auch nur einmal richtig ausschlafen konnte.

Dennoch hätte es niemand jemals gewagt vorzuschlagen, dieses altehrwürdige Gebäude abzureißen, und wer dort wohnte, wurde von vielen beneidet. Es hieß, man könne sich einen Platz dort erkaufen, und es wurde auch behauptet, dass man bessere Chancen für Chalk House hatte, wenn Vater oder Cousin auch schon dort gewohnt hatten. In allen anderen Wohnheimen mussten die Schüler ihre Zimmer staubsaugen und die Badezimmer säubern, doch ins Chalk House kam eine Putzfrau, die von ehemaligen Schülern bezahlt wurde; sie nahm sich jeden Mittwoch der Wäsche an und bezog donnerstags die Betten frisch. Die Jungen aus dem Chalk House schrieben sich als Erste für die Kurse ein, und weil es am Haus einen eigenen Parkplatz gab, war es den älteren Schülern sogar erlaubt, ein Auto zu haben. Seit über hundert Jahren hatten die Jungen aus Chalk House die besten Schulabschlüsse vorzuweisen und wurden von ihren Vorgängern in eine Welt der Privilegien eingeführt. In den meisten Auswahlgremien für Universitäten saßen ehemalige Chalk-House-Schüler, und überall in der Welt gab es Chalk-Absolventen, die bereitwillig einen Bruder im Geiste einstellten, der auch in jenem alten Haus am Fluss gewohnt hatte, in diesem klapprigen Haufen aus Holz und Stein, in dem der Wind im Kamin heulte und die Schwäne sich jedes Mal hartnäckig zur Wehr setzten, wenn man sie von der Veranda vertreiben wollte.

Die Schüler, die nicht in Chalk House wohnen durften, sondern mit Otto House oder Sharpe Hall vorlieb nehmen mussten, empfanden schon von ihrem ersten Schultag an Bitterkeit, als seien sie für ungenügend erklärt worden, bevor man überhaupt ihr Gesicht oder ihren Namen kannte, als seien sie unweigerlich Menschen zweiter Klasse und würden immer zuletzt für eine Mannschaft ausgesucht werden, niemals die hübschesten Mädchen aus St. Anne's treffen oder auf einen Kuss unter den Trauerweiden hoffen dürfen. Doch zu Tage trat diese Missgunst erst später im Schuljahr; in den ersten Wochen gehörten alle zur großen Gemeinschaft. Die Bäume waren noch grün und die Abende mild, und auf den Wiesen zirpten unermüdlich die letzten Grillen, was die meisten als tröstlich empfanden, weil es sie daran erinnerte, dass es auch außerhalb des Schulgeländes noch eine Welt gab.

Manche Schüler fügten sich leicht ein, aber es gab jedes Jahr auch jene, die sich nicht eingewöhnen und anpassen konnten, ob nun aus Trotz, Angst oder Schüchternheit. An einem Ort, an dem man großen Wert legte auf Teamgeist und gute Laune, fielen Einzelgänger sofort auf, wie etwa Carlin Leander. Sie war zwar hübsch und hatte sich als würdiges Mitglied des Schwimmteams erwiesen, aber sie war launisch und sonderte sich zu oft ab, um von den anderen akzeptiert zu werden. Nach jedem Schwimmtraining ging sie ihrer Wege, nicht unähnlich jenen Luchsen, von denen es hieß, sie streiften durch die Wälder und seien viel zu rastlos und misstrauisch, um sich unter ihresgleichen aufzuhalten.

So benahmen sich auch die Schüler, die unglücklich waren: Sie mieden die Gesellschaft der anderen, gaben sich ihrem Elend hin und übersahen dabei, dass es noch andere gab, denen es genauso erging. Diese Schüler fanden sich dann häufig im Drugstore an der Main Street ein. Sie schwänzten den Unterricht und saßen dort nachmittags am Tresen, wo sie Kaffee bestellten und versuchten den Mut aufzubringen, Zigaretten zu verlangen. Sie konnten nicht wissen, dass Pete Byers, der Besitzer, in seinem ganzen Leben noch nie einem Minderjährigen Tabak gegeben hatte. Wer es darauf anlegte, hatte mehr Glück im Mini-Mart, wo Teddy Humphrey den Schülern der Haddan School so gut wie alles verkaufte. Er konnte sie nicht leiden, aber »Geld stinkt nicht« war sein Motto. Wenn jemand einen anständigen falschen Ausweis vorlegen konnte, sollte es ihm recht sein; seine Aufgabe bestand darin, den Kunden in der Schlange Sechserpacks Samuel Adams oder Pete's Wicked Ale zu verkaufen.

Die meisten Leute in der Stadt schenkten den Schülern keine Beachtung. Jedes Jahr kamen neue, mit großen Hoffnungen und viel Elan, doch in vier Jahren würden sie wieder verschwunden sein, kaum mehr als eine Momentaufnahme in der Geschichte eines Ortes wie Haddan. Hier verharrten die meisten Menschen ihr Leben lang an einer Stelle; man zog höchstens in ein Häuschen um die Ecke, wenn man heiratete, oder irgendwann bedauerlicherweise in das Altersheim an der Riverview Avenue. Im September, wenn die neuen Schüler eintrafen, kauften sie sich Stiefel in Hingram's Shoe Store, dann eröffneten sie ein Konto bei der 5&10 Cent Bank, wo die hübsche, hilfsbereite Kelly Avon es gelernt hatte, keine Miene zu verziehen, wenn ein Vierzehnjähriger ein paar tausend Dollar auf ein Konto einzahlte. Nikki Humphrey, die viel zu lange mit Teddy vom Mini-Mart verheiratet gewesen war, nahm es nie persönlich, wenn hochnäsige Mädchen bei Selena's hereinspazierten, Milchkaffee und Blaubeerhörnchen bestellten und erwarteten, dass sie im Eilverfahren bedient wurden, als sei Nikki ein Automat oder eine Hausangestellte. Diese Mädchen würden bald verschwunden sein, aber Nikki blieb in Haddan und steckte das Geld, das sie mit Kaffee und Hörnchen verdient hatte, in die Renovierung der Küche ihres süßen kleinen Hauses, das sie sich nach ihrer Scheidung an der Bridal Wreath Lane gekauft hatte.

Manche Leute freuten sich sogar auf den September, weil sie die jungen Menschen gerne sahen, denen man auf der Straße und in den Geschäften begegnete. Lois Jeremy vom Garden Club saß oft freitagnachmittags auf ihrer Veranda unter dem Giebeldach an der Main Street und hielt Ausschau nach den Jungen und Mädchen von der Haddan School. Die Tränen traten ihr in die Augen, wenn sie daran dachte, was sie sich alles für ihren eigenen Sohn AJ gewünscht hatte, und so achtete sie ein oder zwei Minuten nicht auf ihre Rabatte, die sie immer mit Sumpfgras abdeckte, um die Blumenzwiebeln vor dem ersten Frost zu schützen, und nicht mit Torf aus dem Laden.

»Sind sie nicht entzückend?«, rief Lois dann ihrer besten Freundin Charlotte Evans zu, die gleich nebenan wohnte und selbst ein schlechtes Jahr hatte, weil die Japankäfer ihren halben Garten aufgefressen hatten und ihre jüngste Tochter eine fürchterliche Scheidung von diesem netten Psychologen, Phil Endicott, durchmachte, von dem keiner gedacht hätte, dass er zu der Sorte gehörte, die sich nebenbei eine Geliebte halten.

»Ganz reizend.« Charlotte hatte die verwelkten Blüten von ihren Lilien abgezupft und feuchte Blätter zwischen Stängeln herausgelesen. Sie lehnte sich auf ihren Rechen und betrachtete die Jungen in ihren Khakihosen und die hübschen jungen Mädchen, die ihnen folgten. Die Mädchen erinnerten sie an ihre eigene Tochter Melissa, die nur noch weinte und Prozac und jedes andere Antidepressivum schluckte, das sie in die Hände bekam.

»Sie genießen das Leben in vollen Zügen.« Lois Jeremys Lippen zitterten, als sie den Schülern nachsah. Zwei Mädchen hatten zu hüpfen begonnen, um die Jungen auf sich aufmerksam zu machen; ihre langen Haare schwangen hinter ihnen, und sie kicherten, doch ihre weiblichen Formen straften ihr kindisches Betragen Lügen.

»Das glaube ich auch«, pflichtete Charlotte ihr bei. Ihr war ein wenig schwindelig, vielleicht von der Gartenarbeit oder von all den Gedanken an Melissas Scheidung. »Es ist schön, glückliche Menschen zu sehen, nicht?«

Man konnte von Mrs. Jeremy und Mrs. Evans natürlich nicht erwarten, dass sie ahnten, wie viele Mädchen in St. Anne's sich abends in den Schlaf weinten. Unglücklich sein war offenbar ansteckend. Launen waren an der Tagesordnung, Halbwahrheiten und Geheimnisse die Regel. Ein großes dunkelhaariges Mädchen namens Peggy Anthony weigerte sich, feste Nahrung zu sich zu nehmen, und ernährte sich nur von Milch und den Schokoriegeln, die sie in einem Koffer unter ihrem Bett versteckte. Eine ältere Schülerin namens Heidi Lansing fürchtete so um ihre Unizulassung, dass sie sich büschelweise Haare ausriss, bevor sie mit ihren Essays anfing, und ein Mädchen namens Maureen Brown zündete vor dem Schlafengehen schwarze Kerzen auf ihrem Fensterbrett an und erschreckte ihre Zimmergenossinnen mit den lästerlichen Gesprächen, die sie im Schlaf führte, sodass die verstörten Mädchen ihre Schlafsäcke ins Badezimmer schleppten und dort auf dem Boden nächtigten. Wer duschen oder die Toilette benutzen wollte, musste über sie hinwegsteigen.

Carlin Leander weinte sich nicht in den Schlaf und versuchte nicht, sich zu Tode zu hungern, doch auch sie war sterbensunglücklich, sogar dann, wenn sie im Schwimmbad ins kalte Wasser sprang. Dabei konnte sie sich nicht beklagen; sie hatte ein großes luftiges Zimmer im dritten Stock, und ihre Zimmergenossinnen waren nette Mädchen. Sie konnten schließlich nichts dazu, dass sie von allem mehr hatten als Carlin: mehr Geld, mehr Kleider, mehr Lebenserfahrung. Die Schränke von Amy Elliot und Pie Hobson waren angefüllt mit Stiefeln, Wollblazern und Kleidern, von denen jedes einzelne mehr gekostet hatte, als Carlin im Jahr für Kleidung ausgab. Sie erstand fast alles in Secondhandläden und auf dem Sunshine-Flohmarkt, wo man fünf T-Shirts für einen Dollar bekam, wenn man sich nicht darum scherte, dass sie ausgefranst waren oder Mottenlöcher hatten.

Damit ihre Zimmergenossinnen sie nicht für einen Sozialfall hielten, tischte Carlin ihnen die Geschichte auf, die sie sich im Zug ausgedacht hatte: Sie war das einzige Kind von Eltern, die ständig umherreisten, und hatte gar keine Zeit gehabt, Gedanken an etwas wie Kleidung zu verschwenden. Im Gegensatz zu den anderen Mädchen war sie nicht dazu gekommen, Dinge zu begehren oder anzuhäufen. Sie und ihre Eltern gehörten zu der Sorte von Menschen, die zu beschäftigt waren, sich um Besitz zu kümmern oder sich irgendwo niederzulassen. Aus ihrem Bericht war herauszuhören, dass sie demnach etwas Besseres waren, anderen moralisch überlegen. Bis jetzt hatte noch niemand ihre Mär hinterfragt, und warum auch? Die Wahrheit spielte keine große Rolle in St. Anne's; hier war jede das, als was sie sich ausgab. Mädchen, die noch nie geküsst worden waren, behaupteten, wild und hemmungslos zu sein, und andere, die es schon mit mehr Jungen getrieben hatten, als sie sich erinnern mochten, verkündeten, dass sie bis zu ihrer Hochzeit Jungfrau bleiben wollten. Identität war etwas Wandelbares, ein Gewand, das man anlegte oder auszog, ganz nach Stimmung oder der Phase des Mondes.

Richtig schlecht erging es Carlin bislang nur im Schwimmteam, und daran war sie selbst schuld, denn sie hatte nicht aufgepasst. Wenn sie nachgedacht hätte, hätte sie dieser Christine Percy, die ihr sagte, alle Mädchen im Team müssten sich die Schamhaare abrasieren, niemals über den Weg getraut. Danach waren sie und Ivy Cooper, das andere neue Mädchen, wegen ihrer Leichtgläubigkeit von allen verlacht worden. Man amüsierte sich darüber, dass Carlin und Ivy nun recht kühl sein würde. Jede Schwimmerin hatte diesen derben Streich durchgemacht, denn der Verlust von ein paar Haaren und etwas Stolz, davon war man überzeugt, fördere den Teamgeist. Nach diesem Initiationsritus wurde jedes Mädchen feierlich willkommen geheißen, und man trank dabei Wein, den Christine mit ihrem gefälschten Ausweis im Mini-Mart gekauft und in die Schule geschmuggelt hatte. Doch Carlin sonderte sich danach noch mehr ab, und die anderen Mädchen merkten bald, dass sie in Ruhe gelassen werden wollte.

Jeden Abend sehnte Carlin den Moment herbei, in dem sie aus St. Anne fliehen konnte. Nachdem die Nachtruhe verkündet worden war, lag sie reglos im Bett und wartete, bis ihre Zimmergenossinnen tief und ruhig atmeten. Dann stieg sie aus dem Fenster und flüchtete über die Feuerleiter, trotz der dornigen Ranken, die dort emporwucherten und an denen sie sich immer die Finger blutig riss. Wenn sie der Enge und der stickigen Luft von St. Anne's entronnen war, eintauchte in die duftende tintenblaue Nacht, fühlte sie sich frei. Zu Anfang blieb sie nur so lange draußen, um neben den Rosensträuchern schnell eine Zigarette zu rauchen; sie fluchte in sich hinein, wenn sie sich an den Ranken stach, saugte sich das Blut aus dem Finger. Doch irgendwann entfernte sie sich weiter vom Haus, ging zum Fluss hinunter. An einem Abend, als der Himmel tiefschwarz und der Mond nirgendwo zu sehen war, gab sie dem Drang nach, umherzustreifen. Nebelschwaden hingen wie Schleier am Horizont und schlängelten sich dann durchs Unterholz. In der stillen, reglosen Luft verloren die Dinge ihre Konturen und verschmolzen mit der Nacht, sodass urplötzlich eine Ulme auf dem Weg auftauchen oder eine Brautente von einer Wiese auffliegen konnte. Carlin sank im Schlamm ein, doch sie hielt sich im Schatten, damit sie nicht während der Nachtruhe draußen erwischt wurde.

Es war erstaunlich kühl, zumindest für jemanden, der aus Florida stammte, und Carlin fröstelte trotz der Fleecejacke, die sie als Dauerleihgabe von ihrer Zimmergenossin Pie bekommen hatte. Im Dunkeln konnte sie die Himmelsrichtungen nicht ausmachen, und als sie das Schulgelände verließ, folgte sie dem Fluss, um sich nicht zu verirren. Der Abend war bleigrau und verhangen gewesen, als ob es regnen wolle, doch als Carlin einen Sportplatz überquerte und zu einer Wiese kam, verloren sich die Wolken, und ein paar bleiche Sterne funkelten am Himmel. Sie kam an einem alten Obstgarten vorüber, wo sich um diese Jahreszeit oft Rotwild einfand. Kletten hefteten sich an sie, als sie durchs hohe Gras ging, und die Feldmäuse, die nach Mitternacht so dreist durch die Flure von St. Anne's flitzten, huschten davon, als sie Carlins Schritte hörten. Seit über hundert Jahren bewegten sich die Schüler der Haddan School auf diesen Pfaden und erkundeten die Flussufer und die Wiesen auf der Suche nach Orten, an denen man gegen die Schulordnung verstoßen konnte. Zwischen wilden Brombeeren und Zaubernusssträuchern war ein Pfad zum alten Friedhof entstanden. An den Spuren im Gras – zwei kleine Pfotenabdrücke dicht beisammen, darüber die Abdrücke der Hinterläufe – ließ sich erkennen, dass auch die Kaninchen ihn kannten.

In den ersten Gräbern, die man auf dem Friedhof der Haddan School angelegt hatte, lagen vier Jungen, die ihr Leben im Unabhängigkeitskrieg verloren hatten, und nach jedem Krieg waren neue hinzugekommen. Lehrkräfte aus der Schule, die diesen Ort dem Kirchhof in der Stadt vorzogen, konnten auch hier bestattet werden, doch seit Dr. Howe, der dem Tod erst nach beinahe einem Jahrhundert mit siebenundneunzig Jahren eine Chance gegeben hatte, hatte niemand mehr dieses Privileg in Anspruch genommen. Dieser abgeschiedene Ort bot Carlin die Ruhe, nach der sie gesucht hatte; sie leistete lieber den Toten Gesellschaft als den Mädchen von St. Anne's. Die Verblichenen tratschten und urteilten nicht, und sie legten auch keinen Wert darauf, jemand aus ihren Reihen zu verstoßen.

Carlin hakte den Riegel des schmiedeeisernen Tors auf und schlängelte sich durch den Spalt. Dass sie nicht alleine war auf dem Friedhof, merkte sie erst, als ein Streichholz aufflammte, in dessen Licht sie die riesige Ulme in der Mitte des Geländes und eine Gestalt darunter erkannte. Ihr blieb fast das Herz stehen, doch dann sah sie, dass es nur August Pierce war, der komische Knabe aus dem Zug, der dort auf einer flachen schwarzen Marmorplatte lümmelte.

»Soso. Wen haben wir denn da.« Gus war entzückt. Er hielt sich zwar seit seinem ersten Tag in Haddan jede Nacht auf dem Friedhof auf, aber er fühlte sich im Dunkeln nicht wohl. In der großen Ulme hockte irgendein schauriger Vogel, der ein sonderbares Kichern von sich gab, und jedes Mal wenn es in den Büschen raschelte, wäre Gus am liebsten davongerannt. Er fürchtete, sich jeden Moment gegen ein bissiges Opossum oder einen ausgehungerten Waschbär zur Wehr setzen zu müssen, die es womöglich auf den Schokoriegel abgesehen hatten, den Gus in seiner inneren Manteltasche herumtrug. Bei seinem Glück lauerte ihm vermutlich ein Stinktier auf, das ihn mit einem übel riechenden Sekret bespritzen wollte. Da er auf solches Ungemach gefasst war und stattdessen Carlin Leander vor sich sah, war Gus nicht nur erleichtert, sondern geradezu glückselig.

»Wenn wir beim Rauchen erwischt werden, fliegen wir von der Schule«, teilte er Carlin mit, während sie beide an ihren Zigaretten zogen.

»Ich werde nicht erwischt.« Carlin ließ sich auf der Grabplatte von Hosteous Moore nieder, dem zweiten Rektor der Haddan School, der ungeachtet der Witterung jeden Morgen im Fluss geschwommen und mit vierundvierzig Jahren an Lungenentzündung gestorben war. Er hatte allerdings auch Pfeife geraucht, jeden Tag vor seinem Bad im Fluss.

Gus grinste, beeindruckt von Carlins Kühnheit. Er war gar nicht mutig, doch er bewunderte beherzte Menschen. Er drückte seine Zigarette unter einer Rosenhecke aus und steckte sich gleich die nächste an. »Kettenraucher«, gestand er. »Schlechte Angewohnheit.«

Carlin strich sich das helle Haar aus dem Gesicht und betrachtete ihn prüfend. Sie sah so silbrig und wunderschön aus im Licht der Sterne, dass Gus sich zwingen musste, den Blick von ihr zu wenden.

»Ich wette, du hast noch mehr schlechte Angewohnheiten«, mutmaßte Carlin.

Gus lachte und streckte sich auf der schwarzen Marmorplatte aus. *Eternus Lux* war dort unter Dr. Howes Name eingraviert. Ewiges Licht. »Da hast du Recht.« Er hielt inne und blies einen makellosen Ring aus Rauch. »Aber im Gegensatz zu dir werde ich immer erwischt.«

Darauf wäre Carlin auch von alleine gekommen. Er war so verletzlich mit seinem breiten naiven Grinsen; wenn er in eine Falle getreten wäre, hätte er sich vermutlich den Fuß abgehackt, um dem Schmerz ein Ende zu bereiten, ohne zu bemerken, dass der Schlüssel daneben lag. Er war angestrengt bemüht, sich die Aufregung über ihr Zusammentreffen nicht anmerken zu lassen, aber Carlin konnte förmlich sein Herz unter dem schwarzen Mantel pochen sehen. Er war so nervös und durcheinander, dass sie ihn fast rührend fand. Der liebe Gus Pierce, der von allen verhöhnt und gemieden wurde, würde ein treuer Freund sein, das stand fest, und Carlin konnte einen Verbündeten gebrauchen. So sonderbar und grotesk es auch war: Gus war der erste Mensch, in dessen Nähe sie sich wohl fühlte, seit sie in Massachusetts angekommen war. August Pierce seinerseits wäre freiwillig für Carlin in den Tod gegangen, wenn sie ihn darum gebeten hätte, als sie am Fluss entlang zur Schule zurückwanderten. Sie hatte ihn richtig eingeschätzt: Für ein wenig Zuwendung bot er ihr ewige Treue.

Carlins Zimmergenossinnen und die anderen Mädchen aus St. Anne's konnten diese Freundschaft nicht begreifen und verstanden nicht, weshalb Carlin so viel Zeit in Gus' Zimmer im Chalk House verbrachte, wo sie, an seinen Rücken gelehnt, auf seinem Bett lümmelte und alte Geschichte büffelte für Mr. Hermans Unterricht oder Skizzen machte für den Zeichenunterricht bei Miss Vining. Die anderen Mädchen schüttelten den Kopf und fragten sich, ob Carlin noch ganz bei Trost sei. Sie selbst schielten nach den Jungen, an die sie nicht herankamen, nach den älteren Schülern aus dem Chalk House wie Harry McKenna, der so gewandt und gut aussehend war, dass er einem hübschen, nichts ahnenden Mädchen völlig den Kopf verdrehen konnte, indem er ihr sein berühmtes Lächeln zuwarf, oder Robbie Shaw, der in seinem ersten Jahr an der Schule so viele Mädchen durchgemacht hatte, dass er wegen seines unmenschlichen Appetits und seiner Gefühlskälte allgemein Robo-Robbie genannt wurde.

Dass die Mädchen in St. Anne's keine Ahnung davon hatten, was man wertschätzen und was man entsorgen sollte, wunderte Carlin nicht im Mindesten. Sie konnte sich lebhaft vorstellen, was sie tun würden, falls ihnen jemals die Wahrheit über ihre Vergangenheit zu Ohren kam. Würden sie nicht liebend gerne erfahren, dass ihr Abendessen häufig nur aus Weißbrot mit Butter bestanden hatte? Und würden sie sich nicht köstlich amüsieren, wenn sie merkten, dass sie Flüssigwaschmittel für ihre Haare benutzte, weil es billiger war als Shampoo, und dass sie ihre Lippenstifte allesamt im Drogeriemarkt geklaut hatte? Sie überhörte geflissentlich Amys giftige Bemerkungen, wenn Gus Nachrichten in ihrem gemeinsamen Fach hinterlassen hatte oder E-Mails schickte; sie zuckte nicht zusammen, wenn das Telefon klingelte und Peggy Anthony oder Chris Percy die Treppe hinaufschrien, dass ihr höriger Sklave schon wieder dran sei und dass sie ihm doch bitte sagen solle, er möge die Leitung nicht blockieren.

Carlin freute sich immer besonders auf die Nachrichten, die Gus ihr während ihrer Schwimmstunde zukommen ließ.

Wie er es schaffte, sich durch den Einlass zu mogeln, war ihr ein Rätsel, aber ihm gelang, wovon die anderen Jungen an der Schule nur träumen konnten: in den Sportbereich der Mädchen vorzudringen. Er hatte jede Menge nützlicher Tricks auf Lager und hatte auf Amys Spiegel eine unanständige Nachricht hinterlassen, die schließlich zu Tage trat, als die Luft einmal besonders feucht war. Er konnte mit einem Dietrich nach Mitternacht die Türe zur Cafeteria aufschließen, und dann stemmte er den Gefrierschrank auf und holte für sich und Carlin Eis und Konfekt heraus. Er bezahlte ein Päckchen Zigaretten bei Teddy Humphrey im Mini-Mart, hatte aber die Münzen noch in der Hand, als er hinausging. Doch sein größtes und erstaunlichstes Kunststück bestand darin, dass er Carlin zum Lachen bringen konnte.

»Versteh ich nicht«, sagte Amy Elliot, als Gus' rüde Sprüche auf ihrem Spiegel erschienen. »Meint er, man kann ihn mögen, wenn er sich so benimmt?«

»Meine Zimmergenossinnen verstehen dich nicht«, sagte Carlin zu Gus, als sie am Fluss entlanggingen zum Friedhof. Sie fragte sich, ob ihm das etwas ausmachte, und wunderte sich nicht, als es ihm einerlei zu sein schien.

»Kaum einer tut das«, gab er zu.

Das galt vor allem für die Bewohner von Chalk House, wo es angeblich zuging wie in einer großen Familie. Doch wie in anderen Familien wurden manche abgelehnt, und auch Gus' Brüder mochten ihn nicht leiden. Nach einer Woche wären sie ihn gerne losgeworden. Nach weiteren zehn Tagen verabscheuten sie ihn regelrecht. Und wie es in solchen Gemeinschaften häufig vorkommt, taten Gus' Hausgenossen ihr Missfallen deutlich kund: Binnen kurzem stank der Dachboden förmlich nach ihrem Unmut, denn sie hinterließen dort alte

Eiersalatsandwiches, fauliges Obst, Haufen schmutziger Socken.

In diesem Jahr wohnten drei Neue unter dem Dach: David Linden, dessen Urgroßvater Gouverneur des Commonwealth gewesen war, Nathaniel Gibb aus Ohio, der bei einem Forschungswettbewerb als Bester abgeschnitten hatte, und Gus, das Missgeschick, dessen Anwesenheit einmal mehr bewies, dass ein Mensch auf dem Papier eindrucksvoll wirken, in Wirklichkeit aber eine einzige Katastrophe sein kann. Gus dagegen war ohne hohe Meinung von der Menschheit und ohne jegliche Erwartung an seine Altersgenossen in Haddan angereist. Er war darauf gefasst, verachtet zu werden, da man ihn schon so häufig schikaniert und beleidigt hatte, und er steckte solche Angriffe weg, ohne mit der Wimper zu zucken.

Doch gelegentlich machte er eine Ausnahme, und dies war bei Carlin Leander der Fall. An ihr fand er alles gut, und er lebte für den Moment, in dem sie ihre Bücher zuklappen und sich zum Friedhof davonstehlen konnten. Nicht einmal die Krähe, die in der Ulme hauste, konnte ihn von diesem Vorhaben abbringen, denn wenn er sich in Carlins Nähe aufhielt, empfand Gus plötzlich eine seltsame Zuversicht; von ihr ging ein Strahlen aus, das ihm die Welt erleuchtete. Für eine kleine Weile konnte er die Bösartigkeit und die Schwächen der Menschen vergessen oder wenigstens übersehen. Wenn sie sich auf den Rückweg machen mussten, folgte Gus Carlin, klammerte sich an jeden Augenblick, versuchte mit allen Mitteln, die Zeit in die Länge zu ziehen. Wenn er im Schatten der Rosenstöcke stand und zusah, wie Carlin die Feuerleiter hochstieg, verzehrte er sich vor Sehnsucht nach ihr. Er wusste, dass es ihm elend gehen würde, doch er war längst verloren. Carlin drehte sich immer um und winkte ihm zu, bevor sie durchs

Fenster stieg, und Gus Pierce erwiderte stets das Winken wie ein gewöhnlicher Hanswurst, ein höriger Trottel, der alles getan hätte, um ihr zu gefallen.

Schon vom Tag seiner Ankunft an, als er in Windeseile seine Tasche auspackte, wenn man das noch so nennen konnte, da er all seine Sachen einfach willkürlich im Schrank auf einen Haufen warf, hatte Gus gewusst, dass es ein Fehler war, nach Haddan zu kommen. Eines Nachmittags hatte Harry McKenna an seine Tür geklopft und verkündet, abends finde ein Treffen aller Bewohner des Hauses statt, und er merkte kühl an, dass Gus gefälligst pünktlich sein solle. Gus, der den überlegenen Tonfall des älteren Schülers anmaßend fand und sich nicht bemüßigt fühlte, auf Befehle zu reagieren, beschloss sofort, sich diese langweilige Veranstaltung zu ersparen.

Stattdessen traf er sich mit Carlin auf dem Friedhof, und sie sahen zu, wie über Pappeln und Ahornbäumen im Osten der Orion erschien. Es war ein wunderschöner Abend, und der arme Gus spürte etwas wie Hoffnung in sich, doch seine Hochstimmung sollte nicht lange anhalten. Er hatte nicht begriffen, dass Harry McKennas Ankündigung keine Einladung, sondern ein Auftrag gewesen war. Das wurde ihm erst bewusst, als er in sein Zimmer zurückkehrte. Er war fast zwei Stunden nach der Ausgangssperre unbemerkt durch den Vordereingang ins Chalk House gelangt und die Treppe hochgeschlichen, doch als er sich seinem Zimmer näherte, spürte er, dass etwas nicht stimmte. Die Tür stand offen, und er wusste zwar nicht mehr, ob er sie beim Weggehen zugemacht hatte, aber es war zu still im Haus, selbst für diese Uhrzeit. Jemand wollte ihm eine Lektion erteilen, die ganz einfach lautete: Gewisse Einladungen sollte man lieber annehmen.

Bettzeug und Kleider lagen in einem Haufen am Boden und stanken nach Urin. Die Glühbirnen aus den Lampen lagen zertrümmert auf dem Fensterbrett, wo die Scherben glitzerten wie eine Hand voll verstreuter Diamanten. Gus legte sich auf seine Matratze. Ein bitterer Geschmack stieg ihm in die Kehle, und er steckte sich trotz des Rauchverbots eine Zigarette an und blickte dem Rauch nach, der sich zu den Rissen in der Decke hinaufringelte. Das hier bestätigte nur seine Erfahrung: Für alles, was Freude machte, musste man bezahlen. Verbrachte man den Abend mit einem schönen Mädchen, wandelte in der wohltuend kühlen Nachtluft durch den Wald, lag friedlich auf dem Grab eines Mannes und betrachtete die drei leuchtenden Sterne des Orion, dann wurde einem sofort mitgeteilt, mit welchen Kräften man sich angelegt hatte.

Gus rollte sich auf den Bauch und drückte seine Zigarette unter dem Bett aus. Rote Funken stoben auf, und seine Augen tränten, doch das kümmerte ihn nicht; ein Brand war seine kleinste Sorge. Er war so dünn, dass er die Sprungfedern der Matratzen an den Knochen spürte. Obwohl er müde war, wusste er, dass er keinen Schlaf finden würde, nicht in dieser Nacht und wohl auch in keiner anderen. Wenn man die Schönheit des Mondlichts gegen die Schärfe menschlicher Grausamkeit aufwog, wer würde da siegen? Das Mondlicht konnte man nicht in der Hand halten, doch die Grausamkeit verursachte tiefe Wunden. Wer konnte noch die Farbe des Mondlichts beschreiben, wenn der helle Tag angebrochen war? Wer konnte beweisen, dass es überhaupt da gewesen, dass es nicht nur ein Traum gewesen war?

Nachdem Gus die Scherben weggekehrt und seine Sachen in der Badewanne gewaschen hatte, meldete er sich auf der

Krankenstation. Seine Kopfschmerzen und die Übelkeit waren echt, ebenso wie die erhöhte Temperatur. Offen gestanden, wurde er nicht von vielen Leuten vermisst in der Schule. Die Lehrer waren erleichtert über seine Abwesenheit; er war ein schwieriger Schüler, in dem einen Moment fordernd und anstrengend, im nächsten gelangweilt und verschlossen. Nur Carlin machte sich Sorgen um ihn und suchte ihn vergebens auf dem Friedhof und im Speisesaal. Als sie ihn schließlich ausfindig machte, erfuhr sie von der Krankenschwester der Schule, Dorothy Jackson, dass es keine Besuchszeiten gab auf der Krankenstation. Sie sah ihn erst nach acht Tagen wieder, als er, in seinen Mantel gewickelt wie in eine Decke, auf seinem eigenen Bett lag. Das Licht im Zimmer war schummrig, und er starrte an die Decke, wo er gerade ein Loch in die mit Rosshaar isolierte Decke gebohrt hatte, eine Tat, die nur einer beging, dem nichts blieb außer blinder Zerstörungswut. Auf dem Boden und dem Bett lagen kleine Stücke vom Putz. Als sie ihn gefunden hatte, ließ sich Carlin neben ihm aufs Bett fallen, um das Ergebnis seines Zorns zu betrachten. Durch das Loch im Dachvorsprung konnte man auf die Wolken blicken, und ein Fetzen blauer Himmel leuchtete zwischen den Balken hindurch.

»Du bist verrückt«, sagte Carlin zu Gus.

Doch es gab einen guten Grund für seine Tat. Als er in sein Zimmer zurückkehrte, hatte er eine Gabe vorgefunden, die ihm die Bruderschaft hinterlassen hatte, während er auf der Krankenstation gelegen hatte. Auf seinem Schreibtisch lag eine Kaninchenpfote, noch warm. Gus hatte sie behutsam genommen, in ein Papiertaschentuch gewickelt und den grauenvollen Talisman in den Müll geworfen. Deshalb war er nun am Rande der Verzweiflung, ein Junge, der Löcher in die Decke bohrte, den Ungerechtigkeit und Schamgefühl zu Fall brachten.

»Hast du etwa geglaubt, ich sei normal?«, fragte er Carlin. Auf der Krankenstation hatte er kein einziges Mal die Kleider gewechselt. Er trug ein schmutziges T-Shirt, seine Haare waren strähnig. Er hatte sich häufig auf der Toilette eingeschlossen und so viele Zigaretten geraucht, dass ein Nikotinfilm auf seiner Haut lag und das Weiße in seinen Augen sich gelb verfärbt hatte.

»Ich meinte nicht unangenehm verrückt«, stellte Carlin richtig.

»Verstehe.« Trotz seiner Verzweiflung musste Gus lächeln. Diese Wirkung hatte Carlin auf ihn, denn ihr gelang es, ihn sogar im größten Elend aufzumuntern. »Du meinst, verrückt auf angenehme Art.«

Carlin stemmte die Füße an die Wand und streckte die Hand zum Sonnenlicht, das durch die Decke hereinströmte und ihre Haut mit einem goldenen Schimmer übergoss.

»Und was machst du, wenn es schneit?«, fragte sie.

Gus drehte den Kopf zur Wand. Unmöglich, unmöglich; ihm kamen die Tränen.

Carlin stützte sich auf einen Ellbogen und sah ihn an. Sie roch nach Chlor und Jasminseife. »Hab ich was Falsches gesagt?«

Gus schüttelte den Kopf. Seine Kehle war wie zugeschnürt, und der Laut, den er hervorbrachte, hätte auch von der schrecklichen Krähe auf dem Friedhof stammen können, ein Wehklagen, so schwach und gequält, dass es kaum zu vernehmen war. Carlin ließ sich zurücksinken. Ihr Herz schlug schneller, während sie dalag und wartete, dass seine Tränen versiegten.

»Wenn es schneit, werde ich nicht mehr da sein«, sagte Gus.

»Und ob du da sein wirst. Sei nicht albern, du großes Baby.« Carlin legte die Arme um ihn und wiegte ihn, dann kitzelte sie ihn, um ihn zum Lachen zu bringen. »Was sollte ich denn tun ohne dich?«

Aus diesem Grund hatte Carlin nie jemandem nahe sein wollen. Als sie noch ein Kind war, hatte sie sich nicht einmal einen Hund gewünscht, und sie wäre auch nicht in der Lage gewesen, ein Haustier zu betreuen. Man geriet so schnell in etwas hinein, war unversehens Pflegerin und Trösterin und trug Verantwortung für irgendein hilfloses Wesen.

»War jemand gemein zu dir?« Carlin warf sich auf Gus. »Erzähl mir alles, ich werde es ihnen heimzahlen. Ich werde dich schützen.«

Gus rollte sich auf den Bauch, um sein Gesicht zu verbergen. Auch er konnte nur ein gewisses Maß an Demütigung ertragen.

Carlin stemmte sich mit dem Rücken an die Wand und zog die Schultern hoch, sodass sie aussahen wie Engelsflügel. »Ich habe richtig geraten. Jemand ist gemein zu dir.«

Im Keller unten, wo Kaulquappen sich im Grundwasser tummelten, das durch den Beton quoll, so oft man ihn auch ausbesserte, hockten Harry McKenna und Robbie Shaw auf zwei Orangenkisten und horchten am Lüftungsschacht. Beide waren blond und kräftig und hübsch, aber Harry McKenna hatte überdies ein sehr auffallendes Gesicht, das er betonte, indem er sein strohblondes Haar immer ganz kurz geschnitten trug. Den Mädchen wurde schwindlig, wenn sie ihn sahen, und es hieß, keine könne ihm widerstehen, wenn er seinen Charme einsetze. Aber als er jetzt im Keller von Chalk House hockte, war er alles andere als erfreut, und der Ärger war ihm anzusehen. Sein schöner Mund war zu einem mürrischen Flunsch verzogen, und er schnipste wiederholt mit den Fingern, als könne er mit dieser Geste negieren, was er durch den Lüftungsschacht vernahm, ein flaches Rohr, das hinter den Schränken in den Dachzimmern begann und im Keller endete. Durch dieses Rohr konnte man fast alles hören, was dort oben geschah. Sogar ein Flüstern kam unten an. Husten oder Küsse dienten als Druckmittel oder zur Erheiterung. Die älteren Schüler im Chalk House belauschten so die Neuen, und zwar ohne Gewissensbisse. Es war die beste Methode, um herauszufinden, auf wen man sich verlassen konnte und wem man noch eine Lektion erteilen musste.

Pierce erwies sich soeben als Waschlappen, schüttete einem Mädchen sein Herz aus, jammerte wie eine Lusche. Harry und Robbie lauschten eine ganze Weile in der Hocke, bis Harry in seinen langen Beinen Krämpfe bekam. Er stand auf und streckte sich. Meist kostete er die Vorteile seiner Größe aus, bei den Mädchen wie auf dem Sportplatz. Er genoss es, anderen voraus zu sein, und in diesem Jahr war er in einer guten Position. Er hatte die Aufsicht über Chalk House, und damit wurde ihm die Ehre zuteil, in dem Raum zu residieren, der vor dem Bau des neuen Verwaltungsgebäudes Dr. Howes Büro gewesen war. Schmuckstück des Raums war ein schöner offener Kamin, in dessen Eichentäfelung man dünne Kerben sehen konnte, die angeblich für die Frauen standen, mit denen Dr. Howe geschlafen hatte. Wenn man diesen Zeichen Glauben schenken durfte, waren das nicht wenige gewesen.

Harry wusste Dr. Howes Zimmer zu schätzen, wie auch seine anderen Privilegien. Er war gleichermaßen dankbar wie unersättlich. Jedenfalls hatte er gewiss nicht die Absicht, einem dahergelaufenen Schwachkopf wie August Pierce zu gestatten, seine Pläne zu durchkreuzen. Die Welt war nun mal ein kalter grausamer Ort, oder etwa nicht? Ein Universum, das durch die Dunkelheit driftete, in dem es keine Garantien und keine Sicherheiten gab. Man musste sich nehmen, was man haben wollte, sonst hatte man das Nachsehen. Und nirgendwo galt das mehr als hier auf dem Land, im ruhigen Massachusetts, wo einem das Wetter ständig vor Augen hielt, was es hieß, ausgeliefert zu sein. Die Jungen im Chalk House wussten genau, dass man im Handumdrehen vor den Trümmern seines Lebens stehen konnte, denn diese Feststellung hatten vor vielen Jahren die ersten Schüler gemacht, als sie Opfer der Flut wurden. Als das Wasser höher stieg, verschwanden sämtliche Noten aller Jungen von Chalk House aus dem Notenbuch des Dekans. Ein umsichtiger Junge aus Cambridge bemerkte das Unheil, als er das überschwemmte Büro des Dekans wischte, und er lief rasch zu den anderen und informierte sie, bevor einer der Lehrer dahinter kam.

All ihre mühsam erschufteten Einsen in Biologie, Zweien in Latein und Griechisch waren gelöscht, in blauen Lachen zu Boden getropft und hatten dort schreckliche tiefblaue Flecken auf dem Parkett hinterlassen, die sich nicht mehr entfernen ließen, so hartnäckig man auch schrubbte. Die Jungen vom Chalk House fragten sich, ob der Fluss ihnen schaden wollte. Warum war das ihnen widerfahren, nicht den anderen? Warum wurde ihre Zukunft geopfert? Angesichts dieser Katastrophe kam eine Idee auf, die so behutsam vorgetragen wurde, dass sich später niemand mehr erinnern konnte, von wem sie stammte. *Nimm das Schicksal in die Hand,* lautete der Vorschlag, der von jedem einzelnen Jungen sofort befürwortet wurde. *Zieh deinen Vorteil aus dem Unheil. Nimm dir, was dir verweigert wurde.*

In einer Frühlingsnacht, am dreizehnten Mai, gaben sich die Jungen aus dem Chalk House neue Noten. Aus jeder Ecke des überschwemmten Schulgeländes vernahm man das melodische Quaken der Laubfrösche, und der Mond wanderte über der Bibliothek am rußschwarzen Himmel dahin. Die Jungen verschafften sich Zugang zum Büro des Dekans und tauschten ihre eigenen Namen gegen die Namen der Jungen aus dem Otto House und der Sharpe Hall aus, nahmen Noten für sich in Anspruch, die sie nicht verdient hatten. Sie bewältigten die Aufgabe mühelos, eine kleine verbrecherische Tat, für die sie nur einen Dietrich vom Schlosser brauchten und ein wenig Tinte; ein simpler und doch so wirkungsvoller Zaubertrick, dass sie beschlossen, sich selbst als Zauberer zu bezeichnen, auch wenn sie nur dieses eine Kunststück beherrschten.

Zum Ende des Schuljahrs irrten die Jungen aus den anderen Wohnheimen, denen die Aufnahme in Harvard oder Yale sicher gewesen war, auf dem Schulgelände umher, verzweifelt und verwirrt. Sie fragten sich, was aus all ihren Mühen geworden war, denn ihre Noten waren spurlos verschwunden, und von diesem Tag an wurde das Wort Gerechtigkeit aus ihrem Wortschatz gestrichen. Von den Jungen im Chalk House, die sich dem »Club der Zauberer« angeschlossen hatten, wurde bedingungslose Treue verlangt. Wenn einer von ihnen nicht bereit war zu betrügen, verlor man keine Zeit. Jungen, an deren Loyalität es auch nur den geringsten Zweifel gab, wurden von den anderen zu der Wiese geschleift, wo die Kaninchen gerne ihren Bau anlegten, und bis zur Besinnungslosigkeit geprügelt. Indem sie sich selbst und ihre Brüder schützten, lernten die Jungen eine wichtige Lektion über Zusammenhalt. Regeln hielten eine Gruppe zusammen, sicherlich, doch eine Gemeinschaft wurde noch verschworener, wenn man gegen die Regeln verstieß.

Diese Philosophie wurde Dave Linden und Nathaniel Gibb dargelegt und schließlich Gus, als er wider Willen am ersten offiziellen Treffen des Schuljahrs teilnahm. Man bildete einen Kreis auf einer Lichtung am Fluss, wenngleich das Wetter dem Club der Zauberer selten wohlgesinnt war. Der Dreizehnte des Monats war meist unwirtlich, ob es nun schneite, gewitterte oder in Strömen goss. An diesem Tag des Treffens im September waren die Felder feucht, Nebel lag über den Wiesen, und der Himmel war schwarz-blau wie brünierter Stahl. Nur hier und da gab es einen Farbtupfer: das Grün einer Stechpalme, ein paar Maulbeeren, einen wilden Truthahn, der wie ein rot-goldener Blitz aus dem Gebüsch hervorschoss. Die Luft war kühl, und die Blüten des purpurfarbigen Wasserdosts färbten sich tiefblau, was immer auf einen harten, kalten Winter schließen ließ. Die Jungen hatten sich in einem lockeren Kreis niedergelassen; einige fläzten im Gras, andere saßen auf einem alten Baumstamm, in dem sie geschmuggelten Whisky und Bier versteckten. Diejenigen, die wussten, was passieren würde und es selbst schon durchgemacht hatten, waren guter Dinge oder sogar ausgelassen. Doch sie hatten ihre Mutprobe bereits bestanden; sie hatten die Angst bereits hinter sich, die Dave Linden, Nathaniel Gibb und sogar dieser Dämlack Gus Pierce, der flach auf dem Rücken lag, bestimmt gerade spürten, während sie auf ihre Einführung warteten.

Die Aufnahmebedingung war simpel: Man musste einem Lebewesen Schaden zufügen. Ob gesetzeswidrig oder untersagt, unmoralisch oder widerrechtlich, ohne diese abscheuliche Heldentat wurde man nicht aufgenommen. Sie war der rote Faden, der das Schicksal einer Person mit dem seiner Brüder verknüpfte. Als man ihnen sagte, was sie zu tun hatten, starrten Nathaniel Gibb und Dave Linden zu Boden. Jeder wusste, dass sie mit den Tränen kämpften, was ihnen keiner verübelte. Das bedeutete nur, dass sie die Aufgabe ernst nahmen. Viel irritierender war das Verhalten von Gus Pierce, der träge auf dem Rücken lag, Rauchringe pustete und in die Baumwipfel blickte.

Es gab nur eine Möglichkeit, die Mutprobe zu umgehen und dennoch Mitglied mit allen Rechten zu werden: das Kunststück zu vollbringen, das Dr. Howe von seiner Frau im Austausch gegen ihre Freiheit verlangt hatte. Wer konnte Annie Howe schon vorwerfen, dass sie sich trennen wollte, wenn man die Kerben am Kamin bedachte und die kaltherzige Art, in der sie ihrer Familie und ihren Freundinnen entfremdet wurde? Doch Dr. Howe war nicht dumm; er erklärte sich nur bereit, auf ihre Forderungen einzugehen, wenn sie eine Aufgabe bewältigte, an der sie zwangsläufig scheitern musste. Sie konnte ihn jederzeit verlassen, wenn es ihr gelang, eine von ihren Lieblingsblumen, den eisweißen Rosen, die neben dem Mädchenwohnheim wuchsen, vor den Augen ihres Mannes rot zu färben.

»Sie hat sich stattdessen umgebracht«, teilten die älteren Schüler jedem mit, der noch nichts von Annies Schicksal wusste. »Wir würden dir davon abraten, es zu versuchen.«

Stattdessen schlug man den neuen Jungen vor, dass sie nach einem der Kaninchen Ausschau halten sollten, die es im Wald und auf den Wiesen in Massen gab. Mit einem Fischernetz und etwas Geduld ließen sie sich leicht einfangen. Dann brauchte man nur noch einen starken Draht um eine Vorderpfote zu wickeln und hatte ein blutiges kleines Souvenir, mit dem man Aufnahme in den Club erhielt. Die besten Rekruten waren jedoch viel origineller; sie verzichteten auf die Kaninchenjagd und bemühten sich darum, die anderen mit einer besonders ausgefallenen oder ungesetzlichen Tat zu übertrumpfen. Wer der Tollkühnste war in der Geschichte von Chalk House, hatte noch keiner festgelegt. In einem Jahr hatte ein Scherzbold aus Baltimore mit einer Handsäge den Stuhl des Dekans im Speisesaal bearbeitet, sodass Bob Thomas in einem Haufen Splitter und Rindfleisch landete, als er sich zum Essen niederließ. Im vorherigen Herbst hatte sich Jonathan Walters, ein stiller Junge aus Buffalo, Zugang zum Schulcomputer verschafft und in sämtlichen Akten für die Universitäten die kritischen Passagen geändert, sodass jeder Schüler eine Unizulassung erhielt. Von Diebstählen bis zu groben Scherzen war alles schon vorgekommen, doch entscheidend war, dass man ernsthaft in Schwierigkeiten kommen würde, falls man entdeckt wurde. Sie alle hatten etwas auf dem Kerbholz, und das war das Band, das sie zusammenhielt.

Gewiss, einige Jungen nutzten die Mutprobe zu ihrem eigenen Vorteil. Vor drei Jahren war Robbie Shaw die Feuerleiter zu dem Zimmer hinaufgestiegen, in dem Carlin jetzt schlief, an einem langen Wochenende, an dem viele verreist waren, was er miteingeplant hatte. Dem vierzehnjährigen Mädchen, das er auserkoren hatte, sagte er, wenn sie auch nur ein Wort darüber verlieren würde, was er getan hatte, würde er wiederkommen und ihr die Kehle durchschneiden. Doch wie sich herausstellte, waren keine weitere Drohungen nötig, denn das Mädchen wurde schon eine Woche später an eine Schule in Rhode Island versetzt. Robbie wurde zwar vorgeworfen, er sei bei dieser Mutprobe zu weit gegangen, aber im Stillen bewunderte man ihn für seine Kühnheit und seine Schlauheit bei der Wahl des Opfers. Das Mädchen wusste zwar genau, wer der Täter war, sagte jedoch nie ein Sterbenswörtchen.

Gus Pierce auszusuchen war leider eine weniger weise Entscheidung gewesen. Während des Treffens hatte er keinerlei Regung gezeigt; keiner konnte ahnen, was in ihm vorging, als er da im feuchten Gras lag. Danach stand er auf und entfernte sich wortlos, von allen argwöhnisch beäugt. Einige hätten sich nicht gewundert, wenn Gus schnurstracks zum Dekan gegangen und sie verpetzt hätte, während andere der Meinung waren, er würde sie der Polizei melden oder vielleicht auch einfach seinen Vater anrufen, damit der ihn abhole. Doch Gus tat nichts dergleichen. Ein anderer Junge mit seinen Ansichten wäre vielleicht noch am selben Abend abgereist, hätte seine Tasche gepackt und sich als Tramper an die Route 17 gestellt, aber Gus war schon immer eigensinnig gewesen. Und vielleicht war er auch hochmütig und glaubte, er könne bei diesem Spiel gewinnen.

Gus hatte Carlin angelogen, was seinen Vater betraf. Der alte Pierce war kein Professor, sondern ein gewöhnlicher Realschullehrer, der am Wochenende bei Kindergeburtstagen auftrat. An diesen Sonntagnachmittagen, an denen Gus mürrisch zu Ehren eines fremden Kindes Kuchen futterte, hatte er wider Willen eine Menge gelernt. Er wusste, dass eine Münze, die man im einen Moment aufisst, nicht Sekunden später in der Handfläche wieder auftauchen kann. Ein Vogel, der von einem Pfeil durchbohrt wird, kann sich nicht schütteln und davonfliegen. Aber ihm war klar, dass sich bestimmte Knoten in einer Schnur durch eine einzige Berührung lösen und dass man Trauben gut in Krügen mit falschem Boden unterbringen kann. Er hatte am Küchentisch gesessen und seinem Vater dabei zugesehen, wie er stundenlang denselben Trick übte, bis aus einem unbeholfenen Versuch ein verblüffendes Kunststück wurde. Gus hatte gelernt, dass es für jede Illusion eine praktische Erklärung gibt, und eine solche Erziehung kann sich als sehr nützlich erweisen. Mit diesem Hintergrund sah Gus Dinge, die andere übersehen, für normal gehalten oder für unwichtig befunden hätten. Eines stand für Gus jedenfalls fest: zu jeder verschlossenen Truhe gibt es einen Schlüssel.

Nadel und Faden

Im Oktober, wenn die Ulmen ihre Blätter abwarfen und die Eichen von einem Tag auf den anderen gelb wurden, kamen die Mäuse aus dem hohen Gras am Flussufer und machten sich auf die Suche nach einem Unterschlupf. Die Mädchen in St. Anne's fanden sie oft in den Schubladen ihrer Kommode oder eingekringelt in ihren Schuhen neben dem Bett. Auch die Wespen zog es ins Warme, und mancher Spaziergänger vernahm ihr Surren in Baumstümpfen und Zaunpfählen. Im Wald kam dorniges Gestrüpp zum Vorschein, das zuvor unter grünem Blattwerk verborgen war, und wenn es regnete, schüttete es wie aus Eimern. Um diese Zeit des Jahres waren die Menschen übellaunig und wurden von Kopfschmerzen und Missgeschicken geplagt. Bei hoher Luftfeuchtigkeit versagten die elektrischen Geräte den Dienst. Autos sprangen nicht an, Staubsauger spieen Dreck aus, Wasserkocher gerieten ins Stottern und verstummten dann. In der ersten Woche des Monats standen morgens bei Selena's so viele Leute Schlange zum Kaffeeholen, nervös und angespannt, dass es durchaus zum Krach kommen konnte zwischen einem gewöhnlichen Kunden und einem unausstehlichen Hitzkopf wie Teddy Humphrey, dessen Frau Nikki klug genug war, ihn vor allem an solchen trüben Oktobertagen niemals vor seiner ersten Tasse Kaffee anzusprechen, damals, als sie noch verheiratet waren.

An einem kalten Abend, als die Schwäne auf dem Fluss angestrengt paddelten, um das Eis von sich fern zu halten, gingen Betsy und Eric zum Essen ins Haddan Inn. Es sollte ein besonderer Abend werden; sie wollten endlich einmal alleine sein. Sie hatten Lamm und Kartoffelpüree bestellt, doch beim Essen stellte Betsy plötzlich fest, dass sie keinen Bissen herunterbekam. Sie entschuldigte sich und ging nach draußen an die frische Luft. Von der Terrasse des Restaurants hatte sie einen Blick auf die weißen Häuser der Main Street, die sich im Zwielicht lavendelblau färbten. Es war ein wunderschöner Abend; auf einem Zaunpfahl saß eine Nachtigall und trällerte eine bezaubernde Melodie. Betsy sann darüber nach, ob jene Blitze, die damals Menschen über Wiesen und Felder gehetzt hatten, sie nicht doch getroffen hatten, obwohl sie zu Hause auf der Couch geblieben war. Es kam ihr vor, als seien manche Gefühle in ihr niedergebrannt, und sie hatte sie nicht einmal vermisst. Ihr wurden doch alle Zutaten zum Glück geboten. Was konnte man sich denn wünschen, außer einem zuverlässigen Mann, einer guten Stellung, einer gesicherten Zukunft? Warum sträubte sich etwas in ihr, als werde sie in dieses Leben hineingestoßen, für das sie sich aus Angst und nicht aus Freude entschieden hatte?

Als Betsy an den Tisch zurückkehrte und Himbeerbiskuits und Cappuccino bestellte, hatte sie sich gefasst. In diesem Restaurant würde sie im nächsten Jahr heiraten, auf diesen Tellern würde das Hochzeitsmahl serviert werden, diese Gläser würde man auf ihr gemeinsames Glück erheben.

»Ich bin froh, dass wir die Feier hier haben werden«, sagte sie zu Eric, als sie das Restaurant verließen, aber sie klang nicht so überzeugt, wie sie eigentlich wollte.

»Nicht zu spießig?«

»Es ist eben ganz Haddan.«

Bei der Wahl des Lokals hatten sie beide über diesen Satz gelacht, da alleine das Wort nach Ordnung und Verlässlichkeit klang. Das Hotel war zwar im alten Stil geführt, doch es war das beste am Ort. Die Zimmer für die auswärtigen Gäste hatten sie schon reserviert, und Erics Mutter, eine anspruchsvolle Person, die zu Rückenbeschwerden neigte, hatte eine besonders harte Matratze verlangt. Erst vor ein paar Tagen hatte Betsy sich das Hotel angesehen und in einem Zimmer im zweiten Stock das gewünschte Modell gefunden, eine Matratze, die so hart war, dass ein rohes Ei darauf zerbrechen würde, wenn man es fallen ließ.

»Wäre das schön, wenn wir jetzt über Nacht hier bleiben könnten«, sagte Eric, als sie sich auf den Rückweg zur Schule machten.

»Können wir doch. Wir schleichen uns nach Mitternacht raus und mieten uns ein. Keiner wird's mitkriegen.« Betsy ließ einen Ast an Mrs. Jeremy Eisenzaun entlangrattern, bis plötzlich das Licht auf der Veranda anging. Sie warf den Ast schnell weg, als Mrs. Jeremy ärgerlich aus ihrem Erkerfenster spähte. »Die Schüler schleichen sich doch ständig raus. Warum sollen wir das nicht mal tun?« Mittlerweile wusste auch Betsy, warum die Zimmer mit Feuerleitern in St. Anne's so begehrt waren. Dieses blasse Mädchen, Carlin, war besonders gut darin, nachts lautlos über die Feuerleiter zu verschwinden.

»Wir müssen mit gutem Beispiel vorangehen«, hielt Eric Betsy vor.

Betsy blickte ihn prüfend an, um zu sehen, ob er sich über sie lustig machte, aber sein hübsches ernsthaftes Gesicht wirkte nur besorgt. Verantwortung nahm er nicht auf die leichte Schulter, und tatsächlich war es gut, dass Betsy an diesem

Abend pünktlich zur Stelle war, denn als sie in St. Anne's eintraf, saßen zwanzig Mädchen zusammengekauert im dunklen Wohnraum, unschlüssig, was sie tun sollten. Es kam immer wieder vor, dass in St. Anne's die Sicherungen durchbrannten, und außer Maureen Davis, die ihren Kerzenvorrat zur Verfügung stellte, hatte sich keines der Mädchen zu helfen gewusst. Betsy marschierte schnurstracks zu Helen Davis und musste feststellen, dass die ältere Hausmutter ihr Zimmer mit einer großen Taschenlampe beleuchtet hatte und in aller Seelenruhe Tee trank, anstatt sich um das Wohlergehen ihrer Schützlinge zu kümmern.

Einige Tage darauf gab es erneut einen Vorfall, bei dem Helen Davis keinen Finger rührte. Carlin Leanders Zimmergenossin Amy Elliot wurde von einem Zaunkönig gebissen, der irgendwie ins Haus gelangt war, über den Betten der Mädchen herumflatterte und immer wieder an die Wände und an die Decke stieß. Wem so etwas passiere, dem drohe Unheil, sagte der Volksmund, und wenn man den Vogel töte, verschlimmere man sein Schicksal noch. Genau das jedoch tat Amy, indem sie ihr Geschichtsbuch auf den Zaunkönig warf und ihm damit Schädel und Rückgrat zerschmetterte. Binnen Minuten schwoll Amys Bein an und verfärbte sich schwarz. Man gab ihr Schmerztabletten, legte kalte Kompressen auf und rief ihre Eltern in New Jersey an. Und wo steckte Helen Davis, als Betsy wie eine Verrückte herumrannte, Amy zur Notaufnahme in Hamilton fuhr und sie dann behutsam über die holprigen Straßen von Haddan zurückchauffierte? Helen hatte sich wieder ihrer Lektüre zugewandt, und falls sie das Klopfen der Gefährtin des Zaunkönigs am Fenster hörte, schenkte sie dem keine Beachtung. Spätestens, als sie abends ihren Kater hinausließ, herrschte wieder Ruhe.

»Sind wir nicht verantwortlich für die Mädchen? Ich dachte, es sei unsere Aufgabe, ihnen zu helfen«, beschwerte sich Betsy am selben Abend bei Helen. »Meinen Sie nicht?«

Es war enorm anstrengend gewesen, sich um Amy zu kümmern, die den ganzen Weg zum Krankenhaus gejammert und geheult hatte, weil sie fürchtete, durch den Biss das Bein zu verlieren, doch Antibiotika und Bettruhe verfehlten ihre Wirkung nicht. Der Abend gestaltete sich für Betsy noch schlimmer, denn nun musste sie den zerschmetterten kleinen Vogel begraben, der jetzt unter einem Wacholderbusch ruhte. Als Betsy bei Helen klopfte, waren ihre Hände noch erdverschmiert und ihre Lippen blau vor Kälte. Vielleicht hatte Helen Davis Mitleid mit ihr, weil sie so erbarmungswürdig aussah.

»Sie sind doch schon groß, meine Liebe. Allmählich könnten sie das eine oder andere lernen, finden Sie nicht? Unsere Aufgabe ist es, ihnen beim Erwachsenwerden zu helfen, und nicht, sie zu verhätscheln. Sie sind den jungen Mädchen schon zu lange ausgesetzt.« Helen hatte zwar nicht die Absicht, freundlich zu sein, musste aber feststellen, dass ihr die junge Frau sympathisch war. »Schulen wie Haddan saugen Sie aus, wenn Sie es zulassen, und Teenager ebenso.«

In der Haddan School schien irgendetwas in der Luft zu liegen, das der Vernunft abträglich war. Betsy hatte gemerkt, dass einige der Mädchen, die in ihrer Obhut standen, zunehmend zügelloser wurden. Es stiegen mehr Mädchen nachts aus dem Fenster als in den Betten blieben, und einige verstießen so unverfroren gegen die Regeln, dass Betsy ihnen als Strafe für ihre Verspätungen und ihre Achtlosigkeit auftrug, die Aufenthaltsräume zu putzen. Es gab allerdings einen Grund für dieses entfesselte Benehmen: Die Mädchen von

St. Anne's pflegten sich im Oktober zu verlieben. Jedes Jahr erfasste die Mädchen vom ersten bis zum letzten Tag des Monats ein Liebestaumel, und viele von ihnen verliebten sich auf den ersten Blick so unsterblich, dass man glauben konnte, es geschehe zum allerersten Mal auf Erden. Eine solche Art von Liebe war ansteckend, breitete sich aus wie Grippe oder Masern. Die Paare blieben weg bis in die frühen Morgenstunden, wo man sie eng umschlungen im Bootsschuppen fand. Die Mädchen aßen und schliefen nicht mehr, sondern küssten ihre Liebsten, bis ihre Lippen wund waren, dösten dann während des Unterrichts und gaben sich ihren Tagträumen hin, während sie Klassenarbeiten schreiben sollten.

Verliebte Mädchen hatten häufig Heißhunger auf sonderbare Dinge wie saure Gurken oder Kürbiskuchen, und einige von ihnen waren der festen Überzeugung, dass man im Namen der Liebe überstürzt handeln dürfe. Maureen Brown zum Beispiel schien es nichts auszumachen, als Betsy einen Jungen aus dem Chalk House unter ihrem zerwühlten Bett entdeckte. Immer wieder gab es Mädchen, die sich vor Sehnsucht so verzehrten, dass sie jegliche Vernunft außer Acht ließen und sich nur noch der Liebe hingaben. Ja, sogar Helen Davis war einst ein leichtes Opfer der Liebe gewesen. Heutzutage sei sie so kalt, dass Wasser in einem Glas gefriere, wenn sie es berühre, sagte man, doch das war nicht immer so. In ihrem ersten Jahr in der Schule, als sie vierundzwanzig war und der Oktober besonders prachtvoll ausfiel, wanderte Helen jeden Abend so ruhelos durch die Flure, dass sie Spuren in den Teppichen hinterließ. Sie verliebte sich an einem einzigen Nachmittag in Dr. Howe, noch bevor er ihren Namen kannte. In diesem Oktober war der Mond orangerot und schien förmlich zu glühen, und vielleicht ließ Helen sich von seinem starken Licht blenden, denn sie wollte übersehen, dass Dr. Howe verheiratet war. Sie hätte es besser wissen, hätte sich zähmen müssen, doch noch vor Ende des Monats hatte sie eingewilligt, sich spätnachts mit ihm in seinem Büro zu treffen, und sie kam nicht auf den Gedanken, dass sie weder die erste noch die letzte Frau war, die das tat.

Die schüchterne Helen, die stets so ernsthaft und zurückhaltend gewesen war, verzehrte sich nun vor Sehnsucht. In ihrer Leidenschaft sah sie in Dr. Howes Gattin nur eine rothaarige Frau, die im Garten arbeitete, ein Hindernis, das sie umgehen musste, um den Mann, den sie liebte, für sich zu gewinnen. Den ganzen Winter lang übersah Helen Annie Howe; sie schaute nicht auf, wenn sie einander begegneten, und deshalb gehörte Helen zu den Letzten, die erfuhren, dass Annie im Frühjahr ein Kind erwartete, was Dr. Howe jedoch nicht davon abhielt, sie zu betrügen.

Helen beachtete Annie nicht bis zu jenem Tag im März, als alle Rosen abgeschnitten wurden. An diesem Nachmittag kam Helen mit Büchern unter dem Arm aus der Bibliothek und sah Mrs. Howe mit einer Heckenschere, die sie aus dem Schuppen des Hausmeisters geholt hatte, am Boden kauern. Die meisten Stöcke hatte Annie sich bereits vorgenommen; überall lagen Zweige und Ranken, als sei ein Sturm über das Gelände hinweggefegt und habe nur Dornen und schwarze Borke zurückgelassen. Annie war eine hoch gewachsene Frau, und die Schwangerschaft machte sie noch schöner. Ihr Haar leuchtete wie Feuer, ihre Haut schimmerte wie Satin, weiß und durchscheinend. Doch mit der Schere in der Hand wirkte sie bedrohlich, und Helen blieb wie angewurzelt stehen, während Annie über die Zimtrosen neben der Bibliothek herfiel. Helen war jung und naiv, und ihr fehlte die Erfahrung, um zu begreifen, was sie da erlebte, doch sogar sie spürte, dass sie es hier mit großem Leid zu tun hatte. Als sie neben den Trauerbuchen stand, um ihr Leben fürchtend, erahnte Helen zum ersten Mal, dass vielleicht sie diejenige war, die Schuld trug an diesem Leid.

Annie dagegen beachtete Helen nicht. Sie war viel zu vertieft in ihre Tätigkeit, um jemanden zu bemerken. Der Tag war windstill, und es roch betäubend nach Nelken, als Annie sich die duftenden Snowbird-Rosen neben dem Speisesaal vornahm und jeden Trieb so sorgfältig zerstörte, dass er nie wieder Blüten tragen konnte. Sie schien nicht zu bemerken, dass ihre Hände zerstochen waren, als sie auf das Wohnheim der Mädchen zuging, zu jener Laube, die sie selbst in Auftrag gegeben hatte, und den Polarrosen, die sie zehn Jahre lang erfolglos gehegt hatte, bis sie nun endlich erblüht waren. Denn an diesem frostigen Märztag, Monate zu früh, hatten sich einige der weißen Knospen geöffnet und bebten sachte in dem kühlen silbrigen Licht. Annie machte sich mit der Schere über die Ranken her, doch sie war unachtsam, und bevor sie merkte, was sie tat, hatte sie sich die Spitze des Ringfingers abgeschnitten, und das Blut schoss aus der Wunde. Helen erschrak, doch Annie gab keinen Laut von sich, sondern griff nach einer der abgeschnittenen Rosen. Trotz der Dornen presste sie die Rose an sich und ließ ihr Blut auf die Blüte tropfen. Und als die Blätter sich rot färbten, schien sie zu lächeln.

Als die Schwäne ihre Herrin dort auf dem Rasen entdeckten, kamen sie zu ihr gelaufen, verzweifelt schnatternd, und rissen sich Federn aus. Der Radau schien Annie aus ihrer Trance zu erwecken, und sie blickte auf die Verletzung, die sie sich zugefügt hatte, wie eine Schlafwandlerin, die nicht verstehen kann, wie sie so einen weiten Weg zurücklegen konnte. Noch immer floss Blut aus dem Finger, stockender jetzt. Die Blüte war schon so voll gesogen, dass sie zu zerfallen begann, und Annie steckte die rot gefärbten Blätter sorgfältig wieder zusammen. Unterdessen hatte sich die Kunde von Annies Raserei herumgesprochen. Die Frau eines Lehrers war den ganzen Weg zum Polizeirevier gerannt, weil sie um ihr Leben fürchtete. Zwei der drei Polizisten vom Revier in Haddan gingen bald in den Ruhestand, sodass man diesen Einsatz dem jungen Wright Grey übertrug.

Annie kannte Wright, seit sie denken konnte. Sie waren jeden Tag gemeinsam zur Schule nach Hamilton marschiert und an schwülen Tagen im Sixth Commandment Pond schwimmen gegangen. Als Wright Annie nun höflich bat, ihn zum Krankenhaus in Hamilton zu begleiten, widersetzte sie sich nicht. Nach all diesen Jahren sah Helen Davis noch deutlich vor sich, wie behutsam Wright Annie damals aufhalf. Sie nahm seine blauen Augen und den besorgten Blick wahr, als Annie darauf bestand, dass er sein Taschentuch nicht um ihre verletzte Hand wickeln sollte, was er verständlicherweise tun wollte, sondern um die befleckte weiße Rose.

Nach knapp einer Woche kehrte Annie zurück, doch sie sah anders aus. Sie trug ihr Haar jetzt in einem Zopf, wie trauernde Frauen es häufig tun. Sie war schwerer geworden und bewegte sich langsamer. Wenn man sie ansprach, wirkte sie verwirrt, als könne sie nicht einmal mehr der einfachsten Aufforderung nachkommen. Das lag vielleicht daran, dass sie wirklich geglaubt hatte, ihr Mann würde sie freigeben, wenn sie eine Rose rot färbe, doch als sie das Leinentaschentuch entfaltete, das sie von ihrem alten Schulfreund geliehen hatte, lachte Dr. Howe nur. Rotes Blut wird schwarz mit der Zeit, und die getrockneten Blütenblätter von Rosen zerfallen zu Staub. Annie Howe hätte ihrem Gatten auch eine Hand voll Ruß aushändigen können statt der Rose, die sie mit ihrem Blut verfärbt hatte.

Helen konnte sich nun nicht mehr einbilden, dass Dr. Howe der ihre war, und nicht mehr übersehen, dass er in Kürze Vater sein würde. Wenn er sie jetzt küsste, dachte Helen an Annies rotes Haar. Wenn sie ihr Kleid aufknöpfte, hörte sie das Gezeter der Schwäne. Sie ging ihm aus dem Weg, bis sie eines Morgens, als es noch dunkel war und die Mädchen fest schlummerten, Schritte auf der Treppe hörte. Helen zog ihren Morgenmantel über und öffnete die Tür, weil sie glaubte, eines der Mädchen bräuchte Hilfe, doch stattdessen fand sie Dr. Howe vor.

»Geh wieder schlafen«, sagte er zu Helen.

Helen blinzelte. War er wirklich da? Vielleicht hatte sie ihn herbeigezaubert und konnte ihn ebenso schnell wieder verschwinden lassen. Doch nein, Dr. Howe war aus Fleisch und Blut, sie spürte das Gewicht seiner Hand auf ihrem Arm.

»Schließ die Tür«, sagte Dr. Howe, und weil er so dringlich klang und es noch so früh war, gehorchte Helen, doch später fragte sie sich immer wieder, was geschehen wäre, wenn sie sich geweigert hätte. Wenigstens hätte sie dann die Wahrheit erfahren.

Einige Stunden später entdeckten zwei vierzehnjährige Mädchen Annie auf dem Dachboden. Ihre Schreie weckten jeden im Haus und erschreckten die Kaninchen im Dickicht so sehr, dass sie blindlings flüchteten, bei hellem Tageslicht über die grüne Wiese rasten und dabei von den Rotschwanzbussarden gepackt wurden, die in den Buchen auf solche Gelegenheiten lauerten. Annie hatte sich mit dem Gürtel von

Helens Mantel erhängt, den sie an der Garderobe gefunden hatte. Helen hatte den Mantel erst kürzlich bei Lord & Taylor erstanden, und er war eigentlich viel zu teuer für sie gewesen, doch das hielt sie nicht davon ab, ihn noch an diesem Nachmittag in die Mülltonne hinter der Bibliothek zu befördern.

Weil Annie Howe sich das Leben genommen hatte, gab es keine Trauerfeier und kein Begräbnis auf dem Schulfriedhof oder dem Kirchhof hinter dem Rathaus. Noch Wochen nach ihrem Tod roch das Haus nach Rosen, obwohl das Wetter trübe war und nirgendwo Blumen blühten. Der Duft hing im Treppenhaus, im Keller und in jedem Zimmer. Manche Mädchen bekamen davon Migräne, anderen wurde übel, und wieder andere brachen bei der kleinsten Aufregung in Tränen aus, ob sie nun eine Kränkung hinnehmen mussten oder den Verlust einer Hoffnung. Auch wenn Fenster und Türen geschlossen waren, ließ der Duft nicht nach, so als seien Rosenstöcke durch die Dielen der überheizten Flure gewachsen. Vor allem unter dem Dachboden war der Duft extrem, und als ein paar Mädchen sich hinaufschlichen, um den Ort der Tat zu betrachten, fielen sie um wie tot, mussten hinuntergetragen werden und eine Woche im Bett verbringen, bis sie wieder bei Sinnen waren.

Nur Helen Davis nahm nichts davon wahr. Wenn sie durchs Wohnheim spazierte, roch sie nur den frischen Duft von Seife, den durchdringenden Geruch der Schuhcreme, die klebrige Süße von Veilchenwasser. Helen schnüffelte an Vorhängen und Teppichen; sie ging auf den Dachboden und atmete tief ein, doch der Rosenduft entzog sich ihr, im Haus und auch im Garten. Noch heute, wenn Helen im Dorf an einem Rosenstrauch vorüberging, einer Velvet Fragrance vielleicht, deren tiefrote Blüten einen so betörenden Duft verströmen, dass jede Biene im ganzen County davon angezogen wird, bemerkte sie nichts davon. Sie konnte an Lois Jeremys viel gerühmten Damaszenerrosen vorüberschlendern, die für ihren zitronigen Duft bekannt waren, und roch nur frisch gemähtes Gras und klare Landluft.

Zum Gedenken an das ungeborene Kind der Howes stellte man ein kleines steinernes Lamm auf dem Friedhof der Schule auf, und einige Frauen aus dem Dorf legten ihm noch immer Kränze um den Hals und hofften, damit Krankheiten von ihrer Familie abzuwenden und ihre Töchter und Söhne zu schützen. Und warum sollte auch solche Magie nicht möglich sein? Bis zum heutigen Tag riecht es in St. Anne's auch dann nach Rosen, wenn in den Gärten nichts blüht, doch nur die Empfindsamsten und Nervösesten unter den Mädchen nehmen den Duft wahr. Amy Elliott zum Beispiel, die allergisch war gegen Rosen, musste zu einem Spezialisten nach Hamilton geschickt werden, als sie in St. Anne's einzog, und bekam einen Inhalator und Kortisonspritzen verordnet. Einige Mädchen, die unter dem Dach wohnten, wie Maureen Brown und Peggy Anthony, versuchten herauszufinden, wieso sie an den Armen Ausschlag hatten. Sie räumten die Schreibtische aus und durchsuchten die Schränke, doch sie fanden nur ein paar Fussel und Toastkrümel, die die Mäuse übrig gelassen hatten.

Alte Häuser haben ihre lästigen Eigenheiten – hämmernde Heizkörper, unerklärliche Gerüche –, aber auch ihre Vorzüge. In St. Anne's beispielsweise blieben die Dinge vertraulich, weil keine Geräusche durch die dicken mit Rosshaar isolierten Wände drangen. Dank der soliden Wände und der schweren Eichentüren konnte man im ersten Stock eine Party feiern, ohne dass die Mädchen unter dem Dachboden etwas davon mitbekamen. Kaum jemand wusste, dass Carlin Leander sich häufig abends davonschlich, dass Peggy Anthony in ihrem Koffer gierig nach Schokoriegeln kramte und Maureen Browns Freunde heimlich nachts zu Besuch kamen. Deshalb war es Helen Davis auch gelungen, ihre Krankheit seit zwei Jahren geheim zu halten. Sie litt an Linksherzinsuffizienz, und obwohl die Ärzte sie während der Sommerferien operiert und ihr die richtigen Medikamente verschrieben hatten, verschlechterte sich ihr Zustand stetig. Ihr Herz, das durch ein rheumatisches Fieber in ihrer Kindheit geschwächt war, pumpte nicht mehr genug Blut; ihre Lungen waren schon überanstrengt, und sie hustete nächtelang.

Schließlich gestanden Helens Ärzte ihr ein, dass sie nichts mehr tun konnten. Angesichts dieser endgültigen Diagnose glitt ihr Leben ihr aus den Händen wie eine Wollspule, die sich aufrollt. Der Einzige im ganzen Ort, der über ihre Situation Bescheid wusste, war Pete Byers, der Apotheker, und er sprach nie mit ihr über ihren Zustand. Pete händigte ihr lediglich ihre Medikamente aus, plauderte über das Wetter und machte dabei dasselbe nachdenkliche Gesicht wie immer, ob ein Kunde nun Krebs hatte oder einen Sonnenbrand. Er hatte es nicht zur Sprache gebracht, aber Pete war nicht entgangen, wie mager Helen geworden war. Beim letzten Mal, als sie ihre Medikamente holte, war sie so schwach, dass Pete den Laden zuschloss und sie in die Schule zurückfuhr.

In letzter Zeit fiel es Helen sogar schwer, ihre Schuhe anzuziehen oder die Knöpfe ihrer Bluse zu schließen; es war ihr zu anstrengend, das Futtersilo für die Vögel aufzufüllen oder dem Kater ein Schälchen Sahne hinzustellen. In der Woche zuvor hatte sie die bislang demütigendste Situation erlebt: Sie konnte nach dem Unterricht ihre Büchertasche nicht mehr heben, sie war ihr einfach zu schwer geworden. Sie blieb an ihrem Pult sitzen, sah bedrückt zu, wie der Raum sich leerte, und verfluchte ihr schwächliches Herz. Neidvoll beobachtete sie, wie Jungen und Mädchen sich so lässig schwere Rucksäcke über die Schulter warfen, als enthielten sie Stroh oder Federn. Sie konnten sich nicht vorstellen, was es bedeutete, wenn jeder Gegenstand zu Stein wurde. Gibt man einem Jungen einen Stein in die Hand, schleudert er ihn über den Fluss. Ein Mädchen wird einen Stein unter ihrem Absatz zermalmen, die Splitter aufreihen und sie um den Hals tragen wie Perlen oder Diamanten. Doch für Helen war Stein nicht mehr wandelbar. Jedes Buch auf ihrem Tisch, jeder Bleistift, jeder Füller, die Wolken, der Himmel, ihre eigenen Knochen, alles war nur noch aus Stein für sie.

Auch Betsy Chase wäre wohl nicht hinter Helens Geheimnis gekommen, wenn diese sie nicht zum Tee eingeladen hätte. Helen hatte sich spontan zu dieser törichten Geste der Höflichkeit verleiten lassen, die nicht folgenlos bleiben würde, wie sich bald herausstellte. Betsy saß im Wohnzimmer und hörte den Wasserkessel pfeifen, und als sich niemand darum kümmerte, wurde sie unruhig. Sie ging in die Küche, wo sie Helen am Tisch vorfand, außer Stande, sich zu erheben. In der Küche herrschte Chaos. Am Boden lagen stapelweise Zeitungen, in der Spüle häufte sich schmutziges Geschirr. Trotz der Anwesenheit des Katers hatten die Mäuse sich den Raum erobert; sie flitzten durch Schränke und Vorratskammern, furchtlos wie Wölfe. Der Kühlschrank enthielt so gut wie nichts, seit geraumer Zeit ernährte sich Miss Davis nur von Brot und Butter. Nachdem sie Betsy eingeladen und das Teewasser aufgesetzt hatte, merkte sie, dass auch der Tee ausgegangen war. Geschah ihr recht, wieso war sie auch so dumm und bildete sich ein, einen Gast bewirten zu können, wo doch Menschen sowieso nur Scherereien machten, wie man wusste.

»Es ist alles in Ordnung«, sagte Helen, als sie Betsys besorgtes Gesicht sah. Mitleid war das Letzte, was sie brauchen konnte. Betsy stellte den Wasserkessel ab, und dabei dachte sie an Carlin Leander, die hübsche Stipendiatin, die beinahe jeden Tag dieselben Sachen trug und am Wochenende nie mit den anderen ausging. »Ich glaube, Sie könnten hier ein bisschen Hilfe gebrauchen, und ich weiß jemanden, der ideal dafür wäre. Das Mädchen kann das Geld brauchen, und Sie können jemanden brauchen, der mit anpackt.«

»Ich will nicht, dass hier jemand herumkramt.« Helen war schwindlig, aber es gelang ihr, fast so unfreundlich zu klingen wie gewöhnlich. Doch diesmal ließ Betsy sich nicht mehr abschrecken. Sie durchforstete die Schränke und entdeckte schließlich etwas Brauchbares, eine Dose Rührkaffee.

Obwohl der Kaffee grauenhaft schmeckte, hatte er auf Helen schon nach dem ersten Schluck eine belebende Wirkung. Falls man es jetzt von ihr verlangte, würde sie es schaffen, zum Gebäude der Historiker und wieder zurückzulaufen. Die verfluchte Büchertasche würde sie glatt über ihren Kopf hieven können, nicht wahr? Sie fühlte sich auf einmal so gestärkt, dass sie nicht bemerkte, wie Betsy in der Speisekammer schnüffelte.

»Wo sind die Rosen?«, fragte Betsy. »Hier müssen irgendwo welche sein.«

»Hier sind nirgendwo Rosen.« Wie üblich bemerkte Helen den Duft nicht. Sie hatte die Vorstellung aufgegeben, dass sie etwas, das ihr bislang entgangen war, noch erleben würde, ebenso wie die Hoffnung, dass sie Vergebung finden würde für ihre Jugendsünden. »Da ist nichts. Ein altes Duftsäckchen.«

Dabei erinnerte sich Helen, dass Annie Howe zu besonderen Anlässen immer einen Biskuitkuchen mit Rosenaroma gebacken hatte, an Ostern zum Beispiel oder am Geburtstag von Schülern. Frische Vanille und Rosenblätter wurden zum Teig gegeben, bevor die Form in den Ofen kam, und vielleicht wurden die Schüler deshalb unwillkürlich angezogen von Annies Küche, und die Mutigeren klopften an die Tür und fragten, ob sie mal kosten könnten. Heutzutage buk niemand mehr, und an Rosenblätter und Vanille im Teig war gar nicht mehr zu denken. Heutzutage gab man sich mit Fertigdesserts, schnellen Scheidungen und wässrigem Rührkaffee zufrieden. Vielleicht hatte Helen schon zu lange gelebt; es gab gewiss Tage, an denen sie dieses Gefühl nicht loswurde. So vieles hatte sich verändert, und sie war nicht mehr das Mädchen, das einst nach Haddan kam, dieses ahnungslose Kind, das so viel zu wissen glaubte. Sie lernte damals die ganze Nacht, wartete auf den Sonnenaufgang. Nun war sie froh, wenn sie es von der Küche ins Schlafzimmer schaffte, ohne dass ihre Knie weich wurden. Sie war zu schwach zum Supermarkt zu gehen, geschweige denn ihre Sachen nach Hause zu tragen. Manchmal hatte sie sich abends gewünscht, jemanden bei sich zu haben, der ihr Gesellschaft leistete oder die Hand hielt.

»Nun gut, wenn Sie darauf bestehen«, sagte Helen Davis. »Schicken Sie das Mädchen her.«

Harry McKenna beschloss, dass er Carlin haben musste, als er sie an einem verregneten Nachmittag in der Tür der Bibliothek stehen sah. In den tieferen Zweigen einer Hängebirke saßen zwei Tyrannvögel, die ihr Leben lang zusammenbleiben würden, wie es bei ihrer Art üblich ist, und sangen ein besonders zärtliches Lied. Die meisten Vögel meiden den Regen, nicht jedoch die Tyrannvögel, und das Mädchen mit den grünen Augen zeigte sie Gus Pierce, der es irgendwie geschafft hatte, genau in dem Augenblick an Carlins Seite zu stehen, als Harry sie zum ersten Mal sah.

Carlin lachte; sie schien den Regen nicht zu spüren, und ihr Haar schimmerte silbrig in der Nässe. In diesem Augenblick wusste Harry, dass er sie begehrte, und er zweifelte keine Sekunde daran, dass sie in Kürze ihm gehören würde wie alles, was er sich wünschte. Er ging zu den Schwimmveranstaltungen, saß im Publikum und klatschte so laut, wenn sie auftrat, dass binnen kurzem alle im Team über Carlins nicht allzu heimlichen Verehrer tuschelten. Im Speisesaal setzte er sich an einen Tisch in ihrer Nähe, und sein Verlangen nach ihr war so deutlich und heftig, dass alle Mädchen ringsum seine Hitze spürten.

»Sieh dich vor«, sagte Gus zu Carlin, als er Harry McKenna bemerkte. »Er ist ein Unhold.«

Doch natürlich tat Carlin nach dieser Bemerkung, was jedes vernünftige Mädchen getan hätte: Sie verschaffte sich selbst einen Eindruck. Sie war auf ein geiferndes Ungeheuer gefasst und erblickte stattdessen den schönsten Jungen, den sie je gesehen hatte. Ja, ihr war nicht entgangen, dass jemand sie anfeuerte beim Schwimmen. Sie wusste auch, dass ihr jemand folgte, und sie hatte Amy und Pie von ihrem wunderbaren und doch so unerreichbaren Harry schwärmen hören. Doch Carlin hatte immer wieder Verehrer gehabt, und auch diesem hatte sie keinerlei Beachtung geschenkt, bis zu jenem Augenblick. Sie warf ihm ein kurzes Lächeln zu, aber dieser eine Blick überzeugte Harry davon, dass er mit Geduld und Nachdruck über kurz oder lang bekommen würde, wonach ihn verlangte.

Verführung war schon immer eine von Harrys Stärken gewesen; er hatte ein Talent dafür, als sei er mit der Gabe, Komplimente zu machen, auf die Welt gekommen. Die hübschesten älteren und jüngeren Schülerinnen hatte er bereits durchgemacht. Es waren Mädchen darunter, deren Leben er zerstört hatte, und andere, die immer wieder anriefen, obwohl er keinen Hehl machte aus seinem Desinteresse, und wieder andere, die unerschütterlich darauf warteten, dass er zu ihnen zurückkommen und ihnen treu sein werde. Solche Mädchen langweilten ihn, er war bereit für eine Herausforderung, und es bereitete ihm Vergnügen, vor der Schwimmhalle auf Carlin zu warten. Wenn sie dann mit den anderen Schwimmerinnen herauskam, stand er da, und seine Absichten waren so offensichtlich, dass die anderen Mädchen sich anstießen und neidisch tuschelten. Bald ließ Carlin sich von Harry zu St. Anne's begleiten. Sie hielten sich an der Hand, bevor sie einander in die Augen sahen; sie küssten sich, bevor sie sprachen. Carlin hätte sich nicht daran ergötzen sollen, dass sie von ihren Mitbewohnerinnen in St. Anne's beneidet wurde, und doch tat sie genau das. Sie errötete allerliebst, wenn sie die giftigen Blicke der anderen spürte. Und sie war noch schöner geworden. Im Dunkeln schimmerte sie, als bringe die Gehässigkeit und die Begierde der anderen Mädchen sie zum Leuchten.

Harry verschwieg sie natürlich ihre Herkunft. Er wusste nichts davon, dass sie kein Geld hatte, um sich bei Selena's eine Tasse Kaffee zu leisten, dass sie kaum ihre Bücher bezahlen konnte und kaum etwas zum Anziehen besaß. Sie hatte keine vernünftigen Strümpfe, keine Winterkleidung, keine Stiefel. Sie war gezwungen, auf Miss Chases Vorschlag einzugehen und zwanzig Stunden die Woche für Miss Helen Davis zu putzen, einzukaufen und Besorgungen zu machen. Miss

Davis jedenfalls kam zu dem Schluss, dass sie es gar nicht so abscheulich fand, Carlin um sich zu haben, wie sie befürchtet hatte. Das Mädchen war leise und fix. Im Gegensatz zu den verwöhnten Mädchen aus gutem Hause, wusste sie mit Schrubber und Besen umzugehen. Carlin hatte auch begonnen, abends für Miss Davis zu kochen, nichts Großartiges, eine gebratene Hähnchenbrust vielleicht, die sie mit Zitrone und Petersilie anrichtete und mit einer Backkartoffel servierte. Sie hatte in den Schränken alte Kochbücher entdeckt, die keiner je benutzt hatte, und versuchte sich an Desserts: mal gab es Trauben-Nuss-Pudding, dann Preiselbeer-Pflaumen-Kompott und freitags immer Käsekuchen.

Diese Mahlzeiten waren bei weitem das Köstlichste, was seit langer Zeit auf Miss Davis' Tisch gelandet war. Sie hatte es seit fünfzehn Jahren vorgezogen, auf ihrem Zimmer Dosensuppe und Cracker zu sich zu nehmen, anstatt den Radau im Speisesaal zu ertragen. »Ich hoffe nur, Sie glauben nicht, dass Sie deshalb bessere Noten von mir kriegen«, sagte sie jedes Mal, wenn sie sich zum Essen niederließ.

Carlin machte sich nicht die Mühe, ihre Arbeitgeberin daran zu erinnern, dass sie nicht in ihrer Klasse war. Sie hatte das Pech gehabt, in Mr. Hermans Kurs über alte Geschichte zu landen, den sie entsetzlich langweilig fand. Doch sie antwortete nie auf Miss Davis' Bemerkungen. Sie stand aufrecht an der Spüle, wusch weiter das Geschirr, und ihr Haar glänzte aschfahl in dem trüben Licht. Sie sprach ohnehin selten, sondern rührte lieber die Suppe auf der hinteren Flamme des Herds um, die es am nächsten Tag zum Mittagessen gab, und träumte von Schuhen, die sie im Schaufenster von Hingram's Schuhladen gesehen hatte, schwarzen Stiefeln mit silbrigen Schnallen. Sie dachte daran, welche Lügen sie Harry

McKenna erzählt hatte, nicht nur über ihre Herkunft, sondern auch über ihre Erfahrenheit in der Liebe. In Wirklichkeit war sie noch nicht einmal geküsst worden. Sie war davongelaufen vor der Liebe, so wie ihre Mutter ohne Umschweife und Zweifel darauf zugerannt war. Die Beziehung zu Harry brachte Carlin völlig durcheinander. Sie hatte einen Weg eingeschlagen, den sie nicht verstand und nicht zu deuten wusste, und weil sie es gewohnt war, alles im Griff zu haben, geriet die Welt um sie herum ins Taumeln.

»Was ist eigentlich mit Ihnen los?«, fragte Helen eines Abends. Carlin arbeitete schon seit einigen Wochen für sie und hatte bislang kaum gesprochen. »Sind Sie auf den Mund gefallen?«

Helens griesgrämiger Kater Midnight hockte auf ihrem Schoß und wartete auf seinen Anteil am Huhn. Er war uralt und in vielen Kämpfen verwundet worden, doch er bestand jeden Abend darauf, hinausgelassen zu werden. Er sprang auf den Boden und kratzte an der Tür, bis Carlin ihm öffnete. Es wurde jetzt früher dunkel, und die Wolken am Horizont färbten sich scharlachrot und stahlblau im Zwielicht.

»Ich wette, Sie sind verliebt.« Helen bildete sich etwas darauf ein, dass sie immer merkte, welche Mädchen es im Oktober erwischte.

»Möchten Sie Karamelcreme?« Carlin kehrte zum Herd zurück.

Carlin erzählte niemanden, dass sie bei Miss Davis Geld bekam, sondern behauptete, sie arbeite im Dienste der Gemeinde. Gus wollte sie das auch sagen, doch sie fand keine Gelegenheit dazu, da er ihr aus dem Weg ging. Wenn er sah, dass sie auf ihn zukam, verschwand er hinter einer Hecke oder einem Baum und flitzte einen Pfad oder einen Weg entlang, bevor Carlin ihn einholen konnte. Er konnte Harry nicht leiden, das war das Problem, und in letzter Zeit schien er auch Carlin nicht mehr leiden zu können. Eigentlich war es ein einziges Bild, das ihn von ihr fern hielt. Eines Nachmittags beugte sich Carlin über das Tor am Gartenzaun von St. Anne's, um Harry zum Abschied zu küssen, obwohl sie hätte wissen müssen, dass man niemanden über ein Tor hinweg küsst, denn es heißt, dass die Liebenden sich dann entzweien, bevor der Tag zu Ende geht. Als sie aufblickte, sah Carlin, dass Gus sie beobachtete. Bevor sie ihn rufen konnte, war er verschwunden wie jene tollkühnen Assistenten von Zauberkünstlern, die in Kisten steigen, um sich zersägen und wieder zusammensetzen zu lassen. Doch Gus tauchte nicht wieder auf; er blieb verschwunden.

Es hieß, dass er seine Mahlzeiten auf dem Zimmer einnahm und immer dieselben Sachen trug, und manche wussten zu berichten, dass er nicht einmal reagierte, wenn man ihn mit Namen ansprach. Tatsächlich schwänzte er den Unterricht und wanderte stattdessen durch die Stadt. Er kannte sich jetzt gut aus in Haddan, vor allem in jenen einsamen Gegenden am Fluss, wo die Marmormolche im grünen Wasser des Sixth Commandment Pond laichten. Er spazierte die Wege entlang und blickte zum Himmel auf, wenn große Amselschwärme aufflogen. Viele Einwohner von Haddan zog es um diese Jahreszeit nach draußen. Die Herbstfarben waren jetzt am schönsten, und die Wiesen und Wälder erstrahlten in einem Schwindel erregenden Panorama aus Gelb- und Rotschattierungen. Das Fioringras stand in voller Blüte auf den Feldern, und die wilden Trauben waren reif; in den Gärten und auf den Veranden der Häuser sah man Töpfe mit purpurroten und goldfarbenen Chrysanthemen und Astern.

Doch August Pierce unternahm seine Streifzüge durch die Natur nicht der Landschaft wegen, sondern um die Schule zu meiden. Wenn die anderen Schüler morgens im Unterricht saßen, hatte Gus schon seinen Stammplatz am Tresen des Drugstores eingenommen und bestellte schwarzen Kaffee. Dort lungerte er, über ein Kreuzworträtsel gebeugt, häufig bis zum frühen Mittag. Für gewöhnlich schätzte Pete Byers es nicht, wenn Schüler während der Schulzeit bei ihm saßen, doch Gus war ihm sympathisch, und er verstand, was der Junge in der Schule durchmachte. Pete hatte mehr Einblick in das Privatleben der Leute als jeder andere in der Stadt; er wusste besser Bescheid über ihre Bedürfnisse und Probleme als deren Ehepartner und war auch im Bilde darüber, was die Schüler der Haddan School bewegte.

Wer Pete gut kannte, wusste, dass er niemals tratschte und über niemanden urteilte. Er war so freundlich zu Carlin, die bei ihm Ohrstöpsel fürs Schwimmen kaufte, wie zum alten Rex Hailey, der schon sein Leben lang in den Drugstore kam und gerne eine Stunde plauderte, wenn er sein Coumadin abholte, das ihn vor einem weiteren Schlaganfall bewahren sollte. Als Mary Beth Toshs Vater an Darmkrebs erkrankte und das Geld von der Versicherung nicht rechtzeitig eintraf, gab Pete Mary Beth alle Medikamente umsonst, bis die Zahlungen erfolgten. In seiner langen Laufbahn hatte Pete Byers weitaus mehr Menschen krank werden und sterben sehen als diese jungen Ärzte in Hamilton. Heutzutage schien keiner mehr zweimal zum selben Arzt zu gehen, weil die Patienten herumgeschoben wurden wie Figuren auf einem Spielbrett. Dr. Stephens, der fünfundvierzig Jahre lang seine Praxis an der Main Street gehabt hatte, war ein großartiger alter Knabe gewesen, aber er hatte sich zur Ruhe gesetzt und war nach Florida gezogen, und auch vorher schon waren die Leute zu Pete gekommen, wenn sie Ansprache brauchten, woran sich bis heute nichts geändert hatte.

Pete hatte noch nie irgendetwas weitererzählt, dass man ihm anvertraut hatte. Er sprach noch nicht einmal mit seiner Frau Eileen darüber, wäre niemals auf die Idee gekommen, ihr mitzuteilen, welches Mitglied des Garden Club Hühneraugen hatte oder ein Medikament gegen Unruhezustände einnahm. Vor Jahren hatte Pete einmal eine Hilfskraft eingestellt, einen Burschen namens Jimmy Quinn, doch als Pete merkte, dass sein neuer Mitarbeiter beim Mittagessen die Akten der Kunden studierte, entließ er ihn noch am selben Tag. Seither hielt Pete seine Ordner unter Verschluss. Nicht einmal sein Neffe Sean, den man ihm aus Boston geschickt hatte, damit er zur Vernunft kam und in Hamilton die High School abschloss, hatte Zugang zu den Akten. Nicht dass es sinnvoll gewesen wäre, Sean Byers zu vertrauen. Er war ein dunkelhaariger, gut aussehender Siebzehnjähriger, der es geschafft hatte, sein Leben so gründlich zu verpfuschen, dass sich sogar seine Mutter, Petes Lieblingsschwester Jeanette, die sich sonst gerne aus allem heraushielt, zum Handeln gezwungen sah. Sean hatte zwei Autos gestohlen; beim zweiten Diebstahl hatte man ihn erwischt. Deshalb wurde er jetzt dem üblen Einfluss der Großstadt entzogen, ins Niemandsland geschickt und der Obhut seines Onkels unterstellt. Wenn Sean nach der Schule bei seinem Onkel zur Arbeit antrat und Gus im Drugstore vorfand, freute er sich. Wenigstens war da noch einer in Haddan, der das Kaff genauso hasste wie er.

»Vielleicht sollten wir tauschen«, schlug Sean eines Tages vor. Es war Spätnachmittag, und Sean schielte zu einem Tisch hinüber, an dem nur Mädchen von der Haddan School saßen.

Keine würdigte ihn auch nur eines Blickes, trotz seines guten Aussehens. Er jobbte im Drugstore, was ihn für diese Art von Mädchen unsichtbar machte. »Du gehst auf die öffentliche Schule und spülst hier die Tassen, und ich setz mich in deine Klasse und schau mir die hübschen Mädchen an.«

Gus hatte so viel Kaffee getrunken und geraucht, dass ihm die Hände zitterten. Seit er in Haddan war, hatte er fünf Kilo abgenommen und war noch dürrer geworden.

»Da wäre ich besser dran, das kannst du mir glauben«, versicherte er Sean Byers. »Die Haddan School würde dich fertig machen. Du würdest bald aus dem Fenster springen. Oder um Gnade winseln.«

»Warum sollte ich dir glauben?« Sean lachte. Er brauchte immer Beweise, vor allem in punkto Ehrlichkeit und Vertrauen. In seiner Art von Leben hatte er gelernt, dass ein Mann, der fordert, dass man ihm Glauben schenkt, durchaus derselbe sein kann, der einen umlegen lässt.

Gus beschloss, die Herausforderung anzunehmen und sich als würdig zu erweisen. Er hatte sich einen süßen Plunder bestellt, der gerade aus dem Ofen kam, ideal für seinen Trick. »Gib mir deine Armbanduhr«, sagte er zu Sean. Der reagierte nicht gleich, aber Gus hatte sein Interesse geweckt. Sean hatte schon einiges erlebt, aber in gewisser Hinsicht war er ziemlich naiv und somit das perfekte Opfer.

»Willst du nun wissen, ob du mir glauben kannst?«, fragte Gus.

Sean hatte die Uhr als Abschiedsgeschenk von seiner Mutter bekommen. Sie war das Wertvollste, was er besaß, aber er nahm sie ab und legte sie auf den Tresen. Gus machte die notwendigen Gesten, um sein zweifelndes Publikum abzulenken, und bevor Sean es sich versah, war die Uhr verschwunden. Sogar die Mädchen von der Haddan School schauten zu ihnen herüber.

»Bestimmt hat er sie verschluckt«, mutmaßte eines der Mädchen.

»Wenn du an seinem Nabel horchst, hörst du wahrscheinlich das Ticken«, fügte ein anderes hinzu.

Gus beachtete sie nicht, sondern konzentrierte sich auf sein Kunststück. Er hatte sein Talent für Tricks dieser Art entdeckt. »Meinst du, ich hab deine Uhr verloren?«, forderte er Sean heraus. »Vielleicht hab ich sie auch gestohlen. Vielleicht war es ein schwerer Fehler von dir, mir zu trauen.«

Sean lag nun ebenso viel daran zu sehen, wie die Uhr wieder auftauchte, wie an dem guten Stück selbst. Er hatte sein Leben lang geglaubt, die Spielregeln zu kennen: Schnapp dir den anderen, bevor er dich schnappt; lebe schnell und wild. Doch nun wurde ihm bewusst, dass er niemals andere Möglichkeiten erwogen hatte. Vielleicht war die Welt doch nicht so leicht zu durchschauen, wie er immer geglaubt hatte. Er legte beide Hände auf den kühlen Tresen und scherte sich nicht darum, wer nach der Rechnung verlangte oder einen Kaffee zum Mitnehmen wollte. Er war fasziniert. »Na los«, sagte er zu Gus. »Mach weiter.«

Gus nahm ein Messer vom Tresen und schnitt den Plunder auf. Mitten in dem dampfenden Gebäck lag die Uhr.

»O Mann.« Sean war beeindruckt. »Das ist ja irre. Wie hast du das gemacht?«

Doch Gus zuckte nur mit den Schultern und stand auf, um sich ein Medikament abzuholen, das Pete für ihn zusammengestellt hatte. Gus hatte nicht die Absicht, Sean den Trick zu verraten. Man musste sorgfältig abwägen, wie viel man preisgab, aber dann und wann konnte selbst der Argwöhnischste nicht vermeiden, sich jemandem anzuvertrauen. Wie so viele vor ihm hatte Gus beschlossen, Pete in alles einzuweihen.

»Und wie sieht's mit meinem anderen Problem aus?«, fragte er den Apotheker, als er das Versicherungsformular für das Medikament ausfüllte. Heute war der Dreizehnte, und Gus hatte gehofft, dass Pete ihm bei der Sache im Chalk House helfen könnte.

»Ich arbeite dran«, versicherte ihm Pete. »Ich hab ein paar Ideen. Weißt du, wenn du zur Schule gehen würdest, statt den ganzen Tag hier herumzuhocken, könntest du den anderen Burschen beweisen, wie schlau du bist, und wärst der Sieger. Das sage ich Sean auch die ganze Zeit.«

»Haben Sie ihm auch von der Zahnfee erzählt? Und irgendwas von Wahrheit und Gerechtigkeit und dass die Sanftmütigen das Erdreich besitzen?«

Gus war felsenfest überzeugt, dass die Sanftmütigen in Haddan gar nichts besitzen würden, weshalb er an diesem Abend seine Tasche packte und zum Bahnhof ging. Er hatte nicht die Absicht, sich an den barbarischen Ritualen des Clubs der Zauberer zu beteiligen. Zu dem Zeitpunkt, als Nathaniel Gibb eine blutige Hasenpfote aus dem Baumwolltaschentuch wickelte, das er von seiner Großmutter zu Weihnachten bekommen hatte, hielt Gus nach dem Zug Richtung Boston Ausschau, der um Viertel nach acht eintreffen sollte. Es war ein kalter Abend, der erste Nachtfrost stand bevor. Gus dachte an seinen Vater, der noch immer so große Erwartungen an ihn hatte. Er dachte daran, wie lange er nach New York unterwegs sein würde, wie oft er schon die Schule gewechselt hatte und was für eine Enttäuschung er für seinen Vater wohl war. Und dann, bevor er sich Einhalt gebieten konnte, dachte er an Carlin Leanders silbriges Haar, das nach Seife und Schwimmbad roch. Kurz vor acht kam ein Streifenwagen vorbei, und der Polizist schaute zum Fenster heraus und fragte Gus, worauf er warte. Da Gus nicht die geringste Ahnung hatte, nahm er seine Tasche und ging zur Schule zurück, den langen Weg durchs Dorf. An Lois Jeremys Garten mit den kuchentellergroßen Chrysanthemen vorbei, an Selena's, wo Nikki Humphrey gerade die Tür abschloss. Schließlich schlug er den Weg ein, der an den Trauerbuchen vorüberführte, die Annie Howe vor so vielen Jahren gepflanzt hatte. Er kehrte nur ungern an jenen Ort zurück, vor dem er sich am meisten fürchtete, sein Zimmer in der Schule, doch an diesem kalten blauen Abend vor dem ersten Nachtfrost hatte August Pierce keine andere Wahl.

Am Nachmittag bemerkte Maureen Brown auf einer Wiese unweit der Schule einen blutigen Fleck. Sie suchte nach Tieren für ihren Biokurs, vor allem nach dem scheuen Leopardfrosch, wanderte weiter an Kiefern und Birken vorbei und kämpfte sich zuletzt zwischen Disteln und Dornen zu einer Stelle durch, wo sie auf den Kadaver eines Kaninchens stieß, dem eine Pfote fehlte. In dieser Zeit des Jahres sind die Blätter an den wilden Blaubeersträuchern feuerrot, und auf Feldern, in Gärten und am Wegrand findet man die hohen Stängel der Goldrute. Maureen war nach dieser Entdeckung so erschüttert, dass sie Bettruhe brauchte. Man musste sie in ihr Zimmer im dritten Stock von St. Anne's hochtragen, und als sie sich erholt hatte, wollte sie nur wieder am Unterricht teilnehmen, wenn sie den Biokurs aufgeben durfte. Das Schuljahr war zwar schon vorangeschritten, aber man erlaubte ihr in den Fotografiekurs zu wechseln, für den sie eigentlich kein Talent hatte. Dennoch brachte Betsy es in Anbetracht der

Umstände nicht übers Herz, ihr von dem Kurs abzuraten. Eric konnte kein Verständnis für Betsys Mitleid aufbringen.

»Stell dir vor, du findest so etwas«, sagte Betsy zu Eric auf dem Weg zu einem späten Sonntagsfrühstück im Drugstore. »Was für ein Albtraum.«

»Es war nur ein Kaninchen. Die stehen im Hotel sogar auf der Speisekarte. Jeden Nachmittag werden da welche gekocht und gebraten, und keiner grault sich davor, aber wenn man eines im Wald findet, ist es gleich eine Tragödie.«

»Wahrscheinlich hast du Recht«, sagte Betsy, obwohl sie keineswegs überzeugt war.

»Aber sicher«, bekräftigte Eric. »Der Tod eines Kaninchens ist betrüblich, aber keine Staatsaffäre.«

In den vergangenen Wochen waren Eric und Betsy so eingespannt gewesen, dass sie sich kaum gesehen hatten. Sie waren sich nicht einmal körperlich näher gekommen, weil sie so viel zu tun hatten, und in der Schule konnten sie sich nirgendwo zurückziehen. Wenn sie sich in Erics Zimmer trafen, bestand immer die Gefahr, dass einer der Schüler an die Tür klopfte. Und wenn es ihnen dann trotz allem doch gelungen war, sich der körperlichen Liebe zu widmen, waren sie so angespannt wie einsame Singles, die an ihrem ersten Abend zu weit gehen. Ihre Entfremdung war vielleicht unvermeidlich, weil sie ihre ganze Kraft für die Schüler brauchten, wie für diese Maureen, die Betsy mit ihrem traumatischen Erlebnis im Wald die ganze Woche in Atem hielt.

»Hast du dir mal überlegt, ob dieses Mädchen vielleicht einfach ein verwöhntes Töchterchen ist?«, fragte Eric jetzt.

Betsy musste zugeben, dass es für einen Mann, der einen Doktor in Geschichte des Altertums vorweisen konnte, eine Zumutung war, sich mit den Nöten von Jugendlichen zu befassen, die nicht einmal mit dem kleinsten Missgeschick alleine zurechtkamen. Oh, wie sehr sehnte sich Eric danach, an einer Universität zu lehren, wo die Studenten sich selbst um ihre Wehwehchen kümmerten und es nur um die Vermittlung von Wissen ging. In diesem Jahr machte Eric vor allem dieser anstrengende Gus Pierce zu schaffen, der in seiner Klasse saß und eindeutig nicht das Zeug zum Lernen hatte. Seit einigen Tagen strich er nun um Erics Tür herum, bis Eric ihn schließlich fragte, ob er irgendein Problem habe. Er war sich allerdings im Klaren darüber, dass solche Jungen immer ein Problem hatten und man sich am besten nicht damit aufhielt.

Dass Gus nicht zu dem Treffen am dreizehnten Oktober erschienen war, hatte er bitter büßen müssen. Als sie seiner habhaft wurden, zerrten sie ihn in den Gemeinschaftsraum und verriegelten die Tür. Harry McKenna hielt ihm eine brennende Zigarette an den Arm, ein Brandzeichen, das ihn daran erinnern sollte, dass man sich an die Regeln zu halten hatte. Noch Tage später hatte Gus den Geruch seines eigenen verbrannten Fleischs in der Nase, und er hatte immer das Gefühl, dass er brannte, unter dem Pullover, unter dem Mantel. Seit Tagen versuchte er den Mut aufzubringen, mit einem Hausvater zu sprechen. »Kann ich kurz reinkommen?«, fragte er Mr. Herman. »Kann ich mit Ihnen unter vier Augen sprechen?«

Das wurde ihm natürlich verweigert. Schüler in die eigene Wohnung zu lassen, führte zu Vertraulichkeit und Autoritätsverlust und verstieß somit gegen den Verhaltenskodex der Schule. Gus Pierce war also gezwungen, neben Eric herzuhasten, als dieser zur Bibliothek eilte. Der Junge hustete und stotterte und brachte eine an den Haaren herbeigezogene Geschichte über Misshandlung vor. Gus war es zuwider, sich wie eine Petze auf dem Spielplatz zu benehmen, und Eric musste notgedrungen zuhören, wie er zögernd mit den Einzelheiten herausrückte. Die Sonne war schwach, doch Eric spürte, wie ihm der Schweiß auf die Stirn trat. Solches Gerede wollte niemand aus dem Kollegium hören; es passte nicht zum Image der Schule, und derlei aufrührerische Reden führten schnell zu Gerichtsprozessen und ruinierten Karrieren.

Der Junge, der da behauptete, misshandelt zu werden, war über einsfünfundachtzig und sah nicht nach einem hilflosen Opfer aus. Als er sein Hemd hochzog, bemerkte Eric Blutergüsse am Rücken und am Brustkorb und eine Brandwunde, von der Gus behauptete, sie sei frisch, doch was bewies das schon? Beim Fußball- oder Footballspielen holte man sich leicht blaue Flecken dieser Art. Vermutlich hatte der Junge sich die Male selbst zugefügt, denn viele an der Schule schätzten ihn als gestört ein. August Pierce würde bei einigen Kursen durch die Prüfung fallen; erst letzte Woche hatten seine Lehrer und der Dekan sich getroffen, um seine schlechten Leistungen zu erörtern. Es stand nicht gut um ihn, und einige Lehrer waren der Meinung, dass er das Schuljahr nicht schaffen würde.

»Vielleicht sollten Sie mal die Verantwortung für sich selbst übernehmen«, sagte Eric. »Wenn Ihnen einer zusetzt, dann wehren Sie sich, Mann.«

Eric merkte schon, dass der Junge nicht zuhörte.

»Ich versuche Ihnen zu helfen, Gus«, sagte Eric.

»Klasse.« Der Junge nickte. »Tausend Dank.«

Als er Gus davonschlurfen sah, war Eric zufrieden, dass er seine Pflicht erfüllt hatte. Er hatte nicht die Absicht, sich Gus ans Bein zu binden, auch wenn die anderen Schüler ihm die

Hölle heiß machten. Vermutlich hatte er es verdient, wenn sie ihm übel mitspielten. Er war eine Zumutung. Was hatte er denn erwartet? Dass seine Wohngenossen ihn bewunderten, dass sie begeistert von ihm waren? Eric wusste, dass es im Chalk House eine Hackordnung gab wie früher in seiner High School und auch in seiner Verbindung an der Universität. Jungs waren eben Jungs, das war der Lauf der Welt. Einige würden anständig werden, andere böse, und der Rest würde irgendwo dazwischen bleiben und sich in die eine oder die andere Richtung entwickeln, je nach Umständen oder Einflüssen.

Auch reagierten Menschen unterschiedlich auf Druck. Dave Linden zum Beispiel beklagte sich nie darüber, dass er die Zimmer der Älteren putzen oder für sie lügen musste, aber er hatte zu stottern begonnen. Nathaniel Gibb dagegen wurde regelmäßig von Albträumen gequält; als er eines Nachts aufwachte, stand er am Fenster und starrte in den dunklen Hof, als ob jemand mit seinen Zukunftsaussichten je auf den Gedanken käme, da hinunterzuspringen. Gus wehrte sich gegen die Angriffe der älteren Schüler durch passiven Widerstand. Ob sie ihm nun Brandwunden zufügten oder ihn verhöhnten, er dachte nur an das Weltall, an seine endlose Weite und die Menschen, die nur ein Stäubchen darstellten im Universum. Es wunderte ihn nicht im Mindesten, dass Eric Herman ihm nicht helfen wollte; er schämte sich eher, weil er überhaupt Hilfe gesucht hatte.

Und so ließ er sich schlagen, ohne sich zu wehren, es wäre sowieso sinnlos gewesen. Er mied das Schulgelände noch häufiger als zuvor, hielt sich vor allem im Ort auf und übernachtete sogar im Schlafsack in der Gasse hinter dem Drugstore und dem Blumenladen. Sean Byers leistete ihm dort häufig Gesellschaft, denn die beiden Jungen bildeten jetzt eine verschworene Gemeinschaft, die sich auf ihrer gemeinsamen Verachtung für ihre Umwelt begründete. Sie rauchten Marihuana in der Gasse, in der es nach Abfällen stank. Gus war so froh, nicht im Chalk House zu sein, dass ihn nicht einmal die Ratten störten, die in der Gasse hausten, stumme schattenhafte Wesen, die nach Essensresten suchten. Von diesem guten Aussichtsplan aus konnte er den Orion sehen, der um Mitternacht im Osten aufging und die Stadt in ein fiebrig helles Licht tauchte. Das große Viereck des Pegasus hing am Himmel wie eine Laterne. Wenn er unter diesem gewaltigen Firmament Grass rauchte, fühlte Gus sich schillernd und frei, doch diese Empfindung trog, und er wusste es. Er war zu der Überzeugung gelangt, dass er nur entkommen konnte, wenn es ihm gelang, den Zaubertrick zu vollführen, den noch niemand geschafft hatte. Vielleicht würde er die Aufgabe bewältigen, an der Annie Howe gescheitert war; vielleicht würde er die Rosen rot färben.

In den großen weißen Häusern pflegte man an Halloween Kürbislaternen auf die Veranda zu stellen, um den Kindern, die für gewöhnlich die Grundstücke nicht betreten durften, ein Zeichen zu geben. Die Jüngsten zogen spätnachmittags als Piraten oder Prinzessinnen verkleidet von einem Haus zum anderen, marschierten durch Berge von altem Laub und forderten Süßigkeiten. Vor den Läden standen eimerweise Leckereien, und bei Selena's gab es *mocha lattes* umsonst. Im Hotel bekam man zum Abendessen Kürbisquiche auf Kosten des Hauses, und im Millstone tranken die Gäste, die sich zur Feier des Tages Plastikmasken und Clownsnasen aufgesetzt hatten, meist so viel, dass sie am Ende des Abends nach Hause gebracht werden mussten.

In Haddan gab es oft Scherereien an Halloween. Die sechs Polizisten, die sonst im Einsatz waren, erhielten Verstärkung von Einheimischen, mit denen man für den Abend einen Stundensatz vereinbart hatte. Häufig genügte der Anblick eines Streifenwagens an der Lovewell Ecke Main Street, um schlimmen Schabernack zu verhindern. Dennoch waren manche Leute wild entschlossen, sich ungeachtet der Folgen an diesem Abend des Jahres gründlich auszutoben. Irgendwer wickelte immer Klopapier um Bäume, was vor allem Lois Jeremy empörte, deren Zierkirschen besonders empfindlich waren, und Haustüren und vorbeifahrende Autos wurden mit Eiern beworfen. Einmal wurde das Vorderfenster bei Selena's eingeschlagen, in einem anderen Jahr die Hintertür des Blumenladens mit einer Axt zerhackt. Solche Streiche konnten übler enden als erwartet, wenn ein Ladenbesitzer eine Schusswaffe unter der Theke hatte, was auch in Haddan vorkam. Oder ein Wagen mit Teenagern raste davon, bog zu schnell auf die Forest oder Pine Street ab, und die Insassen landeten im Krankenhaus; zurück blieb ein Haufen zerbrochener Eier.

Es gibt immer jemanden, der jede Vorsichtsregel missachtet, vor allem an diesem düsteren Abend, an dem Kobolde über die Main Street ziehen, die Hände klebrig von Schokolade und Zuckerzeug. In diesem Jahr kam Ostwind auf, was immer ein schlechtes Zeichen ist, behaupten die Fischer, und er riss die letzten Blätter von den Bäumen. Es war ein nebliger Abend, und der Himmel war finster, doch das hielt die Jungen aus dem Chalk House nicht davon ab, wie jedes Jahr an Halloween eine Party im Wald zu feiern. Teilnehmen durfte nur, wer eingeladen war, und Teddy Humphrey hatte gegen einen Aufschlag von hundert Dollar eingewilligt, ihnen zwei Fässer Bier zu verkaufen, und einen weiteren Fünfziger dafür kassiert, dass er die schweren Fässer in den Wald schaffte.

Carlin Leander war natürlich auch eingeladen. Sie war der unumstrittene Star, das Mädchen, mit dem jeder befreundet sein wollte. Sicher, sie hatte exzellente Noten und wurde für die beste Schwimmerin ihres Teams gehalten, doch für ihre plötzliche Beliebtheit an der Schule gab es nur einen Grund: Sie ging mit Harry McKenna. Sie war aus dem Nichts aufgetaucht und hatte ihn erobert, ohne sich im Geringsten zu bemühen, was einige Mädchen rasend machte, die seit Jahren hinter ihm her waren. Amy Elliott war so neidisch, dass sie immer an Carlins Bett hockte und ihr Informationen zu entlocken versuchte. Schloss Harry die Augen, wenn er sie küsste? Flüsterte er dann etwas? Seufzte er?

Amy war nicht das einzige Mädchen in St. Anne's, das an Carlins Stelle sein wollte, und einige hatten begonnen, sie zu imitieren. Sie holten sich bei Hingram's dieselben Stiefel, die Carlin dort gekauft hatte, und rührten ihre feinen Kalbslederstiefel nicht mehr an, die dreimal so viel gekostet hatten. Maureen Brown ging jetzt immer am Wochenende ins Schwimmbad, und Peggy Anthony steckte ihre Haare mit silbrigen Spangen hoch. Erst vor einigen Tagen hatte Carlin bemerkt, dass Amy ein schwarzes T-Shirt trug, das ihrem eigenen zum Verwechseln ähnlich sah. Als das T-Shirt dann in der Wäsche landete, stellte Carlin fest, dass es tatsächlich ihres war und dass Amy es aus ihrer Kommode geklaut hatte, was Carlin mit größter Genugtuung erfüllte, denn dieses Shirt hatte genau zwei Dollar und neunundneunzig Cents gekostet und war vermutlich das billigste Kleidungsstück, das Amy je getragen hatte.

Dennoch fragte sich Carlin gelegentlich, ob sie sich selbst

ein Bein gestellt hatte. Harry war ihre erste Liebe, aber manchmal erkannte sie ihn nicht. Sie sah ihn irgendwo auf dem Hof und blinzelte. Es hätte auch einer der anderen älteren Jungen sein können, der ihr da winkte und ihren Namen rief. Carlin musste daran denken, wie einsam ihre Mutter ihr oft erschienen war, trotz ihrer vielen Verehrer. Unglücklicherweise verstand Carlin diese Einsamkeit nun, denn sie vermisste Gus Pierce. Dass er nicht bei ihr war, schmerzte sie wie eine Schnittwunde oder ein Knochenbruch. Doch was konnte sie tun? Harry hatte ihr eingeredet, dass man mit Gus nicht befreundet sein konnte. Pierce machte sich unmöglich mit seinem schlechten Benehmen. Wenn er ausnahmsweise einmal zum Unterricht erschien, wollte keiner neben ihm sitzen; er stank, redete vor sich hin und betrug sich von Tag zu Tag sonderbarer. Man musste ihm aus dem Weg gehen, denn wer konnte schon wissen, wo dieses merkwürdige Benehmen noch hinführte?

Carlin hatte Harrys Ratschlag befolgt und Gus nichts von der Halloweenparty gesagt, aber ohne ihn hatte sie keinen Spaß daran. Sie hatte sich schick gemacht und trug ein Kleid, das sie sich von Miss Davis geborgt hatte, aber sie fühlte sich scheußlich, gelangweilt und geplagt von Gewissensbissen wegen Gus. Irgendwer hatte noch Rum in das Bier geschüttet, und eines der Fässer war bereits leer. Maureen Brown, die nach zwei Bechern Bier schon betrunken war, zeigte jedem, der sich dafür interessierte, ihr oranges Halloweenhöschen. Carlin fand die Betrunkenen entnervend und öde. Die meisten hatten sich mit Vampirzähnen, schwarzen Perücken und weißer Schminke im Gesicht maskiert, dem Standardangebot zu Halloween im Drugstore.

In der Lichtung brannte ein Lagerfeuer, und das Knacken

der Scheite hallte in dem kleinen Tal wider. Jeder Schatten gehörte zu jemandem, dem Carlin nicht begegnen wollte – zum Beispiel dieser furchtbaren Christine Percy aus dem Schwimmteam und diesem grässlichen Robbie Shaw, der seine Hände nicht bei sich behalten konnte. Carlin stand am Rand im Dunkeln und beobachtete von dort aus, wie Harry Feuerholz nachlegte und mit seinen Freunden johlte, wenn die Funken zum Himmel stoben. Auch er war betrunken, und Carlin dachte sich, dass er nicht merken würde, wenn sie eine Weile verschwand. Sie schüttete ihr Bier aus, das ohnehin warm geworden war, und huschte unbemerkt davon zum Friedhof, wo sie hoffte, jemanden zu treffen, mit dem sie sich besser verstand.

Das alte schwarze Kleid, das Carlin sich von Miss Davis geborgt hatte, war aus Chiffon, und auf der Wiese blieben Kletten daran haften und rissen kleine Löcher in den zarten Stoff. Sogar hier hörte sie noch das Gejohle von der Party, und tausende von Funken flogen zum Himmel auf. In ihrem trüben rauchigen Licht sah Carlin, dass Gus sich genau dort befand, wo sie ihn erwartet hatte: auf Dr. Howes Grabplatte. Als sie näher kam, blickte er auf.

»Macht die Orgie Spaß?«, rief er. Nur die Funken erleuchteten die Nacht, und es war so dunkel, dass Carlin seinen Gesichtsausdruck nicht erkennen konnte.

»Es ist keine Orgie, bloß ein Fass Bier und ein paar Idioten, die um ein Feuer hüpfen.« Die Luft roch bitter, nach wildem Wein oder feuchtem Laub. Es war schon spät am Abend, und die Lovewell Lane lag verlassen da, nachdem Horden von Teenagern aus ihren Autos heraus Rasierschaum auf Pappeln und Buchsbaumhecken gesprüht hatten.

»Bist du auch sicher, dass du mit mir reden darfst?« Ehrlichkeit tat weh, worauf Gus keinen Wert legte, aber er war ernsthaft verletzt worden. Sicher, Carlin hatte ihm von Anfang an klar gemacht, dass sie nicht mit ihm gehen würde, aber dass sie ausgerechnet Harry ausgewählt hatte, war schlimm für Gus. Jedes Mal, wenn er die beiden zusammen sah, schien die Wunde wieder aufzuplatzen. »Vielleicht solltest du lieber spielen gehen.«

Carlin setzte sich auf Hosteous Moores Grab. »Was ist los mit dir? Ich komme her, um dich zu sehen, und du machst mich an.«

»Hast du keine Angst, dass dein Freund uns zusammen sieht?« Gus drückte seine Zigarette aus, und glühende Funken rieselten über Dr. Howes Grabplatte ins hohe Gras, wo unweit an einer Hecke noch ein paar Ballerinarosen blühten. »Unartiges Mädchen«, sagte Gus. »Du wirst bestimmt bestraft, weil du nicht gehorcht hast.«

In diesem Moment kam Betsy den Weg entlang. Sie hatte die Party der Lehrer verlassen, um frische Luft zu schnappen. Es war eine alberne Veranstaltung; sogar die Kostüme waren enttäuschend. Dr. Jones' Toga bestand aus einem Badehandtuch, das er über seinen Anzug gestülpt hatte, und Bob Thomas und seine Frau waren als Brautpaar erschienen, in ihrem Hochzeitsstaat von damals, was jeden dazu veranlasst hatte, auf Betsy zu zeigen und *du bist als Nächstes dran* zu rufen, als erwarte sie im Juni nicht ein schönes Fest im Weidenzimmer des Gasthauses, sondern die Guillotine. Betsy hatte sich nur einen Moment auf der Veranda aufhalten wollen, doch dann schien der Wind sie voranzutreiben. Sie ging rasch und hörte ihren eigenen Atem im Kopf; mit aller Macht versuchte sie, nicht von Eric enttäuscht zu sein. Sicher, er hatte sie allen vorgestellt und ihr einen Drink besorgt, aber dann schien er es interessanter zu finden, mit Dr. Jones zu sprechen, als mit ihr. Als Betsy das Feuer bemerkte, hielt sie es zuerst für einen Waldbrand. Doch durch die Musik und das Gelächter wurde ihr klar, dass dort gefeiert wurde. Sie hätte vermutlich hingehen und der Sache ein Ende bereiten sollen, spazierte stattdessen aber über die Wiese, und erst als sie schon auf dem Friedhof war, merkte sie, dass sich dort noch jemand aufhielt. Betsy erkannte einen von den neuen Schülern, diesen großen dürren Jungen, den sie schon manchmal während der Unterrichtszeit im Dorf gesehen hatte. Das wütende Mädchen, das dort eine Zigarette rauchte, war Carlin Leander. Die beiden verstießen an diesem Abend gegen so viele Regeln auf einmal, dass Betsy problemlos dafür sorgen könnte, sie von der Schule zu verweisen.

»Ich hab gedacht, du wärst schlauer, Carlin«, hörte sie den Jungen sagen. »Aber du bist auch nicht anders als die anderen.«

Die Worte mussten sie getroffen haben, denn Carlin traten Tränen in die Augen. »Du bist bloß neidisch, weil dich keiner einlädt«, gab sie zurück. »Mit dir will nicht mal einer reden, Gus. Geschweige denn neben dir sitzen, weil du so eklig bist.«

»Findest du das auch?«, fragte Gus. »Freundin.«

»Ja, ich finde das auch! Ich wünschte, ich wäre dir nie begegnet!«, schrie Carlin. »Ich wünschte, ich hätte dich zum Teufel geschickt, als du mich damals im Zug angebaggert hast!«

Gus erhob sich. Seine Arme hingen kraftlos herab. Ihm war schwindlig, als sei er von einer Faust oder einem Pfeil getroffen worden. Betsy litt mit ihm; so ist also Liebe, dachte sie, das tut sie dir an.

»Ich hab es nicht so gemeint«, sagte Carlin hastig. Der weißglühende Schmerz hatte ihr die Worte eingegeben und sie in gemeine Spitzen verwandelt, bevor Carlin sie abwägen oder zurückhalten konnte. »Wirklich, Gus, ich hab's nicht so gemeint.«

»O doch.« Sie sah ihm an, dass er ihr nicht glaubte. »Jedes Wort hast du so gemeint.«

Vom Osten her erhob sich der Wind, scheuchte Feldhüpfmäuse und Erdmäuse in ihren Unterschlupf und jagte Funkenschauer vom Lagerfeuer zum schwarzen Himmel empor. Die Forellen im Fluss hatten sich im Sixth Commandment Pond schon die kältesten Höhlen gesucht und ließen den Wind über sich hinwegbrausen.

Carlin zitterte in ihrem ausgeborgten schwarzen Kleid; ihr war eiskalt, innen wie außen. Gus erwartete zu viel, von ihr und von den anderen. »Vielleicht wäre es besser, wenn wir nicht mehr miteinander reden«, sagte sie. Sie waren beide verletzt, getroffen wie nur Menschen es sein können, die sich sehr nahe sind. »Das ist vielleicht besser für uns beide. Wenn wir mal eine Pause einlegen.«

»Jawohl«, sagte Gus. »Ich weiß deine Fürsorge wirklich zu schätzen.«

Dann wandte er sich ab und lief vor ihr davon. Das Tor stand offen, doch er setzte über den Zaun, wollte sich nicht mit dem Weg aufhalten. Betsy hatte Glück, dass er zwischen den Bäumen hindurchrannte. Man konnte nichts tun außer ihm nachzusehen, wie er davonrannte wie eine Vogelscheuche, die ihr Feld im Stich lässt, im Dunkeln verschwand und wieder auftauchte, mit flatterndem schwarzem Mantel. Er trug so viel Schmerz in sich, dass er ihn wellenförmig auszustrahlen schien. So ist das Leid: Es verfolgt den, der vor ihm flieht, und hinterlässt eine endlose Spur der Trauer. Es war stockfinster, und immer wieder blieb Gus im Unterholz hängen, doch er spürte es nicht. Manche Menschen waren zum Gewinnen und manche zum Verlieren bestimmt, und er wusste, zu welcher Sorte er gehörte. Er war derjenige, der über seine eigenen großen Füße stolperte und dessen Herz an seine Rippen schlug, als er tief in den Wald hineinrannte, derjenige, den sie nie lieben würde.

Eine schreckliche Nacht, doch sie war noch nicht zu Ende, und sogar eine Niete wie er mochte ein paar Runden gewinnen. Gus hatte den Wind im Rücken und fühlte sich zerstört und gestärkt zugleich. Carlin wollte also nichts mehr mit ihm zu tun haben – in gewisser Weise befreite ihn diese Entscheidung. Nun hatte er nichts mehr zu verlieren. Es war spät, und niemand war mehr unterwegs auf den Straßen; die kleinen Gespenster lagen zu Hause in den Betten und träumten von Streichen und Süßigkeiten. Die Horden ungebärdiger Teenager hatten ihr Werk vollendet, die Ulmen an der Main Street mit alten Turnschuhen verziert und Mrs. Jeremys schmiedeeisernen Zaun mit Klopapierschleifen gespickt. Auf den Gehsteigen lagen Weingummis, über die sich Eichhörnchen und Zaunkönige hermachen würden, wenn der Wind sie nicht davonblies. Fensterläden klapperten, und Mülleimer rollten in den Rinnstein. Die Adlerstatue vor dem Rathaus sah noch Furcht erregender aus als sonst, weil ein paar Jungen sie schwarz angepinselt hatten. Danach versuchten sie ihre beschmierten Sachen im eiskalten Wasser des Sixth Commandment Pond zu säubern, um nicht erwischt zu werden, und mussten feststellen, dass es Dinge gibt, die sich nie mehr entfernen lassen.

Im Wald wirbelte der kalte Wind die feuchten Blätterhaufen auf und erschreckte Füchse und Kaninchen. Gus Pierce pfiff beim Gehen vor sich hin, ein paar verstreute Töne, die der Wind verschluckte. Gus überlegte, ob er ein bisschen Gras rauchen sollte, um sich zu entspannen, entschied sich aber dagegen. Er sah das Feuer zwischen den Bäumen und hörte das Lachen der anderen Schüler. Deshalb machte er einen Bogen um die Lichtung, als er zum Fluss hinunterging. Er hörte die Waldratten, die dahinhuschten und dann ins Wasser sprangen, auf der Flucht vor seinen Schritten. Diese Ratten waren schlau, sie marschierten durch Lois Jeremys Garten und überquerten dann die Main Street, wenn sie in den Mülltonnen nach Futter suchen wollten. Sie waren viel zu argwöhnisch, um sich von den Jungen aus Chalk House erwischen zu lassen, wie es Jahr für Jahr den unglückseligen Kaninchen geschah.

Gus dachte an Carlin in ihrem schwarzen Kleid und ihre Tränen, an denen er schuld gewesen war. Er dachte daran, wie oft er versagt hatte. Dem dumpfen Gefühl, dass er womöglich seine letzte Chance bekam, schenkte er ebenso wenig Beachtung wie der Unwägbarkeit seines Schicksals. Er war bereit, sich in dieser besonderen Nacht zu beweisen. Sein Leben lang war August Pierce geflüchtet, doch nun, in dieser kalten und gnadenlosen Stunde, ging er langsamer und war bereit, sich zu stellen. Denn kürzlich hatte er ein Geheimnis entdeckt: Er war viel mutiger, als er immer geglaubt hatte, und für dieses überraschende Geschenk war er dem Himmel dankbar.

DER RING UND DIE TAUBE

Sie fanden ihn am ersten Morgen des November, eine halbe Meile flussabwärts, zwischen Schilf und Binsen. Es war ein klarer blauer Tag, an dem nicht eine Wolke am Himmel stand. Nur sein schwarzer Mantel trieb an der Oberfläche, sodass es auf den ersten Blick aussah, als sei ein Wesen mit Flügeln herabgestürzt, eine gigantische Fledermaus oder eine Krähe ohne Federn oder ein Engel vielleicht, der ins Taumeln geraten und dann ertrunken war in den Tränen dieser armen müden Welt.

Zwei Jungen aus dem Dorf, die Schule schwänzten, entdeckten die Leiche, und von diesem Tag an versäumten sie nie wieder eine Stunde Unterricht. Sie hatten nur eine Forelle angeln wollen und waren dabei auf etwas gestoßen, das an der Biegung bei den alten Weiden im seichten Wasser trieb. Der erste Junge meinte, dass da nur ein Plastiksack den Fluss hinunterschwamm, doch der zweite Junge bemerkte etwas, das so weiß war, dass man es für eine Seerose halten konnte. Erst als er es mit einem Stock anstieß, entpuppte es sich als menschliche Hand.

Als den Jungen klar wurde, was sie da gefunden hatten, rannten sie den ganzen Weg nach Hause, hämmerten an die Haustür, schrien nach ihrer Mutter und gelobten, von diesem Tag an ihr Leben lang artig zu sein. Zwanzig Minuten später stolperten zwei Polizisten vom örtlichen Revier durch Apfelbeersträucher und Stechpalmen zum Fluss hinunter und warteten dort beklommen auf das Team von der Spurensicherung aus Hamilton. Beide Männer wünschten sich, an diesem Tag gar nicht erst aufgestanden zu sein, was aber natürlich keiner laut äußerte. Sie waren diszipliniert und hatten ihre Gefühle unter Kontrolle, auch wenn das in dieser Situation nicht einfach war. Denn trotz der Körpergröße war der Mensch, der dort im Wasser lag, umgeben von Entengrütze, noch ein Junge, der am Anfang seines Lebens gestanden hatte und an einem so strahlenden Novembertag unter dem klaren blauen Himmel umherschlendern sollte.

Die Detectives im Einsatz machten zusammen ein Viertel der Polizei von Haddan aus und waren seit der zweiten Klasse die besten Freunde. Abel Grey und Joey Tosh hatten mit acht Jahren genau an dieser Stelle am Fluss geangelt; offen gestanden, hatten sie damals ziemlich häufig die Schule geschwänzt. Sie kannten immer die besten Stellen, wo man beim Graben Mückenlarven fand, und die Stunden, die sie damit zubrachten, auf eine der großen Silberforellen zu warten, die in den grünen Tiefen des Sixth Commandment Pond lauerten, konnte man kaum errechnen. Die beiden kannten diesen Fluss besser als mancher Mann seinen Garten, aber an diesem Tag wären Abe und Joey gerne weit weg von Haddan gewesen, in Kanada, wo sie diesen Juli zwei Wochen gemeinsam verbracht hatten, als Joey von seiner Frau Mary Beth Urlaub bekam. Am letzten Tag ihrer Ferien hatten Seetaucher sie zu ihrem schönsten Angelplatz geführt. Dort, auf einem silbrigen schmalen See im Osten Kanadas, konnte ein Mann all seine Sorgen vergessen. Doch manche Dinge lassen sich nicht so leicht bewältigen, wie zum Beispiel der schwere Sog des

Wassers, als sie mit zwei langen Stöcken die Leiche umdrehten. Die fahle kalte Haut des ertrunkenen Jungen. Das Keuchen, als sie ihn näher ans Ufer zogen, als wären die Toten im Stande, ein letztes Mal tief durchzuatmen.

An diesem Morgen war von Anfang an alles schief gelaufen. Die beiden Detectives hätten eigentlich nicht mit dem Fall betraut werden sollen, aber sie hatten Dienste getauscht, damit Drew Nelson zu einer Hochzeit außerhalb fahren konnte, und diese freundschaftliche Geste machte sie nun zum Vormund des toten Jungen. Das Wissen, dass Schnappschildkröten und Welse sich bald ans Werk machen würden, trieb sie zur Eile an. Die beiden wussten auch, dass Aale sich gerne an menschlichem Fleisch gütlich taten, und waren erleichtert, dass noch keiner sich an die weicheren Teile des Körpers gewagt hatte, die sie bevorzugten, die Nase, die Fingerspitzen und den Hals.

Weil sie den Toten mit den Stöcken nicht ans Ufer ziehen konnten, rannte Joey Tosh zum Wagen und holte ein Radeisen, um das Bein zu befreien, das unter einem Felsen eingeklemmt war. Die Sonne hatte Kraft an diesem Morgen, aber das Wasser war eiskalt. Als die beiden Polizisten die Leiche ans Ufer gezogen hatten, waren sie durchgefroren bis ins Mark; ihre Kleidung war nass, Schlick war in die Schuhe gedrungen. Abe hatte sich einen Finger an einem scharfkantigen Felsbrocken aufgerissen, und Joey hatte sich die Schulter gezerrt, und nun war alles, was sie für diesen Einsatz vorweisen konnten, ein großer dürrer Junge, dessen milchig weiße Augen so Grauen erregend waren, das Abe seine Regenjacke aus dem Wagen holte und sie über das Gesicht legte.

»Fängt ja gut an, der Tag.« Joey wischte sich den Schlamm von den Händen. Er war achtunddreißig und hatte eine prima Frau, drei Kinder und bald noch ein viertes und ein hübsches Häuschen an der Belvedere Street im Westen von Haddan, wo er und Abe aufgewachsen waren. Und er hatte jede Menge Rechnungen zu bezahlen. Seit kurzem arbeitete er zusätzlich am Wochenende als Wachmann im Einkaufszentrum von Middletown, um noch mehr Geld ranzuschaffen. Das Letzte, was er brauchen konnte, war eine Leiche und der ganze Papierkram, der damit anfiel. Aber sobald er anfing sich darüber zu beklagen, was sich schon auf seinem Schreibtisch stapelte, fiel ihm Abe ins Wort; er wusste genau, worauf Joey hinauswollte.

»Du wirst dich nicht um den Bericht drücken«, stellte Abe klar. »Ich weiß ganz genau, dass du dran bist.«

Abe hatte die Angewohnheit, die Gedanken seines Freundes zu lesen und ihm immer einen Schritt voraus zu sein, genau wie heute. Als sie noch zusammen in Hamilton zur Schule gingen, war Abe der Schwarm aller Mädchen gewesen. Er war groß und dunkelhaarig, hatte hellblaue Augen und war so zurückhaltend, dass viele Frauen meinten, er höre ihnen aufmerksam zu, während in Wirklichkeit kein einziges Wort zu ihm durchdrang. Heute sah er noch besser aus als damals, und es gab einige glücklich verheiratete Frauen, die in ihren geparkten Autos sitzen blieben und Abe anstarrten, wenn er in der Mittagspause an der Grundschule einen der uniformierten Kollegen ablöste und den Verkehr regelte. Manche Frauen riefen beim kleinsten Vorfall die Polizei an – ein knurrender Waschbär, der auf der Veranda saß und sich merkwürdig benahm, oder Hausschlüssel, die ganz zufällig im Wagen eingeschlossen waren –, in der Hoffnung, Abe würde vorbeikommen und sie könnten ihm als Zeichen ihrer Dankbarkeit eine Tasse Kaffee anbieten. Wenn er dann noch etwas anderes wünschte, nachdem er so viel für sie getan hatte, hätten sie ihm auch das gerne gegeben. Ausgesprochen gerne sogar, doch leider ließ Abel Grey sich nicht ablenken. Da konnte eine Frau halb nackt vor ihm stehen, und Abe fragte sachlich, welches Fenster eingeschlagen wurde oder wo man die verdächtigen Schritte zuletzt gehört hatte.

Trotz Abel Greys Aussehen und seiner Wirkung auf Frauen war er Junggeselle geblieben, während Joey längst geheiratet hatte. In Haddan wusste jeder, dass eine Frau, die sich eine Beziehung wünschte, bei Abe an den Falschen geriet. Er war zu rastlos, um sein Herz zu verschenken. Schlimmstenfalls bedachte er die Frauen mit Gleichgültigkeit, bestenfalls ging er auf Abstand, das gab er sogar selbst zu. Er hatte noch nie widersprochen, wenn sie ihm vorwarfen, er habe keinen Zugang zu seinen Gefühlen und sei nicht gewillt, sich zu ihnen zu bekennen. Doch als er jetzt am Flussufer über den toten Jungen wachen musste, wurde Abe von seinen Gefühlen übermannt, was ihm gar nicht ähnlich sah. Er hatte schon oft Tote gesehen; vor einem Monat erst musste er bei einem Verkehrsunfall an der Main Street zwei Männer aus ihren Autos ziehen und feststellen, dass beide nicht mehr am Leben waren. In einer Kleinstadt wie Haddan rief man oft die Polizei, wenn ältere Nachbarn nicht ans Telefon gingen oder die Tür nicht öffneten. Nicht selten fand Abe dann ältere Menschen vor, die einen Schlaganfall oder Infarkt erlitten hatten und tot in ihrer Küche lagen.

Seine schlimmste Begegnung mit dem Tod im Dienst hatte Abe im letzten Frühjahr erlebt, als er und Joey nach Hamilton gerufen wurden, weil man dort Unterstützung brauchte. Ein Kerl hatte seine Frau zu Tode geprügelt, sich dann in seiner Doppelgarage eingeschlossen und sich eine Kugel in den

Kopf gejagt, bevor sie die Tür aufbrechen konnten. Die Zufahrt war danach so blutverschmiert, dass man sie mit dem Schlauch abspritzen musste. Matt Harris von der Spurensicherung, der in dieser Straße aufgewachsen war, rannte auf das Feld hinter dem Haus und erbrach sich, während die anderen sich bemühten, ihn so wenig wahrzunehmen wie das Blut überall und den Geruch des Todes in der milden Aprilluft.

Dieser Vorfall in Hamilton hatte Abe schwer aus der Bahn geworfen. Er zog los, betrank sich und verschwand drei Tage lang, bis Joey ihn schließlich im verlassenen Farmhaus seines Großvaters fand, wo er in einem Heuhaufen lag und schlief. Abe hatte allerhand erlebt, obwohl es immer heißt, in Kleinstädten sei nichts los, doch der einzige tote Junge, den er bisher gesehen hatte, war sein eigener Bruder Frank gewesen. Seine Eltern wollten ihm den Anblick ersparen, aber er hatte Frank dennoch gesehen, in seinem Zimmer auf dem Boden, und seither hatte Abe sich gewünscht, dass er nur einmal auf seinen Vater gehört und draußen im Hof gewartet hätte, wo die Zikaden lärmten und die Blätter des Weißdorns sich einrollten, weil sie den nahenden Regen spürten.

Der Junge am Ufer war nur ein paar Jahre jünger als Abes Bruder in diesem schlimmen Jahr, über das Abe und Joey noch immer nicht sprachen. Die Leute aus dem Ort erinnerten sich daran, weil in diesem Jahr die Forellen ausblieben; man konnte stundenlang angeln oder den ganzen Tag, wenn einem der Sinn danach stand, ohne auch nur eine einzige zu fangen. Umweltexperten kamen aus Boston, um sich der Sache anzunehmen, doch keiner fand die Ursache. Die wunderbaren Silberforellen schienen ausgestorben zu sein, und die Menschen mussten sich mit dieser traurigen Tatsache abfinden, aber im nächsten Frühjahr waren sie auf einmal wieder da. Pete Byers vom Drugstore war der Erste, der sie entdeckte. Er selbst war viel zu empfindsam, um Fische zu töten, und fiel schon in Ohnmacht, wenn man eine Mückenlarve zerhackte, aber er liebte den Fluss und ging jeden Morgen am Ufer spazieren, zwei Meilen und wieder zurück. Eines schönen Tages auf dem Rückweg sah der Fluss silbrig aus, und als Pete in die Hocke ging und ins Wasser blickte, tummelten sich dort so viele Forellen, dass er mit der bloßen Hand eine hätte fangen können, wenn ihm danach zu Mute gewesen wäre.

»Ich hasse es, hier so rumzustehen«, sagte Joey Tosh jetzt. Er warf Kiesel in den Fluss und schreckte die Elritzen auf, die unter die Binsen sausten. »Emily hat heute Mittag eine Tanzaufführung, und wenn ich meine Schwiegermutter nicht um drei abhole und zur Ballettschule fahre, macht Mary Beth mich zur Schnecke.«

Diese Biegung des Flusses war seicht, das Wasser höchstens kniehoch; man konnte dort nicht so einfach ertrinken. Abe kniete sich in den Schlamm, um die Stelle in Augenschein zu nehmen. Trotz des zugedeckten Gesichts wusste Abe, dass der Junge nicht von hier war. Auf diese Weise würde es ihm wenigstens erspart bleiben, mit Joey zu einem Freund oder Nachbarn, vielleicht gar einem ihrer Angelpartner, nach Hause zu fahren und ihm mitzuteilen zu müssen, dass er seinen Sohn verloren hatte. »Er ist nicht von hier.«

Abe und Joey kannten so gut wie jeden, der in Haddan geboren und aufgewachsen war, obwohl es durch die neuen Häuser am Stadtrand und die vielen Zugezogenen aus Boston allmählich schwerer wurde, sich an alle Gesichter und Namen zu erinnern. Vor nicht allzu langer Zeit hatte sich noch jeder Bewohner des Ortes mit der Geschichte jeder Familie ausgekannt, was für Leute, die etwas auf dem Kerbholz hatten, nicht einfach war. Abe und Joey zum Beispiel waren als Teenager wild und ungebärdig gewesen. Sie waren mit ihren Autos herumgerast, hatten so viel Marihuana geraucht, wie sie in die Finger kriegten, und mit falschem Ausweis in Hamilton, wo man sie nicht mit Namen kannte, alkoholische Getränke gekauft. Vielleicht ließ es sich nicht vermeiden, dass sie zu solchen Tunichtguten wurden, denn ihre Väter waren Polizisten. Zu schlechtem Benehmen musste man sie jedenfalls nicht überreden, sie waren immer zu allem bereit. Abes Vater, Ernest Grey, war bis vor acht Jahren, als er in den Ruhestand ging und nach Florida zog, Polizeichef in Haddan gewesen, so wie vor ihm dreißig Jahre lang sein Vater Wright, der überdies in der Stadt immer noch für seine Heldentaten berühmt war. Wright galt nicht nur als der allzeit beste Angler von Haddan, sondern war zu Ruhm gekommen, weil er drei dumme Jungen von der Haddan School rettete, die an einem ungewöhnlich warmen Januartag auf dünnem Eis Schlittschuh liefen und auf jeden Fall ertrunken wären, wenn Wright nicht mit einem Seil und dem unerschütterlichen Willen angetreten wäre, sie vor dem Tode zu bewahren.

Auch Pell Tosh, Joeys Vater, war ein aufrechter Mann gewesen. Er wurde von einem Betrunkenen totgefahren, während er an Heiligabend in seinem Streifenwagen saß, in jenem schlimmen Jahr, über das die beiden immer noch nicht sprachen, obwohl sie längst erwachsen waren, älter als Pell zum Zeitpunkt seines Todes. Frank Grey starb im August und Pell im Dezember, und danach waren die beiden Jungen nicht mehr zu bändigen. Wer weiß, wie lange es noch so weitergegangen wäre mit ihnen, wenn man sie nicht dabei erwischt hätte, wie sie in das Haus des alten Dr. Howe von der Haddan School einbrachen. Als ihre Straftat bekannt wurde, fühlten sich die Leute aus dem Westteil der Stadt betrogen und die aus dem Ostteil bestätigt. Sie hatten diese Jungen sowieso nie gemocht, ihnen nie über den Weg getraut.

Es gab großen Wirbel um den Einbruch, und die Feindseligkeiten zwischen Einwohnern und Schülern waren heftiger denn je. Binnen kurzem wurden auf dem Parkplatz hinter dem Hotel erbitterte und blutige Auseinandersetzungen zwischen Jungen aus der Stadt und den zugereisten Schülern ausgetragen. Eines Abends, während eines besonders wilden Handgemenges, kippte der Granitadler vor dem Rathaus vom Sockel, und vom linken Flügel brach ein Stück ab. Wenn Abe an der Statue vorbeikam, musste er jedes Mal an dieses Jahr denken, weshalb er lieber die längere Strecke über die Station Avenue zum Elm Drive fuhr, um dem Adler und damit seinen Erinnerungen aus dem Weg zu gehen.

Andere Jungen hätte man in eine Besserungsanstalt gesteckt, aber Wright Grey sprach mit Richter Aubrey, seinem Angelkumpan, und bat um Milde. Als Strafe für ihre Missetaten mussten Abe und Joey ein Jahr lang für die Gemeinde tätig sein, die Böden im Rathaus putzen und die Mülleimer in der Bücherei leeren, weshalb Abe sich nun auch von diesen beiden Gebäuden fern hielt. Trotz ihrer Bestrafung brachen Joey und Abe weiter in Häuser ein. Es war wie eine Sucht für sie, ein verbotener Balsam, der ihrer Seele wohl tat und ihren Zorn bezähmte. Weil sie beide nicht mit ihrer Trauer zurechtkamen, taten sie, was ihnen damals nicht nur sinnvoll, sondern auch unvermeidlich schien: Sie beachteten ihre Trauer nicht. Sie sprachen nicht und verstießen weiter gegen das Gesetz. Vor allem Abe war kaum zu halten. Er fuhr Autos zuschanden und wurde in einem Schuljahr an der Hamilton High School dreimal beurlaubt, ein bis dato ungebrochener

Rekord. Er konnte sich nicht mit seinem Vater in einem Raum aufhalten, ohne dass ein Streit ausbrach, obwohl beiden bewusst war, dass es nur dazu kam, weil sie im Stillen beide der Meinung waren, dass der falsche Sohn gestorben war.

Schließlich zog Abe zu seinem Großvater vor die Stadt und blieb dort fast zwei Jahre. Wrights Haus war schief und krumm und die Treppe zum Obergeschoss schmal und gewunden; das Haus war zu einer Zeit errichtet worden, als die Menschen noch kleiner und ihre Bedürfnisse schlichter waren. Die Toilette hatte man erst unlängst hinten angebaut, und die Küchenspüle bestand aus Speckstein und war groß genug, um bequem darin eine Forelle ausnehmen oder einen Jagdhund baden zu können. Im Frühjahr nisteten Scharen von Amseln auf dem Grundstück und taten sich an den wilden Blaubeeren gütlich.

»Wie hältst du es hier draußen bloß aus?«, fragte Joey jedes Mal, wenn er auf Besuch kam. Meist beschäftigte er sich dann vor allem damit, an der Antenne von Wrights altem Fernseher herumzudrehen, was an dem schlechten Empfang jedoch nichts änderte.

Abe zuckte auf diese Frage immer mit den Achseln, weil ihm selbst auch nicht alles am Leben bei seinem Großvater gefiel. Er fand es nicht gut, dass er jeden Tag anderthalb Meilen zum Schulbus gehen musste und dass es sechsmal die Woche abends Essen aus Konserven gab. Aber er mochte die Dämmerung, die Streifen aus Schatten und Licht über die Felder warf, und das Flattern der Amselschwärme, die aufflogen, wenn er durch die Hintertür polterte. An warmen Abenden ging Abe zu dem eingezäunten Teil der Wiese, auf dem das Gras hoch stand und ein paar mit Glimmer gesprenkelte Felsbrocken lagen. Dort befand sich ein Grab, die letzte Ruhestätte einer Frau, die sein Großvater gekannt hatte und die stets ihren Seelenfrieden gesucht hatte. In der Tat fanden die Lebenden wie die Toten an diesem Ort ihren Frieden, und Abe wünschte sich, dass sein Bruder auch hier begraben sein könnte. Doch das hätte ihr Vater niemals gestattet, weil es das stumme Eingeständnis gewesen wäre, dass Frank sich das Leben genommen hatte. Abes Eltern hatten beharrlich beteuert, Franks Tod sei ein Unfall gewesen.

Wenn jemand aus der Stadt anderer Meinung war, bewahrte er jedenfalls Stillschweigen darüber. Im Begräbnisinstitut gab es einen schlimmen Moment, als Charlie Hale, dessen Familie seit über hundert Jahren die Bewohner der Ortschaft für ihre letzte Reise vorbereitete, andeutete, dass eine Bestattung auf geweihtem Boden angesichts der Umstände des Todes nicht angebracht sei. Ernest Grey brachte Charlie rasch wieder zur Vernunft. Er nahm ihn mit nach draußen, wo ihn die Mutter der Jungen nicht hören konnte, und schilderte Charlie anschaulich, was er mit jedem selbstgerechten Idioten anstellen würde, der sich der letzten Ruhestätte seines Sohnes widersetzen wolle. Danach fand das Begräbnis statt wie geplant, und die halbe Stadt erschien und bekundete ihr Beileid. Doch Abe hätte es tröstlicher gefunden, wenn Frank in dieser Wiese liegen würde, wo das hohe Gras lieblich und frisch duftete und wilde Hundsrosen den Zaun emporrankten. Dort draußen war es einsam, aber eines Nachmittags blickte Abe auf und sah seinen Großvater an der Hintertür des Hauses stehen und zu ihm herüberschauen. Es war windig, und die Wäsche klatschte auf der Leine hin und her mit einem harten Knallen, das sich anhörte, als sei in der süß duftenden blauen Luft etwas entzweigebrochen.

In dieser Zeit stellte Joey Abe niemals Fragen, wenn er mit

der Faust ein Fenster einschlug oder auf dem Parkplatz des Millstone eine Schlägerei anfing. Er wusste auch so, warum er das tat. Und obwohl seit jenem schlimmen Jahr zweiundzwanzig weitere Jahre vergangen waren, blieben Joey und Abe so verschlossen wie damals, und vor allem Abe war der festen Überzeugung, dass man sich nirgendwo einmischen sollte. »Halt dich raus«, war nicht nur sein Motto, sondern sein Glaubenssatz, oder wenigstens war das bis zu diesem Tag so gewesen. Wer weiß schon, warum die Trauer an diesem und keinem anderen Tag zuschlägt. Wer versteht schon, warum es einem Mann auf einmal das Herz zerreißt. Abe hatte keinen Grund, den Mantel des toten Jungen aufzuknöpfen, und doch tat er genau das. Er wusste, dass er die Leiche nicht berühren sollte, bis die Spurensicherung eintraf, aber er schlug den schweren nassen Stoff zurück, und dann deckte er das Gesicht wieder auf, trotz der weit aufgerissenen Augen. Und genau in diesem Moment kam ein kalter Wind auf. Nicht dass dies ungewöhnlich war für diese Jahreszeit; wer in Haddan aufwuchs, wusste, dass das Wetter bis zum Frühjahr schlecht bleiben würde, wenn es am ersten November kalt war.

»Was meinst du?«, Joey ging neben Abe in die Hocke. »Einer von der Haddan School?«

Joey überließ Abe meist das Denken. Sein Kopf war so voll mit seinen häuslichen Problemen, dass er keine Lust hatte, sich auch noch um Mutmaßungen und Theorien zu bemühen.

»Würde ich mal sagen.« Aus der Nähe betrachtet, sah die Haut des Jungen blau aus. Auf der Stirn war ein dunkler, fast schwarzer Bluterguss. Vermutlich war er mit dem Kopf an einen Felsen geprallt, als er flussabwärts trieb. »Armer Kerl.«

»Armer Kerl, von wegen.« Die Leute von der Spurensicherung ließen sich Zeit, und als Joey auf die Uhr schaute, wusste er, dass er Emilys Tanzaufführung verpassen würde. Seine Schwiegermutter würde zetern und stöhnen und ihm vorwerfen, dass er immer nur an sich selbst denke, und Mary Beth würde sich bemühen, ihm nicht vorzuhalten, dass er nie genügend Zeit für die Kinder hätte, worauf er sich noch schlechter fühlen würde. »Keiner von der Haddan School ist arm.«

Abe spürte, wie die Kälte in seine Kleider kroch, als er am Ufer kniete. Seine dunklen Haare waren zu lang, und nun waren sie feucht; vielleicht fröstelte er deshalb. Er war immer stolz gewesen auf seine Nüchternheit, aber diese Situation brachte ihn aus der Ruhe. Der tote Junge war fast so groß wie Abe, aber so dürr, dass sein weißes Hemd an seinen Rippen klebte, als sei er schon ein Skelett. Er konnte höchstens fünfundfünfzig Kilo wiegen. Abe nahm an, dass er intelligent gewesen war wie sein Bruder Frank, der die Abschlussrede an der High School gehalten hatte und im Herbst auf die Columbia-Universität gehen sollte. Er hatte sein ganzes Leben noch vor sich, und genau deshalb war es einfach unbegreiflich, warum ein siebzehnjähriger Junge sich mit dem Gewehr seines Großvaters eine Kugel in den Kopf schießt.

Joey stand auf, beschattete die Augen und versuchte durch einen wilden Olivenhain die Straße zu erkennen. Keine Spur von einem Wagen aus Hamilton. »Ich wünschte, sie würden diese ganzen Kids von der Schule mit einer Rakete nach Connecticut oder New York oder wo immer sie herkommen zurückschießen.«

Abe musste wiederum feststellen, dass Joey zwar auf traditionelle Familienwerte pochte und Abe ständig vorhielt, wie viel glücklicher er doch wäre, wenn er eine feste Bindung einginge, dass aber der alte streitsüchtige Schläger noch immer in ihm steckte. Joey war immer schon ein Raufbold gewesen. Als sie noch zur Schule gingen, war Joey an einem heißen Nachmittag splitterfasernackt in den Sixth Commandment Pond gesprungen, ohne zu bemerken, dass eine Horde Schüler von der Haddan School in der Nähe auf eine Gelegenheit lauerte, seine Kleider zu stehlen. Als Abe ihn schließlich fand, zitterte Joey vor Kälte, aber er sorgte noch am selben Abend dafür, dass es heiß herging. Sie holten Teddy Humphrey dazu, der überall und zu jeder Zeit gegen jeden antrat. Binnen kurzem hatten sie eine Gruppe von Schülern der Haddan School erwischt, die zum Bahnhof wollten; sie fielen sie aus dem Hinterhalt an und prügelten sie grün und blau, und erst viel später überlegte sich Abe, weshalb er und Joey keinen Gedanken darauf verschwendet hatten, ob sie überhaupt die Truppe erwischt hatten, die für den Diebstahl am Teich verantwortlich war.

»Du gibst dich allen Ernstes immer noch damit ab, die Kids aus der Haddan School zu hassen?« Abe wunderte sich über den Starrsinn seines Freunds.

»Jeden Einzelnen. Die Toten ein bisschen weniger«, räumte Joey ein.

Beide erinnerten sich daran, wie der alte Dr. Howe sie angesehen hatte, als sie wegen des Einbruchs vor Gericht standen; sie schienen Insekten zu sein für ihn, unbedeutende Staubkörner im Universum. Dr. Howe war damals schon sehr alt und musste ins Gerichtsgebäude getragen werden, doch er war noch kräftig genug, um sich zu erheben und sie als Verbrecher zu bezeichnen, und warum auch nicht? Waren sie das nicht gewesen? Und dennoch waren sie diejenigen, die sich jedes Mal als Opfer fühlten, wenn einer von der Haddan School sie in der Stadt erkannte und auf die andere Straßenseite wechselte. Vielleicht hätte dieser tote Junge das damals auch getan; vielleicht wären sie für ihn auch nur Staub gewesen.

»Was glaubst du?« Joey dachte an Selbstmord, aber in Gegenwart von Abe kam ihm dieses Wort nicht über die Lippen. Man munkelte zwar, dass es solche Fälle in der Schule gab – Schüler im ersten Jahr, die mit den Leistungsanforderungen nicht zurechtkamen oder den sozialen Druck nicht aushielten –, doch sie drangen nicht an die Öffentlichkeit, wie die Sache mit Francis »Frank« Grey, dem Sohn des Polizeichefs und Enkel eines Helden der Stadt. Es hatte damals keine Autopsie und keine gerichtsmedizinische Untersuchung gegeben, nur einen geschlossenen Sarg. Keine Fragen.

»Ich würde sagen, ein Unfall.« Warum auch nicht? Unfälle gab es schließlich ständig. Ehe man sich's versah, rutschte jemand aus und fiel die Treppe hinunter, schlug sich den Kopf an einem Stein, griff nach einem Gewehr, das er für nicht geladen hielt. Es war durchaus möglich, dass man anlegte und abdrückte, bevor man zum Denken kam. Ein Missgeschick. Ein Versehen.

»Genau.« Joey nickte erleichtert. »So wird's wohl sein.«

Beide Männer zogen einen eindeutigen Unfall einem komplizierten Durcheinander wie beim Tod von Francis Grey vor. Manche Leute, die damals eine Meile entfernt waren, schworen, dass sie den Schuss gehört hatten. Sie wissen noch genau, was sie in jenem Augenblick taten, ob sie im Garten Bohnen pflückten oder sich im Haus ein kühles Bad einließen. Es war im August, in jenem gnadenlos heißen Monat, in dem die Luft vor Hitze flirrte und eine Staubschicht auf den Blättern der Buchen und Himbeersträucher lag. Man hatte ein Unwetter vorhergesagt, und es roch nach Regen; die Nachbarn ließen ihre Arbeit liegen und liefen zum Fenster oder auf die Veranda. Viele glaubten, was sie an diesem Nachmittag hörten, sei ein Donnerschlag gewesen. Der Nachhall hing eine ganze Minute lang über dem Dorf, was manchen Menschen wie eine Ewigkeit erschien, ein Echo, das sie noch immer hören, wenn sie die Augen schließen.

Vor langer Zeit war es in Massachusetts üblich, die Gräber jener Toten, die ihr Ableben selbst verschuldet hatten, mit Steinen zu beschweren. Diese unglücklichen Seelen, so hieß es, irrten umher, weil sie die Welt der Lebenden, die sie sich selbst versagten, nicht loslassen konnten. In Cambridge, Bedford, Brewster und Hull stieß man einem Selbstmörder einen Pfahl durchs Herz und verscharrte ihn hastig auf einem Stück Land, auf dem von diesem Tag an gewiss nichts mehr gedeihen würde. Manche Menschen glauben, dass man jemanden nicht aufhalten kann, der sich wirklich das Leben nehmen will. Leute, die in der Nähe von Flüssen und Seen leben, behaupten hartnäckig, es bringe Unglück, einem Ertrinkenden das Leben zu retten, da er sich am Ende gegen seinen Retter wenden wird. Doch manche Männer können nicht tatenlos zusehen, wenn jemand reglos am Ufer liegt, und Abe konnte sich nicht heraushalten und auf die Leute von der Spurensicherung warten. Er zog das tropfnasse weiße Hemd des Jungen hoch und entdeckte feine blutige Risse auf dem Bauch und an der Brust. Die Steine im Fluss waren scharfkantig und die Strömung stark, sodass die Verletzungen durchaus entstanden sein konnten, als die Leiche im Wasser trieb. Doch sonderbarerweise quoll noch Blut aus den Wunden.

»Was ist los?« Joey wünschte sich inständig, anderswo zu sein. Am liebsten hätte er noch mit Mary Beth im Bett gelegen, aber wenn das schon nicht ging, hätte er lieber den

Verkehr an der Route 17 geregelt, als hier mit Abe herumzustehen.

»Er blutet noch«, sagte Abe.

Sie hörten ein lautes Platschen und fuhren herum, als sei auf sie geschossen worden. Der lärmende Übeltäter war nur eine Wasserspitzmaus, die nach etwas Essbarem Ausschau hielt, aber das kleine Tier hatte die beiden Männer gründlich erschreckt. Doch sie waren noch aus einem anderen Grund verstört. Beiden war klar, dass eine Leiche nicht mehr blutete.

»Bestimmt ist Wasser in die Risse und Kratzer gedrungen und hat sich mit dem Blut vermischt, und jetzt läuft alles raus. Er ist mit Wasser voll gelaufen«, sagte Joey hoffnungsvoll.

Abe hatte gehört, dass das Blut eines Ermordeten flüssiger wird statt zu stocken, und als er genauer hinschaute, sah er, dass sich auf dem Boden schon dunkle Lachen gebildet hatten. Vermutlich hatte der Blutgeruch die Wasserspitzmaus angelockt.

»Sag mir, dass ich Recht habe«, sagte Joey.

Es war still bis auf das Rauschen des Flusses und den Ruf einer Walddrossel. Weißdorn und Eichen hatten fast alle Blätter verloren, und die verbliebenen Blüten der Zaubernuss waren so trocken, dass sie sich durch einen Windstoß auflösten. Die Ufer des Flusses waren braun und die Felder hinter dem Gestrüpp aus Maulbeerbüschen und bittersüßem Nachtschatten noch dunkler. Man schmeckte den Tod hier draußen, und es fühlte sich an, als müsse man Steine schlucken.

»Gut«, sagte Joey, »es gibt noch eine andere Möglichkeit. Wir haben ihn geschüttelt, als wir ihn aus dem Wasser gezogen haben. Deshalb sieht es aus, als blute er noch.« Joey war immer unruhig in der Nähe einer Leiche; er hatte einen empfindlichen Magen, und ihm wurde leicht übel. Als sie einmal die Leiche eines neugeborenen Babys aus einer Mülltonne hinter der Haddan School holen mussten, wo es jemand, sorgfältig in ein Handtuch gewickelt, deponiert hatte, war Joey in Ohnmacht gefallen. Bei der Autopsie hatte sich herausgestellt, dass das Kind schon vor der Geburt tot gewesen war, aber die Vorstellung, dass sich jemand auf so herzlose Weise eines Neugeborenen entledigte, versetzte die ganze Stadt in Aufruhr. Man fand nie heraus, wer es getan hatte, und obwohl Dr. Jones von der Schule darauf beharrte, dass jedermann Zugang zu den Mülltonnen hatte, spendete die Vereinigung der ehemaligen Schüler der Stadt noch im selben Jahr ein Freizeitzentrum.

Solche Schenkungen erfolgten häufig, wenn die Schule in Schwierigkeiten geraten war. Der Anbau der Bücherei war entstanden, nachdem ein paar Schüler mit ihren Autos herumgerast und Sam Arthurs Kombi gerammt hatten, als dieser von einer Stadtratssitzung nach Hause fuhr, worauf Sam mit zwei gebrochenen Rippen und einem Beinbruch, den man klammern musste, im Krankenhaus landete. Die neuen öffentlichen Tennisplätze verdankte Haddan einer Drogenrazzia, in die der Sohn eines Kongressabgeordneten verwickelt war. Diese Geschenke an die Stadt interessierten Abe wenig. In die Bücherei ging er nicht, und wenn er einen Abend lang mit Joey und seinen Kindern im Freizeitzentrum Tischtennis spielen musste, hatte er danach Kopfschmerzen. Nein, Abe interessierte sich mehr für diesen Bluterguss auf der Stirn des Jungen. Für eine Wunde, die sich nicht schließen wollte.

Jetzt hatte sich ein sonderbares Gefühl in Abes Hals eingestellt, als hätte sich dort etwas Scharfes festgesetzt. Es war eine Scherbe vom Tod eines Menschen, und sie gehörte nicht zu ihm, war aber trotzdem da. Abes helle Augen hatten bereits jenen abwesenden Ausdruck angenommen, der darauf hinwies, dass er wieder einen Teil seines Lebens ruinieren würde. Er brachte seinen Chef gegen sich auf, indem er sich weigerte, den alten Richter Aubrey mit einer Verwarnung davonkommen zu lassen, als er ihn mit zu viel Promille beim Autofahren erwischte, oder er verpasste dem Bürgermeister einen Strafzettel wegen überhöhter Geschwindigkeit, obwohl jeder Polizist in Haddan wusste, dass man den mit einer freundlichen Rüge ziehen ließ. Solche eigensinnigen Verhaltensweisen kennzeichneten auch Abes Privatleben. Er trennte sich von einer Frau, die verrückt nach ihm war, wie die hübsche Kelly Avon von der 5&10 Cent Bank, oder vergaß seine Rechnungen zu bezahlen und merkte erst, dass man ihm den Strom abgestellt hatte, als die Milch im Kühlschrank sauer wurde. Wenn Joey Abe nicht ab und an gedeckt hätte, wäre er wohl schon längst gefeuert worden, ungeachtet der Berühmtheit seines Vaters und Großvaters. Heute versuchte Joey einmal mehr, wie schon so oft, Abe aufzumuntern, damit er nicht wieder in eine seiner düsteren Stimmungen geriet. Themawechsel, erfreulichere Dinge.

»Wie war's denn gestern Abend?«, erkundigte sich Joey, weil er wusste, dass Abe mit einer neuen Frau unterwegs gewesen war, die er bei einem Verkehrsunfall an der Route 17 kennen gelernt hatte. Abe hatte unterdessen so gut wie alle allein stehenden Frauen aus Haddan und Hamilton durchgemacht, und sie wussten alle, dass er sich niemals auf etwas Festes einlassen würde. Er musste den Radius erweitern, um Frauen zu finden, die ihm eine Chance gaben.

»Hat nicht hingehauen. Wir wollten nicht dasselbe. Sie wollte reden.«

»Vielleicht hat es dir noch keiner gesagt, Abe, aber wenn

man mit einer Frau redet, heißt das noch nicht, dass man sie gleich heiraten muss. Und wie soll ich so mit deinen Abenteuern auf meine Kosten kommen? Dein Liebesleben ist absolut öde. Zu viel Klagen, zu wenig Sex. Du könntest genauso gut verheiratet sein.«

»Was soll ich sagen? Ich werd mich häufiger um bedeutungslose One-Night-Stands bemühen, damit du hinterher deinen Spaß hast.«

Sie hörten jetzt Sirenen, und Joey ging zur Straße hoch, um sich den Kollegen aus Hamilton bemerkbar zu machen.

»Tu das«, rief Joey munter, als er den Abhang hinaufkletterte.

Abe blieb bei dem Jungen, obwohl er wusste, dass es gefährlich war. Sein Großvater hatte ihn gewarnt, dass jeder, der sich zu lange bei einem Toten aufhält, Gefahr läuft, sich dessen Bürde aufzuladen. Und Abe fühlte sich wirklich schwer beladen, als laste die Luft auf ihm, und trotz seiner alten Lederjacke zitterte er vor Kälte. An diesem ersten Tag des November spürte er, wie begierig er nach dem Leben war. Er wollte das Rauschen des Flusses hören und dem Gezwitscher der Vögel lauschen und den Schmerz in seinem schlimmen Knie spüren, das keine Feuchtigkeit vertrug. Er wollte sich betrinken und eine Frau küssen, die er wahrhaft begehrte. Dieser Junge, über den er hier wachte, würde all das nicht mehr tun können. Seine Zukunft war zerronnen, in jenem tiefsten Teil des Flusses, in dem sich die größten Forellen verbargen, gewaltige Tiere, sagte man, mit Flossen, in denen das Sonnenlicht so gleißend schillerte, dass die Angler geblendet von ihnen abließen und jene Fische immer wieder aufs Neue unversehrt entkamen.

Am späten Nachmittag, als man in der Haddan School festgestellt hatte, dass tatsächlich ein Schüler fehlte, wurde der ertrunkene Junge in schwarze Plastikfolie gepackt und auf Eis gelegt, um ihn nach Hamilton zu bringen, da man in Haddan nicht über die nötige Ausrüstung für eine richtige Autopsie verfügte. Abe hörte früh auf zu arbeiten und sah hinter dem Polizeirevier zu, wie man den Abtransport im Krankenwagen vorbereitete. Wrights alter Streifenwagen stand neben der Laderampe; man behielt ihn hauptsächlich als Erinnerungsstück, doch ab und an drehte Abe eine Runde mit ihm. Sein Großvater fuhr immer gerne die holprige Straße am Fluss entlang, und er hatte Abe oft mitgenommen, als er noch ein Junge war, auch wenn er dann manchmal gar nicht vorhatte zu angeln. Er hielt an, ließ Abe im Wagen und kehrte mit einem Strauß blauer Schwertlilien zurück, der einheimischen Irisart, die am Flussufer wuchs. In Wrights großen Händen sahen diese Blumen so zart aus wie kleine violette Sterne, die man vom Himmel gepflückt hatte. Ein Kind konnte sich gut vorstellen, dass man sie nur hoch genug werfen musste, dann würden sie am Himmel haften bleiben.

Ein anderer Mann, der so groß und kräftig war, hätte vielleicht albern gewirkt beim Blumenpflücken, doch nicht Wright Grey. Wenn sie zur Farm zurückfuhren, wies er Abe stets an, die Blumen sorgsam zu halten und sie nicht zu zerdrücken. Manchmal, an einem warmen Frühlingstag, folgte eine Biene den Schwertlilien in den Wagen, und sie mussten alle Fenster öffnen. Und es kam immer wieder vor, dass die Biene nicht hinausflog, sondern sich wild summend auf die Blüten stürzte, weil diese wilden Iris so süß dufteten. Wright brachte die Blumen niemals in die Küche, wo Abes Großmutter Florence das Abendessen zubereitete, sondern er ging hinaus auf die Wiese hinter dem Haus, wo das Gras hoch stand und jene Frau, die er vor langer Zeit gekannt hatte, ihren Frieden gefunden hatte. Vielleicht war damals der Argwohn in Abe erwacht. Schon damals schien es eine Wahrheit zu geben, zu der ihm der Zugang verwehrt blieb, und nun fragte er sich, warum er nicht hartnäckiger darum gekämpft hatte, sie zu erkunden und die einfachste und zugleich schwierigste Frage zu stellen: Warum?

Seit jeher hatte er sich gewünscht, mit den Toten sprechen zu können. Etwas nicht zu wissen, konnte einen Mann verfolgen, jahrzehntelang, bis sich das Zufällige und das Vorsätzliche zu einem einzigen Strick des Zweifels verflochten hatten. Abe wünschte sich nur zehn Minuten mit einem Jungen sprechen zu können, der beschlossen hatte, sich das Leben zu nehmen. *Wolltest du es wirklich tun? Nur das wollte er wissen. Hast du laut geschrien und stieg dein Schrei zu den Baumwipfeln und den Wolken auf? Hast du den blauen Himmel gesehen oder nur einen schwarzen Vorhang, der schnell herabfiel? Blieben deine Augen geöffnet, weil du dein Leben nicht gelebt hattest und weil du wusstest, dass es noch so viel zu sehen gab, Jahre, Jahrzehnte, tausend Tage und Nächte, die dir nicht mehr gehören würden?*

Während der ertrunkene Junge nach Hamilton gebracht wurde, würde er blau anlaufen wie eine Silberforelle, die man neben leeren Bierflaschen und überzähligen Ködern in seiner Angeltasche verstaute. Vermutlich gab es nichts zu ermitteln und nichts zu beweisen, doch die Wunden des Jungen ließen Abe keine Ruhe. Er stieg in den Wagen seines Großvaters und beschloss, dem Krankenwagen zu folgen, wenigstens eine Zeit lang. Er tat es, obwohl er wusste, dass sein Leben erheblich einfacher sein würde, wenn er einfach umkehrte.

»Haben wir 'ne Eskorte?«, rief der Fahrer des Krankenwagens zum offenen Fenster hinaus, als er am Stadtrand anhielt.

Abe kannte den Fahrer noch aus der High School, es war Chris Wyteck, der sich damals beim Baseballspielen den Arm ruiniert hatte. Die Happy Hour hatte noch nicht angefangen, aber die Hälfte der Parkplätze am Millstone waren schon besetzt. Tatsächlich stand auch Abes Wagen sehr oft dort zwischen den Chevy-Kombis und den Pick-ups, und Joey Tosh bemühte sich, das vor Glen Tiles geheim zu halten, als könne man in dieser Stadt etwas lange verbergen. Doch an diesem Novembernachmittag war Abe nicht danach zu Mute, seinen Stammplatz an der Bar einzunehmen. Die Wahrheit war eine seltsame Sache: Hatte ein Mann sich einmal entschieden, ihr zu folgen, konnte er nicht mehr von ihr ablassen, wohin sie ihn auch führen mochte.

»Genau«, rief Abe Chris zu. »Ich bleib euch auf den Fersen.«

Als sie weiterfuhren, fiel Abe ein, dass sein Großvater immer gesagt hatte, man könne so vieles wahrnehmen, wenn man wirklich genau hinhöre. Ein aufmerksamer Mensch hörte, wo die Fische schwammen, wenn er am Fluss lag; die Forellen gaben demjenigen Zeichen, der willens war, ihnen zu lauschen. Und weil sein Großvater der beste Angler der Stadt gewesen war und ihm stets gute Ratschläge gegeben hatte, begann Abe nun, hie und da aufmerksamer hinzuhören. Er dachte an den Bluterguss auf der Stirn des Jungen, ein Mal, so dunkelviolett wie die wilden Schwertlilien, und er beschloss, einmal in seinem Leben genau zuzuhören. Ihm würde nicht entgehen, was dieser tote Junge zu sagen hatte.

In Haddan verbreiteten sich Neuigkeiten schnell, und mittags wussten die meisten Leute, dass es einen Todesfall gegeben hatte. Nach dem ersten aufgeregten Gerede hatten die Leute genug von den Gerüchten und verstummten einfach. Auf dem Schulgelände wurde es auch dort still, wo man es am wenigsten erwartete: In der Küche klapperte niemand mit Töpfen und Pfannen, in den Gemeinschaftsräumen sprach keiner. Die Lehrer ließen den Unterricht ausfallen, und zum ersten Mal seit Jahren wurde das Fußballtraining abgesagt. Einige wären am liebsten zur Tagesordnung übergegangen, aber die meisten konnten nicht so einfach über diesen Todesfall hinweggehen. Viele in der Schule hatten Kontakt gehabt mit Gus, und die meisten hatten ihn nicht gut behandelt. Wer regelrecht grausam zu ihm gewesen war, wusste es, und das waren nicht wenige. Sie wollten nicht mit ihm an einem Tisch sitzen in der Cafeteria, wollten ihm ihre Notizen nicht leihen, wenn er den Unterricht versäumt hatte, sie redeten hinter seinem Rücken über ihm, lachten ihm ins Gesicht, verachteten und übersahen ihn oder merkten sich seinen Namen nicht. Mädchen, die sich für zu gut gehalten hatten, auch nur ein Wort mit ihm zu wechseln, legten sich jetzt mit Kopfschmerzen ins Bett. Jungen, die ihn beim Sport mit Volleybällen beworfen hatten, wanderten bedrückt in ihren Zimmern auf und ab. Schüler, die ihn abfällig behandelt hatten, fürchteten jetzt, dass ihre Missetaten schon in einem himmlischen Buch vermerkt waren, und zwar mit schwarzer Tinte, die sich niemals löschen ließ.

Doch nicht nur Gus' Mitschüler wurden von Gewissensbissen geplagt. Einigen Mitgliedern des Kollegiums wurde so übel, als sie von Pierces Tod hörten, dass sie das Mittagessen nicht zu sich nehmen konnten, obwohl es zum Nachtisch Schokoladenbrotpudding gab, der sich gewöhnlich größter Beliebtheit erfreute. Diese Lehrer, die Gus schlechte Noten gegeben und sich über seine schlampige Schrift und die Kaffeeflecken auf seinen Essays beklagt hatten, stellten jetzt fest, dass er ein brillanter Denker gewesen war. Lynn Vining, die sich schon darauf gefreut hatte, Gus durchfallen zu lassen, weil er mehrere schwarze Gemälde abgegeben hatte, holte seine Bilder jetzt aus der Besenkammer und sah zu ihrem Erstaunen, dass sich leuchtende Linien unter dem Schwarz abzeichneten, die sie zuvor nicht bemerkt hatte.

Am späten Nachmittag trafen sich Schüler wie Lehrer zu einer Versammlung im Hörsaal, wo Bob Thomas eine Rede hielt, in der er Gus' Tod als tragischen Unfall bezeichnete, doch es ging schon das Gerücht um, dass er sich umgebracht habe. An Tischen vor der Bücherei saßen psychologisch geschulte Seelsorger, und Dorothy Jackson, die Schulkrankenschwester, verteilte Beruhigungsmittel, kalte Kompressen und starke Schmerzmittel. Besonders besorgt war man um die Bewohner von Chalk House, die mit dem Verstorbenen zusammengewohnt hatten, und vor dem Abendessen hielt Charlotte Evans' ehemaliger Schwiegersohn, der Psychologe Phil Endicott, eine Beratungsstunde ab. Sie fand im Gemeinschaftsraum von Chalk House statt und war sichtlich notwendig. Vor allem die neuen Schüler, die mit Gus unter dem Dach gewohnt hatten, sahen extrem angegriffen aus, und Nathaniel Gibb, der empfindsamer war als die anderen, musste nach der Hälfte des Vortrags hinausgehen, als Phil Endicott erst zwei der fünf Stufen der Trauer erläutert hatte. Nach dem Treffen riet Duck Johnson seinen Schützlingen, aus dem Haus zu gehen, das Leben ginge weiter, aber keiner achtete auf ihn. Wegen der dünnen Wände und der alten Rohre hörten alle, wie sich Nathaniel in der Toilette nebenan erbrach und immer wieder spülte.

In St. Anne's auf der anderen Seite des Gartens weinten Mädchen, die nie ein Wort mit Gus gesprochen hatten, in ihre Kissen und wünschten, sie könnten das Schicksal umkehren. Jeder Junge, der unter mysteriösen Umständen zu Tode kommt, wird schnell zum Traumhelden, und die Mädchen sannen nun darüber nach, was wohl geschehen wäre, wenn sie an diesem letzten Abend des Oktober am Fluss spazieren gegangen wären. Sie hätten ihn rufen und retten können, oder vielleicht wären sie auch selbst gestorben bei dem selbstlosen Versuch, ihn vor dem Ertrinken zu bewahren.

Carlin Leander fand diese plötzliche Zurschaustellung von falscher Trauer widerwärtig. Sie selbst war außer sich vor Wut und Schmerz. Sie ging nicht zur Schulversammlung, sondern schloss sich im Badezimmer ein, wo sie sich ihre hellen Haare ausriss und sich mit ihren rauen abgekauten Fingernägeln über die Haut schürfte. Sollten die anderen denken, was sie wollten, sie wusste sehr wohl, wer die Schuld trug an Gus' Tod. Ihr erbärmliches Benehmen an Halloween hatte Gus und ihrer beider Freundschaft zerstört und etwas Kaltes und Gemeines entstehen lassen an der Stelle, wo sich einst Carlins Herz befunden hatte. Um all das Verabscheuungswürdige an ihr herauszulassen, nahm Carlin eine Rasierklinge aus dem Medizinschränkchen. Ein Schnitt, und Blutstropfen quollen aus ihrer Haut; ein zweiter, und ein rotes Rinnsal rann ihren Arm hinunter. Carlin fügte sich insgesamt sechs Schnitte zu. Ihr Körper war das Hauptbuch, in dem sie all ihre Fehler vermerkte. Der erste Schnitt war für Geiz, der zweite für Gier, einer für die kleinliche Freude an der Eifersucht der anderen Mädchen, die nächsten für Eitelkeit und Feigheit und der letzte und tiefste für den Verrat an einem Freund.

In der Nacht, in der Gus gestorben war, hatte Carlin von zerbrochenen Eiern geträumt, was immer auf kommendes

Unheil hinweist. Als sie frühmorgens aufstand und zum Fenster ging, sah sie unten im Garten Eierschalen auf dem Weg liegen. Wie immer an Halloween hatten ein paar alberne Jungen St. Anne's mit Eiern beworfen. Doch als Carlin auf den Weg hinunterblickte, wusste sie, dass sie einige Dinge nie mehr zusammenfügen würde, so sehr sie sich auch bemühte. Dennoch konnte sie nicht glauben, dass Gus nicht mehr da war. Sie rannte zum Chalk House und erwartete fast, ihn auf dem Flur zu treffen, obwohl alle ins Freie geflüchtet waren. Keiner hielt Carlin auf, als sie unters Dach hochstieg, niemand bemerkte, wie sie Gus' Zimmer betrat. Sie legte sich auf sein ordentlich gemachtes Bett und zog die Beine an. Ihre hitzige Wut war verraucht, und die Tränen, die sie nun vergoss, waren eiskalt und blau. Sie weinte so bitterlich, dass die Spatzen aus den Weiden flohen und die Kaninchen in den Brombeerhecken schauderten und sich tiefer in die kalte harte Erde gruben.

Kurz vor dem Mittagessen trafen die beiden Polizisten ein. Beide fühlten sich auf dem Schulgelände unwohl und zuckten schon beim Klappen ihrer eigenen Autotüren zusammen. Abe war nach Hamilton und wieder zurückgefahren, Joey hatte ihren Bericht eingereicht, und nun wollten sie sich hier mit Matt Farris von der Spurensicherung treffen und einen Blick auf das Zimmer des toten Jungen werfen. Abel Grey bemerkte, wie schon häufig zuvor, dass Tragödien ein Echo erzeugen. Als er zum Beispiel auf einer vereisten Straße zu einem Unfall kam, hörte er Geräusche, die er zuvor nie wahrgenommen hatte: das Rascheln fallender Blätter, das Knirschen von Kies unter seinen Reifen, das Zischen des Blutes, das sich durch den Schnee fräste. Hier an der Schule spürte er, dass sich die Luft in Wellen bewegte. Und er hörte das Zwitschern der Vögel, das Knarren der Buchen und weit oben ein Wehklagen, einen hohen gepeinigten Ton, der über den Dächern und Bäumen zu schweben schien.

»Hast du das gehört?«, fragte Abe.

Joey nickte und blickte einem Jungen nach, der auf einem Mountainbike an ihnen vorbeiflitzte, das vermutlich ein Monatsgehalt eines Arbeiters gekostet hatte. »Das Knistern der Scheine? Ja, hör ich.«

Abe lachte, aber er hatte ein sonderbares angespanntes Gefühl im Magen, wie wenn er spätabends am Fenster stand und darauf wartete, dass der Kater zurückkam. Er hatte sich nicht um den Kater bemüht, er war einfach eines Abends aufgetaucht und hatte sich häuslich eingerichtet, und nun wurde Abe unruhig, wenn er von der Arbeit nach Hause kam und der Kater nicht auf der Veranda lag. Mehrmals war er sogar bis nach Mitternacht aufgeblieben und hatte gewartet, bis das verflixte Tier zu erscheinen geruhte.

»Hey«, rief Abe einem Schüler nach, der gerade vorbeikam. Der Junge erstarrte. Jungen in diesem Alter merken immer, wenn sie es mit Polizisten zu tun haben, auch wenn sie nichts zu verbergen haben. »Wo ist Chalk House?«

Der Junge brachte sie zu einem Gebäude, das so dicht am Flussufer stand, dass die Äste der Trauerweiden das Dach streiften. Als sie darauf zugingen, stampfte Abe mit den Füßen auf, um den Schlamm an den Schuhen loszuwerden; Joey tat nichts dergleichen. Vor dem Eingang lagen weitere teure Fahrräder herum, achtlos hingeworfen. In Haddan musste man die Räder nicht anschließen und auch die Haustüren nicht verriegeln; nur damals, als Abe und Joey ihr Unwesen trieben, erschienen die Leute scharenweise im Eisenwarenladen und verlangten Sicherheitsschlösser und Riegel.

Als sie in den spärlich beleuchteten Vorraum von Chalk House traten, hatte Abe denselben Gedanken wie in jenen Jahren, als sie noch in Häuser einbrachen: *Keiner hält uns auf.* Das hatte ihn immer überrascht. *Keiner passt auf.*

Matt Farris saß im Aufenthaltsraum, rauchte und schnippte die Asche in einen Pappbecher.

»Woran lag's?«, fragte er, was ein Witz sein sollte, da normalerweise er und sein Partner Kenny Cook zu spät kamen. Er drückte die Zigarette in dem Becher aus und warf ihn in den Abfalleimer.

»Du bist nur pünktlich, weil Kenny nicht dabei ist«, witzelte Joey.

»Hast du vor, was abzufackeln?«, fragte Abe mit Blick auf den qualmenden Papierkorb.

»Die Bude hier niederbrennen? Keine schlechte Idee.« Da Matt aus Haddan stammte, hatte er die üblichen Vorurteile im Kopf. Es befriedigte ihn, in dem Abfalleimer ein paar Funken aufglimmen zu sehen, bevor er einen Becher Wasser daraufschüttete.

»Keine Fotos?«, fragte Abe. Matts Partner Kenny war für die Aufnahmen zuständig, aber er hatte noch einen zweiten Job im Fotoladen in Middletown und konnte in Notfällen nicht immer zur Stelle sein.

»Glen meint, das sei nicht nötig«, sagte Matt. »Wir sollen uns hiermit nicht zu lange aufhalten.«

Abe gelang es, einen Blick in die Zimmer im zweiten Stock zu werfen, als sie die Treppe hinaufstiegen; wie zu erwarten, waren sie alle unaufgeräumt und rochen nach ungewaschenen Kleidern. Auf der letzten Treppe mussten die Männer den Kopf einziehen, um sich nicht an der niedrigen Decke zu stoßen, und als sie auf dem höhlenartigen Dachboden mit seinen dünnen Wänden und schrägen Giebeln ankamen, musste Abe sich ducken. Sogar Joey, der nur einssiebenundsiebzig war, fühlte sich beengt. In all den Jahren, in denen sie gemutmaßt hatten, wie die andere Hälfte der Menschheit lebte, hatten sie sich nie solche Räume vorgestellt.

»Was für ein Rattenloch«, sagte Joey. »Wer hätte das gedacht.«

Sie hatten immer geglaubt, die Schüler der Haddan School lebten luxuriös, mit Daunenbetten und offenem Kamin. Und nun stellte sich heraus, dass man sie um eine Dachkammer mit lockeren Dielen und aus der Wand ragenden Rohren beneidet hatte.

Als sie auf Gus' Zimmer zugingen, hörte Abe wieder das Weinen, und diesmal entging es auch Joey und Matt nicht.

»Das fehlt uns gerade noch. Irgendeine verwöhnte Göre, die hysterisch wird.« Joey hatte nur noch knapp zwanzig Minuten Zeit, um nach Hause zu fahren, zu essen, Mary Beth zu beruhigen wegen all der Arbeiten im Haushalt, die er vergessen hatte oder in Kürze vergessen würde, und dann bei seinem Job in der Mall anzutreten. »Lass uns doch abhauen«, schlug er vor. »Wir können ja morgen noch mal herkommen.«

»Gute Idee.« Abe holte Magentabletten aus der Tasche und steckte sich ein paar in den Mund. »Bringen wir's schnell hinter uns.«

Das angespannte Gefühl in Abes Magen verstärkte sich. Er konnte es nicht ertragen, wenn jemand weinte, hatte sich nie daran gewöhnen können, obwohl er es immer wieder erlebte. Erwachsene Männer begannen zu schluchzen und bettelten darum, noch eine Chance zu bekommen, wenn er sie mit Alkohol am Steuer erwischte. Frauen lehnten sich an seine

Schulter und weinten, wenn sie einen Blechschaden verursacht hatten oder ihr Hund verschwunden war. Trotz dieser Erfahrungen fürchtete sich Abe vor Gefühlsausbrüchen, und es machte die Situation nicht angenehmer, als er die Tür zu Gus' Zimmer öffnete und feststellte, dass diese Laute von einem Mädchen kamen, das kaum älter war als Joeys Tochter Emily.

Carlin Leander hatte niemanden kommen hören, und als sie Abe sah, wäre sie am liebsten davongerannt. Was man ihr nicht verdenken konnte, denn Abe war groß, und in der niedrigen Dachkammer wirkte er geradezu riesig. Doch er schenkte Carlin kaum Beachtung. Er war damit beschäftigt, einen Eindruck zu verarbeiten, der ihn viel mehr überraschte als ein weinendes Mädchen: Das Zimmer war tadellos aufgeräumt.

Carlin war aufgestanden, und noch bevor Abe sich vorgestellt hatte, wusste sie, dass er Polizist war. Einen schrecklichen Moment lang glaubte sie, man würde sie verhaften und womöglich des Mordes anklagen. Doch Abe ging zum Schrank, in dem alle Hemden auf Bügeln hingen und die Schuhe am Boden ordentlich aufgereiht waren. »Sah es hier immer so aus?«

»Nein. Normalerweise lagen seine Klamotten überall herum.«

Joey war mit Matt Farris im Flur geblieben. Als er nun ins Zimmer spähte, war er alles andere als begeistert. Noch so ein Kind aus reicher Familie, eine verzogene Prinzessin, die wahrscheinlich jedes Mal in Tränen ausbrach, wenn sie ihren Willen nicht bekam.

»Vielleicht sollten wir sie mit aufs Revier nehmen und da verhören.« Joey hatte die Gabe, die falschen Dinge zum falschen Zeitpunkt zu sagen, was ihm auch jetzt wieder gelang. Bevor Abe Carlin versichern konnte, dass sie nichts dergleichen tun würden, flitzte sie hinaus und rannte, immer zwei Stufen auf einmal nehmend, die Treppe hinunter.

»Na bestens.« Abe wandte sich zu Joey um. »Sie hätte vielleicht was wissen können, und du verscheuchst sie.«

Joey kam herein und spähte in den Schrank, tastete im oberen Fach herum. »Volltreffer«. Er hielt eine kleine Plastiktüte mit Marihuana in der Hand, die er Abe zuwarf. »Wenn irgendwo was ist, finde ich es«, verkündete er stolz.

Abe schob das Marihuana in die Tasche; er wusste noch nicht, ob er es abliefern würde. Jedenfalls war ihm unklar, wieso in einem Zimmer, das so sauber und ordentlich war, ein Tütchen Gras liegen blieb. Während Matt Harris Oberflächen einstäubte, um nach Fingerabdrücken zu suchen, ging Abe zum Fenster und sah hinaus. Der tote Junge hatte Vogelnester in den Weiden sehen können, so hoch oben war man hier, und Amseln, die über dem Kirchturm im Ort schwebten. Von hier aus erstreckten sich die Wälder bis zum Horizont, wilde Dickichte aus Hagedorn und Stechpalmen, Kiefern und wilden Apfelbäumen. Auf dem Fenster lag kein Staub, bemerkte Abe, und die Scheiben waren fleckenlos.

»Zwei Möglichkeiten.« Joey trat neben Abe. »Entweder hat der Typ sich umgebracht, oder er hat sich zugeraucht und ist aus Versehen ertrunken, also ein Unfall.«

»Aber du glaubst nicht an die Unfallvariante«, sagte Abe.

»Nach allem, was ich gehört hab, kriegte der Bursche nichts auf die Reihe.« Als ihm klar wurde, was er gesagt hatte, machte Joey schnell einen Rückzieher, um keine falschen Schlüsse auf Frank zuzulassen. »Nicht, dass nur solche Leute sich umbringen. Das meine ich damit nicht.«

»Ich wünschte, sie hätten uns Kenny mitgeschickt.« Abe hatte nicht die Absicht, über Frank zu reden. Nicht hier und nicht jetzt. »Ich hätte gern ein paar Fotos von dem Zimmer. Und ich weiß auch schon, wie ich sie kriege.«

Er hatte im Garten unten eine Frau mit einer Kamera gesehen und bedeutete Joey mit einer Kopfbewegung hinunterzuschauen.

»Nicht übel«, sagte Joey. »Toller Arsch.«

»Du solltest auf die Kamera schauen, du Idiot, nicht auf den Hintern.«

»Ja, du hast bestimmt auch als Erstes die Kamera gesehen.«

Als sie über das Gelände ging, sann Betsy Chase darüber nach, ob sie die letzte Person gewesen war, die Gus Pierce lebend gesehen hatte. Sie musste immer wieder an den Augenblick denken, als er nach seinem Streit mit Carlin über den Friedhofszaun geklettert war, zutiefst verletzt. Hätte Betsy irgendetwas tun können, um ihn zu retten? Was wäre geschehen, wenn sie ihn gerufen hätte, als er in den Wald lief, oder wenn sie vorher auf den Friedhof gegangen wäre? Hätte sie verhindern können, was dann geschah? Hätte vielleicht ein einziges Wort das Schicksal dieses Jungen verändern können, wie ein einziger Stern einen Reisenden durch ein Unwetter geleiten kann?

Betsys Kamera stieß beim Laufen an ihre Rippen, ein vertrautes beruhigendes Gefühl, doch davon abgesehen, fühlte sie sich abwesend und benommen, was vielleicht daran lag, dass sie plötzlich aus dem Schatten in die letzten Strahlen der Sonne trat. In der Finsternis, die der Tod mit sich bringt, kann sogar ein Fünkchen Licht Schwindel verursachen. Betsy lehnte sich an eine Trauerbuche, um das Gleichgewicht wieder zu finden. Leider befand sich das Nest der Schwäne unweit des

Baums, und sie behüteten ihr Revier so eifersüchtig, dass jeder vernünftige Mensch weitergegangen wäre. Aber Betsy zückte ihre Kamera und stellte die Schärfe ein. Sie betrachtete die Welt am liebsten durch Glas, doch bevor sie fortfahren konnte, hörte sie jemanden rufen. Auf der Veranda von Chalk House stand ein Mann, der zu ihr herübersah.

»Ist das eine Kamera?«, rief er.

Das war nun offensichtlich, aber nicht minder offensichtlich waren die lichtblauen Augen des Mannes und die Tatsache, dass sein Blick einen Menschen fesseln konnte. Betsy kam sich vor wie eines der Kaninchen, denen sie oft begegnete, wenn sie im Zwielicht spazieren ging. Sie hätten weglaufen sollen, doch sie rührten sich nicht von der Stelle, auch wenn sie ihr Schicksal damit herausforderten.

Der Mann kam jetzt auf sie zu, und es wäre albern gewesen, noch abzuhauen. Als er ihr seinen Ausweis zeigte, blickte Betsy auf das Bild. Diese Fotos waren meist scheußliche Konterfeis wie aus dem Verbrecheralbum, aber dieser Mann sah sogar in seinem Ausweis gut aus. Lieber nicht zu lange hinschauen, sagte sich Betsy. Er war der bestaussehende Mann, den sie in Haddan getroffen hatte, und solche Männer wussten meist nur ihr eigenes Spiegelbild zu schätzen. Dennoch prägte sich Betsy ein paar Dinge ein, als sie den Ausweis überflog: sein Geburtsdatum, seinen Namen und die Farbe seiner Augen, obwohl sie schon wusste, dass sie umwerfend blau waren.

Abe erläuterte, was er brauchte, und geleitete sie zum Chalk House. Während Betsy neben ihm herging, behielt sie die Schwäne im Auge. Sie rechnete damit, dass die Tiere zischend auf sie zurennen und nach Mänteln und Schuhen schnappen würden, doch nichts dergleichen geschah. Einer spähte nur aus dem Nest, während der andere ihnen folgte, worauf Betsy ihren Schritt beschleunigte.

»Ich habe Gus Pierce gestern Abend gesehen«, hörte sich Betsy zu dem Detective sagen. »Wahrscheinlich kurz bevor er im Fluss endete.«

Abe war aufgefallen, dass die Leute häufig mehr Informationen anboten, als man von ihnen verlangt hatte; ohne dass man nachbohrte, beantworteten sie die eine Frage, die man in Kürze gestellt hätte, berichteten von der einen wichtigen Einzelheit, die einem noch nicht in den Sinn gekommen war.

»Er war mit einer der Schülerinnen zusammen.« Betsy streute ein paar Krümel aus ihren Taschen auf den Weg, aber der Schwan ließ sich von ihrer Gabe nicht ablenken und verfolgte sie weiter. Sie hörten das Klatschen seiner Füße auf dem Beton, standen nun aber zum Glück vor Chalk House.

»Ein blondes Mädchen?«, fragte Abe.

Betsy nickte und fragte sich, woher er das wusste. »Sie stritten sich, drüben auf dem alten Friedhof.«

»War es so schlimm, dass man sich danach umbringen würde?«

»Das kommt darauf an.« Was war los mit ihr? Sie schien den Mund nicht halten zu können, als sei Schweigen in Gegenwart dieses Mannes gefährlicher als Reden. »Wie Verliebte sich benehmen, kann man schwer vorhersagen.«

»Sprechen Sie aus Erfahrung?«

Betsy errötete, und Abe empfand eine sonderbare Rührung über ihr Unbehagen. Er trat näher zu ihr, angelockt von einem köstlichen Duft, der ihn an selbst gebackene Kekse erinnerte. Abe, der sich gewöhnlich nichts aus Süßem machte, verspürte plötzlich ein heftiges Verlangen danach. Er hatte den Drang, diese Frau zu küssen, hier mitten auf dem Weg.

»Beantworten Sie die Frage nicht«, sagte er.

»Das hatte ich auch nicht vor«, versetzte Betsy.

Tatsächlich hatte sie keine Ahnung, wie Verliebte sich benahmen, außer dass sie sich zu Trotteln machten.

»Sind Sie Lehrerin hier?«, fragte Abe weiter.

»Im ersten Jahr. Und Sie? Sind Sie hier zur Schule gegangen?«

»Niemand aus dem Ort geht auf die Haddan School. Wir halten uns nicht mal gerne auf dem Gelände auf.«

Sie kamen zur Tür, die hinter Abe zugefallen war, doch er drückte mit der Schulter dagegen, dann hebelte er mit seiner Kreditkarte den Riegel auf und umging so das Zahlenschloss.

»Nicht schlecht«, sagte Betsy.

»Übung macht den Meister«, erwiderte Abe.

Betsy fühlte sich so unsäglich zu diesem Mann hingezogen, als spiele die Schwerkraft ihr einen üblen Streich. Es war doch wirklich lächerlich, dass sie nicht einmal mehr richtig Luft bekam. Genauso gut hätte sie sich fragen können, wie der Postbote wohl küsste oder wie der Hausmeister, der auch die Rosen pflegte, ohne sein Hemd aussehen mochte. Später würde sie bestimmt mit Eric darüber lachen, dass sie sich von einem Mann mit blauen Augen in die Polizeiarbeit einspannen ließ. Schließlich war es ihre Bürgerpflicht. Um den geschäftlichen Charakter zu bewahren, musste sie daran denken, der Polizei eine Rechnung für Material und Entwicklung zu stellen.

»Du hast dir einen Fotografen geangelt, wie ich sehe.« Matt Farris stellte sich und Joey vor, als Abe mit Betsy auf dem Dachboden erschien. Gus' Zimmer wirkte noch enger, als so viele Leute sich darin aufhielten. Matt schlug vor, dass sie alle im Flur warten sollten, um Betsy in Ruhe arbeiten zu lassen.

»Nicht übel«, äußerte er, sobald sie draußen waren.

Joey verrenkte sich den Hals, um Betsy zu beobachten. »Viel zu klug und hübsch für dich«, meinte er, »ich mache mal lieber keine Voraussagen.«

Im Ort behauptete man gerne, dass neunzig Prozent aller Frauen von Massachusetts attraktiv seien und die restlichen zehn Prozent an der Haddan School unterrichteten, aber diese Leute hatten Betsy Chase noch nicht gesehen. Sie war eher apart als hübsch mit ihren dunklen Haaren und den hohen Wangenknochen; ihre Augenbrauen hatten einen eigenartigen Schwung, als sei sie früher einmal sehr überrascht gewesen und gewinne erst allmählich die Fassung zurück. Abe beobachtete sie in dem matten Dämmerlicht, das durch das Dachfenster fiel, und fragte sich, wieso sie ihm in der Stadt nie aufgefallen war. Aber das war vielleicht auch besser so, denn es hatte keinen Sinn, sich in irgendwas hineinzusteigern. Betsy entsprach nicht einmal seinem Frauentyp, obwohl er von dem eigentlich auch keine genaue Vorstellung hatte. Bislang hatte er eine Frau gewollt, die keine Anforderungen an ihn stellte. Jemand wie Betsy würde ihn nur anstrengen und am Ende abweisen. Außerdem war es für ihn zu spät für echte Gefühle; selbst wenn er sich bemühte, würde er sich wahrscheinlich auf niemanden mehr einlassen können. Manchmal saß er abends alleine in seiner Küche, lauschte dem Rattern des Zuges, der nach Boston fuhr, und stach sich mit Nadeln in die Handfläche, um seine Reaktion zu testen. Er spürte gar nichts.

»Vielleicht krieg ich ihre Telefonnummer für dich«, sagte Joey.

»Ich weiß nicht recht, Joey«, konterte Abe. »Scheint mir eher, als wolltest du da selbst einsteigen.«

»Will ich doch immer«, gab Joey zu. »Aber nur rein theoretisch.«

Betsy hörte ihr Gelächter, als sie in den Flur trat. Abe schlug vor, dass er den Film entwickeln lassen würde, was sie plötzlich argwöhnisch machte. Vielleicht lag es an dem kernigen Gelächter, von dem sie zu Recht vermutete, dass es auf ihre Kosten ging.

»Ich entwickle meine Filme grundsätzlich selbst«, sagte sie.

»Eine Perfektionistin.« Abe schüttelte den Kopf. Ganz bestimmt nicht sein Typ.

»Gut.« Betsy entging es nicht, wenn sie beleidigt wurde. »Wenn Sie den Film haben wollen, bitte. In Ordnung.«

»Nein, lassen Sie mal. Entwickeln Sie ihn ruhig selbst.«

»Was sich liebt, das zankt sich?«, fragte Joey zuckersüß, als sie alle das Haus verließen.

»Nein«, antworteten die beiden wie aus einem Munde. Sie starrten sich an, verwirrter, als sie sich selbst eingestehen wollten.

Joey grinste. »Na, ihr seid euch ja einig.«

Doch nun trennten sich ihre Wege. Matt Farris fuhr nach Hamilton ins Labor, Joey zog sich auf die Veranda zurück, um seine Frau anzurufen, und Betsy kehrte zu der Stelle zurück, wo sie Abe zuerst gesehen hatte.

»Schicken Sie die Abzüge aufs Revier.« Abe hoffte, dass er sich gleichgültig anhörte. Er musste schließlich nicht jeder Frau hinterherrennen wie ein schlecht erzogener Jagdhund. Er winkte ihr munter zu, ganz der beflissene Polizist, der nur im Dienste der Wahrheit und Gerechtigkeit steht. »Und vergessen Sie die Rechnung nicht.«

Als sie verschwunden war, stand er unschlüssig herum und bemerkte den Schwan erst, als er schon dicht bei ihm war. »Verzieh dich«, sagte Abe, was ohne Erfolg blieb. »Ab mit dir«, befahl er dem Tier.

Doch der Schwan kam immer näher. Jeder wusste, dass die Schwäne hier sich sonderbar benahmen, was daran liegen mochte, dass sie in Massachusetts überwintern und vor der Tür des Speisesaals nach Krumen suchen mussten wie Bettler oder Diebe. Die Kanadagänse zogen in riesigen Schwärmen über den Ort und machten nur Rast, um auf den Wiesen Futter aufzunehmen, doch die Schwäne mussten sich ihr Nest in den Wurzeln der Weiden bauen oder unter Lorbeerhecken Zuflucht suchen und konnten nur erbost zischen über Eis und Schnee.

»Glotz nicht so«, sagte Abe zu dem Schwan.

Der Vogel starrte ihn so sonderbar an, dass Abe glaubte, er wolle sich auf ihn stürzen, doch dann watschelte er an ihm vorbei und verschwand hinter Chalk House. Abe sah ihm eine Weile nach und folgte ihm dann. Er wollte nicht über Frauen und Einsamkeit nachdenken; lieber betrachtete er eingehend den Weg, der von der Hintertür des Wohnheims zum Fluss hinunterführte.

Als Joey mit Mary Beth erörtert hatte, ob er am Sonntag zu Hause sein musste, wenn ihre Eltern zum Essen kamen, winkte ihn Abe zu sich. »Hier stimmt was nicht.«

Der Boden war feucht, und obwohl es seit Tagen nicht geregnet hatte, hatten sich im Rasen Pfützen gebildet.

»In der Tat«, pflichtete ihm Joey bei und steckte sein Handy in die Tasche. »Hier stinkt's.«

»Fällt dir nichts auf?«

Dass sie die Dinge so unterschiedlich wahrnahmen, erstaunte Abe immer wieder. Wenn Joey auf die Wolken in Hamilton schaute, bemerkte Abe nur den Regen in Haddan. Joey entdeckte einen Verkehrsunfall, und Abe sah nur den Blutstropfen auf dem Asphalt.

»Doch. Der elende Schwan lässt uns nicht aus den Augen.«

Der Schwan hatte sich auf der Veranda niedergelassen und spreizte die Federn, um sich zu wärmen. Seine Augen waren schwarz wie Stein, und er blinzelte nicht einmal, als ein Flugzeug am Himmel entlangzog und die abendliche Stille durchbrach.

»Noch was anderes?«, fragte Abe.

Um seinem Freund einen Gefallen zu tun, nahm Joey die Veranda in Augenschein. »Ein Besen. Ist daran irgend was Besonderes?«

Abe führte ihn zu dem Pfad, der zum Flussufer führte. Der Weg sah sehr gepflegt aus, so ordentlich, als sei er gefegt worden. Als sie auf die Veranda zurückkamen, hob Abe den Besen an; am Stroh haftete Schlamm.

»Die haben eben einen Putzfimmel«, sagte Joey. »Sie fegen die Veranda. Ich hab schon merkwürdigere Sachen erlebt.«

»Und der Weg? Der sieht nämlich auch aus, als sei er gekehrt worden.«

Abe setzte sich auf die Stufen und blickte zu den Bäumen hinüber. An dieser Stelle war der Fluss breit und hatte eine starke Strömung. Hier gab es keine Rohrkolben, kein Schilf und keine Entengrütze, nichts, das einen Gegenstand aufhielt, der flussabwärts trieb.

»Hat dir schon mal jemand gesagt, dass du von Natur aus misstrauisch bist?«, sagte Joey.

Das sagte man Abe schon sein Leben lang, und warum sollte er es auch nicht sein? Seiner Ansicht nach war jeder, der nicht achtsam war, ein Trottel, und deshalb hatte er die Absicht, die Sachlage gründlich zu analysieren. Er, der immer bemüht war, sich aus allem herauszuhalten, hatte sich auf diese Geschichte schon viel zu weit eingelassen. Nachdem

Abe Joey zu Hause abgesetzt hatte, ertappte er sich dabei, dass er über Jungen nachsann, die zu früh zu Tode kamen, und über Frauen, die zu viel wollten, und ehe er sich's versah, hatte er sich in den Straßen verfahren, in denen er seit seiner Kindheit unterwegs war. Er bog an der Main falsch ab und dann noch einmal an der Forest, was jedem Mann passieren konnte, dem eine schöne Frau den Kopf verdreht hatte, und dann fand er sich unversehens an der Brücke wieder, an der sein Großvater immer angehalten hatte, an jenem Ort, wo die wilden Schwertlilien blühten. Nach all den Jahren fand Abe auf Anhieb jene Stelle, wo der Fluss tief und träge war und in den Sixth Commandment Pond floss.

Eric Herman und Duck Johnson fiel die Aufgabe zu, den Vater des Jungen an diesem Abend vom Flughafen abzuholen, eine Pflicht, die niemand gerne übernehmen wollte, vor allem Duck nicht, für den Reden an sich schon etwas Abnormales war. Sie brachen nach dem Abendessen auf und legten die Strecke nach Boston schweigend zurück. Walter Pierce wartete vor dem US-Airways-Terminal auf sie, und obwohl er seinem Sohn nicht ähnlich sah, erkannten die beiden ihn sofort; sie spürten seine Trauer, bevor sie auf ihn zutraten und ihm die Hand schüttelten.

Sie trugen seinen Koffer zu Erics Wagen, einem alten Volvo, der schon zu viele Jahre auf dem Buckel hatte. Während der Fahrt unterhielten sich die Männer kurz über das Wetter, das noch schön war, als sie am Flughafen abfuhren, dann aber zusehends grau und windig wurde; danach sprachen sie darüber, wie kurz doch der Flug von New York war. Der Berufsverkehr ließ langsam nach, als sie aus der Stadt hinausfuhren, und als sie auf die Route 17 kamen, waren sie fast alleine auf der Straße, und der Himmel war mitternachtsblau. Mr. Pierce bat darum, bei dem Labor in Hamilton Halt zu machen, wo man die Autopsie vorgenommen hatte, weil er die Leiche seines Sohnes sehen wolle.

Gus würde zwar am nächsten Morgen nach Haddan zurückgebracht werden, wo man ihn im Begräbnisinstitut der Hale-Brüder einäschern und seine sterblichen Überreste für die Reise nach New York vorbereiten würde, und Eric und Duck waren beide erschöpft und hatten die ganze Sache gründlich satt, aber sie willigten natürlich ein. Wer konnte einem trauernden Vater einen letzten Blick auf seinen Sohn verweigern? Doch Eric wünschte sich insgeheim, Betsy wäre bei ihnen. Sie hatte schon einiges durchgemacht, weil ihre Eltern so früh ums Leben kamen. Sie hätte Mr. Pierce bestimmt ins Labor begleitet und ihm ein paar tröstliche Worte gesagt, wie Hinterbliebene sie gerne hören wollen. Aber nun musste Walter Pierce alleine ein Gebäude betreten, das nur spärlich beleuchtet war und in dem einer der wenigen Angestellten, die man um diese Uhrzeit noch vorfand, ziemlich lange herumsuchte, bis er die Leiche fand.

Eric und Duck warteten mürrisch auf dem Parkplatz im Auto und vertilgten währenddessen eine Dose Erdnüsse, die Eric im Handschuhfach entdeckt hatte, und einen Fitnessriegel, die Duck immer mit sich herumtrug. Manche Menschen werden hungrig, wenn sie in die Nähe von Unglück kommen, als könnten sie Schlimmes von sich fern halten, indem sie sich die Bäuche füllen. Duck und Eric waren erleichtert, dass Mr. Pierce ihnen nicht die Schuld gab an Gus' Tod, obwohl sie für ihn verantwortlich gewesen waren. Sie fungierten zwar seit fünf Jahren gemeinsam als Hausväter von Chalk House, doch sie hatten sich nie bemüßigt gefühlt, mehr als das Nötigste miteinander zu sprechen. Nun fiel ihnen gar nichts mehr ein, vor allem, als Mr. Pierce wiederkam. Sie hörten ihn weinen, als sie nach Haddan fuhren, und die dunkle Asphaltstraße vor ihnen schien sich an diesem Abend ins Endlose zu erstrecken. Dann fragte Mr. Pierce unvermittelt, warum das seinem Sohn widerfahren war. Seine Stimme war so brüchig, dass man ihn kaum verstand. Warum jetzt, wo er doch noch am Anfang seines Lebens stand? Warum Gus und nicht der Sohn eines anderen Mannes? Doch da weder Duck noch Eric diese Fragen beantworten konnten, sagte keiner ein Wort, und Mr. Pierce fuhr fort zu weinen, bis sie Haddan erreichten.

Sie brachten ihn im Haddan Inn unter und waren erleichtert, als sie seinen Koffer aus dem Auto holen und sich verabschieden konnten. Nachdem sie ihn abgeliefert hatten, fuhren Eric und Duck Johnson schnurstracks ins Millstone. Die Leute aus der Schule kehrten meist im Haddan Inn ein, wo der Martini teuer war und der Sherry zu vierzig Prozent aus Leitungswasser bestand. Geschieht ihnen recht, pflegten die Einheimischen zu sagen, wenn die von der Haddan School ihr Geld loswerden und schlecht bedient werden wollten. Doch Eric und Duck stand jetzt der Sinn nach Whisky und Bier und einer ruhigen Ecke, wo sie unbehelligt blieben. Nach diesem Erlebnis brauchten sie einen kräftigen Schluck, aber das Inn kam nicht in Frage, weil Mr. Pierce sich dort vielleicht auch noch einen Drink genehmigte. Deshalb entschieden sie sich für das Millstone, das sie gewöhnlich verschmähten, wo sie aber nun rasch an der Bar ein angenehmes Plätzchen fanden.

Gewöhnlich verirrte sich selten jemand von der Haddan School ins Millstone, ausgenommen Dorothy Jackson, die Krankenschwester, die sparsam war und die Happy Hour schätzte, wenn man zwei Drinks zum Preis von einem bekam. Einige von den Einheimischen registrierten die beiden Neuankömmlinge, aber keiner näherte sich ihnen.

»Ein Jammer, dass sie Gus Pierce nicht im Otto House untergebracht haben«, sagte Eric ins Leere. An Duck Johnsons Meinung lag ihm nichts, weshalb er in seiner Abwesenheit auch kein Blatt vor den Mund nahm, vor allem nicht nach seinem ersten Johnnie Walker, den er pur, ohne Wasser und ohne Eis, getrunken hatte. »Dann hätte Dennis Hardy das Problem am Hals gehabt«, sagte er. Hardy war Mathematiklehrer und ein Kollege, den keiner richtig leiden konnte.

»Vielleicht hätten wir uns mehr um Gus kümmern, öfter mit ihm reden sollen.« Duck winkte dem Barkeeper und bestellte noch eine Runde. Der Sportlehrer hatte wieder dieses unangenehme Gefühl, was ihn manchmal überkam, wenn er frühmorgens, zu einer Zeit, in der die Vögel so laut lärmten, als gehöre die Welt ihnen alleine, mit dem Kanu auf den Fluss hinausruderte. In dieser Stunde war es so friedlich, dass Duck seine Einsamkeit zu spüren begann, eine gewaltige dunkle Bürde, die auf ihm lastete. Ein Mann, der mit sich alleine war auf dem Fluss, konnte auf Gedanken kommen, die er nicht haben wollte; womöglich sann er gar über sein Leben nach. Wenn das passierte, kehrte Duck um und paddelte zum Ufer zurück.

»Ich habe mit ihm geredet!« Eric musste lachen, als er daran dachte, dass der Junge außerhalb des Unterrichts ebenso unzugänglich gewesen war wie in den Geschichtsstunden, wo er seine Sonnenbrille nicht absetzte und manchmal die Dreistigkeit besessen hatte, seinen Walkman so laut aufzudrehen, dass die ganze Klasse gezwungen war, sich die hämmernden Bässe anzuhören. Eric hatte sich darauf gefreut, Gus durchfallen zu lassen, und in gewisser Weise hatte er jetzt das Gefühl, um dieses Vergnügen betrogen worden zu sein.

Doch am meisten beunruhigte Eric die Lehrerkonferenz. Er machte sich Sorgen, dass dieses Fiasko Folgen haben würde. Er war der verantwortliche Hausvater, und einer der Jungen, für die er Verantwortung trug, war tot, daran war nichts zu rütteln. Natürlich konnte keiner behaupten, dass sie ihre Pflichten vernachlässigt hatten. Den neuen Schülern ging es immer mies, oder? Sie hatten Heimweh oder kamen mit dem Stoff nicht nach, und natürlich wurden sie in die Gruppenregeln eingeführt, waren ganz unten in der Hackordnung, bis sie sich bewährt hatten. Hatte Eric dem Jungen nicht genau das gesagt? Dass er sich zusammenreißen und Verantwortung für sich selbst übernehmen solle?

»Der Vater tut mir am meisten Leid.« Duck Johnson war so bedrückt wie nie zuvor. »Der Mann schickt seinen Jungen auf eine gute Schule, und ehe er sich's versieht, nimmt der Bursche sich das Leben.«

Alle glaubten an diese Version, und sogar Dorothy Jackson räumte ein, dass es Warnzeichen gegeben habe, während er auf der Krankenstation lag: die Depressionen, die Kopfschmerzen, die Weigerung zu essen.

»Wem würde der nicht Leid tun?«, pflichtete Eric ihm bei, nicht zuletzt, um Duck zu beruhigen, weil es durchaus möglich war, dass der Sportlehrer nach einem weiteren Drink in Tränen ausbrechen würde. Eric bestellte eine letzte Runde, obwohl sie dann zu spät zur Abendaufsicht kommen würden. Aber da es in Chalk House bereits ein Unglück gegeben hatte, konnten sie sich entspannen, sagte er sich. Statistisch gesehen, war es unwahrscheinlich, dass heute Abend wieder etwas passierte.

Wenn sich Eric und Duck an diesem Abend an der Bar im Haddan Inn niedergelassen hätten, wären sie Carlin Leander begegnet und hätten ihre Missachtung der Nachtruhe dem Dekan melden müssen. Doch es war Carlins Glück, dass sie sich auf der anderen Seite der Stadt aufhielten. Als Carlin sich um kurz nach neun auf den Weg zum Gasthaus machte, schien in der Stadt eine besondere Stille zu herrschen. Die Apotheke und Selena's hatten schon geschlossen, und nur ab und an fuhr ein Auto vorbei, dessen Scheinwerfer die Dunkelheit durchschnitten und dann verschwanden. Die Äste der Eichen auf der Main Street wogten im Wind; Blätter sanken zu Boden und sammelten sich auf Laubhaufen neben geparkten Wagen und Zäunen. Die Straßenlampen, die man den alten Gaslaternen nachempfunden hatte, warfen gelbe Lichtstreifen aufs Pflaster. An solchen Abenden ging jeder, der draußen war, schneller als sonst und erreichte sein Ziel ein wenig gehetzt, auch wenn ihn nicht Schuldgefühle und Trauer vorantrieben.

In der Lobby des Hotels fand Carlin eine Frau an der Rezeption vor, die so abwesend war, dass sie nur auf das Haustelefon wies, als Carlin fragte, ob sie mit einem der Gäste sprechen könne. Sie hatte ihr einziges gutes Kleid angezogen, ein steifes blaues Satingebilde, das ihre Mutter bei Lucille's im Ausverkauf erstanden hatte. Es saß nicht richtig und war so dünn, dass Carlin sogar gefroren hätte, wenn sie einen richtigen Mantel statt der hellblauen mit kleinen Perlen bestickten Strickjacke getragen hätte.

Carlin hatte durch Zufall gehört, wie Missy Green, die Sekretärin des Dekans, sagte, Gus' Vater sei in der Stadt, und sie hatte sofort gewusst, dass sie ihn sehen musste. Ihre Hände waren feucht, als sie jetzt seine Zimmernummer wählte. Einen

Moment lang erwog sie, wieder aufzulegen, doch dann meldete sich Mr. Pierce, und Carlin fragte ohne Umschweife, ob sie ihn an der Bar treffen könne. Dort hielt sich niemand auf außer dem Barkeeper, der Carlin eine Cola light mit Zitrone servierte und sie auf einem der Hocker sitzen ließ, obwohl sie eindeutig noch minderjährig war. Im Haddan Inn wurden erstklassige Umgangsformen erwartet, und wer diese nicht an den Tag legte, war im Millstone besser aufgehoben, das in den letzten Jahren schon zweimal seine Lizenz zum Ausschank von Alkohol eingebüßt hatte. Im Inn gab es keine Dartspiele wie im Millstone, kein lautstarkes Kräftemessen, keine Fischstäbchen mit Fritten, keine Exfrauen, die ihrem Mann die Hölle heiß machten, weil er mit den Unterhaltszahlungen im Rückstand war. Die dunklen Logen am Ende der Bar wurden zwar gelegentlich von Leuten aufgesucht, die mit jemand anderem verheiratet waren als mit ihrer Begleitung, doch an diesem Abend blieben auch sie leer. Wenn sich derzeit in Haddan Affären entspannen, dann geschah das an anderen Orten.

Mr. Pierce hatte schon im Bett gelegen, als Carlin anrief, und es dauerte über eine Viertelstunde, bis er zur Bar kam. Sein Gesicht sah zerknittert aus wie das eines Mannes, der geweint hat.

»Ich bin froh, dass Sie sich mit mir treffen, wo wir uns doch nicht kennen und so.« Carlin wusste, dass sie sich wie ein dümmliches Plappermaul anhörte, aber sie war so nervös, dass sie erst zu sich kam, als sie in seine Augen blickte und die Trauer darin sah. »Sie sind sicher müde.«

»Nein, ich bin froh, dass Sie mich angerufen haben.« Mr. Pierce bestellte sich einen Scotch mit Wasser. »Ich freue mich, jemanden kennen zu lernen, der mit Gus befreundet war. Er tat immer so, als hätte er keine Freunde.«

Carlin hatte ihre Cola ausgetrunken, und es war ihr unangenehm, als sie sah, dass ihr Glas auf dem Holztresen einen Ring hinterlassen hatte. Sie sagte sich, dass man hier bestimmt an so etwas gewöhnt war und ein Poliermittel hatte, mit dem sich Wasserflecken entfernen ließen.

»Ich möchte Ihnen sagen, dass ich schuld bin an dem, was geschehen ist«, sagte Carlin. Um dieses Geständnis zu machen, war sie hergekommen.

»Aha.« Walter Pierce sah Carlin aufmerksam an.

»Wir haben uns gestritten, und ich habe mich ihm gegenüber schrecklich benommen. Es war furchtbar. Wir beschimpften uns gegenseitig, und ich war so wütend, dass ich nichts tat, als er wegrannte. Ich bin ihm nicht mal nachgelaufen.«

»Sie können nicht die Ursache sein für das, was an diesem Abend passiert ist.« Mr. Pierce leerte sein Glas in einem Zug.

»Es war meine Schuld. Ich hätte ihn nicht hierher schicken sollen. Ich dachte, ich wüsste, was richtig für ihn ist, und Sie sehen ja, was geschehen ist.« Walter Pierce machte dem Barkeeper ein Zeichen, und als er sein zweites Glas in der Hand hatte, wandte er sich wieder Carlin zu. »Einige Leute behaupten, dass es kein Unfall war.«

»Doch«, sagte Carlin mit Nachdruck. »Er hat mir die ganze Zeit einfach so überall Nachrichten hinterlassen. Wenn er das vorgehabt hätte, hätte er mir geschrieben.« Sie begann zu weinen. »Er muss gestürzt sein. Er ist vor mir weggerannt, und dabei ist er hingefallen.«

»Er ist nicht vor Ihnen weggerannt«, sagte Mr. Pierce. »Er ist vor irgendetwas weggerannt. Vielleicht vor sich selbst.«

Weil Carlin nicht aufhören konnte zu weinen, streckte Mr. Pierce die Hand aus und zog einen Silberdollar hinter ihrem Ohr hervor, was sie so verblüffte, dass sie fast von ihrem Hocker fiel. Das Kunststück erfüllte seinen Zweck: die Tränen versiegten.

»Es ist ein Trick. Ich habe die Münze die ganze Zeit in der Hand gehalten.« Im schummrigen Licht der Bar sah Gus' Vater besonders erschöpft aus. Er hatte seit zwei Nächten kein Auge zugetan und würde das auch in den kommenden Nächten nicht tun. »Das ist mein Zweitberuf«, sagte er.

»Wirklich?«

»Hat er Ihnen das nicht erzählt? Unter der Woche unterrichte ich an der High School, und am Wochenende trete ich bei Kinderfesten auf.«

»In New York?«

»In Smithtown. Auf Long Island.«

Es sah Gus ähnlich, ihr eine erfundene Geschichte aufzutischen, wie Carlin selbst es auch getan hatte. Sie hatten einander die ganze Zeit angelogen, und weil Carlin das nun wusste, vermisste sie Gus noch mehr, als habe jede Lüge, die sie ersonnen hatten, sie durch unsichtbare Schnüre noch enger verbunden.

Mr. Pierce fragte Carlin, ob sie sich etwas von Gus' Sachen aussuchen wolle, ein Erinnerungsstück. Carlin hatte nicht vorgehabt, um etwas zu bitten, doch jetzt zögerte sie keine Sekunde. Sie wünschte sich Gus' Mantel.

»Dieses grässliche Ding? Er hat es in einem Secondhandladen gekauft, und wir hatten noch Streit deshalb, aber er hat sich natürlich durchgesetzt.«

Die Polizei hatte Mr. Pierce die Sachen übergeben, die Gus trug, als man ihn fand. Carlin wartete im Flur von Mr. Pierces Zimmer, bis er herauskam und ihr den Mantel übergab, der zusammengelegt und mit einer Schnur umwickelt war.

»Wollen Sie bestimmt nichts anderes? Ein Buch? Seine Armbanduhr? Der Mantel ist noch feucht. Der gehört in den Müll. Was wollen Sie damit? Der fällt bestimmt in Stücke.«

Carlin versicherte ihm, dass sie nur den Mantel haben wolle. Als sie sich verabschiedeten, umarmte Mr. Pierce Carlin, worauf sie wieder zu weinen begann. Sie weinte den ganzen Weg nach unten und wandte das Gesicht ab, als sie durch die Lobby ging, damit die Frau an der Rezeption ihre Tränen nicht sah. Es tat gut, aus dem überheizten Hotel in die kalte Luft hinauszutreten. Carlin wanderte durch die menschenleeren Straßen der Stadt, ihre Schritte klackten auf dem Asphalt. Sie ging an den verschlossenen Geschäften vorbei und nahm dann eine Abkürzung, indem sie um eines der großen weißen Häuser herummarschierte und durch Lois Jeremys preisgekrönten Garten huschte, um schneller zum Wald zu kommen.

Das Wetter schlug um, wie es in Haddan oft geschah, und das Thermometer sank auf unter null. Am nächsten Morgen würde eine glitzernde Frostschicht Gärten und Wiesen bedecken, und Carlin merkte, dass sie in ihren dünnen Sachen zitterte. Es lag nahe, in Gus' Mantel zu schlüpfen, obwohl der Stoff wirklich noch feucht war, wie Mr. Pierce gesagt hatte. Der Mantel war auch viel zu weit und zu lang für sie, aber Carlin schob die Ärmel hoch und zog ihn um die Taille zusammen. Sie fühlte sich sofort geborgen. Als sie tiefer in den Wald hineinging, trat sie ganz behutsam auf, als habe sie ein Gewand der Stille angelegt, mit dem sie geräuschlos zwischen Hecken und Bäumen hindurchschweben konnte.

Es war schon nach elf, und wenn man in St. Anne's merkte, dass Carlin nicht auf ihrem Zimmer war, würde man sie wegen Missachtung der Nachtruhe verwarnen. Zur Strafe würde sie das ganze Wochenende in der Cafeteria die Tische schrubben müssen, was nicht erstrebenswert war, aber Carlin wollte sich nicht beeilen. Es tat ihr gut, alleine unterwegs zu sein, und sie hatte keine Angst im Dunkeln. Die Wälder waren dicht, doch hier drohten weit weniger Gefahren als in den Sümpfen in Florida. In Haddan gab es keine Alligatoren und Schlangen, und hier lauerten auch nirgendwo Panter. Hier begegnete einem nichts Gefährlicheres als Stachelschweine, die in hohlen Baumstämmen hausten. Die Kojoten waren so scheu, dass sie davonrannten, sobald sie Menschen witterten, und die wenigen Luchse, die man nicht abgeschossen hatte, fürchteten sich verständlicherweise so vor Gewehren, Hunden und Männern, dass sie sich unter Felsvorsprüngen und in Höhlen verbargen.

Carlin begegnete an diesem Abend nur einem braunen Kaninchen, einem zittrigen kleinen Ding, das so verängstigt war, dass es sich nicht mehr bewegte vor Schreck. Carlin ging in die Hocke und versuchte es wegzuscheuchen, und schließlich raste es so schnell davon, als sei es nur knapp dem Kochtopf entgangen. Als Carlin weiterging, verlangsamte sie ihre Schritte. Sie würde sich erst daran gewöhnen müssen, wie der Mantel um ihre Beine schwang, sonst könnte sie leicht stolpern und hinfallen. Der schwere Stoff musste wie ein Seerosenblatt auf dem Wasser geschwebt sein, als Gus den Fluss hinuntertrieb. Carlin als Schwimmerin kannte sich aus mit den Eigenschaften des Wassers – dort bewegte man sich ganz anders als in der Luft. Wenn sie vorhätte, sich zu ertränken, dann würde sie zuerst den Mantel ausziehen; sie würde ihn ordentlich zusammenlegen und am Ufer zurücklassen.

Als sie an dem Holzschild vorüberkam, das die Grenze zum Schulgelände markierte, hörte sie das Rauschen des Flusses, und der modrige Geruch der schlammigen Ufer stieg ihr in die Nase. Etwas plätscherte im Wasser, eine Silberforelle vielleicht, aufgeschreckt von der plötzlichen Kälte. Die Brautenten drängten sich dicht aneinander, um sich zu wärmen, und schnatterten in der frostigen Luft. Über den tiefen Stellen des Flusses, wo man die größten Fische fand, stieg Nebel auf. Es gab so viele Silberforellen hier, dass der Fluss hell erstrahlt wäre, hätten sie sich alle in Sterne verwandelt. Ein Ruderer, unterwegs nach Boston, hätte nur diesem schimmernden Wasserlauf folgen müssen.

Der Haddan River war erstaunlich lang, und am Ende spaltete er sich – eine Hälfte floss in den düsteren Charles und endete im Brackwasser des Bostoner Hafens, die andere mäanderte in Gestalt von Tausenden namenloser Flüsschen und Bäche durch Wiesen und Felder. Sogar in windigen Nächten hörte man das Rauschen des Flusses im ganzen Ort; vielleicht schliefen die Menschen hier deshalb so fest. Manche Männer wurden nicht einmal wach, wenn der Wecker direkt neben ihrem Ohr schrillte, und Babys schlummerten manchmal bis neun oder zehn Uhr morgens. Die Klassenbücher in der Grundschule waren voll von Einträgen wegen Zuspätkommens, und den Lehrern war wohl bewusst, dass die Kinder hier zum Verschlafen neigten.

Doch es gab auch solche, die keinen Schlaf fanden, und zu ihnen schien Carlin zu gehören. Seit Gus' Tod hatte sie nur ein paar Stunden unruhig geschlummert; sie döste eine Weile ein und wachte dann um zwei, um Viertel nach drei und um vier Uhr wieder auf. Sie beneidete ihre Zimmergenossinnen, die schliefen, als könne nichts auf der Welt ihnen etwas anhaben. Carlin dagegen war nachts lieber im Wald unterwegs, obwohl es nicht einfach war, sich durchs Unterholz zu kämpfen. Schwarze Eschen und Kalmien bildeten schier undurchdringliche Gestrüppe, und umgestürzte Bäume lagen im Weg. Ehe Carlin sich's versah, war sie auf den Saum des schwarzen Mantels getreten und über die verschlungenen Wurzeln einer Weide gestolpert. Sie fing sich zwar rasch wieder, aber ihr Knöchel schmerzte. Diesen Streifzug würde sie am nächsten Tag bestimmt beim Schwimmtraining büßen; vermutlich würde sie ihre gute Zeit nicht halten können und der Krankenstation einen Besuch abstatten müssen, um sich von Dorothy Jackson mit kalten Kompressen und Sportsalbe behandeln zu lassen.

Carlin bückte sich und rieb die schmerzende Stelle, um ihre Muskeln zu lockern. In diesem Augenblick, als sie in die Hocke ging und stumm die tückischen Wurzeln der Weide verwünschte, entdeckte sie die Jungen, die sich dort im Wald versammelt hatten. Carlin zählte, gab jedoch nach sieben auf. Es waren sicher mehr als zwölf Jungen, die dort im Gras oder auf umgestürzten Baumstämmen saßen. Der Himmel hing tief über der Erde wie eine bleigraue Kuppel, und die Kälte war schneidend. Carlin hatte ein merkwürdiges Gefühl im Hals, einen schwefligen Geschmack, der sich dann einstellt, wenn man etwas entdeckt, das im Verborgenen bleiben soll. Carlin war fünf Jahre alt gewesen, als sie einmal ins Schlafzimmer ihrer Mutter spaziert war und Sue dort mit einem unbekannten Mann in hitziger Umarmung vorgefunden hatte. Sie war rückwärts wieder hinausgestolpert und den Flur entlanggerannt. Sie hatte nie darüber gesprochen, aber wochenlang kein Wort mehr gesagt. Sie hätte schwören können, dass ihre Zunge verbrannt war.

Und dieses Gefühl stellte sich jetzt wieder ein. Ihr eigener hastiger Atem dröhnte ihr in den Ohren, und sie duckte sich, als sei sie diejenige, die etwas zu verbergen habe. Wenn sie vorsichtig aufgestanden und sich zur Schule zurückgeschlichen hätte, wäre sie unbemerkt geblieben. Doch sie verlagerte ihr Gewicht, um ihren Knöchel zu entlasten, und dabei zerbrach ein Ast unter ihrem Fuß.

In der Stille war das Knacken so laut wie ein Donnerschlag oder ein Gewehrschuss. Die Jungen sprangen auf. Ihre Gesichter leuchteten bleich im Dunkeln. Die Lichtung, auf der sie sich versammelt hatten, war ein trostloser Ort, an dem Stinkmorcheln prächtig gediehen und Eintagsfliegen jedes Frühjahr ihre perlweißen Eier ablegten. Die düstere Stimmung des Ortes schien auf die Jungen abzufärben, denn ihre Augen schienen wie tot, als sie in Carlins Richtung blickten. Carlin hätte eigentlich erleichtert sein müssen, als sie merkte, dass die Jungen von ihrer Schule waren und dass sogar Harry bei ihnen war; es hätte auch eine Horde aus dem Ort sein können. Doch die Feststellung hatte nichts Tröstliches, denn als sie zu ihr herüberstarrten, musste sie an die Rudel wilder Hunde denken, die in Florida durch die Wälder streiften. Wenn Carlin dort abends unterwegs war, nahm sie immer einen Stock mit, falls sie einem dieser verwilderten Tiere begegnete. Und als sie jetzt diese Jungen sah, mit denen sie zur Schule ging, dachte sie dasselbe wie damals, wenn sie die Hunde in den Wäldern heulen hörte. *Sie könnten mir etwas antun.*

Um ihre Angst in den Griff zu bekommen, bot Carlin ihr die Stirn: Sie sprang auf und winkte. Einige der jüngeren Schüler, darunter Dave Linden, mit dem Carlin in mehreren Fächern gemeinsam Unterricht hatte, sahen verängstigt aus. Sogar Harry wirkte grimmig. Er schien Carlin nicht zu erkennen, obwohl er ihr erst vor ein paar Tagen gesagt hatte, sie sei seine große Liebe.

»Harry, ich bin's.« Carlins Stimme klang dünn und brüchig in der feuchten Luft. »Ich bin's nur.«

Sie merkte erst, wie sehr sie sich vor den Jungen gefürchtet hatte, als Harry sie schließlich erkannte und ihr zuwinkte. Er wandte sich zu den anderen und sagte etwas, das sie sichtlich beruhigte, dann stapfte er auf dem kürzesten Weg quer durch den Wald auf Carlin zu. Wilde Blaubeeren und die letzte blühende Zaubernuss wurden unter seinem Stiefelabsatz zermalmt, Schachtelhalm und Giftsumach niedergetreten. Sein Atem bildete neblige Schwaden in der kalten Luft.

»Was machst du hier?« Er packte Carlin am Arm und zog sie an sich. Seine Wolljacke fühlte sich kratzig an, und sein Griff war sehr fest. »Wir haben uns fast in die Hosen gemacht vor Angst.«

Carlin lachte. Sie hätte niemals zugeben, dass sie sich ebenso sehr gefürchtet hatte. Ihr Haar lockte sich in der frostigen Luft, und ihre Haut brannte von der Kälte. Im Unterholz näherte sich eines der schreckhaften Kaninchen, angelockt vom süßen Klang ihrer Stimme.

»Wofür habt ihr mich denn gehalten? Ein grässliches Ungeheuer?« Carlin befreite sich aus seinem Griff. »Buuuh«, rief sie.

»Im Ernst. Zwei von den Jungen haben gedacht, du seist ein Bär. Zum Glück hatten sie keine Waffe bei sich.«

Carlin johlte. »Echt mutige Jäger!«

»Lach nicht. Es gab früher Bären in Haddan. Als mein Großvater hier zur Schule ging, stapfte einer in den Speisesaal. Mein Opa schwört, dass er zweiundfünfzig Apfeltaschen und dreiundzwanzig Liter Vanilleeis verschlungen hat, bevor er erschossen wurde. Wo jetzt die Salatbar steht, sind immer noch Blutflecken auf dem Fußboden.«

»Das ist doch alles erlogen.« Carlin lächelte und ließ sich leicht durch seinen Charme von ihren bösen Vorahnungen beim Anblick der Jungs ablenken.

»Na ja, vielleicht die Sache mit der Salatbar«, gab Harry zu. Er zog sie wieder an sich. »Und nun sag du mal die Wahrheit. Wieso rennst du hier im Dunkeln herum?«

»Ihr seid doch auch draußen.«

»Wir halten ein Haustreffen ab.«

»Ah ja, und ihr versteckt euch hier, weil ihr kleinen Hunden die Schwänze abschneiden oder Schlangen essen wollt oder irgend so was.«

»Um ehrlich zu sein, wollten wir den Kasten Bier niedermachen, den Robbie organisiert hat. Aber davon darf kein Sterbenswörtchen bekannt werden, verstehst du?«

Carlin legte einen Finger an den Mund, um ihm zu bedeuten, dass ihre Lippen versiegelt bleiben würden. Sie lachten gemeinsam, weil sie schon gegen so viele Regeln verstoßen hatten, dass man sie mehrfach von der Schule verweisen konnte. Sie hatten mehrere Abende im Bootshaus verbracht, und obwohl solche romantischen Stelldicheins an der Tagesordnung waren bei den Schülern, würde man ernsthaft Ärger bekommen, wenn einer der Hauseltern davon erfuhr.

Harry bestand darauf, Carlin zur Schule zurückzubringen. Obwohl es schon nach Mitternacht war, als sie auf das Gelände kamen, blieben sie vor der Statue des Rektors stehen und küssten sich, eine kleine Ungezogenheit, die sie sich jedes Mal erlaubten, wenn sie daran vorbeikamen.

»Dr. Howe wäre schockiert, wenn er uns sehen könnte.« Carlin tätschelte den Fuß der Statue, was angeblich Glück bringen sollte in Liebesdingen.

»Schockiert? Du bist offenbar nicht im Bilde über seine Geschichte. Er würde vermutlich versuchen, selbst zum Zuge zu kommen, und ich müsste mich mit ihm schlagen.« Harry küsste Carlin leidenschaftlich. »Ich würde ihm das Genick brechen müssen.«

Die Blätter der Buchen raschelten wie Papier, und die Luft, die vom Fluss herüberwehte, roch nach Wassersumpfschrauben und Entengrütze. Als Harry sie küsste, kam es Carlin vor, als ertrinke sie, doch als sie innehielten, musste sie an Gus denken, wie er am Grunde des Flusses gelegen hatte. Sie stellte sich vor, wie kalt es dort unten war zwischen den Algen, wie die Forellen um ihn herumhuschten, auf dem Weg zu den tieferen Stellen.

Als könne er ihre Gedanken lesen, verfinsterte sich Harrys Miene. Er strich sich durchs Haar, wie immer, wenn er sich ärgerte, es sich aber nicht anmerken lassen wollte. »Ist das Gus' Mantel, den du da anhast?«

Sie standen auf dem Stundenglasweg, den Annie Howe für Liebespaare angelegt hatte, aber sie hielten sich nicht mehr in den Armen. Rote Flecken erschienen auf Carlins Wangen. Sie spürte das kalte Gebilde, das durch Gus' Tod in ihrer Brust entstanden war, es rasselte und bebte, um sie daran zu erinnern, welche Rolle sie dabei eingenommen hatte.

»Was dagegen?«, fragte Carlin.

Sie war einen Schritt zurückgetreten, und die Kälte, die sie spürte, war auch ihrer Stimme anzumerken. Die Mädchen, mit denen Harry sich sonst traf, waren so dankbar für seine Aufmerksamkeit, dass sie nie widersprachen, also kam Carlins Widerstand für Harry völlig überraschend.

»Hör zu, du kannst hier nicht einfach mit Gus Pierce' Mantel herumlaufen.« Er sprach mit ihr wie mit einem Kind, sanft, aber mit einem strengen Unterton.

»Du willst mir vorschreiben, was ich zu tun und zu lassen habe?« Sie war sehr schön, bleicher und kälter als die Nacht. Harry begehrte sie mehr denn je, vor allem, weil sie ihm nicht nachgab.

»Zum einen ist das verdammte Ding nass«, sagte er. »Schau doch selbst.«

Auf dem schweren schwarzen Stoff hatten sich Tropfen gebildet, und Harrys Jacke war feucht geworden, als er Carlin an sich drückte. Doch das war bedeutungslos, denn Carlin hing schon jetzt sehr an dem Mantel, und Harry merkte, dass sie nicht nachgeben würde. Aber er wusste, dass man meist Erfolg hatte bei Frauen, wenn man sich reuig zeigte.

»Schau, es tut mir wirklich Leid. Ich habe kein Recht, dir etwas vorzuschreiben.«

Über Carlins grünen Augen lag noch immer ein Schleier, und er konnte ihren Ausdruck nicht deuten.

»Ehrlich«, fuhr Harry fort. »Das war idiotisch von mir, und ich kann es dir nicht übel nehmen, dass du sauer auf mich bist. Wenn du mich wegen Blödheit anzeigen willst, bist du jedenfalls völlig im Recht.«

Carlin spürte, wie sich das kalte Gebilde in ihr zu lösen begann. Sie nahmen sich wieder in die Arme und küssten sich, bis ihre Lippen wund und köstlich heiß waren. Carlin fragte sich, ob sie vielleicht wieder im Bootshaus enden würden, aber da ließ Harry sie los.

»Ich sollte mich um meine Jungs kümmern. Ich möchte nicht, dass einer von denen wegen heute Abend rausgeschmissen wird. Die finden sich ohne mich nicht zurecht, weißt du.«

Carlin sah Harry nach, wie er den Weg entlangging, sich dann noch einmal umdrehte und grinste, bevor er im Wald verschwand. In einem Punkt hatte er Recht: Der Mantel war tropfnass. Auf dem Weg hatte sich eine Pfütze gebildet. Das Wasser, das aus dem Stoff rann, war silbrig wie Quecksilber oder Tränen. In der Pfütze bewegte sich etwas, und als Carlin sich bückte, stellte sie erschrocken fest, dass eine hübsche kleine Elritze, wie man sie im Haddan River häufig in Ufernähe fand, darin herumschwamm. Als sie den Fisch aufnahm, schnellte er in ihrer Hand hin und her, kühl wie Regen und blau wie der Himmel und in der Hoffnung errettet zu werden. Sie konnte nur so schnell wie möglich zum Fluss rennen und hatte dabei doch das Gefühl, dass sie zu spät kommen würde. So raste sie mit ihren guten Schuhen durch den Morast am Ufer, achtete nicht auf Schlamm und Laichkraut an ihrem Kleid, und doch würde für die kleine Elritze wahrscheinlich jede Hilfe zu spät kommen. Da stand Carlin in ihren besten Sachen, die nun verdorben waren, das Wasser rauschte um sie herum, und sie brach in Tränen aus wegen eines kleinen silbrigen Fischs. Sie konnte sich anstrengen, wie sie wollte: Es würde immer jene geben, die man retten konnte, und jene, die in die Tiefe sanken wie ein Stein.

Durchs Feuer gehen

Mitten in der Nacht, als alle fest schliefen und niemand es bemerkte, kam der Spätsommer nach Haddan. Kurz vor dem Morgengrauen flutete weiche Luft über Felder und Ufer, und Nebel stieg über den Wiesen auf. Die plötzliche Wärme, die um diese Jahreszeit ganz unerwartet und sehr willkommen war, bewog die Menschen dazu, aus dem Bett zu steigen und Fenster und Türen zu öffnen. Manche spazierten noch nach Mitternacht mit Kissen und Decken in ihre Gärten und schliefen unter dem Sternenhimmel, verwirrt und entzückt über den Wetterwechsel. Am Morgen war das Thermometer auf sechsundzwanzig Grad gestiegen, und auf den Feldern begannen die letzten Grillen hoffnungsvoll zu zirpen, obwohl das Gras längst dürr und braun war und die Bäume keine Blätter mehr trugen.

Es war ein prachtvoller Samstag, und die Zeit schien endlos wie sonst nur an Sommertagen. Unerwartete Wetterwechsel verwirrten die Leute oft so sehr, dass sie ihre Abwehr aufgaben, und genau das passierte Betsy Chase, die sich an diesem Morgen fühlte, als sei sie aus einem langen wirren Traum erwacht. Als sie an den alten Kletterrosen auf dem Schulgelände vorüberging, an denen an diesem milden Novembertag noch einige Blüten prangten, dachte sie an Abel Grey und seinen Blick. Sie dachte an ihn, obwohl sie wusste, dass sie es lieber nicht tun sollte. Sie wusste, was solche Verstrickungen zur Folge hatten. Vielleicht Liebe auf den ersten Blick, mit Sicherheit jedoch ein schlimmes Chaos. Betsy hielt sich lieber an die vernünftige Zuneigung, die sie für Eric empfand; sie war keine Frau, die sich unglücklich machte, und dabei sollte es auch bleiben. Ihrer Ansicht nach hatte Liebe, von der man unvermutet überfallen wird, viel Ähnlichkeit mit dem Sturz in einen tiefen Brunnen. Sie würde sich den Kopf aufschlagen, wenn sie sich auf so etwas einließ. Sie würde es bitter bereuen.

Dennoch konnte Betsy es nicht lassen, an ihn zu denken. Es kam ihr vor, als sehe er sie noch immer an, als könne er sie durchschauen. Sie versuchte sich auf alltägliche Dinge zu konzentrieren, auf Telefonnummern und Einkaufslisten. Sie ging im Geiste die Namen der Mädchen in St. Anne's durch, die sie sich nicht merken konnte; immer verwechselte sie die wohlerzogene Amy Elliott mit der widerspenstigen Maureen Brown, und Ivy Cooper, die jedes Mal weinte, wenn sie keine Eins bekam, mit Christine Percy, die vor jedem Essay kapitulierte. Auch das war nutzlos. So sehr sie sich bemühte, das Verlangen ließ sich nicht einfach unterdrücken, nicht an einem Tag wie diesem, wo sich der November aufführte wie der Juni und alles möglich schien, sogar etwas so Verrücktes wie die große Liebe.

Mit Arbeit ließen sich unsinnige Gedanken verdrängen. Arbeit half Betsy immer, sich zur Ordnung zu rufen. Seit ihrer Ankunft in Haddan hatte sie sich so viel mit den Schülerinnen beschäftigen müssen, dass sie kaum Zeit für ihre Fotografie gefunden hatte. Sie trug die gesamte Verantwortung für St. Anne's, da Helen Davis sich aus allem heraushielt, und Betsy machte sich vor allem Sorgen um Carlin Leander, die mit dem toten Jungen befreundet gewesen war. Keiner war sicher, ob Gus sich selbst das Leben genommen hatte, aber Trauer konnte ansteckend sein; es war schon vorgekommen, dass ein Selbstmord andere nach sich zog. Es gab immer Menschen, die dem Leben entfliehen wollten und glaubten, den Ausweg gefunden zu haben. Wenn ein Mensch durch das Tor trat, öffnete es sich weit und lockte die Nächsten. Deshalb hatte Betsy ein Auge auf Carlin, denn das Mädchen weigerte sich offenbar zu essen und schwänzte den Unterricht, sodass sich ihr Notendurchschnitt drastisch verschlechtert hatte. Betsy hatte Carlins Bett während der Nachtruhe mehr als einmal leer vorgefunden, diesen Verstoß gegen die Hausordnung jedoch nie gemeldet. Ihr war wohl bewusst, was Trauer bewirken konnte. Wäre es so erstaunlich, wenn eines der Mädchen in Betsys Obhut beschloss, eine ganze Packung Aspirin zu schlucken, sich die Pulsadern aufzuschneiden oder aufs Fensterbrett zu klettern? Würde dann von Betsy erwartet, dass sie übers Dach kroch und versuchte so ein Mädchen festzuhalten, das meinte, ihrem Kummer und ihren irdischen Sorgen auf diesem Weg entkommen zu können?

Offen gesagt, hatte Betsy nach dem Tod ihrer Eltern selbst solche Anwandlungen gehabt. Man hatte sie zu Freunden der Familie nach Boston geschickt, und eines Abends in der Dämmerung, als sich ein Unwetter zusammenbraute, kletterte sie aufs Dach. In den Nachrichten waren Blitze vorhergesagt und die Anwohner dazu aufgerufen worden, im Haus zu bleiben, doch Betsy kümmerte sich nicht darum, sondern stand ohne Mantel und Schuhe draußen und reckte die Arme zum Himmel. Ein heftiger Schauer ging nieder, der Wind riss Schindeln vom Dach, und binnen kurzem quollen die Gullis über. Als ganz in der Nähe auf der Commonwealth Avenue der Blitz einschlug und einen alten Magnolienbaum spaltete, der immer Blüten, so groß wie Unterteller, getragen hatte, hangelte sich Betsy durchs Fenster ins Haus zurück. Sie war bis auf die Haut durchnässt, und ihr Herz raste. Was hatte sie dort draußen gesucht? Wollte sie sich ihren Eltern anschließen? Ihren Schmerz betäuben? Ein paar Momente lang spüren, wie es sich anfühlte, mit dem Leben zu spielen? Und doch, so überdrüssig sie dieser Welt auch war, beim ersten Blitzschlag war sie so hastig und überstürzt ins Haus geflüchtet, dass sie sich zwei Finger gebrochen hatte, Beweis genug ihrer Verbundenheit mit der wunderbaren Welt der Lebenden.

Und an diesem seltsam warmen Tag spürte Betsy dieselbe Spannung wie bei jenem Unwetter vor langer Zeit, als sei sie nicht richtig lebendig gewesen und werde nun Zelle um Zelle erweckt. Sie schloss die Tür zu ihrem Labor auf, froh darüber, ein paar Stunden für sich sein und die Verantwortung für die Mädchen hinter sich lassen zu können. Sie hatte nur einen Film zu entwickeln, die Aufnahmen aus Gus Pierces Zimmer, und sie hätte sich auch große Mühe damit gegeben, wenn sie nicht in Abel Greys Auftrag gearbeitet hätte. Betsy arbeitete nie hastig in der Dunkelkammer, weil sie wusste, dass die Bilder immer besser wurden, wenn man sich ihnen in Ruhe widmete. Der Mensch lebte durch den Atem, ein Foto jedoch erwachte durch das Licht zum Leben. An diesem Film lag Betsy besonders viel: Jeder Abzug sollte in Abel Greys Händen brennen, so wie sein Blick sich in ihr Innerstes gebrannt hatte. Doch diesmal ging irgendetwas schief. Zunächst dachte Betsy, ihr Augenlicht lasse nach, doch bald wurde ihr klar, dass mit ihren Augen alles in Ordnung war. Sie verfügte über ihre volle Sehkraft, ihre einzige wahre Begabung, und vielleicht nahm sie deshalb immer wahr, was die anderen nicht bemerkten. Doch etwas Derartiges sah auch Betsy zum ersten Mal. Sie hielt sich noch eine Weile im Labor auf, doch an dem Bild würde sich nichts mehr ändern, auch wenn sie noch Stunden oder Tage wartete. Dort, auf dem Rand des zerwühlten Betts, saß mit gefalteten Händen ein Junge in einem schwarzen Mantel, aus dessen Haar Wasser rann und dessen Haut so fahl war, dass man glatt durch ihn hindurchsehen konnte.

Abel Grey, der für gewöhnlich schlief wie ein Stein und sich bis zum Morgengrauen nicht rührte, fand keine Ruhe, als das Wetter umschlug. Er fühlte sich, als habe man ihn in Brand gesteckt, und als er schließlich in einen unruhigen Schlaf sank, träumte er vom Fluss, als könne das Wasser ihn kühlen, während er schlummerte. Sein Haus stand näher an der Bahnstrecke als am Haddan River, und oft hörte er morgens im Halbschlaf den Zug um 5.45 Uhr nach Boston, doch es war das Rauschen des Flusses, das ihn in dieser Nacht begleitete, in der die Luft so lau war, dass Eintagsfliegen an den Ufern umherschwirrten, obwohl diese Insekten sonst nur an milden grünen Frühlingstagen unterwegs waren.

In seinem Traum saß Abe mit seinem Großvater in einem Kanu, und der Fluss war silbrig. Als Abe ins Wasser blickte, sah er sein Spiegelbild, aber sein Gesicht war so blau wie das eines Ertrunkenen. Sein Großvater legte seine Angelrute beiseite und stand auf; das Kanu schwankte, doch das störte Wright Grey wenig. Er war alt, doch er war groß und noch immer kräftig.

So musst du es machen, sagte er zu Abe in dem Traum. *Spring kopfüber hinein.*

Wright schleuderte einen Stein, und das Wasser zersplitterte. Denn es war kein Wasser, sondern eine endlose Spiegelfläche, und man konnte nicht umhin, sich ins Gesicht zu blicken zwischen den Lilien und dem Schilf. Als Abe erwachte, hatte er unangenehme Kopfschmerzen. Er war nicht an Träume gewöhnt, er war zu nüchtern und skeptisch, um sich mit vagen Vorstellungen abzugeben oder irgendwo etwas hineinzudeuten. Doch heute verfolgte ihn die Stimme seines Großvaters, als hätten sie sich gerade unterhalten und seien nur kurz unterbrochen worden. Abe ging in die Küche, setzte Kaffee auf und schluckte drei Schmerztabletten. Es war noch früh am Morgen, und der Himmel zeigte sich in strahlendem Blau. Der große Kater, der Abe zugelaufen war, marschierte auf und ab und verlangte sein Frühstück. Alles in allem ein ganz außergewöhnlicher Morgen, ein Morgen, an dem andere Männer darüber nachsannen, ob sie Angeln gehen oder sich der Liebe hingeben sollten statt über einen undurchsichtigen Todesfall nachzugrübeln.

»Du brauchst dich gar nicht so aufzuregen«, sagte Abe zu dem Kater und öffnete einen Schrank. »Du wirst schon nicht verhungern.«

Eigentlich mochte Abe keine Katzen, doch bei diesem Kater machte er eine Ausnahme. Er strich nicht um einen herum, buckelte und heischte nicht nach Häppchen, und er war so unabhängig, dass er nicht einmal einen Namen hatte. *Hey, du,* pflegte Abe zu rufen, wenn er sich bemerkbar machen wollte. *Hier, mein Freund,* sagte er immer, wenn er eine der völlig überteuerten Katzenfutterdosen öffnete, über deren Käufer er sich früher immer lustig gemacht hatte.

Der Kater musste eine bewegte Vergangenheit haben, denn ihm fehlte ein Auge. Ob er es durch eine Operation oder heldenhaft im Kampf verloren hatte, ließ sich schwer sagen. Er war kein besonders ansehnliches Tier, sein schwarzes Fell war stumpf, und seine heiseren Laute erinnerten eher an das

Krächzen einer Krähe als an das Schnurren von Katzen. Das verbliebene Auge war gelb und trüb, und wenn er jemanden anstarrte, konnte das sehr beunruhigend wirken. Offen gestanden, hatte Abe gar nichts dagegen, dass der Kater bei ihm eingezogen war. Nur eine Sache machte ihm Sorgen: Er hatte angefangen, mit dem Vieh zu reden. Und, schlimmer noch: Er legte Wert auf seine Meinung.

Als Joey eintraf, um Abe abzuholen, wie er es seit vierzehn Jahren täglich tat, war Abe geduscht und angezogen, aber er schlug sich immer noch mit seinem Traum herum.

»Was sieht aus wie Wasser, zerbricht aber wie Glas?«, fragte er seinen Freund.

»Um halb acht morgens soll ich ein verdammtes Rätsel lösen?« Joey goss sich eine Tasse Kaffee ein. Als er in den Kühlschrank blickte, entdeckte er nirgendwo Milch, wie üblich. »Draußen ist es so heiß, dass die Gehsteige dampfen. Bestimmt will Mary Beth als Nächstes, dass ich die Fliegengitter wieder einsetze.«

»Versuch's wenigstens mal.« Abe nahm Milchpulver aus dem Schrank, in dem er das Katzenfutter aufbewahrte, und reichte die Schachtel Joey. »Es macht mich wahnsinnig.«

»Tut mir Leid, Kumpel. Keine Ahnung.« Obwohl die silberne Dose verdreckt war und nur noch ein paar Krümel verkrusteten Zucker enthielt, gab Joey einen Löffel in seinen Kaffee und schüttete etwas von dem klumpigen Milchpulver hinterher. Dann leerte er rasch seine Tasse und stellte sie an der Spüle auf einen Haufen schmutziges Geschirr. Mary Beth hätte der Schlag getroffen, wenn sie sehen könnte, wie es bei Abe aussah, aber Joey beneidete seinen Freund darum, in so einer Bude zu hausen. Was er allerdings nicht einsah, war die Anwesenheit des Katers, der jetzt auf die Arbeitsfläche sprang.

Joey schlug mit der Zeitung nach ihm, doch der Kater wich nicht von der Stelle und gab ein erbostes Miauen von sich, wenn man das sonderbare Krächzen so nennen konnte. »Tut dir dieses widerliche Vieh Leid? Hast du es deshalb bei dir aufgenommen?«

»Ich habe ihn nicht aufgenommen«, sagte Abe, schüttete etwas Milchpulver in eine Schale, gab Wasser aus dem Hahn dazu und stellte die Schale auf die Theke. »Er ist bei mir eingezogen.« Trotz der Tabletten dröhnte Abe der Kopf. In seinem Traum hatte er genau gewusst, was sein Großvater meinte, aber jetzt kam es ihm sinnlos vor.

»Wieso hast du's heute mit Rätseln?«, fragte Joey, als sie zum Wagen gingen. Die Haustür fiel mit einem Knall hinter ihnen zu.

Joey war mit dem schwarzen Wagen vorher durch die Waschanlage am Mini-Mart gefahren, und nun glitzerte die Sonne in den Wassertropfen auf dem Dach, das wie Glas aussah. Die Station Avenue erstrahlte in goldenem Licht, und eine Biene summte träge über Abes verwilderten Rasen, den er seit Juli nicht mehr gemäht hatte. Überall an der Straße hielten sich die Leute in ihren Gärten auf und genossen das Wetter. Erwachsene Männer hatten sich entschlossen, die Arbeit zu schwänzen. Frauen, die sonst ihre Trockner priesen, hängten ihre Wäsche draußen auf.

»Schau dir das an«, sagte Abe und blickte zu dem strahlend blauen Himmel auf. »Es ist Sommer.«

»Wird nicht halten.« Joey stieg ein, und Abe musste sich wohl oder übel anschließen. »Heute Abend werden wir alle bibbern.«

Joey ließ den Motor an, wendete und fuhr Richtung Stadt. An der Kreuzung Main Street, Deacon Road beim Haddan

Inn bog er rechts ab. Nikki Humphreys Schwester, Doreen Becker, der das Gasthaus gehörte, nutzte das schöne Wetter, um den Staub aus ihren Teppichen zu klopfen, die sie über das Geländer gehängt hatte. Sie winkte ihnen zu, als sie vorüberfuhren, und Joey hupte kurz.

»Was ist mit Doreen?« Joey blickte in den Rückspiegel und beobachtete Doreen, die sich über das Geländer beugte, um einen Teppich zu wenden. »Die könnte doch die Richtige für dich sein. Sie hat einen tollen Hintern.«

»Dieser Körperteil fällt dir immer zuerst auf, wie? Das liegt vermutlich daran, dass sie immer alle vor dir weglaufen.«

»Was habe ich damit zu tun? Wir haben über dich und Doreen geredet.«

»Wir sind in der sechsten Klasse miteinander gegangen«, rief Abe ihm in Erinnerung. »Sie hat mir den Laufpass gegeben, weil ich nichts Festes wollte. Ich musste mich zwischen ihr und Baseball entscheiden.«

»Du warst ein echt guter Pitcher«, sagte Joey.

Abe fuhr immer auf der anderen Seite durch die Stadt, im Westen, weil er diese Gegend vermeiden wollte. Im Hotel kehrten vorwiegend Auswärtige ein, Eltern, deren Kinder auf die Haddan School gingen, oder Touristen, die im Herbst wegen der Laubfärbung nach Haddan kamen. Abe erinnerte das Hotel an eine kurze chaotische Beziehung mit einem Mädchen aus der Haddan School. Er war sechzehn und auf dem Höhepunkt seiner Flegelphase, in dem Jahr, als Frank starb. Er verlor fast den Verstand damals, streifte durch die Stadt und suchte förmlich nach Ärger, und das war ganz im Sinne dieses Mädchens. Sie war hübsch und verwöhnt, wie damals alle Mädchen von der Haddan School, und sie hatte keinerlei moralische Skrupel, einen Jungen aus der Gegend mit ins

Hotel zu nehmen, wo sie für das Zimmer mit der Kreditkarte ihres Vaters bezahlte.

Obwohl er die Geschichte gerne vergessen hätte und sie Joey gegenüber nie erwähnt hatte, erinnerte sich Abe noch an den Namen des Mädchens: Minna. Er hatte lange nicht mehr daran gedacht, wie er auf dem Parkplatz gewartet hatte, als Minna sich an der Rezeption einschrieb. Als er jetzt am Hotel vorbeifuhr, sah er vor seinem geistigen Auge, wie Minna oben aus dem Fenster winkte, fest davon überzeugt, dass er ihr jederzeit überallhin folgen würde.

»Ich hatte keine Zeit mehr zum Frühstücken«, sagte Joey. Er öffnete das Handschuhfach, wo er einen Vorrat an Schokoladenkeksen aufbewahrte. Er behauptete immer, sie seien für seine Kinder, aber die Kinder fuhren nie mit diesem Auto, und Abe wusste, dass Mary Beth ihnen nichts Süßes erlaubte. Jeder machte so etwas, und was war schon dabei? Die meisten Menschen hatten ihre kleinen Lügen auf Lager, als sei die Wahrheit ein Gericht, das sich kinderleicht kochen ließ, wie Spiegeleier oder Apfelauflauf.

»Nehmen wir doch mal an, es war kein Selbstmord und kein Unfall, dann bleibt nur noch eines übrig.« Vielleicht waren es die offenen Augen des Jungen, die Abe keine Ruhe ließen; er fragte sich unwillkürlich, was die Synapsen im Gehirn wohl festgehalten hatten, was der Junge in seinen letzten Momenten gesehen und gefühlt und erlebt hatte.

»Mann, du sprichst aber heute Morgen wirklich in Rätseln.« Es war noch früh, und die Straßen waren leer. Joey gab Gas; es machte ihm immer noch Spaß, die Geschwindigkeitsbegrenzung zu überschreiten. »Mal schauen, ob du das von Emily rauskriegst. Was haben Polizisten mit Schnittlauch gemein?«

Abe schüttelte den Kopf. Er meinte es ernst, und Joey wollte das nicht wahrhaben. Hatten sie es nicht immer gemacht? *Nicht fragen, nicht reden, nichts fühlen.*

»Sie sind innen hohl und treten immer im Büschel auf.« Joey steckte sich einen Keks in den Mund. »Wie findest du das?«

»Ich will damit nur sagen, dass es sich durchaus um ein Verbrechen handeln kann, auch in Haddan. Manchmal trügt der Schein.«

Eine Biene hatte sich in den Wagen verirrt und prallte von der Windschutzscheibe ab.

»Ja, aber manchmal eben auch nicht. Im besten Fall ist der Junge verunglückt, aber ich glaube nicht, dass es so war. Ich hab mir seine Schulakte angesehen. Er war ständig auf der Krankenstation wegen Migräne. Er nahm Prozac und womöglich irgendwelche illegalen Drogen. Mach dir nichts vor, Abe, das war kein unschuldiges Bürschchen.«

»Vermutlich schluckt die Hälfte der Einwohner hier Prozac, aber deshalb ersäufen sie sich nicht im Fluss oder fallen rein oder was auch immer wir hier glauben sollen. Und was ist mit dem Bluterguss auf der Stirn? Hat er sich den Schädel angeschlagen, um sich zu ertränken?«

»Das ist doch, als ob du dich fragst, warum es in Hamilton regnet und nicht in Haddan. Warum rutscht der eine im Schlamm aus und schlägt sich den Kopf auf, und der andere spaziert munter weiter?« Joey griff nach der Kekspackung und klatschte damit die Biene an die Scheibe. »Vergiss die Geschichte«, sagte er und warf die zerdrückte Biene aus dem Fenster. »Auf zum nächsten Fall.«

Auf dem Revier grübelte Abe weiter über seinen Traum nach. Normalerweise tat er sich nicht schwer damit, etwas zu vergessen und einfach weiterzumachen, was die meisten ungebundenen Frauen in Haddan bezeugen konnten. Aber von Zeit zu Zeit verbiss er sich in etwas, so wie jetzt. Vielleicht machte ihm das Wetter zu schaffen, er konnte kaum atmen. Die Stadt schaltete jedes Jahr am fünfzehnten September die Klimaanlage ab, und es war brütend heiß in den Büros. Abe lockerte seine Krawatte und starrte in den Becher, den er sich im Flur geholt hatte. *Man kann Wasser nicht sehen, aber man weiß, dass es da ist.*

Darüber sann er immer noch nach, als Glen Tiles sich an seinem Schreibtisch niederließ, um mit ihm den Dienstplan der nächsten Woche durchzugehen, den Abe auf seinem Schreibtisch ausgebreitet hatte. Glen missfiel Abes Gesichtsausdruck, wohlwissend, was er zu bedeuten hatte. Wenn es nach Glen gegangen wäre, hätte man Abe erst gar nicht eingestellt. Zum einen war seine Vergangenheit keine Empfehlung, zum anderen war er auch heute noch immer unberechenbar. Wochenlang machte er Überstunden, dann wieder trat er seinen Dienst nicht an, bis Glen ihn anrief und ihm mitteilte, dass er im öffentlichen Dienst tätig sei und nicht etwa ein Adliger oder arbeitslos, zumindest bis jetzt noch nicht. Bei Abe wusste man nie, woran man war. Als Charlotte Evans Blätter verbrannte, ließ er sie mit einer Verwarnung davonkommen – obwohl sie als alteingesessene Bürgerin die Verordnungen wahrlich kennen musste –, und den neuen Bewohnern dieser teuren Häuser unweit der Route 17 brummte er für dasselbe Vergehen eine dicke Geldstrafe auf. Wenn Abe nicht der Enkel von Wright Grey gewesen wäre, hätte Glen ihn alleine wegen seiner Launen gefeuert. Und diese Möglichkeit zog er auch immer wieder in Betracht.

»Ich bin mir nicht sicher, ob dieser Junge von der Haddan

School wirklich Selbstmord begangen hat«, sagte Abe zu Glen, was der Polizeichef an einem strahlenden Morgen wie diesem wirklich nicht hören wollte. Draußen zwitscherten die Vögel, die hier geblieben waren, Spatzen, Trauertauben und Zaunkönige, wie im Sommer. »Ich frage mich, ob da irgendjemand die Hand im Spiel hatte.«

»Da würde ich keinen Gedanken drauf verschwenden«, erwiderte Glen. »Warum sollte man Probleme sehen, wo keine sind.«

Auch Abe wollte für jede Annahme Beweise sehen, weshalb er Glens Vorbehalte verstehen konnte. Als er seine Büroarbeit erledigt hatte, stieg er in den alten Streifenwagen seines Großvaters, der wie immer hinter dem Revier stand, und fuhr zum Fluss. Als er dort ausstieg, hörte er die Frösche quaken, die sich auf den sonnenwarmen Felsvorsprüngen niedergelassen hatten. Forellen haschten in den Untiefen nach den letzten Mücken, belebt durch die plötzliche Wärme.

Abe freute sich, dass die Natur zum Leben erwachte in einer Jahreszeit, in der sonst alles verstummte und verging. Zaunkönige flatterten an ihm vorbei und landeten auf den schwankenden Ästen der wilden Ölbäume, die es hier im Überfluss gab. Wenn es sehr kalt wurde, fror der Fluss zu, und man konnte auf Schlittschuhen in einer halben Stunde bis nach Hamilton laufen, und wer sehr schnell war, schaffte es in knapp zwei Stunden nach Boston. Doch man musste mit plötzlichem Tauwetter rechnen, vor allem in den kalten blauen Januarwochen oder im launischen Februar. Jeden Eisläufer konnte das Unglück ereilen, wie damals die Schüler von der Haddan School. Abe war acht gewesen, als das geschah, Frank neun. Die Straßen waren rutschig an jenem Tag, die Luft aber sonderbar mild, wie heute. Dunst stieg vom Asphalt auf, aus dem Efeu und von den vereisten Rasenflächen, und man spürte die Welt, die unter den Eisschichten wartete. Der Frühling kündigte sich an mit den weichen gelben Zweigen der Weiden, dem Duft feuchter Erde und den verwirrten Mückenschwärmen, die Sonne und Wärme hervorgelockt hatten.

Es war ein glücklicher Zufall, dass Wright an dem Tag, als das Eis brach, am Fluss unterwegs war. Er hatte immer sein Angelzeug im Kofferraum, sodass er bei gutem Wetter sofort losziehen konnte. »Schauen wir mal nach den Forellen«, hatte er zu den Jungen gesagt, doch was sie vorfanden, waren drei Schüler, die mit den Schlittschuhen an den Füßen im Eis einsanken und verzweifelt um Hilfe schrien.

Abe und Frank blieben im Wagen und rührten sich nicht von der Stelle, wie ihr Großvater ihnen befohlen hatte. Doch nach einer Weile konnte Abe nicht mehr still sitzen. Er war der Widerspenstigere von den beiden Brüdern, und er kletterte auf den Vordersitz und zog sich am Lenkrad hoch, um besser sehen zu können. Er blickte auf den vereisten Fluss und die Jungen, deren Arme aus dem Wasser aufragten wie Schilfgras.

Er wird schimpfen, sagte Frank zu Abe. Frank war so artig, dass man ihm niemals etwas zweimal sagen musste. *Du solltest dich nicht vom Fleck rühren.*

Doch vom Vordersitz aus konnte man das Geschehen besser beobachten. Abe sah, dass sein Großvater ein Seil aus dem Kofferraum geholt hatte und die vereisten Hänge hinunterschlitterte. Er schrie den Jungen zu, sie sollten sich festhalten. Zwei schafften es, sich ans Ufer zu ziehen, doch der Dritte war zu verängstigt oder zu ausgekühlt, um sich zu bewegen, und Wright blieb nichts anderes übrig, als ihn herauszuholen. Er zog seine Wolljacke aus und warf seinen Revolver auf den Boden. Bevor er in den Fluss sprang, schaute er sich noch einmal um, weil er vielleicht glaubte, dass er diese Welt nicht mehr wiedersehen würde. Er bemerkte Abe und nickte; er sah gar nicht wütend aus, wie Frank geglaubt hatte. Er wirkte eher gelassen, als wolle er an einem schönen Sommertag ein Erfrischungsbad nehmen und danach im Gras sein Picknick essen.

Als Wright ins Wasser sprang, schien alles zu erstarren, obwohl das Eis unter ihm zersplitterte und die Freunde des ertrinkenden Jungen am Ufer aufgeregt schrien. Abe kam es vor, als sei er selbst unter Wasser; er hörte nur das Knacken der Eisschollen und die Stille der Dunkelheit, und dann tauchte sein Großvater mit einem lauten Platschen wieder auf, den Jungen auf den Armen. Danach war alles furchtbar laut, und Abe dröhnten die Ohren, als sein Großvater um Hilfe rief.

Diese Jungen von der Haddan School waren zu nichts zu gebrauchen, sie waren zu verstört oder zu ausgekühlt, um zu denken, aber zum Glück war Abe ein pfiffiger Bursche; das behauptete jedenfalls sein Großvater. Er hatte so oft im Streifenwagen gespielt, dass er wusste, wie man einen Funkruf ans Revier machen und einen Krankenwagen und Unterstützung anfordern konnte. Wright beharrte später darauf, dass er dort am Flussufer erfroren wäre mit dem dussligen Schüler in den Armen, wenn sein jüngster Enkel nicht so schlau gewesen wäre und einen Krankenwagen gerufen hätte.

So toll war das nun auch wieder nicht, raunte Frank seinem Bruder später zu, und Abe musste ihm Recht geben. Sein Großvater war der Held des Tages, und ausnahmsweise herrschte einmal Einigkeit zwischen den Leuten von der Schule und den Einheimischen. Es gab einen Festakt im Rathaus, bei dem Wright von der Leitung der Schule ausgezeichnet wurde. Sogar der alte Dr. Howe, Rektor im Ruhestand, der damals fast achtzig war, saß auf dem Podium. Die Eltern des Jungen, der fast ertrunken wäre, machten der Stadt eine Schenkung, mit der später das neue Polizeirevier an der Route 17 gebaut wurde, das man nach Wright benannte. Als er zwischen den vielen Menschen saß, applaudierte Abe seinem Großvater, aber das Bild, wie Wright mit Eissplittern im Haar aus dem Wasser hochfuhr, verfolgte ihn noch Monate.

Hat mir gar nichts ausgemacht, versicherte Wright dem Jungen, aber seit jenem Tag waren die Zehen seines Großvaters blau, als fließe eisiges Wasser in seinen Adern, und vielleicht war er deshalb der beste Angler der Stadt und Abes Ansicht nach auch der beste Mann überhaupt. Noch heute brauchte man Abe nur zu sagen, er habe Ähnlichkeit mit seinem Großvater, wenn man ihm ein Kompliment machen wollte, obwohl er es nie glaubte. Er hatte zwar dieselben blauen Augen und war so hoch gewachsen wie Wright, und er nagte an seiner Lippe, wenn er jemandem zuhörte, wie sein Großvater es getan hatte, aber Abe war der Überzeugung, dass er als Mann niemals soviel taugen würde wie sein Großvater. Allerdings sann er nun darüber nach, ob sich ihm vielleicht bei diesem Fall des ertrunkenen Jungen eine Gelegenheit bot.

An diesem ungewöhnlich strahlenden Tag, an dem Männer früh nach Hause kamen, um sich der Liebe zu widmen, und Hunde japsend vor Freude weit auf die Felder hinausliefen, um Rebhühner zu jagen, ging Abe am Fluss entlang. Er wünschte, sein Großvater würde noch draußen an der Route 17 wohnen und ihm zur Seite stehen. Er dachte an seinen Traum und den silbernen Fluss aus Glas. Er sann darüber nach, was alles zerbrechen konnte: Fensterscheiben, Krüge, Herzen. Erst als er abends nach Hause kam und der Himmel trotz der sommerlichen Temperaturen dunkel wurde, fiel es ihm ein. Er hatte auf der Auffahrt geparkt und saß im Wagen, zu hungrig und müde und bedrückt, um noch über Rätsel nachzugrübeln, als er seinen Traum zu guter Letzt verstand. Die Wahrheit war immer glasklar, bis sie erschüttert wurde; bricht sie in Stücke, bleibt nichts übrig außer der Lüge.

Die Einwohner von Haddan hatten ein gutes Gedächtnis, aber Ausrutscher vergaben sie eigentlich jedem. Wer von ihnen hatte schließlich nicht einmal etwas verbockt? Wer vergaß nicht manchmal Vernunft und Verstand? Rita Eamon, Leiterin der Ballettschule und angesehenes Mitglied der Kirchengemeinde, war am letzten Silvesterabend im Millstone so betrunken gewesen, dass sie auf der Bar getanzt und ihre Bluse ausgezogen hatte, doch das trug ihr keiner nach. Teddy Humphrey hatte allerhand auf dem Kerbholz, angefangen von dem Vorfall beim Bogenschießen in der High School, als er versehentlich seinen Sportlehrer traf, bis zu der Sache, als er mit seinem Jeep den Honda Accord seines Nachbarn Russell Carter rammte, nachdem er dahinter gekommen war, dass der sich mit seiner Exfrau traf.

Diejenigen, die Joey und Abe in ihren wilden Jahren als Gauner bezeichnet hatten, vermerkten jetzt mit Freude, was für wertvolle Mitglieder der Gesellschaft sie geworden waren. Kaum einer dachte noch daran, wie sie im Drugstore Limo und Fritten bestellt hatten, ohne einen Cent in der Tasche zu haben, und dann zur Tür hinausrannten, wobei sie fürchteten, dass Pete Byers ihnen mit der Axt nachkommen würde, die er angeblich für den Fall eines Brandes unter der Kasse liegen hatte. Stattdessen hatte Pete einfach darauf gewartet, bis sie sich eines Besseren besannen. Und eines Morgens auf dem Weg zur Schule hatte Abe bei Pete ihre Schulden bezahlt. Ein paar Jahre später hatte Joey Abe eingestanden, dass er dasselbe getan hatte, weshalb sie nun immer darüber witzelten, dass Pete Byers ihnen Geld schuldete, und zwar mit Zinsen für zwanzig Jahre.

Am zweiten Tag der Hitzewelle, als Abe wie häufig aus alter Gewohnheit und weil er gerne dort zu Mittag aß im Drugstore vorbeischaute, dachte er daran, mit welcher Gelassenheit Pete damals die Situation gehandhabt hatte. An einem Tisch im hinteren Teil saßen Lois Jeremy und Charlotte Evans vom Garden Club bei Tee und Gebäck. Sie winkten ihm zu, als sie ihn sahen. Meist wünschten sie sich, dass er ihnen für ihren geliebten Club, der sich immer freitags im Rathaus traf, mit irgendetwas half, und Abe bemühte sich nach Kräften, ihnen zur Seite zu stehen. Wenn er Mrs. Evans sah, hatte er immer ein besonders schlechtes Gewissen, denn Joey und er hatten damals dreihundert Dollar aus einer Büchse unter ihrer Küchenspüle gestohlen. Der Diebstahl war weder der Polizei gemeldet worden, noch wurde darüber in der *Tribune* berichtet, und später wurde Abe klar, dass Mrs. Evans das Geld dort vor ihrem Mann, einem übellaunigen Tyrannen, versteckt hatte. Bis zum heutigen Tag bekommt Mrs. Evans niemals einen Strafzettel von Abe, nicht einmal, wenn sie mit ihrem Wagen einen Hydranten oder einen Fußgängerüberweg blockiert. Er verwarnt sie lediglich, sagt ihr, dass sie sich anschnallen soll, und wünscht ihr einen schönen Tag.

»Mit den Sicherheitsvorkehrungen in dieser Stadt stimmt etwas nicht«, rief Lois Jeremy herüber. »Ich sehe gar nicht ein, weshalb wir zu unserem Basar keinen Polizisten vor dem Rathaus bekommen können.« Sie behandelte Abe und alle anderen Polizisten des Ortes wie ihre Angestellten, doch sie war dabei wenigstens höflich. »Es wird ein fürchterliches Durcheinander geben auf der Main Street, wenn niemand den Verkehr regelt.«

»Ich werde sehen, was ich tun kann«, versicherte Abe.

Als Junge fuhr Abe beim geringsten Anlass aus der Haut, doch heute machte es ihm nichts mehr aus, wenn Leute von der East Side ihn herablassend behandelten. Unter anderem, weil er durch seine Arbeit hinter die Fassaden der Villen blicken konnte. Er wusste zum Beispiel, dass Mrs. Jeremys Sohn AJ nach seiner Scheidung in die Wohnung über Mrs. Jeremys Garage gezogen war, weil er häufig so viel getrunken hatte und herumrandalierte, dass seine Mutter Angst bekam und die Polizei rief.

Pete Byers, dessen Frau Eileen selbst einen Garten hatte, der von vielen bewundert wurde, was ihr aber noch nie eine Einladung in den Garden Club eingebracht hatte, warf Abe einen mitfühlenden Blick zu, als Mrs. Jeremy mit ihm fertig war.

»Die würden noch auf dem Mond Gärten anlegen«, sagte Pete und stellte eine Tasse Kaffee mit viel Milch vor Abe auf den Tresen. »Wir würden nachts Stiefmütterchen statt Sterne sehen, wenn wir zum Himmel hochschauen.«

Abe bemerkte die neue Hilfskraft hinter dem Tresen, einen dunkelhaarigen verschlossen blickenden Jungen, an dem er sofort Widerspenstigkeit witterte.

»Kenne ich den?«, fragte er Pete Byers.

»Glaube nicht.«

Der Junge stand am Grill, aber er musste gespürt haben, dass Abe ihn ansah, denn er schaute auf und wandte den Blick rasch wieder ab. Er strahlte die Unruhe eines kleinen Raubtiers aus, das weiß, das sein Leben am seidenen Faden hängt. Unter einem Auge hatte er eine Narbe, die er rieb wie ein

Amulett, als wolle er sich etwas in Erinnerung rufen, das er vor langer Zeit verloren hatte.

»Sean ist der Sohn meiner Schwester aus Boston«, sagte Pete. »Er ist im Sommer zu uns gezogen und macht jetzt drüben in Hamilton die Schule fertig.« Der Junge fing an, den Grill zu säubern, eine Tätigkeit, um die er nicht zu beneiden war. »Er wird schon klarkommen.«

Pete wusste, dass Abe sich überlegte, ob er den Jungen im Auge behalten sollte, für den Fall, dass eine der Damen aus dem Garden Club ihr Auto vermisste oder nachts an der Main Street eingebrochen wurde. Nachdem er die Tageskarte auf der Tafel über dem Grill studiert hatte, auf der heute Roggenbrotsandwich mit Tunfischsalat und wie immer seit acht Jahren Muschelsuppe angekündigt wurde, trank Abe seinen Kaffee und beobachtete den Jungen. Der Kaffee schmeckte sonderbar, und Abe winkte Petes Neffen zu sich, da er einen Grund gefunden hatte, den Jungen auf die Probe zu stellen.

»Was soll das hier sein?«

»Café au lait«, antwortete der Junge.

»Seit wann gibt es hier so neumodisches Zeug?« Abe nahm an, dass Sean in Boston Ärger bekommen hatte und seine besorgte Familie ihn zu seinem Onkel aufs Land geschickt hatte, weil die Luft hier besser und die Verbrechensrate niedriger war. »Was gibt's dann wohl als Nächstes? Sushi?«

»Ich hab ein Auto gestohlen«, sagte Sean. »Deshalb bin ich hier.« Er war bockig und verstockt, und Abe erinnerte sich nur zu gut an diesen Zustand. Alles, was man zu ihm sagte, würde er als Angriff verstehen, und in jeder Antwort steckte nur eine Aussage: *Es ist mir scheißegal, was du sagst. Ich lebe so, wie es mir passt, und wenn ich dabei vor die Hunde gehe, ist das ganz allein mein Ding.*

»Ist das ein Geständnis?« Abe rührte seinen Kaffee um.

»Ich seh Ihnen an, dass Sie das wissen wollen. Jetzt wissen Sie's. Eigentlich hab ich zwei gestohlen, aber ich bin nur mit einem erwischt worden.«

»Verstehe«, sagte Abe, beeindruckt von der Aufrichtigkeit des Jungen.

Die Menschen konnten einen wirklich in Erstaunen versetzen. Wenn man sich gerade ein Bild gemacht hatte von jemandem, verhielt er sich ganz anders; statt Härte erlebte man Mitleid, statt Gleichgültigkeit und Geiz Milde und Großmut. Auch Betsy Chase wunderte sich, wie unterschiedlich die Leute Abel Grey darstellten. Jemand wie Teddy Humphrey im Mini-Mart beispielsweise, wo Betsy ihren Jogurt und ihren Eistee kaufte, meinte, er sei ein Lebemann und drüben im Millstone gäbe es einen Barhocker, der quasi für ihn reserviert sei. Zeke Harris, die Besitzerin der Reinigung, zu der Betsy ihre Pullis und Röcke brachte, fand, er sei ein wahrer Gentleman, aber Kelly Avon von der 5&10 Cent Bank war da anderer Meinung. *Er sieht toll aus und so,* hatte Kelly gesagt, *aber ich kann Ihnen aus eigener Erfahrung sagen: Er hat keine Gefühle.*

Betsy hatte nicht die Absicht gehabt, über Abe zu sprechen, als sie ihre Besorgungen machte, aber sein Name tauchte ständig auf, vermutlich, weil sie an ihn dachte. Das Foto, das sie entwickelt hatte, beunruhigte sie so, dass sie seine Nummer aus dem Telefonbuch herausgesucht hatte. Zweimal hatte sie gewählt und dann jedes Mal wieder aufgelegt, bevor er abnehmen konnte. Danach schien sie unentwegt über ihn reden zu müssen. Sie sprach über ihn im Blumenladen, wo sie einen Efeutopf für ihr Fensterbrett kaufte, und dabei erfuhr sie, dass Abe an Weihnachten immer einen Kranz statt einer Tanne erstand. Nikki Humphrey ließ sie wissen, dass Abe seinen Kaffee mit Milch, aber ohne Zucker trank und dass er als Kind verrückt gewesen war nach Schokokrapfen, heute aber ein schlichtes Brötchen mit Butter bevorzugte.

Betsy hatte erwartet, noch mehr über Abe zu erfahren, als sie in den Drugstore kam, um die *Tribune* zu kaufen, aber sie war nicht darauf gefasst, den Mann selbst dort vorzufinden, am Tresen, wo er seinen zweiten Café au lait trank. Betsy kam es vor, als hätte sie ihn herbeigerufen, indem sie sich so eingehend mit ihm beschäftigte. Sie wusste inzwischen so viel über ihn wie die Menschen, die ihn schon sein ganzes Leben kannten. Dank dem Verkäufer bei Hingram's war sie sogar im Bilde über die Sockenmarke, die er bevorzugte.

»Sie brauchen sich nicht zu verstecken«, rief Abe, als er sie hinter dem Zeitungsständer verschwinden sah.

Betsy kam zum Tresen und bestellte sich eine Tasse schwarzen Kaffee, obwohl sie normalerweise Milch und Zucker nahm, aber sie hoffte, sie würde vielleicht vernünftiger sein, wenn sie das Koffein unverdünnt zu sich nahm. Zum Glück hatte sie ihren Rucksack dabei. »Ihre Fotos sind fertig.« Sie reichte Abe den Packen gewöhnlicher Fotos, die sie mit sich herumgetragen hatte.

Abe sah sie durch und nagte dabei an seiner Lippe, wie Wright es immer getan hatte, wenn er nachdachte.

»Ich habe an dem Tag noch ein anderes Bild gemacht.« Betsy stieg die Röte in die Wangen. »Wahrscheinlich halten Sie mich für verrückt.« Sie hielt die eine Aufnahme noch zurück, aber als sie sah, wie nachdenklich er wurde, überlegte sie es sich anders.

»Probieren Sie's doch aus«, drängte Abe sie.

»Ich weiß, dass es verrückt klingt, aber ich glaube, ich habe ein Bild von Gus Pierce.«

Abe nickte und wartete ab.

»Nach seinem Tod.«

»Gut«, sagte Abe sachlich. »Zeigen Sie es mir.«

Betsy hatte das Foto immer wieder angesehen und darauf gewartet, dass die Gestalt verschwinden würde, aber der Junge mit dem schwarzen Mantel war immer noch da. Am oberen Rand des Bildes war ein Lichtreflex zu sehen. Es war kein weißer Fleck, wie er durch Entwicklungsfehler entstand, sondern eine Lichterscheinung, eine Art Energiefeld. Betsy hatte sich seit jeher gewünscht, die Grenzen des Fassbaren überschreiten und offenbaren zu können, was die anderen nicht wahrnehmen konnten. Nun war es ihr gelungen, denn sie war überzeugt davon, dass es sich bei der Gestalt auf dem Bild um einen Geist handelte.

»Da gab es ein Durcheinander mit dem Film«, sagte Abe entschieden. »Eine vorherige Aufnahme wurde überlagert. Das wäre doch eine Erklärung, oder?«

»Sie meinen, eine Doppelbelichtung?«

»Genau.« Einen Moment lang ließ sie ihn in dem Glauben. Er hatte tatsächlich die kalte Hand gespürt, die man angeblich fühlt, wenn man die Grenzen dieser Welt verlässt.

»Aber es gibt einen Haken bei dieser Theorie. Das Wasser. Wie erklären Sie sich das?«

Sie starrten beide auf das Foto. Wasser strömte über Gus' Gesicht, als tauche er gerade aus dem Fluss auf. Algen hingen in seinen Haaren, und seine Kleider waren so nass, dass sich auf den Dielen eine Pfütze gebildet hatte.

»Kann ich das eine Weile behalten?«

Als Betsy einwilligte, steckte Abe das Foto in seine Brusttasche. Er bildete es sich gewiss nur ein, aber er hatte das Gefühl, als könne er den feuchten Umriss des Bilds an seinen

Rippen spüren. »Ich würde gern mit diesem Mädchen reden, das in Gus' Zimmer war, bevor Sie fotografiert haben.«

»Carlin.« Betsy nickte. »Meistens findet man sie im Schwimmbad. Ich glaube, sie war der einzige Mensch, mit dem Gus befreundet war.«

»Manchmal braucht man nur einen.« Abe bezahlte für sie beide. »Wenn es der Richtige ist.«

Sie traten ins Sonnenlicht hinaus. Vor dem Laden summten Bienen um die weißen Chrysanthemen, die Petes Frau Eileen dort in eine Tonschale gepflanzt hatte. Gegenüber befand sich Rita Eamons Ballettschule, wo Joeys Tochter Emily Unterricht nahm, und seit vierzig Jahren die Reinigung von Zeke Harris. Abe kannte jeden Ladenbesitzer und jede Straßenecke in diesem Ort, und er wusste genau, dass ein Mensch, der hier geboren und aufgewachsen und dennoch so dumm war, sich mit jemandem von der Haddan School einzulassen, voll und ganz verdient hatte, was er sich damit einhandelte.

»Wir könnten mal zusammen zu Abend essen«, schlug Abe vor. Und fand im nächsten Moment, dass die Einladung viel zu ernsthaft und förmlich klang. »Nichts Großes«, fügte er hinzu. »Nur was Essbares auf einem Teller.«

Betsy lachte, sah aber dennoch bedrückt aus. »Ehrlich gesagt, denke ich, dass wir uns nicht wieder sehen sollten.«

Tja, nun hatte er es wirklich geschafft und sich zum Trottel gemacht. Er bemerkte, dass einer von den verdammten Schwänen von der Schule auf der anderen Straßenseite den Gehweg entlangtappte und Nikki Humphrey anzischte, die gerade Geld auf die 5&10 Cent Bank bringen wollte, es nun aber nicht mehr wagte weiterzugehen.

»Ich werde heiraten«, erklärte Betsy. Ihr war durchaus bewusst, dass nicht alles, was man gerne tun würde, einem auch gut bekam. Wenn sie nun Lust hatte auf einen Berg Schokoriegel und alle aufaß? Oder Rotwein trank, bis sie doppelt sah?

»Am siebzehnten Juni. Im Weidenzimmer.«

Auf der anderen Straßenseite fuchtelte Nikki Humphrey mit den Händen und bemühte sich nach Kräften, den Schwan zu verscheuchen. Abe hätte ihr zu Hilfe eilen sollen, aber er blieb in der Tür des Drugstore stehen. Viele Leute planten Hochzeiten, aber es konnte immer etwas dazwischenkommen.

»Ich habe nicht um eine Einladung gebeten«, äußerte er.

»Gut.« Betsy lachte. »Sie kriegen auch keine.«

Sie musste verrückt sein, hier mit ihm herumzustehen; sie sollte lieber gehen. Doch selbst an einem strahlenden Tag wie diesem ließ sich nicht vorhersagen, wie Menschen oder andere Wesen sich verhalten würden. Der Schwan auf der anderen Straßenseite zum Beispiel vertrug die vielen Menschen und die Wärme nicht und geriet in Rage. Nikki Humphrey war schon vor ihm in den Blumenladen geflüchtet, und nun tapste er über die Main Street, obwohl die Ampel auf Grün stand. Mit quietschenden Reifen kamen die Autos zum Stehen. Wer den Schwan nicht sehen konnte, hupte und verlangte nach jemandem, der den Verkehr regeln sollte. Abe hätte einschreiten müssen – jemand konnte zu Schaden kommen, weil dieser Schwan da auf der Straße herumscharwenzelte –, aber er rührte sich nicht von der Stelle.

»Sie könnten mich zu etwas anderem einladen«, sagte er, als sei er wild darauf, sich gerne Körbe einzuhandeln. »Wenn es nicht gerade eine Hochzeit ist, bin ich zur Stelle.«

Betsy konnte nicht einschätzen, ob diese Äußerung ernst gemeint war. Sie starrte zu dem Schwan hinüber, der sich mitten auf der Straße niedergelassen hatte, an seinen Federn zupfte und einen Stau verursachte, der bis zur Deacon Avenue reichte.

»Ich überleg's mir«, sagte sie leichthin. »Ich melde mich.«

»Tun Sie das«, sagte Abe, als sie sich entfernte. »War schön, Sie getroffen zu haben«, rief er ihr nach, als hätten sie lediglich Rezepte erörtert oder sich darüber unterhalten, dass Essig gegen Sonnenbrand hilft oder Olivenöl bei Holzschäden.

Mike Randall, Präsident der 5&10 Cent Bank, kam in Hemdsärmeln, sein Sakko in der Hand, auf die Straße gelaufen. Er marschierte schnurstracks auf den Schwan zu und schwenkte sein Sakko wie ein Matador die Muleta, bis der widerspenstige Vogel sich schließlich in die Lüfte erhob und vor Mrs. Jeremys Haus wieder landete, noch immer erbost zischend.

»Hey«, rief Mike Randall, als er Abe gedankenverloren und wie ein verliebter Junge in die Luft starrend vor dem Drugstore stehen sah. »Worauf warten Sie? Auf einen Frontalzusammenstoß?«

Eher ein Zugunglück, wie Abe es als Kind erlebt hatte, als der Zug nach Boston entgleiste. Noch Wochen später fand man Kleidungsstücke und Schuhe ohne Sohlen an der Strecke. Abe hatte seinem Großvater bei der Suche nach persönlichen Dingen wie Brieftaschen und Schlüsseln geholfen. Das Unglück war unvermeidlich und unabwendbar, und die Leute hatten sich gerade die Schuhe zugebunden oder ein Nickerchen gemacht, nicht ahnend, was ihnen bevorstand.

Gegen Abend, als der Himmel tintenblau wurde und die letzten Gänse Richtung Süden zogen, fuhr Abe zur Schule hinaus und stellte den Wagen möglichst nahe am Fluss auf dem Parkplatz ab. Das Wetter schlug jetzt um, wie alle es vorhergesagt hatten. Abe wich einer schlammigen Pfütze aus, die am nächsten Morgen gefroren sein würde. Er kannte den Weg zur Sporthalle; die Kinder aus dem Ort hatten die Schüler immer um den Basketballplatz und vor allem um das Hallenbad beneidet. Eines Abends, als sie noch auf der High School waren, betranken sich Abe, Joey, Teddy Humphrey und ein paar andere Jungen und heckten neue Missetaten aus. Irgendwie verfielen sie auf das Hallenbad. Während des Trainings marschierten sie dort ein, betrunken und wutentbrannt und angetrieben von jenem Mut, den man nur in der Gruppe hat. Sie zogen sich aus und sprangen brüllend und fluchend ins Becken, splitterfasernackt wie am Tag ihrer Geburt.

Die Schülerinnen, die dort schwammen, kletterten so rasch wie möglich aus dem Becken. Abe konnte sich noch an das Gesicht von einem der Mädchen erinnern, an ihren verächtlichen Blick. Sie waren Schweine für sie, nicht mehr, stumpfsinnige Schwachköpfe, die sich nur über ihre dumpfen Scherze amüsieren konnten und es nie zu etwas bringen würden. Einer der Jungen, Abe wusste nicht mehr, wer, stieg auf die Leiter und pinkelte am tiefen Ende ins Becken, was von den anderen mit Beifall quittiert wurde. In diesem Moment merkte Abe, dass er das Mädchen verstehen konnte.

Er war der Erste, der aus dem Wasser ging und T-Shirt und Jeans überstreifte, und darüber konnten die anderen froh sein, denn jemand hatte die Polizei gerufen, und Abe hörte die Sirenen. Er warnte seine Freunde, und sie rannten gerade noch rechtzeitig aus dem Schwimmbad, bevor Ernest hereinstürmen und Abe an allem die Schuld geben konnte, was er damals immer tat.

An diesem Abend hatte Abe als Polizist jedes Recht dazu, das Hallenbad zu betreten, um nach Carlin Ausschau zu halten, aber ihm war ebenso beklommen zu Mute wie damals. Er ging den gekachelten Gang entlang bis zu der Glasscheibe, durch die man auf die Schwimmer hinuntersehen konnte. Die Mädchen im Team trugen alle schwarze Badeanzüge und -kappen, aber er erkannte Carlin sofort an ihrer Haltung. Sie war eine hervorragende Schwimmerin und sie war begabt, aber offenbar auch ehrgeizig, denn als die anderen Mädchen aus dem Wasser stiegen, schwamm Carlin unermüdlich weiter.

Als sie sich schließlich hochzog, hatten ihre Teamkolleginnen schon geduscht und sich angezogen. Carlin blieb am Rand sitzen und setzte ihre Schwimmbrille ab; mit der schwarzen Badekappe sah ihr Kopf so glatt aus wie der einer Robbe. Sie ließ die Beine baumeln und schloss ihre brennenden Augen, ihr Herz hämmerte, ihre Arme schmerzten.

Als sie ein Klopfen hörte, blickte Carlin auf. Sie rechnete mit Harry, doch da stand Abel Grey. Eigentlich hätte sie beunruhigt sein müssen, weil die Polizei zu ihr kam, doch im Grunde war sie erleichtert. Die letzte Zeit mit Harry war für Carlin schwierig gewesen, weil sie immer einen Teil von sich verbergen musste: ihre Trauer, ihren Kummer. Sie ging zum Essen nicht mehr in den Speisesaal, weil sie keinen Appetit hatte, aber auch, um Harry nicht zu begegnen. Unseligerweise erwartete er immer noch dieselbe Carlin, die er auf der Treppe der Bibliothek zum ersten Mal gesehen hatte, doch dieses Mädchen gab es nicht mehr. Nun war sie die verlassene Freundin, die immerzu darüber nachsinnen musste, wie es sich anfühlte, nur Lichtschleier im Wasser zu sehen und Wasserlilien und Steine statt Luft zu atmen.

»Harry hat dich gesucht«, sagte Amy jedes Mal, wenn Carlin abends von ihren Streifzügen auf den Pfaden zurückkehrte, auf denen Gus unterwegs gewesen war. »Ich verstehe nicht, weshalb du ihn so behandelst.«

Wenn Harry anrief oder vorbeikam, bat Carlin Amy oft, ihm zu sagen, sie schliefe oder habe Migräne. »Du bist wirklich komisch«, pflegte Amy dann zu sagen. »Deshalb ist er wahrscheinlich scharf auf dich. Der ist an Mädchen wie mich gewöhnt.«

Es war zu anstrengend, mit Harry zusammen zu sein und so zu tun, als bestünde das Leben aus Spiel und Spaß, während Carlin doch nur an den Fluss und an ihre Trauer denken konnte. Bei diesem Polizisten musste sie sich wenigstens nicht verstellen, konnte so kühl und distanziert sein, wie ihr zu Mute war.

»Was wollen Sie?«, rief sie, und ihre Stimme hallte von den gekachelten Wänden wider.

Abe machte mit der Hand eine Geste für Sprechen, als wolle er Schattenspiele an der Wand vollführen.

Carlin deutete auf die Tür. »Wir treffen uns draußen.«

Sie ging in die Umkleidekabine, trocknete sich ab und zog sich an, ohne zu duschen. Abe wartete draußen neben der Statue von Dr. Howe. Es war erst halb fünf, aber der Himmel wurde schon dunkel. Nur über dem Horizont schwebte noch ein leuchtend blauer Streifen. Die Luft war jetzt wieder so kalt wie immer im November, und in Carlins feuchtem Haar bildeten sich Eiskristalle. Sie wusste, dass es unsinnig war, aber insgeheim hoffte sie, dass der Polizist ihr mitteilen wollte, es habe eine Verwechslung vorgelegen und man habe Gus gefunden. Das wollte Carlin hören: dass es ein anderer unglückseliger Junge gewesen war, der in den Fluss gefallen und ertrunken war.

Abe tätschelte den Fuß von Dr. Howes Statue. Er hatte gehört, dass das Glück brachte für die Liebe, obwohl er gewöhnlich nichts gab auf solche Legenden. »Der Mann muss ein echtes Scheusal gewesen sein«, sagte Abe über den berühmten Rektor. »Ein ganz sonderbarer Kauz.«

»Angeblich hat er alles gebumst, was er zu fassen kriegte.« Das kalte Gebilde, das seit Gus' Tod in Carlin heranwuchs, wanderte rasselnd in ihrem Brustkorb umher. »Wussten Sie das nicht? Er war ein Schürzenjäger.«

»Dr. Howe? Ich dachte immer, er sei so ein Bücherwurm gewesen.«

»Bücherwürmer haben auch Sex. Nur ziemlich miesen.« Das traf jedenfalls auf Harry zu, der immer selbstsüchtiger wurde. Es schien keine Rolle mehr zu spielen, mit wem er zusammen war, solange es ein lebendiges Mädchen war, das tat, was er von ihm verlangte.

Carlin holte ihre Zigaretten heraus und schlug vor, hinter das Hallenbad zu gehen, damit sie rauchen konnte. Als Abe ihr folgte, fiel ihm auf, dass sie den Mantel trug, den der tote Junge angehabt hatte, als sie ihn fanden.

»Rauchen ist schlecht für die Kondition.« Carlin tat Abe Leid, obwohl sie so aufsässig war. Sie sah sehr verloren aus in dem großen Mantel, nicht einmal ihre Hände waren zu sehen.

»Was Sie nicht sagen.« Carlin steckte ihre Zigarette an und spürte, wie das kalte Gebilde sich ihrem Herz näherte. »Ist mir noch nie zu Ohren gekommen.«

»Nun gut. Wenn Sie das wollen, machen Sie ruhig weiter so. Meine Erlaubnis haben Sie.«

Carlin fröstelte trotz Gus' schwerem Mantel. »Wollten Sie darüber mit mir reden? Dass ich rauche?«

Sie wusste nicht, ob sie so heftig zitterte, weil sie seit dem Frühstück nichts mehr gegessen oder weil sie sich beim Schwimmen verausgabt hatte. Es gelang ihr einfach nicht, sich weniger elend zu fühlen, sosehr sie sich auch bemühte. Dann und wann schlich sie ins Badezimmer und hielt sich den Rasierer an den Arm. Dieses kalte Gebilde in ihr hatte sich festgesetzt und sie in ein böses kleines Mädchen verwandelt, dessen Haarspitzen sich grün verfärbten und das jemanden verletzen wollte, und zwar am liebsten sich selbst.

»Ich möchte mit Ihnen reden, weil ich versuche herauszufinden, was mit Ihrem Freund passiert ist.«

Carlin stieß ein kurzes höhnisches Lachen aus und hielt sich rasch die Hand vor den Mund.

»Ist daran etwas komisch? Habe ich was verpasst?«

Carlin blinzelte, um die Tränen zurückzuhalten. »Er tritt in Kontakt mit mir. Gus oder sein Geist oder irgendwas. Ich weiß, das klingt idiotisch. Ich glaube es selbst nicht. Das ist doch verrückt, oder?«

Sie sah so trostlos aus mit ihrem fahlen Haar und ihrem bleichen Gesicht, dass Abe es nicht übers Herz brachte, ihr von dem Foto in seiner Tasche zu erzählen, weil er fürchtete, sie noch mehr zu verstören. Er konnte ihr auch nicht sagen, wie oft sein Bruder zu ihm gesprochen hatte. Jeden Abend hatte er Franks Stimme gehört, und er hatte es auch so gewollt. Es kam immer noch vor, dass er im Dunkeln laut den Namen seines Bruders sagte und hoffte, er würde antworten.

»Er gibt mir Zeichen.« Carlin stieß Rauchwölkchen aus. »Er hinterlässt mir Steine. Wasserlilien. Sand. Ständig finde ich kleine silberne Fische. Und nicht nur das. Wenn es still ist, kann ich ihn hören. Es hört sich an wie Wasser, aber ich weiß, dass er es ist.«

Abe wartete geduldig, bis Carlin sich mit dem Handrücken über die Augen gewischt und sich an der heruntergebrannten

Zigarette eine neue angezündet hatte. Als er ihr zusah, war er froh, nicht mehr jung sein zu müssen.

»Das mag ja sein, aber ich interessiere mich für die Umstände seines Todes«, sagte Abe, als das Mädchen die Fassung wiedergewonnen hatte. »Ich muss immer hundertprozentig überzeugt sein von etwas, und im Fall von Gus passt nichts zusammen. Zu viele Fragen, nicht genug Antworten. Vielleicht können Sie mir weiterhelfen. Hat er nicht einmal etwas von Selbstmord gesagt?«

»Nie«, sagte Carlin. »Ich habe Mr. Pierce auch schon gesagt, dass Gus mir eine Nachricht hinterlassen hätte. Er hätte mir in jedem Fall etwas geschrieben, wenn auch nur, damit ich mich noch schlechter fühle.«

Abe wusste natürlich, dass nicht jeder Mensch über solche Pläne sprach. Man konnte mit jemandem Tür an Tür leben und keine Ahnung haben, wozu er im Stande war. Carlin jedenfalls war dankbar dafür, dass Abe sie nicht zu trösten versuchte, wie es die meisten Menschen getan hätten. Er war aufrichtig, und seine Zweifel entsprachen ihren eigenen. Abe zog einen Notizblock aus seiner Tasche und schrieb seine Telefonnummer auf.

»Rufen Sie mich an, wenn Sie etwas über Ihren Freund erfahren. Wenn er am Abend vor seinem Tod Hackbraten aß, dann will ich das wissen. Jede Kleinigkeit, so unwichtig sie auch scheinen mag. Solche Dinge ergeben unter Umständen ein Bild, wenn man sie zusammensetzt. Sie würden sich wundern.«

»Ist gut.« Carlin merkte, dass sie sich nicht mehr ganz so widerwärtig fühlte. Ihre Haare gefroren zu wirren Strähnen auf ihrem Kopf, und der schwarze Mantel bauschte sich um ihre Beine, als sie mit Abe zu den Wohnheimen ging.

Als St. Anne's in Sicht kam, sah Abe das Fenster von Betsy

Chases Zimmer. Betsy hatte es sicher nicht verriegelt, nicht hier in Haddan, wo nachts nie etwas passierte. Einen Moment lang glaubte er, sie zu sehen, aber es war nur Miss Davis, die auf die Veranda trat, um Körner für die Vögel in das Futtersilo zu füllen.

»Ich muss los«, sagte Carlin. »Ich arbeite für sie.«

Im Zwielicht sah Abe, wie die Quittenhecke neben Miss Davis' Tür bebte, als die Finken aus ihrem Nest aufflogen. Er war sicher, dass Miss Davis krank war, doch nicht ihr Alter verriet sie, sondern die Behutsamkeit, mit der sie die Hand bewegte, als sei ihr Körper nicht mehr kräftig genug, um ein paar Körner hochzuheben.

»Tut mir Leid, dass ich zu spät komme«, rief Carlin. Sie würde keine Zeit mehr haben, um den Käseauflauf und den Obstsalat zuzubereiten, die sie für heute Abend geplant hatte. Miss Davis würde sich mit Honigmelone und Hüttenkäse zufrieden geben müssen.

Helen spähte in die Dunkelheit. »Ist ja auch kein Wunder, dass Sie zu spät kommen, wenn Sie sich da draußen mit fremden Männern herumtreiben.« Sie sprach mit Carlin, doch ihr Blick war unverwandt auf Abe gerichtet.

»Er ist von der Polizei«, sagte Carlin zu Miss Davis, als sie ins Haus ging, um sich dem Abendessen zu widmen. »Da kann mir nichts passieren.«

Abe sah auf den ersten Blick, dass Miss Davis keine Riegel an den Fenstern hatte. Er kam näher, um ihre Tür in Augenschein zu nehmen. Wie er es sich gedacht hatte: einer dieser nutzlosen Haken, mit denen ein Sechsjähriger fertig wurde. »Sie haben so gut wie keine Sicherheitsvorrichtungen.«

»Sind Sie immer so besorgt?« Helen Davis war fasziniert. Es war lächerlich, aber ihr stockte tatsächlich fast der Atem.

»Nein. Ma'am«, sagte Abe. »Ich bin nur früher in Häuser eingebrochen.«

»Ach ja?« Helen legte den Kopf schief, um ihn im Dunkeln besser erkennen zu können. »Um mich müssen Sie sich keine Sorgen machen. An mich wagt sich keiner ran. Ich habe noch jeden vertrieben.« Helen hatte das Vogelhaus gefüllt und hätte hineingehen sollen, aber sie konnte sich nicht entsinnen, wann je ein so attraktiver Mann auf ihrer Veranda aufgetaucht war.

Abe lachte. Er ließ sich gerne überraschen von Menschen, und Helen Davis war es gelungen. Er hatte sie für hochmütig und zickig gehalten, aber er schien sich geirrt zu haben.

»Hier geht jeder Einbrecher leer aus«, fügte Helen Davis hinzu.

Unter dem Vogelhaus lag eine reglose Gestalt auf der Lauer.

»Was sagt man dazu.« Abe pfiff, dann wandte er sich Helen zu. »Da liegt mein Kater.«

»Das ist Midnight«, stellte Helen richtig. »Mein Kater.«

»Sieht aber ganz aus wie meiner. Hey du«, rief Abe.

Der Kater wandte den Kopf und starrte ihn verächtlich an. Übellaunig und ein einziges gelbes Auge. Es gab keinen Zweifel.

»Doch, doch«, sagte Abe. »Das ist mein Kater.«

»Man merkt, dass er Sie erkennt. Er ist ja förmlich außer sich vor Freude.«

Der Kater hatte begonnen, seine Pfötchen zu säubern, wie er es jeden Abend tat, wenn er nach Hause kam. »Er wohnt bei mir«, beharrte Abe. »Verliert überall seine Haare.«

»Das bezweifle ich. Er ist seit zwölf Jahren bei mir. Ich werde doch wohl meinen eigenen Kater kennen.«

Es war lange her, seit Helen zum letzten Mal bemerkt hatte,

wie blau die Augen eines Mannes sein konnten, doch jetzt fiel es ihr auf. Es sah ihr wahrhaftig nicht ähnlich, auf ihrer Veranda mit einem fremden Mann zu plaudern, doch sie hatte allerhand sonderbare Dinge getan, seit sie von ihrer Krankheit erfahren hatte. Sie war weicher geworden. Dinge, die ihr gleichgültig gewesen waren, spürte sie nun sehr deutlich, und manchmal wurde regelrecht überwältigt von Gefühlen. Wenn sie auf die Veranda trat und den Duft des Grases wahrnahm, kamen ihr die Tränen. Oder beim Anblick eines gut aussehenden Mannes wie Abel Grey packte sie die Sehnsucht. Die kalte Luft war berauschend. Der erste Stern im Osten war ein Grund zu feiern. Heute Abend zum Beispiel hatte sie beobachtet, wie die drei leuchtenden Sterne des Orion am Abendhimmel erschienen. Noch nie in ihrem Leben hatte sie auf solche Dinge geachtet.

Die Wärmewelle war vorüber, das Thermometer sank, und Helen hätte auf sich selbst achten müssen, aber an solchen Abenden machte sie sich eher Sorgen um Midnight. Auch Abel Grey betrachtete ihr Haustier beunruhigt, als hätte er das gleiche Recht, sich um den Kater zu sorgen.

»Mein Kater«, betonte Helen. »Mit den Rechnungen vom Tierarzt kann ich es beweisen. Als er das Auge verloren hat, hat der Tierarzt behauptet, es sei bei einem Kampf passiert, aber ich glaube, dass ein Mensch ihm das angetan hat. Er rennt weg, sobald er einen Halbwüchsigen sieht. Was kann man daraus schließen?«

»Dass er hochintelligent ist?«

Helen lachte entzückt. »Ein Mensch hat ihm das angetan. Sie können mir glauben.«

»Es gibt viele böse Menschen auf der Welt.«

Noch immer schwebte ein blauer Lichtstreifen am Abendhimmel, und auf dem Gelände erstrahlten jetzt die Laternen, gelb und rund wie Leuchtkäfer.

»Denken Sie, was Sie wollen«, sagte Helen, als sie sich verabschiedeten, »aber er ist nicht Ihr Kater.«

»Gut, gut.« Abel gab nach und machte sich auf den Weg zu seinem Wagen. Er winkte ihr zu, als er über den Rasen ging. »Sagen Sie's ihm bitte.«

Am Freitag, als das Wochenende ohne Verpflichtungen und Pläne vor ihm lag, gehörte Abe nicht zu denen, die ins Millstone wanderten und sich dort voll laufen ließen, damit sie nicht daran denken mussten, dass in zwei Tagen schon wieder Montag war. Er war alles andere als gut gelaunt, und sogar Russell Carter, der gutmütigste aus ihrer Männerrunde, hatte Abes üble Stimmung bemerkt, als sie sich am Vorabend zum Basketballspielen in der Grundschule getroffen hatten.

»Ich weiß nicht.« Russell schüttelte den Kopf. Abe fluchte jedes Mal vor sich hin, wenn er den Ball nicht erwischte. »Du bist irgendwie anders als sonst.«

»Ach ja? Wie denn?«

»Eher wie Teddy Humphrey, der Fäusteschwinger. Nimm's mir nicht krumm«, hatte Russell noch hinzugefügt.

Am Freitag nach der Arbeit hielt Abe jedenfalls beim Mini-Mart an der Tankstelle an und kaufte einen Sechserpack Samuel Adams. Er wollte den Autopsiebericht des jungen Pierce durchlesen und dann irgendwo auswärts zu Abend essen. Er war wohlauf und munter, hatte die erste Dose aufgerissen und freute sich auf seinen freien Abend und die restlichen fünf Biere. Doch je länger er sich mit dem Bericht befasste, desto mehr beunruhigten ihn die Einzelheiten. Die Blutergüsse auf der Stirn des Jungen und auf seinem Rücken sollten laut Einschätzung der Gerichtsmediziner entstanden sein, als er den Fluss hinuntertrieb. Sein Gesundheitszustand war einwandfrei gewesen, aber man hatte THC nachgewiesen, was bedeutete, dass er irgendwann in den achtundvierzig Stunden vor seinem Tod Marihuana geraucht hatte.

Die Eindeutigkeit dieser Berichte wurmte Abe immer wieder aufs Neue, und Tatsachen machten ihn skeptisch, weil so viel davon abhing, wer sie bemerkte und unter welchen Gesichtspunkten sie betrachtet wurden. Vor allem eine Sache beschäftigte ihn so sehr, während er sein zweites Bier trank, dass er den Rest des Sechserpacks mit in die Küche nahm und seinen Vater in Florida anrief. Ernest Grey kannte den Haddan River wie seine Westentasche; seine Freunde pflegten zu scherzen, dass man ihn eines Tages operativ von seiner Angelrute trennen müsste. In Florida hatte er sich sehr zum Missfallen von Abes Mutter eine Jacht gekauft und mit dem Marlinangeln begonnen. Doch Marlins waren keine Forellen, und Ernest vermisste den Haddan River noch immer. In einem Jahr, als er fast noch ein Junge war, hatte Ernest die größte Silberforelle gefangen, die man je im County gesehen hatte. Der Prachtfang war präpariert worden und konnte heute noch im Rathaus besichtigt werden, über dem Eingang zum Gerichtssaal für Verkehrsdelikte.

Abe sprach zuerst mit seiner Mutter, was einfacher war, denn sobald sein Vater sich meldete, entstand unbehagliches Schweigen. Doch der angestrengte Unterton in Ernests Stimme verschwand, als Abe zur Sprache brachte, dass ein Junge von der Haddan School ertrunken war.

»Das ist eine schreckliche Sache«, sagte Ernest.

»Ich finde es sehr merkwürdig, dass Spuren von Fäkalien in der Lunge gefunden wurden.«

»Du meinst, menschlicher Kot?« Ernest war jetzt ganz Ohr.
»So ist es.«

Abe nahm sich das dritte Bier vor. Er fand, dass er ein Recht darauf hatte; es war Freitagabend, und er war alleine. Bald würde der Kater an der Hintertür kratzen und sich diebisch freuen, dass er wieder zu Hause war, was Helen Davis auch erzählen mochte.

»Das ist absolut ausgeschlossen«, sagte Ernest mit Nachdruck. »Im Haddan schwimmt nichts dergleichen herum. Wir haben damals, als die Silberforellen ausblieben, Umweltexperten bestellt und eine Untersuchung in Auftrag gegeben. Und danach gab es für uns die strengsten Bestimmungen von ganz Neuengland, was Kläranlagen betrifft.« Keiner der beiden verlor ein Wort darüber, was in diesem Jahr noch geschehen war, wie ihre Welt zerbrach, aus Gründen, die sie bis zum heutigen Tag nicht verstanden, wie ihr Leben sich für immer veränderte. »Ein paar Leute drüben an der Main Street mussten sich ganz neue Kläranlagen einbauen lassen«, fuhr Ernest fort. »Was ein Vermögen kostete, und sie waren alles andere als begeistert. Paul Jeremy war damals ziemlich am Ende und machte einen Riesenaufstand deswegen, aber wir haben es durchgezogen für den Fluss, und seither ist der sauber. Erzähl mir also nicht, dass im Haddan Menschenscheiße rumschwimmt. Das ist völlig ausgeschlossen.«

Abe dachte darüber nach, dann rief er Joey an und sagte, er solle in den Drugstore kommen, und zwar fix.

»Ich hoffe, es lohnt sich«, sagte Joey, als er eintraf. Er bestellte Kaffee und zwei Geleedoughnuts, ohne den Mantel auszuziehen. Er hatte keine Zeit, sich häuslich einzurichten, denn er musste gleich wieder los. »Mary Beth und ich wollten es uns ein bisschen gemütlich machen, wenn die Kinder im

Bett sind. Sie ist so sauer auf mich, weil ich nie zu Hause bin, dass ich nicht mal mehr in die Hundehütte darf.«

Ihr Hund war ein kleiner Terrier, den seine Tochter Emily zu ihrem letzten Geburtstag bekommen hatte und den Joey aufrichtig hasste, nicht zuletzt, weil er weder im Garten noch in einer Hundehütte wohnte, sondern auf Joeys Lieblingssessel.

»Könnte es sein, dass mit dem Autopsiebericht was nicht stimmt?«, sagte Abe mit gedämpfter Stimme.

»Zum Beispiel?«

»Dass der Junge nicht im Haddan River ertrunken ist?«

»Mich kann man nur mit einer Sache überzeugen«, sagte Joey. »Und zwar mit Beweisen.«

»Die habe ich noch nicht.«

»Was hast du dann, mein Freund? Nichts?«

Abe legte das Foto von Gus auf den Tresen.

»Was soll denn das sein?«, fragte Joey.

»Ich weiß es nicht. Ein Geist vielleicht?«

Joey lachte so laut, dass man ihn noch beim Kurzwarenregal hören konnte. »Ja klar.« Er schob Abe das Foto hin. »Und ich bin die Reinkarnation von John F. Kennedy.« Er biss in einen der Doughnuts. »Junior.«

»Gut. Wofür hältst du es?«

»Für ein verdammt schlechtes Foto. Da kannst du nur hoffen, dass die Kleine aus der Schule, auf die du's abgesehen hast, im Bett besser ist als mit der Kamera.«

»Vielleicht entsteht der Effekt auf dem Bild durch ein Energiefeld, das von dem Toten zurückgeblieben ist.« Abe war nicht bereit, sich geschlagen zu geben. Er erinnerte sich, wie die Alten auf dem Revier erzählt hatten, dass Ermordete manchmal zwischen dieser und der nächsten Welt feststecken. Wenn der Wind heftig an Türen und Fenstern rüttelte, behaupteten sie, das seien die Toten, die zwischen den Lebenden gestrandet seien, aber wahrscheinlich wollten sie ihm nur Angst einjagen.

»Das ist nicht dein Ernst, oder?«, sagte Joey. »Sag mir, dass du nicht an diesen Quatsch glaubst.«

»Du scheinst keine bessere Erklärung auf Lager zu haben.«

»Weil es keine gibt, Abe. Du möchtest glauben, dass jemand, der gestorben ist, auf irgendeine Art weiterlebt, das kann ich verstehen – ich habe auch Menschen verloren, die mir nahe standen. Aber wenn du mich von etwas überzeugen willst, musst du Beweise liefern. Irgendwas, das ich sehen und anfassen kann. Keine Gespenster.«

So hatte Joey auch damals reagiert, als Abe ihm erzählt hatte, dass er Franks Stimme hörte. Als er Joeys Gesichtsausdruck sah, hatte Abe den Rest für sich behalten. Und das tat er auch jetzt.

Joey blieb noch genügend Zeit, beim Mini-Mart vorbeizufahren, eine Flasche Wein zu kaufen und Mary Beth wieder für sich einzunehmen, weshalb er sich verabschiedete und Abe die Rechnung überließ. Als er gegangen war, trank Abe noch eine Tasse Kaffee, und Pete Byers stöberte im Lager nach einem der sterilisierten Gefäße, in denen die Kunden Urinproben zur Untersuchung nach Hamilton brachten. Abe hatte vom Bier Kopfschmerzen bekommen, aber er brach auf, sobald Pete ihm das Glasgefäß gegeben hatte. Es war eine stürmische Nacht, und die Wolken zogen am Himmel dahin im fahlen Mondlicht. In solchen Nächten war Frank immer unruhig geworden. Die Leute hatten gesagt, er sei ruhelos, weil er zu viel Energie habe, aber in letzter Zeit hatte sich Abe häufig gefragt, ob es noch einen anderen Grund dafür gegeben hätte: ob Frank sich vor der Dunkelheit, vor sich selbst und den Gedanken und Bildern in seinem Kopf gefürchtet hatte.

Wenn sie als Kinder Verstecken spielten, hatte Frank immer eine Taschenlampe dabei, und er wagte sich nie weit in den Wald hinein. Einmal hatte Abe seinen Bruder beobachtet, wie er draußen im Garten saß und zu den tausenden von Sternen aufblickte, als habe er sich dort oben verirrt und finde nicht mehr zurück. Noch nie hatte Abe jemanden erlebt, der einsamer wirkte, obwohl Frank gleich hinter ihrem Haus saß.

Über diesen Gedanken wäre Abe fast an der ersten Seitenstraße vorbeigefahren, die zum Fluss hinunterführte. Er stellte den Wagen an einer sandigen Böschung ab und ging zu Fuß weiter zur Haddan School, obwohl er wusste, dass Glen und Joey sein Vorgehen missbilligt hätten. Er suchte nach der Stelle, wo Gus im Fluss gelandet war, und begab sich zu dem Schilfgürtel hinter dem Chalk House. Abe kam sich nicht wie ein Eindringling vor, seine Hände waren trocken, und sein Magen fühlte sich nicht flau an. Er hatte mehr Zeit auf diesem Fluss verbracht als die meisten Männer in ihren Wohnzimmern, und er erinnerte sich noch heute an eine Kanufahrt mit seinem Vater und seinem Großvater, als er kaum älter als drei oder vier gewesen war. Über ihnen wölbte sich ein grünes Blätterdach, und das Plätschern des Wassers begleitete sie. Wenn er etwas sagen wollte, hielten ihn die beiden Männer zum Schweigen an, damit er die Fische nicht verscheuchte. An diesem Tag blieben sie so lange auf dem Fluss, dass Abe im Boot einschlief und von den Mücken zerstochen wurde. Später wollte ihm keiner glauben, dass er gehört hatte, wie die Fische unter ihm dahinschwammen, während er schlief.

Abe kam zu dem flachen Felsen, von dem Joey und er früher ins Wasser gesprungen waren, wenn sie tauchen wollten. Sie hatten sich oft in den Sommerferien hier eingeschlichen, wenn keiner sie erwischen und ihre Eltern informieren konnte. Das Schilf war dichter, als Abe es in Erinnerung hatte, und er musste sich durch Dornengestrüpp kämpfen. Dennoch trat er auf den Felsen hinaus, Wasser drang in seine Stiefel, und als er sich hinkniete, wurden auch seine Jeans nass. Er schöpfte Wasser in das sterilisierte Gefäß, verschloss es sorgfältig und steckte es in seine Jackentasche.

Es war jetzt so kalt geworden, dass Abe seinen Atem sah. Bald würden die Untiefen mit einer hauchdünnen Eisschicht bedeckt sein, die man erst bemerkte, wenn man einen Stein darauf warf. Da er schon einmal hier war, ging er weiter, am Bootshaus vorbei. Es ist sonderbar, wie man etwas vor sich selbst verbergen kann, aber er wusste wirklich nicht, wo es ihn hinzog, bis er vor St. Anne's stand. Die Hecken raschelten im Wind, und die mondhellen Wolken rasten am Himmel dahin. Er sah Betsy durchs Fenster. Sie trug einen Bademantel, und ihr Haar war feucht vom Duschen. Sie saß in einem zerschlissenen Polstersessel, die nackten Beine untergeschlagen, und sah die Ordner der Schülerinnen durch. Ein gedämpftes Licht erhellte den Raum, und Abe kam es vor, als blicke er in ein Osterei mit einer Miniaturszenerie, die jeder in der Hand halten und sich ansehen konnte, wann immer es ihm beliebte.

Als er Betsy beobachtete, fühlte sich Abe frei und verwegen, wie damals, als er noch in Häuser einbrach. Auch jetzt war er Opfer seines Verlangens und der äußeren Umstände. Er hörte die Stimmen der Mädchen aus dem Wohnheim, und der modrige Geruch des Flusses stieg ihm in die Nase. Er bog eine Ranke beiseite, die ihm den Blick versperrte. Doch heute war er ein Erwachsener, der seine eigenen Entscheidungen traf, kein Junge mehr, der ins Haus des Rektors einbrach. Niemand zwang ihn dazu, hier draußen zu verharren; es gab kein Schloss, das erst geknackt werden musste. Ein vernünftiger Mann hätte kehrtgemacht und wäre davongelaufen, aber Vernunft gab es nicht in dieser Nacht. Wenn Abe jemanden verhaftete, versuchte er immer die Beweggründe des Täters zu verstehen. *Was hast du dir gedacht, Mann?*, fragte er immer wieder, während er auf den Krankenwagen wartete mit einem minderjährigen Jungen, der den Wagen seines Vaters in einen Schrotthaufen verwandelt hatte, oder wenn er Männer ins Untersuchungsgefängnis nach Hamilton brachte, die ihre Frau zu oft oder zu heftig geschlagen hatten. Erst kürzlich hatte er sich ein paar Jugendliche vorgeknöpft, die man dabei erwischt hatte, wie sie ganze Stangen Zigaretten aus dem Mini-Mart stahlen. *Was habt ihr euch dabei gedacht?*, fragte er, als er in ihre Rucksäcke spähte. Die Jungen waren vor Angst wie versteinert und schwiegen, doch jetzt wusste Abe die Antwort: Sie dachten gar nichts. Im einen Moment standen sie in der Dunkelheit, ohne besondere Pläne, im nächsten handelten sie, getrieben vom Instinkt und dem Gedanken *ich will* oder *ich brauche* oder *ich muss haben*.

Rückblickend war es immer möglich festzustellen, wo man den falschen Weg eingeschlagen hatte, denn unkluge Entscheidungen und Irrtümer stachen hinterher so deutlich ins Auge, dass sogar die Unvernünftigsten ihre Fehler zu erkennen vermochten. Abe fragte sich später, ob er sich so unsinnig verhalten hätte, wenn er das erste Bier nicht schon so früh am Abend getrunken hätte oder wenn er nicht im Drugstore gewesen oder keine Wasserprobe aus dem Fluss geholt hätte. Eine Variation hätte vielleicht die gesamte Abfolge verändert und verhindert, dass er falsche Entscheidungen traf, die ihn zu ihrem Fenster geführt hatten, wo er nun verharrte, ohne sich zu rühren.

Er dachte an den Jungen, der so früh zu Tode gekommen war, dass er nie eine Frau so beobachten würde, wie Abe es nun tat, getrieben von seiner Begierde nach ihr. Als Abe in das mattgelb erleuchtete Fenster starrte, auf Betsys schönes erschöpftes Gesicht, spürte er sein Verlangen. Es verbitterte ihn, und er hasste sich dafür, aber es ließ sich nicht verleugnen. Wenn er noch länger hier ausharrte, schlich er womöglich auf die andere Seite, um ihr zuzusehen, wie sie sich fürs Bett zurechtmachte, und was war er dann? Einer von jenen Männern, mit denen er es ständig zu tun hatte, bei Verkehrsunfällen oder auf dem Parkplatz am Millstone – Männern, die ihre Selbstbeherrschung verloren hatten.

Als Abe sich dazu zwang, sich abzuwenden, dachte er an all die Erlebnisse, die ihn kalt gelassen hatten, an die Mädchen in der Schule, die er gleichgültig geküsst hatte, die Frauen, mit denen er in warmen Sommernächten im Fluss geschwommen war. Es waren so viele gewesen, sogar mit Mary Beth hatte es einmal an Silvester ein Techtelmechtel gegeben, als sie beide zu viel getrunken hatten, ein erhitztes Gerangel, über das sie höflich schwiegen. Keine dieser Frauen hatte ihm etwas bedeutet, eine echte Leistung für einen Mann, der so sehr auf der Hut war wie Abe. Er war stolz darauf gewesen, als sei es beachtlich, niemanden zu lieben. Er hatte geglaubt, ohne Schmerzen durchs Leben zu kommen; er hatte geglaubt, Einsamkeit würde ihn trösten und ihm bis ans Ende seiner Tage Sicherheit bescheren, doch er hatte sich geirrt. Sein Großvater hatte immer gesagt, die Liebe finde sich niemals behutsam ein wie ein höflicher Nachbar, der an der Tür klopft. Sie fiel aus dem Hinterhalt über einen her, wenn man am wenigsten darauf gefasst war, wenn man sich nicht mehr schützen konnte, und sogar die Eigensinnigsten, die nichts glauben mochten und sich stets widersetzten, waren hilflos, wenn diese Art von Liebe ihre Aufwartung machte.

Die verschleierte Frau

Als der Monat sich dem Ende zuneigte, begann es ohne Unterlass zu regnen, sodass man nur noch ein stetiges Trommeln vernahm. Es handelte sich nicht um gewöhnlichen Regen, denn das Wasser war schwarz von Algen, ein merkwürdiges Vorkommnis, das den Älteren im Ort noch aus ihrer Kindheit bekannt war. Mrs. Evans und Mrs. Jeremy hatten zum Beispiel in schwarzem Regen gespielt, als sie noch klein waren, und waren zu Recht von ihren Müttern gescholten worden, als sie in ihren nassen schmutzigen Kleidchen nach Hause kamen. Jetzt standen die beiden Nachbarinnen auf der überdachten Veranda und riefen sich zu, wie froh sie doch sein konnten, dass es nicht Frühling war, denn dann hätte der klebrige Schlick ihre Malven und ihren Rittersporn mit einer kohlschwarzen Schicht bedeckt und erstickt.

Die Leute schützten sich mit Regenmänteln und Hüten und rannten schnell aus dem Auto in die Geschäfte oder in ihre Häuser. Fußabtreter wurden vor die Tür gelegt, aber trotz aller Vorsicht entstanden schwarze Fußspuren auf Dielen und Teppichen; zahllose Regenschirme waren nicht mehr zu gebrauchen und landeten im Müll. Die Statue von Dr. Howe auf dem Schulgelände sah finster und bedrohlich aus, und wer daran vorübergehen musste, hastete rasch durch die Pfützen, die aus Tinte zu bestehen schienen. Betsy Chase war wahrscheinlich der einzige Mensch im Ort, der aus dem schwarzen Regen Nutzen zog. Sie trug ihren Schülerinnen auf, dieses sonderbare Vorkommnis fotografisch zu dokumentieren. Auf den meisten Bildern war später nichts zu sehen außer verschwommenen Klecksen, doch es entstanden auch einige bemerkenswerte Aufnahmen, zum Beispiel von Pete Byers, wie er dem schwarzen Regen auf dem Gehsteig mit dem Besen zu Leibe rückte, oder von Duck Johnson, der halb nackt und mit grimmiger Miene am Bootshaus Kanus abspritzte, und von zwei schwarzen Schwänen, die sich unter einer Holzbank verkrochen hatten.

Als der Regen schließlich aufhörte, quollen Algen aus den Gullis, und die Stadt stank nach Moder und Fisch. Die üblichen Stellen waren überschwemmt: die Mulden am Rathaus, die Gärten der Leute, die an der Bahnstrecke wohnten, der feuchte Keller von Chalk House. Eine Hydraulikpumpe wurde herangeschafft, und während die Leute darüber diskutierten, wie man den Schlamm, der sich im Keller angesammelt hatte, am besten absaugen sollte, und sich besorgt fragten, wie sich wohl das nächste Unwetter auf die Stabilität des Hauses auswirken würde, nutzte Betsy die Gelegenheit und ging nach oben in Gus Pierces Zimmer, das bis auf den Tisch und das Bett ausgeräumt war. Die Fensterscheiben waren mit schwarzen Algen verschmiert und ließen nur trübes, fischfarbenes Licht hinein. Unter dem Rahmen war Wasser hereingesickert und hatte die Vorhänge dunkel verfärbt. Trotz des schlechten Lichts verknipste Betsy einen ganzen Film, fotografierte das Zimmer aus jedem Blickwinkel.

In der Dunkelkammer war sie auf alles gefasst, doch auf den Bildern waren nur Wände und Fenster, die Decke und das Bett zu sehen, nichts von Bedeutung. Als sie sich abends mit Eric zum Essen traf, sann Betsy immer noch darüber nach, was sie bei dem ersten Film anders gemacht hatte. Sie fand es enttäuschend, dass auf den neuen Bildern keine Erscheinung zu sehen war.

»Denkst du manchmal darüber nach, was danach kommt?«, fragte sie Eric beim Essen. Zu dieser Jahreszeit stand Truthahnsuppe und Kartoffel-Lauch-Kuchen auf dem Küchenplan. Der Speisesaal war mit den hohen Hüten der Pilgerväter dekoriert, die an Schnüren von der Decke hingen.

»Fachbereichsleiter«, sagte Eric, ohne eine Sekunde zu zögern. »Vielleicht eine Stellung an der Uni.«

»Ich meinte, nach dem Tod.« Betsy rührte in ihrer Suppe. Karottenstückchen und Reis quollen in der trüben Brühe nach oben.

»Zum Glück können wir uns auf dem Schulfriedhof begraben lassen.«

Betsy sann darüber nach, dann schob sie ihre Suppe beiseite.

»Woher wusstest du, dass ich die richtige Frau für dich bin?«, fragte sie unvermittelt. »Weshalb bist du dir so sicher?«

Bevor Eric antworten konnte, erschien Duck Johnson mit einem schwer beladenen Tablett an ihrem Tisch. »Esst ihr euren Obstkuchen nicht?«, erkundigte er sich, immer auf der Suche nach Essbarem.

»Rate mal, wer an Thanksgiving beim Dekan eingeladen ist«, verkündete Eric, als er Duck sein Dessert reichte.

»Gratuliere.« Duck nickte fröhlich. »Guter Junge.«

Zu diesem Essen wurden nur die Fachbereitsleiter eingeladen, und nachdem Helen Davis die Einladung abgelehnt hatte, war Eric an ihre Stelle getreten. Betsy, die vorgehabt hatte, über das lange Wochenende nach Maine zu fahren, hörte das zum ersten Mal. Sie wäre gerne ein paar Tage geflüchtet, nicht nur vor dem Schulalltag, sondern auch vor dem Risiko, Abel Grey beim Einkaufen zu treffen.

»Wir können doch ein andermal nach Maine fahren«, versuchte Eric sie zu vertrösten.

Betsy ärgerte sich, weil ihr Helen Davis' warnende Worte wieder in den Sinn kamen. Andererseits war es doch normal, dann und wann Zweifel zu haben. Man konnte nicht immer überglücklich oder ein Herz und eine Seele sein. Carlin Leander, die begeistert hätte sein müssen über Harry McKennas Verehrung, war das beste Beispiel dafür. Die anderen Mädchen aus St. Anne's folgten dem Jungen wie eine Schar dressierter Vögel, aber Carlin ging ihm aus dem Weg. Jedes Mal, wenn sie mit Harry zusammen war, spürte sie Gus' Missfallen, und nach und nach fielen ihr auch die Charakterzüge an Harry auf, vor denen Gus sie gewarnt hatte: das Lächeln, das wie mechanisch an- und abgestellt werden konnte, der Egoismus, die Überzeugung, dass einzig und allein seine Bedürfnisse von Bedeutung waren. Sie zog sich immer mehr von Harry zurück. Wenn er ihr Pralinen brachte, sagte sie, sie vertrage keine Süßigkeiten. Wenn er zu Besuch kam, ließ sie eine ihrer Zimmergenossinnen ausrichten, sie läge schon im Bett und sei zu müde oder zu krank, um noch einmal aufzustehen.

Harry, der daran gewöhnt war, alles zu bekommen, was er haben wollte, begehrte sie umso mehr, weil sie sich entzog.

»Er macht sich Sorgen um dich«, teilte Amy Elliott Carlin mit, denn Harry hatte begonnen, sich Amy anzuvertrauen, die sehr gut zuhören konnte, wenn es ihren Zwecken diente. Amy hatte eine Kleinmädchenstimme, mit der sich ihr eiserner Wille, ihr Ziel zu erreichen, gut kaschieren ließ; in diesem

Fall war Harry das Ziel. Da er gegenwärtig Carlin gehörte, imitierte Amy den Stil ihrer Wohngenossin, in der Hoffnung, dass deren Glück auf sie abfärbe. Sie trug eine silbrige Spange im Haar, und ihr neuer schwarzer Wollmantel war ganz ähnlich geschnitten wie der von Gus. »Was ist los?«, fragte Amy. »Wenn du Harry nämlich satt hast, gibt es 'ne Menge Mädchen, die ihn gerne übernehmen würden.«

Mädchen wie Amy glaubten, dass sie alles bekommen würden, was sie wollten, wenn sie die Finger verschränkten oder sich etwas wünschten, sobald sie eine Sternschnuppe sahen, aber Carlin wusste mehr. Sie trug ihre Trauer mit sich herum, konnte sich nicht davon lösen. Betsy erkannte das, als sie das Schwimmteam für den Newsletter der Ehemaligen fotografierte. Als sie das Bild entwickelte, hätte sie Abel Grey gerne dabeigehabt, damit er sehen konnte, was in dem Entwicklerbad zum Vorschein kam. Liebe konnte wie das Licht Dinge beleuchten, die niemand im Dunklen vermutet hätte. Carlin Leander stand am äußersten Rand einer Reihe lächelnder Mädchen und machte ein finsteres Gesicht. Sie hatte die Arme verschränkt und blickte grimmig, doch obwohl sie ein Stück von den anderen entfernt stand, war sie nicht alleine. Er lehnte neben ihr an den kalten blauen Kacheln, ein Wesen aus Wasser und Luft, heimatlos, ein Junge, der keine irdische Gestalt mehr hatte, der ertrunken war in diesem Leben wie auch im nächsten.

Als Matt Farris die Ergebnisse der Laboruntersuchung durchfaxte, erwiesen sich die Aussagen von Abes Vater als vollkommen richtig. Das Wasser des Haddan war klar und sauber; man hatte nur Spuren von Algen und Fischlaich gefunden, nichts weiter.

»Stör mich nicht«, sagte Joey, als Abe ihm den Bericht zeigen wollte. »Ich muss die Monatsabrechnung machen.«

Abe stand neben ihm, sein Hemd hing aus der Hose, und er sah aus, als habe er in seinem ganzen Leben noch nie etwas von Abrechnungen gehört. Seit dem Abend, an dem er in Betsy Chases Fenster geblickt hatte, war er gedankenverloren und ziemlich konfus. Er vergaß zu Hause ständig, den Müll nach draußen zu bringen, sodass sich die Tüten im Flur stapelten; er holte nicht einmal die Post aus dem Briefkasten, der nun überquoll von Rechnungen und Wurfsendungen. An diesem Morgen hatte er versehentlich einen der alten Anzüge seines Großvaters aus dem Schrank genommen. Als er das Sakko überzog, stellte er erstaunt fest, dass es ihm passte. Er hätte nicht gedacht, dass er so groß und breit war wie sein Großvater, doch das schien der Fall zu sein, und weil er ohnehin zu spät dran war, ließ er den Anzug an.

»Flotter Anzug«, bemerkte Joey. »Nur nicht ganz dein Stil.«

Abe legte den Bericht auf die Papiere, an denen Joey arbeitete. Joey warf einen Blick darauf und lehnte sich dann zurück.

»Und?«

»In der Lunge des Jungen wurden Exkremente gefunden, nicht jedoch im Haddan.«

»Ich wiederhole.« Joey trank einen Schluck kalten Kaffee und schauderte, weil er so bitter war. »Und?«

»Kannst du dir das erklären?«

»Nicht mehr, als die Tatsache, dass ich das ganze Wochenende als Wachmann ackern muss, um einen Ausflug nach Disney World zu finanzieren. Ich kann mir gar nichts erklären. Warum dann das? Das ergibt keinen Sinn.«

»Du wolltest einen Beweis haben. Hier ist er. Der Junge ist nicht im Haddan ertrunken.«

Joey sah seinen alten Freund an, als habe er den Verstand verloren, was vielleicht auch zutreffend war. Abes Verhalten in der vergangenen Woche wies jedenfalls darauf hin.

»Weißt du, weshalb du auf diese Gedanken kommst? Weil du ziemlich lange nicht gevögelt hast und nichts anderes zu tun weißt, als dir diese absurden Erklärungen auszudenken, an denen nichts dran ist.« Joey schob ihm den Bericht zu. »Gib Ruhe damit.«

Abe wünschte, er könnte den Bericht einfach abheften und sich aus Dingen heraushalten, die ihn nichts angingen, aber das war nicht seine Art. Kurz vor zwölf erschien er bei Glen Tiles. Der Zeitpunkt war denkbar schlecht gewählt. Glen hatte Bluthochdruck, und seine Frau wollte sein Bestes und setzte ihn auf Diät: Auf seinem Tisch befanden sich ein Becher Hüttenkäse und ein einsamer Apfel. Abe hätte wissen müssen, dass es keine gute Idee war, seinen Chef beim Mittagessen zu stören, aber er tat es dennoch. Glen warf einen Blick auf den Bericht und sah dann Abe an. »Sie wollen, dass ich beim Essen etwas über Scheiße lese?«

»Ich möchte, dass Sie was über die Abwesenheit von Scheiße lesen.«

Abe ließ sich nieder und beobachtete Glen, während er las. Als Glen fertig war, reichte er Abe den Bericht und machte sich unverzüglich über den Hüttenkäse her.

»Ich glaube nicht, dass der Junge im Haddan ertrunken ist«, sagte Abe.

»Schon gut, Abe, vielleicht war er auch ein Außerirdischer. Haben Sie das mal erwogen?« Glen stopfte den Hüttenkäse in sich hinein, als habe er seit Tagen nichts gegessen. »Vielleicht ist das auch alles ein Traum. Vielleicht träume ich das alles, und Sie sind gar nicht wirklich da, sondern kommen nur in meinem Traum vor. Das heißt, ich könnte alles mit Ihnen machen, was ich wollte. Sie zum Beispiel auf dem Kopf stehen und gackern lassen wie ein Huhn, wenn ich das lustig fände.«

»Er könnte an einer anderen Stelle umgebracht und dann in den Fluss geworfen worden sein«, sagte Abe hartnäckig. »Ich habe mit Ernest darüber gesprochen. Sie wissen, dass er gewöhnlich nicht mit mir einer Meinung ist, aber sogar er fand, dass an der Geschichte etwas nicht stimmt.«

»Das wundert mich nicht. Ihr Vater klammert sich nicht zum ersten Mal an Strohhalme.« Ein unbehagliches Schweigen entstand, und schließlich sah Glen ein, dass er sich entschuldigen musste. »Tut mir Leid«, sagte er. »Das war daneben.«

»Es geht hier nicht um Frank, wissen Sie. Sondern um Gus Pierce, der tot ist und mit Scheiße in der Lunge in einem Fluss gefunden wurde, der seit zwanzig Jahren sauber ist. Im Haddan fließt vielleicht das sauberste Wasser von ganz Neuengland.«

»Sie haben vielleicht was daran auszusetzen, Abe, aber die Haddan School ist sehr zufrieden mit unseren Ermittlungen. Wir sind schriftlich gelobt worden, und die Ehemaligen haben dem Wohltätigkeitsverein eine hübsche Summe gestiftet. Der Junge ist im Fluss ertrunken. Schluss aus.«

Abe faltete den Bericht zusammen und steckte ihn zu dem Foto von dem toten Jungen in die Tasche. »Sie irren sich. Und zwar gründlich.«

»Ist das Wrights Anzug, den Sie da anhaben?«, rief Glen Abe nach, als er hinausging. »Der ist Ihnen nämlich viel zu groß.«

Abe kaufte sich im Mini-Mart etwas zum Mittagessen, dann fuhr er weiter. Er musste nicht nachdenken, wenn er in Haddan unterwegs war, er fand sich hier im Schlaf zurecht. Er konnte ein Sandwich essen und sich in Gedanken mit Sex und einem Mordfall befassen und kam dennoch da an, wo er hin wollte. Er fuhr auf die Route 17, um in Ruhe nachzudenken, und schlug unwillkürlich den Weg zum Haus seines Großvaters ein. Er hatte morgens nicht nur Wrights Anzug, sondern auch eine schmale schwarze Krawatte angezogen. Jetzt fiel ihm auf, dass sie ihn am Hals drückte. Er lockerte sie und öffnete den obersten Hemdknopf, was ihm wenigstens das Atmen erleichterte.

Dieser Teil von Haddan hatte sich seit Abes Kindheit am meisten verändert. Wo früher Felder gewesen waren, standen nun Häuser, und statt der Farm der Halleys, die Bohnen und Kohl verkauft hatten, fand man einen Stop-&-Shop-Markt vor. Den Feldweg, auf dem Abe als Junge auf den Schulbus gewartet hatte, hatte man asphaltiert, aber wenigstens die Felder seines Großvaters waren unverändert. Wright hatte das Grundstück Abe überschrieben, und der brachte es nicht übers Herz, es an einen der Makler zu verkaufen, die ihn regelmäßig aufsuchten und ihm jedes Mal höhere Summen boten. Als Abe die Farm erreichte, stellte er den Wagen ab, aß seinen Imbiss und sah den Vögeln zu, die so tief über die Wiese flogen, dass ihre Schwingen das hohe Gras streiften. An diesem Tag hatte Abe das Gefühl, ganz allein zu sein auf der Welt. Er hatte sein Leben in diesem Ort verbracht, war mit Joey und Mary Beth und Teddy Humphrey und all den anderen aufgewachsen, doch mit keinem von ihnen wollte er nun sprechen. Er hatte das Bedürfnis, mit seinem Großvater zu reden, das war das Problem. Wright Grey konnte man sich anvertrauen. Er behielt alles für sich, was man ihm anvertraute – er konnte Leute nicht leiden, die ihre Privatangelegenheiten herausposaunten oder sich über ihr Schicksal beklagten –, und er konnte zuhören wie kein anderer.

Abe stieg aus und ging auf die Wiese zu. Das Gras war braun, doch es duftete süß. In diesem Augenblick empfand Abe die ganze Welt als Rätsel, und er dachte an alles, was er in seinem Leben bisher nicht getan hatte. Sein Verlangen nach Betsy brachte andere Sehnsüchte zum Vorschein, denen er nun ausgeliefert war. Es war kalt, der Wind pfiff durch den Anzugstoff, und Abe trug keinen Mantel, sodass er ihn auf der Haut spürte, als sei er nackt. Die Wiese war von einem Zaun umgeben, aber Abe kletterte darüber. Das Gras reichte ihm bis zur Hüfte, und er legte sich hinein und blickte zum Himmel auf. Hier hörte er den Nordwind, doch er spürte ihn nicht mehr, er zog über ihn hinweg. Zum ersten Mal seit langer Zeit war Abe froh. Niemand wusste, wo er war, und er lag hier im Gras und sann über die Liebe nach, die er ganz unerwartet spät im Leben gefunden hatte, und er war erstaunt und unendlich dankbar.

Es war keine Jahreszeit zum Verlieben; die Tage waren düster, und nichts gedieh außer ein paar wilden Kohlköpfen aus der Zeit, als man in Haddan noch vorwiegend Ackerbau betrieb. Im Schaufenster des Schuhladens standen schon die Winterstiefel, und die Gärten an der Main Street waren kahl, die zarten empfindlichen Pflanzen wie Rhododendren und Azaleen unter Sackrupfen verborgen. Das lange Wochenende stand vor der Tür, und es wurde still in der Stadt. Die meisten Schüler fuhren zu ihren Eltern, nur ein paar blieben in der Schule, Carlin Leander zum Beispiel, die nicht mit Harry nach Connecticut fahren, sondern das Fest lieber mit Helen Davis begehen wollte. Harry passte das überhaupt nicht; er bat und bettelte, aber Carlin ließ sich nicht erweichen, und schließlich fuhr Harry mit Amy Elliott und Robbie Shaw zu seinen Eltern.

Am Donnerstagvormittag war kein Auto unterwegs, und alle Läden waren geschlossen bis auf den Mini-Mart, der bis Mitternacht geöffnet hatte. Seit seiner Scheidung ignorierte Teddy Humphrey Feiertage und fungierte stattdessen als Retter in der Not, wenn jemandem Vanillearoma, Butter oder Eierpunsch ausgegangen waren. Bei ihm konnte man das alles erstehen, wenn auch doppelt so teuer wie gewöhnlich.

Abe trug Wrights Anzug zum Thanksgiving-Essen bei Joey und Mary Beth, obwohl er immer mit dem fünfjährigen Jackson und der dreijährigen Lilly auf dem Boden spielte und meist am Ende Knete oder Kreide in den Haaren hatte. Mary Beth' gesamte Familie hatte sich eingefunden: ihre Eltern, ihre beiden Brüder und eine hübsche, blonde, kürzlich geschiedene Kusine aus New Jersey, die Mary Beth für Abe vorgesehen hatte.

»Ich bin nicht interessiert«, sagte Abe zu Mary Beth, als er ihr half, Truthahn und die Preiselbeer-Apfel-Füllung, die ihre Spezialität war, auf den Platten zu arrangieren.

»Komm schon. Du bist doch immer interessiert«, zog ihn Mary Beth auf, während sie den Truthahn tranchierte. Als Abe weder lachte noch konterte, hielt Mary Beth inne und sah ihn prüfend an. Sie war wieder schwanger, aber sie sah aus wie damals in der Schule mit ihrem dunklen Pferdeschwanz und ihrem frischen, ungeschminkten Gesicht. »Du hast schon jemanden«, stellte sie fest.

»Du irrst dich, Miss Hellseherin«, erwiderte Abe.

Nach dem Essen trug Mary Beth Kürbispie und Vanilleeis genau rechtzeitig zum Kickoff des dritten Footballspiels auf, das an diesem Tag im Fernsehen übertragen wurde. Als es noch Nachschlag gab, fragte Joey Abe, ob er ein bisschen frische Luft schnappen wollte. Abe rechnete mit einem

Spaziergang und wunderte sich, als sie auf Mary Beth' alten Kombi zusteuerten. Er stieg gut gelaunt ein und fegte Kartoffelchips und Rosinen vom Beifahrersitz. Joey startete den Motor und fuhr auf die Belvedere Street.

»Wir gehen Bier kaufen«, mutmaßte Abe und machte sich Vorwürfe, weil er vergessen hatte, welches mitzubringen, aber sie fuhren am Mini-Mart vorbei direkt zur Haddan School. Joey parkte auf dem Platz zwischen dem Haus des Dekans und dem Haus des Rektors, in dem nun der alte Dr. Jones wohnte, Nachfolger von Dr. Howe und einer langen Reihe berühmter Schulleiter, die mit Hosteous Moore ihren Anfang genommen hatte. »Wollen wir mal wieder das Haus des Rektors ausrauben?«

»So könnte man es auch nennen.« Joey ließ den Motor laufen und stieg aus. Die Heizung war im Eimer, und nach kurzer Zeit beschlugen die Scheiben. Abe stellte den Motor ab und stieg aus, um sich die Beine zu vertreten. Die Bäume waren kahl, und eine dünne Eisschicht bedeckte den Weg zur Hintertür des Schulleiters, den Joey entlanggegangen war. Auf diesem Teil des Geländes befanden sich die Häuser, in denen verheiratete Lehrer mit ihren Familien untergebracht waren. Das größte Haus von ihnen bewohnte Bob Thomas. Es war im viktorianischen Stil erbaut, zweistöckig, hatte zwei Schornsteine und eine große Veranda nach hinten, auf der sich nun Joey mit dem Schulleiter unterhielt.

Bob Thomas war ein beleibter Mann, der gerne aß; er war ohne Mantel oder Hut auf die Veranda gekommen, und im Haus feierte man ohne ihn weiter. Abe schlenderte heran und verharrte neben einer Buchsbaumhecke, in der Kleiber in ihrem Nest saßen und heftig mit den Flügeln schlugen, um sich der Kälte zu erwehren. Er konnte ins Esszimmer hineinsehen, wo sich ziemlich viele Gäste versammelt hatten. Das Essen war schon abgetragen, aber man sprach noch dem Eierpunsch und dem Glühwein zu.

Abe konnte Betsy nicht übersehen, die sich in Gesellschaft eines Mannes befand. Es musste sich wohl um ihren Verlobten handeln, denn er sah aus, als sei er gerade einem Foto im Newsletter der Ehemaligen entsprungen. Abe, der eine Rasur und einen Haarschnitt nötig gehabt hätte und im alten Anzug seines Großvaters neben der Buchsbaumhecke kauerte, spürte, wie sein Gesicht heiß wurde vor Scham. Was hatte er sich gedacht? Wenn er jetzt an der Küchentür klopfte, würde man sie ihm vermutlich vor der Nase zuknallen. Er gestand sich ein, dass er Betsy und ihrem makellosen Verlobten ein gründlich verdorbenes Wochenende wünschte. Er hoffte, sie würden an den Petits Fours ersticken, die Meg Thomas nun auftrug – süße Gebilde aus Schokolade und Marzipan, die einem leicht im Hals stecken bleiben konnten.

Abe wartete im schwindenden Licht auf Joey, und seine Laune wurde zusehends so miserabel wie die der grässlichen Schwäne. Passenderweise wurde das Paar, das unweit von ihm im Nest hockte, auf ihn aufmerksam, und eines der beiden Tiere watschelte schon über das eisverkrustete Gras auf ihn zu.

»Komm mir bloß nicht zu nahe«, sagte Abe warnend zu dem Schwan. »Ich steck dich in den Kochtopf. Ehrlich.«

Schließlich beendete Joey sein Gespräch mit dem Schulleiter. Als er wiederkam, war er so aufgeräumt, wie Abe ihn noch nie erlebt hatte. Abe dagegen merkte, wie seine Stimmung sich weiter verschlechterte. Die Sonne ging unter, und purpurrote Wolken drifteten am Himmel dahin. Der Schwan ließ ihn nicht aus den Augen, und Abe wusste aus Erfahrung, dass diese Vögel sich nicht scheuten anzugreifen. Er war damals im Dienst gewesen, als ein großer Schwan auf Mrs. Jeremys Grundstück erschienen war. Ihr Sohn AJ hatte versucht das Tier zu verscheuchen und sich dabei diverse Wunden auf der Stirn eingehandelt, die genäht werden mussten.

»Wurde auch Zeit«, sagte Abe, als Joey zu ihm trat.

Joey hatte eine gesunde Gesichtsfarbe; die kalte Luft und das Geschäft, das er abgewickelt hatte, waren ihm gut bekommen. Er hatte einen Umschlag bei sich und klatschte sich damit auf die Hand. »Das hier wird dich aufmuntern.«

Überall in Haddan hatten die Leute ihr Festmahl verzehrt. Abe aber würde die nächsten vierundzwanzig Stunden keinen Bissen herunterbringen. Nicht nur Mary Beth' Essen machte ihm zu schaffen, sondern vor allem die Übelkeit, die sich einstellte, als er den Umschlag in Joeys Hand bemerkte.

»Die Stadt hat mächtig profitiert von der Schule, warum sollten wir da nicht auch was abkriegen?«, sagte Joey. »Hey, die behandeln uns wie ihren persönlichen Wachdienst, da können sie auch mal was für unseren Einsatz abdrücken.«

Abe war richtiggehend übel. Üppiges Essen bekam ihm nicht, von üppigen Geschenken ganz zu schweigen. Er lebte gerne schlicht und einfach und gesetzestreu. »Ich will nicht sehen, was da drin ist. Steck den Umschlag weg, Mann, sonst muss ich Glen einweihen.«

»Glaubst du ernsthaft, der weiß das nicht?« Joey lachte, als er Abes Gesichtsausdruck sah. »Mach die Augen auf, Junge. Das geht schon seit Jahren so. Schon seit der Zeit, als dein Vater noch im Dienst war. Diese Geschäfte liefen direkt vor seiner Nase ab, und er hatte keinen blassen Schimmer davon.«

»Was für Geschäfte sind das?«

»Wir halten uns aus Sachen raus, die uns nichts angehen,

was heißt, wenn einer von der Haddan School sich umbringt, belassen wir's dabei.«

Joey stieg in den Wagen und ließ den Motor an. Der Wagen stotterte, und der Auspuff qualmte. Als Abe sich nicht rührte, ließ Joey das Fenster herunter.

»Steig ein. Du wirst doch nicht etwa so selbstgerecht sein wie dein Alter, oder? Deshalb hat Glen dich da bisher rausgehalten.«

Abe kam zu dem Schluss, dass er nicht mit dem Auto fahren wollte, nicht jetzt. Nach einem großen Essen sollte man lieber einen Verdauungsspaziergang machen, die Bewegung würde ihm gut tun. Als er loslief, rief Joey ihm nach und drückte auf die scheppernde alte Hupe, aber Abe marschierte weiter über das vereiste Gras. Er verließ das Schulgelände, bog auf die Main Street ein. Wilder Wein und Nachtschatten rankten sich um die schwarzen schmiedeeisernen Zäune und eine schillernde hohe Stechpalmenhecke in Mrs. Jeremys Garten. Unter normalen Umständen hätte Abe nachgesehen, ob AJ im Bett lag und Ruhe gab, aber an diesem Feiertag würde Mrs. Jeremy mit ihren Problemen alleine zurechtkommen müssen.

Abe war in diesem Teil der Stadt lange nicht mehr zu Fuß unterwegs gewesen, und ihm war so unbehaglich zu Mute dabei wie früher. Eine scheppernde Mülltonne, das Bellen eines Hundes, das kleinste Geräusch, und er wäre am liebsten losgerannt.

Es hatte immer Trennlinien zwischen den Wohlhabenden und den Habenichtsen gegeben in Haddan, und vielleicht war ein Ausgleich tatsächlich schon lange fällig. Es stand Abe nicht zu, Joey oder jemand anderen zu verurteilen. Er hatte sich auch nicht immer vorbildlich verhalten, doch selbst damals, als er gegen das Gesetz verstieß, war er sich dessen bewusst gewesen. Er dachte an seinen Großvater, der fest daran geglaubt hatte, dass es die höchste Berufung eines Mannes war, seinen Mitmenschen zu dienen. Wright hatte sich in den zugefrorenen Fluss gestürzt, wohingegen die meisten anderen Männer am Ufer stehen geblieben wären, besorgt um ihr eigenes Wohlergehen.

Als Abe den Weg nach Hause einschlug, kam es ihm vor, als verharre auch er am Ufer, könne den Sprung nicht wagen, weil der Schlick des Haddan ihn hinunterziehe wie Treibsand. Die Übelkeit wurde stärker, wie damals, als Frank gestorben war. Am meisten hatte ihn verstört, dass er seinen Bruder nicht wirklich gekannt hatte, dass sie alle einer Lüge aufgesessen waren. Abe hatte seinen Bruder immer bewundert, doch hatte er ihn verstanden? Der begabteste Junge, der jemals die Hamilton High School besucht hatte, der jeden Samstag eifrig das Auto ihres Vaters wusch und den ganzen Abend für die Schule büffelte, ging an jenem heißen Augusttag, als der Sixth Commandment Pond ideal war zum Schwimmen, nach oben und erschoss sich. Wie hatte er nur alles aufgeben können? Sie hätten zum Angeln gehen können an jenem dunstigen trägen Nachmittag, an einer der geheimen Stellen, die ihr Großvater ihnen gezeigt hatte, auf einem jener Felsvorsprünge, unter denen sich in tiefen kühlen Teichen die größten Forellen tummelten.

Es war Frank, der jeden Morgen pünktlich zum Frühstück erschien, derselbe Frank, der in den Stunden vor seinem Tod das Gewehr unter seiner Matratze versteckte, ein und derselbe Junge. So wie Joey nicht nur der Mann war, der jetzt Schmiergelder annahm, sondern auch der Junge, der bei Franks Trauerfeier an Abes Seite stand. Joey war es gewesen, der zu Fuß den weiten Weg zu Wrights Farm zurücklegte, auch an Tagen, an denen es so kalt war, dass sich Eis in seinen Handschuhen bildete und er sich vor den Herd stellen und auftauen musste. Abe hatte wieder einmal geglaubt, alles über einen Menschen zu wissen, so wie er meinte, den Ort zu kennen, an dem er aufgewachsen war, und er hatte sich erneut geirrt. Es kam ihm vor, als hätte jemand alle Straßen des Orts in die Luft geworfen und sie irgendwo zu Boden fallen lassen, verheddert bis zur Unkenntlichkeit.

Abe überquerte die Bahngleise und ging eine Weile die Forest Street entlang. Als er auf die Station Street abbog, senkte sich die Dämmerung über die Straße wie eine rußschwarze Decke. An diesem Abend war der Himmel besonders dunkel, und die Leute genossen die Wärme und Behaglichkeit ihrer Häuser. Abe konnte in die Wohnzimmer seiner Nachbarn blicken. Er kam an Pete Byers' Haus vorbei und an dem adretten Cottage von Mike Randall, in dem seine siebenköpfige Familie kaum Platz fand, aber das Häuschen war gepflegt, frisch gestrichen und hatte einen neuen Verandaanbau. Er sah Billy und Marie Bishop mit ihren Enkelkindern an einem großen Eichentisch sitzen. Als er zu seinem Haus kam, saß der Kater davor, und Abe bückte sich und kraulte ihm die Ohren. Sogar dieses Wesen hatte seine Geheimnisse, brachte seine Nachmittage im sonnigen Schaufenster des Blumenladens zu und aß bei Miss Davis zu Mittag.

»Ich hoffe, du hast irgendwo anders deinen Truthahn gekriegt«, sagte Abe zu dem Kater.

Da er wusste, wie einfach es war, in ein Haus einzubrechen, schloss er seine Tür nie ab. Er besaß ohnehin nichts von Wert, sein Fernseher war im Eimer, und als der Videorekorder kaputtging, hatte er ihn zur Reparatur nach Hamilton gebracht und nie wieder abgeholt. Sogar seine Klingel funktionierte nicht, weshalb Betsy Chase klopfen musste, als sie vor seiner Tür stand.

Der Tag hatte für Abe allerhand Überraschungen bereitgehalten, doch die einzig erfreuliche war Betsys unerwarteter Besuch. Er hatte vorgehabt, sich ein paar Bier zu genehmigen und dann ins Bett zu kriechen, erschöpft und angewidert von den Ereignissen des Tages, und nun stand hier der lebende Beweis dafür, dass man selbst in den finstersten Stunden immer mit Überraschungen rechnen sollte. Er starrte Betsy an wie damals bei ihrer ersten Begegnung, und sie wurde rot. Jedes Mal wenn sie ihn sah, war sie völlig durcheinander, kopflos wie ein Teenager.

»Ich dachte, ich hätte Sie auf dem Schulgelände gesehen«, sagte Betsy, was gelogen war, denn sie war ganz sicher, dass sie ihn gesehen hatte. Draußen vor dem Wohnzimmer des Schulleiters, wo er neben der Buchsbaumhecke kauerte, in demselben dunklen Anzug, den er jetzt immer noch trug.

Abe öffnete die Fliegengittertür und ließ Betsy eintreten. Sie hatte ihren Mantel im Wagen gelassen, der auf der Zufahrt stand, und trug, passend zu einem Essen beim Schulleiter, ein schwarzes Kleid und elegante Pumps. Doch hier fühlte sie sich seltsam in dieser Aufmachung, war sich selbst fremd. Der Flur war so voll gestellt, dass sie keinen Abstand halten konnten. Außerdem drückten die Schuhe so sehr, dass sie fürchtete zu stolpern. Es war eine völlig verrückte Idee hierher zu kommen, die nur wieder dem grünen Licht über dem Fluss zu verdanken war, dass sie um diese Uhrzeit immer aus der Fassung brachte.

»Ich habe ein paar Fotos für Sie«, sagte sie in geschäftsmäßigem Tonfall. Sie klopfte auf ihre Kameratasche, die sie über der Schulter trug.

Als sie die Küche betraten, merkte Abe, wie verheerend es dort aussah – die Spüle stand voller Geschirr, auf dem Boden lagen Zeitungen herum. Auf einem Stuhl stand ein Korb mit schmutziger Wäsche, den Abe beiseite räumte, damit Betsy sich am Tisch niederlassen konnte. Dabei deutete sie auf die Arbeitsfläche, auf der der Kater auf und ab marschierte und den Schrank anmiaute, in dem sich das Dosenfutter befand. »Das ist ja der Kater von Helen Davis.«

»Nein.« Abe holte zwei Bier aus dem Kühlschrank und ließ sich Betsy gegenüber nieder. »Meiner.«

»Ich sehe ihn ständig auf dem Schulgelände.« Betsy war nicht nach Bier zu Mute, aber sie trank hastig, aus Nervosität. Abes Augen erinnerten sie an das Eis, das sich über den Untiefen des Flusses gebildet hatte, hell und durchlässig. Wenn sie ihm in die Augen sah, hatte Betsy das Gefühl, hineinzustürzen und endlos zu fallen. Sie holte rasch ihre Fotomappe heraus. »Ich wollte wissen, was Sie davon halten.«

Abe sah die Fotos durch, zuerst flüchtig, dann aufmerksamer. Nach den Aufnahmen vom Schwimmteam hatte Betsy noch einen Film verschossen. Auf jedem Foto von Carlin war hinter ihr ein Schatten zu erkennen, der Umriss eines hoch gewachsenen Jungen.

»Sie sind gut.« Abel sah Betsy mit seinen hellen Augen durchdringend an. »Die sehen echt aus.«

Auf einem der Bilder waren die Gesichtszüge des Schattens klar zu erkennen: der breite Mund, die flächige Stirn, der traurige Blick des Zurückgewiesenen und Liebeskranken. Auf allen Fotos war die Gestalt tropfnass, und auf jedem Bild hatten sich auf dem Boden oder auf den Möbeln Pfützen gebildet. Abe legte die Fotos in die Mappe zurück. »Das Mädchen hat mir gesagt, dass er ihr Sachen hinterlässt. Vielleicht möchte er in Kontakt mit ihr bleiben und hält sich deshalb in ihrer Nähe auf. So ähnlich wie Sie«, fügte er hinzu.

»Oh, nur keine falschen Hoffnungen.« Betsy lachte und hielt die Hand mit ihrem Verlobungsring hoch.

»Den zeigen Sie mir ständig, aber Sie sind hier.« Abe rückte mit seinem Stuhl näher an den ihren.

Betsy stand sofort auf und packte die Fotos wieder ein. »Sie sind ziemlich egomanisch, wie? Ich dachte, Sie wollten etwas über Gus Pierce erfahren.«

Sie ging in den Flur, und Abe folgte ihr. »Ich will etwas erfahren«, sagte er.

»Über Gus und die Bilder?«

»Hauptsächlich über Sie.«

Betsy verlagerte ihre Kameratasche so, dass sie zwischen ihnen war, um sich zu schützen, um sich selbst Einhalt zu gebieten. Wie war sie nur in diese Lage geraten? Erst vor ein paar Tagen hatte sie mit Doreen Becker vom Hotel das Problem mit dem Dessert bei der Hochzeitsfeier abgeklärt. Doreen hatte sich für weiße Eclairs ausgesprochen und eingewandt, dass Schokoladentorte, wie Betsy sie bestellen wollte, bei Hochzeiten Unglück bringe. Angeblich sollten einige Scheidungsanwälte aus Hamilton die sogar in die Kirchen liefern lassen, um die Geschäfte in Schwung zu bringen.

»Erzählen Sie jeder Frau, die Sie hierher bringen, dass Sie was über sie erfahren wollen?«, fragte Betsy und merkte dabei, dass es ihr gar nicht gefiel, sich andere Frauen in diesem Haus vorzustellen.

»Ich bringe niemanden hierher«, sagte Abe. »Wir wollen nicht vergessen, dass Sie von alleine hergekommen sind. Was mich sehr freut.«

Und weil sie wusste, dass er die Wahrheit sagte, küsste Betsy ihn, dort in dem dunklen Flur. Nur einmal, dachte sie, doch es kam anders. Später sagte sie sich, dass sie sich hatte hinreißen lassen, dass sie nicht mehr Herrin ihrer Sinne gewesen war. Es musste an dem Bier gelegen haben, das sie so hastig getrunken hatte, oder an ihrer sonderbaren Reaktion auf Feiertage. Was auch der Grund sein mochte, sie küsste ihn jedenfalls sehr lange, zu lange, obwohl sie wusste, dass sie einen folgenschweren Fehler beging. Sie musste an den Blitz denken, der so plötzlich einschlägt, dass man nicht mehr wegrennen kann, und dann ist es zu spät.

Betsy sagte sich, dass es ja nur eine Nacht sei, ein paar Stunden Leidenschaft, die sie dann wieder vergaß, die keinem wehtun würden. Sie gebot ihm nicht Einhalt, als er ihr das schwarze Kleid auszog, das sie mit so viel Bedacht für diesen Tag ausgewählt hatte. Es war unvernünftig und leichtsinnig, aber es war ihr einerlei. Was war denn schon das Verlangen, wenn man es bei Tageslicht betrachtete? Die Bewegungen, mit denen eine Frau morgens ihre Kleider zusammensuchte, oder der Blick, mit dem ein Mann sie ansah, wenn sie vor dem Spiegel saß und ihr Haar kämmte? Oder war es die bleiche Dämmerung eines Novembertags, wenn Eisblumen an den Fenstern wucherten und Krähen krächzten im kahlen schwarzen Geäst der Bäume? Oder war es die Bereitwilligkeit, mit der ein Mensch sich der Nacht hingab, einen Weg einschlug, der so erstaunlich war, dass künftig sogar das Tageslicht ein wenig verschwommen wirkte?

Um diese Jahreszeit gab es am Tresen im Drugstore die berühmten Weihnachtsmuffins zu kaufen, die Pete Byers jedes Jahr zwischen Thanksgiving und Silvester auf die Speisekarte setzte und die von seiner Frau Eileen gebacken wurden. Diese einheimische Leckerei, eine Art besonders aromatischer Gewürzkuchen, war so begehrt, dass etliche Damen aus den größten Villen an der Main Street, elegante Frauen, die man normalerweise niemals im Drugstore am Tresen sah, schon frühmorgens eintrafen, um sich eine große Tüte davon geben zu lassen.

Nachmittags trafen sich die Schüler von der Haddan School im Drugstore, doch morgens waren die Einheimischen dort unter sich. Stundenlang plauderten die Leute beim Kaffee über ältere und hochaktuelle Neuigkeiten, und um die Mittagszeit hatte man jede bevorstehende Hochzeit und jeden Nervenzusammenbruch erörtert. Und hier fragten sich die Leute zuallererst, was eigentlich mit Abel Grey los war. Er wurde nie mehr im Millstone gesehen, wo er seit seiner Volljährigkeit Stammgast war, und etliche Frauen, darunter Kelly Avon von der 5&10 Cent Bank, hatten seit Wochen nichts von ihm gehört. Doug Lauder und Teddy Humphrey, mit denen er in Middletown häufig samstagabends Poolbillard gespielt hatte, machten sich langsam Sorgen um ihn, und Russell Carter, der zu berichten wusste, dass Abe sich nicht mehr beim Basketball hatte blicken lassen, war so beunruhigt, dass er auf dem Revier anrief, um sich zu versichern, dass Abe noch lebte.

Für diese allein stehenden Männer war es immer wichtig gewesen, dass Abe Zeit hatte zum Kartenspielen oder sich ganz kurzfristig bereit erklärte, zu einer Angeltour mitzukommen, und nun konnten sie ihn nicht mehr erreichen. Sie konnten nicht wissen, dass Abe im hohen Gras lag und über das Schicksal sinnierte oder dass die Liebe ihn so aus dem Tritt gebracht hatte, dass er keinerlei Zeitgefühl mehr besaß. Er, der immer stolz auf seine Pünktlichkeit gewesen war, erschien nicht nur zur falschen Uhrzeit, sondern am falschen Tag; am Donnerstagmorgen wollte er vor dem Rathaus den Verkehr regeln, wo doch jeder wusste, dass sich der Garden Club immer erst freitagnachmittags traf.

Abes Nachbarn kamen auf den Gedanken, dass eine Frau im Spiel sein müsste, als sie ihn spätabends auf seiner Veranda sitzen und zu den Sternen aufblicken sahen. Sie glaubten, ihn durchschaut zu haben, wenn er bei Selena's hereinschlenderte, Liebessongs pfiff und nicht wusste, was er bestellen wollte, obwohl er seit neun Jahren dort nichts anderes als Roggenbrotsandwiches mit Truthahn gegessen hatte. Einige Damen aus der Main Street, die Abe immer so zuvorkommend behandelt hatte, tätschelten ihm nun den Rücken, wenn sie ihn trafen und freuten sich, dass er die Liebe doch noch entdeckt hatte. Es war wirklich allerhöchste Zeit. Weil es nur wenige allein stehende Männer gab in Haddan – und Teddy Humphrey zählte nicht zu ihnen, weil er jedes Mal, wenn er wieder einen über den Durst getrunken hatte, seine Exfrau Nikki anflehte, ihn wieder bei sich aufzunehmen –, waren einige Frauen bitter enttäuscht, als sie hörten, dass Abe nun vergeben war. Ein paar – wie Kelly Avon und Mary Beth' Kusine, die an Thanksgiving bei ihm abgeblitzt war – versuchten Joey Tosh die Wahrheit zu entlocken, aber der bestand darauf, kein Sterbenswörtchen verraten zu wollen, obwohl er im Grunde gar nicht viel wusste.

Seit ihrer Meinungsverschiedenheit an Thanksgiving hatte Abe seinen alten Freund gemieden. Er fuhr alleine zur Arbeit mit dem alten Streifenwagen seines Großvaters und bat um Einsätze, die keiner haben wollte, Verkehr zum Beispiel oder häusliche Auseinandersetzungen, bei denen er alleine arbeiten konnte. Wenn sie durch Zufall beide zugleich im Revier waren, beschäftigte sich Joey eingehend mit seinen Akten oder mit der *Haddan Tribune*. Er machte ein verschlossenes Gesicht, aus dem keiner schlau wurde, wie damals, als Mary Beth mit Emily schwanger war und sie beschlossen hatten zu heiraten, ohne es irgendwem zu sagen.

Ab und an merkte Abe, dass Joey ihn anstarrte, und eines Morgens blieb Joey vor Abes Schreibtisch stehen. »Mann, du bist zurzeit echt der Frühaufsteher.«

Abe fand es sonderbar, dass ihm nie aufgefallen war, wie Joey an seiner rechten Backe zupfte, wenn er aufgeregt war.

»Wenn du so weitermachst, stehen wir alle bald ganz schlecht da.«

Abe lehnte sich zurück. »Beunruhigt dich das, Joey? Dass du vor den anderen schlecht dastehen könntest?«

»Das war ein Fehler von mir an Thanksgiving. Ich hätte dich nicht mitnehmen sollen. Ich hätte dich raushalten sollen, wie alle es mir geraten haben.«

»Ach ja? Ich finde, dein Fehler war, das Geld zu nehmen.«

»Du bist bloß sauer auf mich, weil ich in der Pierce-Geschichte nicht deiner Meinung bin. Du möchtest, dass ich sage, er sei ermordet worden? Gut, er ist ermordet worden. Und Frank vielleicht auch, wo wir schon dabei sind. Vielleicht ist einer zu seinem Fenster hochgeklettert und hat ihn erschossen. Ist es das, was du hören willst?«

»Wenn du das glaubst, dann kennst du mich kein bisschen.«

»Vielleicht ist es auch so.« Heute sah man Joey sein Alter an, und er wirkte erschöpft, obwohl Abe gehört hatte, dass er den Job in der Mall aufgegeben hatte. »Vielleicht will ich es auch nicht anders.«

Und dabei beließen sie es, bei dieser Distanziertheit, als

seien sie nicht ihr Leben lang die besten Freunde gewesen. Wenn die Leute Joey jetzt fragten, wo denn sein Freund stecke und warum Abe samstagabends nicht mehr im Millstone zu finden sei, zuckte Joey nur die Achseln.

»Ich bin nicht sein Bodyguard«, pflegte er zu sagen, wenn man ihn darauf ansprach. »Abe lebt sein Leben und ich meines.«

Joey wäre nie auf die Idee gekommen, dass Abe mit einer Frau zusammen war, wenn Mary Beth es ihm nicht gesagt hätte. Kelly Avon und sie hatten sich mit einer Liste sämtlicher lediger Frauen aus dem Ort bei Selena's zusammengesetzt und kamen zu dem Schluss, dass sie die Betreffende nicht kennen konnten. Keiner aus Haddan wäre auf den Gedanken gekommen, dass Abe etwas mit einer Frau von der Haddan School anfangen würde, selbst nach all den Jahren schien das unmöglich. Die Leute von der Main Street konnten tun und lassen, was sie wollten, und ein paar waren wirklich so weit gegangen, ihre Kinder auf die Haddan School zu schicken, aber für die Leute aus dem Westteil der Stadt galten andere Regeln. Ihnen gehörten zwar die Geschäfte, und sie versorgten die anderen Einwohner mit Schuhen, Chrysanthemen und Käse, aber im Privatleben blieb man unter sich. Und Joey hatte zwar geahnt, dass Abe sich mit der Lehrerin einlassen würde, aber er hätte nie erraten, wie oft die beiden sich sahen, immer spätabends, wenn die Mädchen in St. Anne's schon fest schliefen und es still und dunkel war im Haus.

Abe kannte den Weg mittlerweile so gut, dass er längst nicht mehr über den ausgefransten Teppich stolperte. Er wusste, dass er im Eingangsbereich mit herumliegenden Regenschirmen und Rollerblades rechnen musste, und er war vertraut mit dem Gurgeln der alten Radiatoren und dem Duft von Badeöl und Moschus, Gerüchen, die einen weniger erfahrenen Mann aus der Fassung gebracht hätten. Er parkte meist am Fluss und legte den Rest des Wegs zu Fuß zurück, damit niemand den alten Wagen seines Großvaters bemerkte, obwohl das Wohnheim gänzlich unbeobachtet war und es nicht einmal ein Sicherheitsschloss gab. Abe musste nur den Knauf drehen und gegen die Tür drücken, und er war im Haus.

Jedes Mal, wenn sie zusammen waren, schwor sich Betsy, dass es das letzte Mal gewesen sei. Doch das gelobte sie sich im Geheimen, und es war ein recht scheinheiliges Versprechen. Wenn Abe bei ihr war, begehrte sie ihn viel zu sehr, um ihn freiwillig loszulassen. Für gewöhnlich war es Abe, der merkte, dass er schleunigst aufbrechen musste, bevor die Glocke schrillte und die Mädchen ihn mit heraushängendem Hemd und den Stiefeln in der Hand im Flur antreffen würden. Wie sollte Betsy ihn nur gehen lassen? Jedes Mal, wenn der Wind an ihr Fenster klopfte, wünschte sie, es sei Abe. Manchmal hörte sie ihn unten bei den Rosenstöcken, bevor er zu ihr hochkam, und alleine zu wissen, dass er dort im Garten war, machte sie so verrückt, dass sie zu waghalsigen Dingen bereit war, die sie sich selbst nie zugetraut hätte. Nach einer Weile merkte sie, dass ihre Erlebnisse in den Nächten sich auf ihre Tage auswirkten. Sie dachte an Abe, während sie unterrichtete, beim Duschen, beim Kaffeekochen oder während sie den Mann küsste, den sie heiraten sollte.

Der Dezember näherte sich dem Ende, als Betsy klar wurde, wie gefährlich das Spiel war, auf das sie sich eingelassen hatte. Und sie begriff, dass sie es sofort beenden musste. Es war ein kalter Morgen, und sie hatten verschlafen, hatten nicht einmal die Glocke gehört, und so war es schon nach neun, als sie aufwachten. Es hatte zu schneien begonnen, und silbriges

Licht drang ins Zimmer. Vielleicht trug der fahle Himmel Schuld an ihrer Leichtsinnigkeit, denn die Mädchen in Betsys Obhut hatten sich schon angezogen und gingen zum Unterricht. Betsy hörte, wie die Vordertür auf- und zuklappte, als sie noch neben Abe lag. Sie erkannte die Stimme von Maureen Brown, die kicherte, als sie sich über das Geländer der Veranda beugte, um mit der Zunge Schneeflocken zu fangen, das schrille Kreischen der grässlichen Peggy Anthony, die mit ihren Lederstiefeln auf den Stufen ins Schliddern kam. An diesem Morgen hätten sie leicht ertappt werden können. Peggy Anthony hätte hinfallen und sich das Bein brechen können. Oder Amy Elliott hätte einen Allergieanfall kriegen und an der Tür klopfen können. Wie lange hätte es gedauert, bis sich die Neuigkeiten zum Chalk House herumgesprochen hätten? Fünfzehn Sekunden? Zwanzig? Wie lange hätte es gedauert, bis Betsy ihr Leben ruiniert hätte?

Sie hatte noch nie im Leben gelogen. Sie hätte nicht gedacht, dass sie zu einer solchen Täuschung im Stande sei, dass sie Ausreden für Eric erfand mit einer Leichtigkeit, die sie selbst in Erstaunen versetzte. Sie würde alles, was sie sich selbst gewünscht hatte, ihr gesichertes Leben hier in Haddan, zerstören, wenn sie sich nicht Einhalt gebot. Noch am selben Nachmittag bestellte sie einen Schlosser. Nachdem das neue elektronische Schloss an der Vordertür installiert war, berief Betsy eine Hausversammlung ein und teilte ihren Mädchen in unmissverständlichem Tonfall mit, dass der Code weder an Freunde noch an Lieferanten verraten werden durfte. Dann ließ sie an ihrer Zimmertür noch ein Sicherheitsschloss anbringen, von dem ihr der Schlosser versicherte, es sei nicht zu knacken, höchstens von sehr erfahrenen Einbrechern, die vor nichts zurückschreckten, um ihr Ziel zu erreichen.

In der nächsten Nacht, einer tintenblauen Nacht, so weit und unermesslich wie der entlegenste Teil des Himmels, kam Abe wieder. Betsy hörte ihn im Garten, doch statt ans Fenster zu gehen und zu winken, zog sie die Vorhänge zu. Sie stellte sich vor, wie verwirrt er sein würde, wenn er das neue Schloss entdeckte. Sie wusste, dass ihr Verhalten sie zwar schützte, dass es aber auch grausam war, doch es gelang ihr nicht, sich Abe zu stellen. Sie ließ ihn draußen auf der Veranda stehen, bis er wegging. Danach bemühte sie sich angestrengt, ihm aus dem Weg zu gehen. Wenn ein Mann sie an Abel Grey erinnerte, wenn er groß war oder blaue Augen hatte, wechselte Betsy die Richtung, duckte sich hinter eine Hecke oder lief aus dem Mini-Mart, obwohl sie schon an der Kasse stand. Sie ging nicht einmal in den Drugstore, aus Angst, ihm zu begegnen. Jede Nacht verbrachte sie mit Eric, als sei er ihr Heilmittel, die Arznei gegen eine lästige Erkrankung wie Fieber oder Schnupfen.

Doch Abe ließ sich nicht so leicht abschrecken. Es war für ihn unvorstellbar gewesen, so zu lieben, doch nun war es passiert. Er bemühte sich nach Kräften, nicht an Betsy zu denken. Er arbeitete viel, sammelte Informationen über Gus Pierce, rief die Familie des Jungen in New York an, sah die Akten der anderen Schulen durch, versuchte einen Anhaltspunkt für Gus' Verhalten zu finden. Was Menschen taten, würde immer unverständlich bleiben, nie würde man erklären können, ob sie etwas geplant oder aus dem Moment heraus gehandelt hatten. Der Junge im Fluss, das Gewehr im Zimmer seines Bruders, das Schloss an der Tür von St. Anne's. Abends ließ Abe seine Akten liegen und fuhr an der Schule vorbei. Er war so verletzt, wie er es nie für möglich gehalten hätte. Als Kelly Avon meinte, ob sie sich nicht mal im Millstone treffen wollten, lehnte er ab und blieb in seinem Wagen sitzen, auf dem Schulgelände, wo er nicht hingehörte.

Die Feiertage rückten näher, und die Ampeln waren mit silbrigen Leuchtsternen geschmückt. Auf dem Gelände der Haddan School glitzerten Lichterketten am Geländer der Veranden. Abe wusste, dass der Abend, an dem er beschloss, Betsy zur Rede zu stellen, nicht gut gewählt war. Es schneite leicht; das Abendessen war gerade vorbei, und auf dem Schulgelände herrschte rege Betriebsamkeit. Man würde ihn sehen, aber es war ihm einerlei. Er dachte daran, wie man ihn im Dienst zu Fällen gerufen hatte, die aus ihm unerfindlichen Gründen eskaliert waren: erbitterte Streitereien zwischen Ehegatten, die sich scheiden ließen, Kämpfe zwischen Brüdern, durchgedrehte Partner, denen man den Laufpass gegeben hatte und die in ihrer Verzweiflung auf dem Parkplatz des Millstone ihren ehemaligen Liebsten die Reifen des Autos durchstochen hatten. Allen war gemeinsam, dass ihre Liebe füreinander umgekippt war in ein Bedürfnis nach Rache oder Gerechtigkeit und dem Verlangen, denjenigen zu verletzen, der ihnen Leid zugefügt hatte. Jetzt verstand Abe, was diese Menschen wollten: nicht weniger als die Liebe des anderen, und sie versuchten sie auf dem einzigen Weg zu erlangen, der ihnen vertraut war, wie auch er das an diesem Abend tun wollte.

Zwei Mädchen saßen auf der Verandatreppe und ließen den Schnee auf sich herabrieseln. Abe musste über sie hinwegsteigen, um zur Tür zu kommen.

»Die Zahlenkombination ist 3-13-33«, sagte eines der Mädchen, das Betsys Anordnung offenbar vergessen hatte.

Abe gab den Code ein und betrat das Haus. Es war die Stunde zwischen Abendessen und Hausarbeiten, in der die

Mädchen freihatten. Der Fernseher im Aufenthaltsraum lief auf voller Lautstärke, und überall dudelten Radios. Abe stieß mit einem Mädchen zusammen, das einen Sack Wäsche schleppte, und fiel beinahe über ein anderes, das mitten im Flur saß und telefonierte, ohne zu merken, was rundum geschah. Um diese Uhrzeit war St. Anne's nicht das dunkle stille Haus, das Abe von seinen nächtlichen Besuchen kannte. Doch auch das Getümmel hielt ihn nicht davon ab, Betsys Zimmer aufzusuchen.

Ein Sicherheitsschloss war nicht immer so unbezwingbar, wie die Schlosser das den Kunden gerne einredeten, vor allem nicht für versierte Einbrecher. Abe hatte einen kleinen Schraubenzieher bei sich, mit dem er gewöhnlich den lockeren Rückspiegel am Streifenwagen seines Großvaters justierte. Im Handumdrehen hatte er das Sicherheitsschloss geknackt und hoffte, dass Betsy nicht zu viel dafür bezahlt hatte, denn es war ziemlich nutzlos. Als er ihre Räume betrat, spürte Abe dasselbe Kribbeln wie als Jugendlicher. Er keuchte fast, konnte nicht fassen, was er getan hatte, und seine Hände zitterten wie damals, wenn er einen Einbruch beging. Er hätte ein kaltes Bier gebraucht und einen Freund, der ihn zur Vernunft rief, aber da ihm beides nicht zur Verfügung stand, ging er in ihr Schlafzimmer. Er strich mit den Fingerspitzen über das Spitzendeckchen auf dem Sekretär, trat dann zum Nachttisch. Betsy hatte ein Recht darauf, ihn nicht mehr sehen zu wollen. Wie oft hatte er sich so verhalten, hatte sich nicht einmal die Mühe gemacht, die jeweilige Frau anzurufen, die seine Nähe suchte, ihr eine Erklärung zu geben. Er griff nach den Ohrringen, die Betsy auf dem Nachttisch abgelegt hatte, und fragte sich, ob er diese Frau verstehen oder bestrafen wollte. Er war jedenfalls nicht erstaunt, als er hörte, wie die

Tür aufging. Bei seiner Pechsträhne hatte er quasi damit gerechnet.

Betsy spürte Abes Anwesenheit sofort, so wie manche Menschen spüren, dass sie gleich vom Blitz getroffen werden, aber dennoch außer Stande sind wegzulaufen. Sie geriet in Panik, wie das jedem passiert, der merkt, dass sorgfältig getrennte Teile seines Lebens aufeinander prallen und eine Spur der Verwüstung hinter sich lassen werden. Es ist wahr, dass die Leidenschaft so schnell erlöschen kann wie sie entflammt, weshalb manche Menschen darauf bestehen, dass man Liebesbriefe immer mit Tinte schreiben muss. Selbst die glühendsten Worte können sich so schnell in Luft auflösen und werden dennoch immer wieder niedergeschrieben, wenn die Sehnsucht erneut zum Leben erwacht. Welch ein Unglück, dass die Liebe nicht gezähmt und dressiert werden kann wie eine Robbe oder ein Hund. Sie war wie ein Wolf, der durch die Wälder streift und seiner Wege geht, unbeirrt vom Unheil, das er anrichtet. Jene Art von Liebe verwandelte ehrliche Menschen in Lügner und Betrüger, wie es nun Betsy widerfahren war. Sie hatte Eric gesagt, sie wolle sich umziehen, aber es lag nicht an dem blauen Wollkostüm, das sie zum Essen beim Schulleiter getragen hatte, dass ihr nun in den überheizten Räumen schwindlig wurde.

»Kannst du auch ein paar Fenster aufmachen?«, rief Betsy, als sie ins Schlafzimmer ging und sorgfältig die Tür hinter sich schloss. Sie schwitzte und war völlig überdreht; sie hätte den letzten Drink nach dem Essen beim Schulleiter, zu dem Eric unbedingt gehen wollte, ablehnen sollen. Sie trug Sachen, mit denen sie nicht vertraut war, hatte den fremden Geschmack von Whisky im Mund, und es kam ihr vor, als sei Abe, der auf dem Rand ihres Betts saß, eher in diesem Zimmer zu Hause als sie.

Draußen herrschte dichtes Schneetreiben, aber Betsy schob dennoch das Fenster hoch. Schneeflocken wirbelten herein und schmolzen auf dem Teppich, doch es war ihr einerlei. Ein Schauer lief ihr den Rücken hinunter. Wie gut kannte sie den Mann in ihrem Zimmer? Wusste sie, wozu er im Stande war?

»Wenn du dich nicht umziehst, wird er sich fragen, warum du ihn angelogen hast«, sagte Abe.

Im Licht der Laterne von unten, das im Schnee reflektierte, schien alles in weite Ferne zu rücken, so als gehörten Abe und Betsy und ihre gemeinsamen Erlebnisse längst der Vergangenheit an. »Er wird sich fragen, ob du ihn schon öfter angelogen hast.«

»Ich habe ihn nicht angelogen!« Betsy war froh über die kalte Luft, die durchs Fenster hereinströmte. Sie glühte förmlich vor Scham, ihre Buße für ihren Betrug. Sie hatte Abe zurückgewiesen, doch sie wusste noch, wie es sich anfühlte, ihn zu küssen, wie sich dabei ihr Innerstes nach außen kehrte.

»Verstehe. Du sagst ihm nur nicht die Wahrheit.« Abe hätte beinahe gelacht, doch ihm war nicht danach zu Mute. »Hast du das auch getan, wenn wir zusammen waren? Die Wahrheit umgangen? War das alles, was zwischen uns war?«

Sie hörten, wie Eric in der kleinen Küche Wasser aufsetzte und auf der Suche nach Zucker und Tassen die Schränke öffnete.

»Zwischen uns war gar nichts.« Betsys Lippen brannten, wie immer, wenn sie log. »Gar nichts.«

Nur mit dieser Antwort konnte sie ihn vertreiben, und das war ihre Absicht gewesen. Abe stieg durchs Fenster hinaus und stieß sich dabei so heftig am Rahmen das Knie, dass die Stelle noch tagelang schmerzen würde. Draußen herrschte dichtes Schneetreiben. Am nächsten Morgen würde es ein

Verkehrschaos geben, denn sobald in Haddan viel Schnee fiel, ereignete sich jedes Mal mindestens ein schwerer Unfall, meist an der Interstate, und ein Junge aus dem Ort zog sich grundsätzlich mit einem selbst gebastelten Schlitten oder einem ausgeliehenen Schneemobil irgendwelche Verletzungen zu.

Schneeflocken wirbelten Abe in die Augen, als er St. Anne's den Rücken kehrte, und dennoch musste er an den heißen Nachmittag denken, an dem sein Bruder starb. Auch damals war ihm aufgefallen, wie schnell die Zukunft zur Vergangenheit werden kann, wie die Augenblicke zusammenschrumpfen, bevor man nach ihnen greifen und sie ändern kann. Er hatte sich oft überlegt, was geschehen wäre, wenn er die Treppe hinaufgerannt wäre. Wenn er an die Tür geklopft oder einfach hineingestürmt wäre oder seinem Bruder dem Wunsch, am Morgen zur Farm des Großvaters zu gehen, nicht erfüllt hätte. Es war einer jener Sommertage gewesen, die im staubigen Sonnenlicht glitzern und glimmern wie Wunderwerk, die Luft war endlos blau und flirrend, und die Wolken drifteten träge am Himmel dahin. So still war es, dass Abe seinen eigenen Atem hörte, als Frank ihn hochstemmte, damit Abe durchs Fenster klettern und das Gewehr herausholen konnte.

Danach hatte er das immer wieder tun müssen, war verdammt dazu, seinen Einbruch ständig zu wiederholen. Dabei musste er wenigstens nicht nachdenken, doch jetzt war es ein für alle Mal vorbei mit dem Einbrechen. Es hatte ohnehin nichts bewirkt: Seine Trauer war ihm geblieben, und sie war noch immer da, auch in dieser Winternacht. Vielleicht beschloss er deshalb, seinen Wagen am Fluss stehen zu lassen und zu Fuß nach Hause zu gehen. Er ging immer weiter, an seinem Haus vorbei, fast bis nach Hamilton, und kehrte erst im Morgengrauen zurück, als Kelly Avons kleiner Bruder Josh ihn in seinem Schneepflug mitnahm.

Am nächsten Tag war er wieder unterwegs, obwohl er seinen Dienst antreten sollte, und Doug Lauder, ein Kollege, der sogar knurrig war, wenn alles bestens lief, musste seine Schicht übernehmen und vor dem Rathaus den Verkehr regeln, bis seine Zehen blau anliefen. Binnen kurzem bemerkten die Leute, dass Abe nicht mehr zu den Sternen aufblickte. Er hob nicht einmal mehr den Kopf, wenn er durch die Straßen wanderte. Er pfiff nicht mehr vor sich hin, blickte finster und lief draußen herum, wenn anständige Leute längst im Bett lagen. Einige von den Alteingesessenen, Zeke Harris von der Reinigung und George Nichols vom Millstone, entsannen sich, dass Wright Grey das auch eine Weile getan hatte. Er war so lange herumgelaufen, bis die Sohlen seiner Stiefel Löcher hatten und er sie zum Schuster nach Hamilton bringen musste.

Nun hatte es den Anschein, als habe Abe diese Gewohnheit geerbt. Sogar bei besonders schlechtem Wetter, bei Schneematsch oder wenn überall bläuliches Eis schimmerte, machte er sich auf den Weg. Die Leute schauten aus dem Fenster und sahen ihn auf der Main Street oder der Elm Street oder der Lovewell Lane, und er hatte nicht einmal einen Hund bei sich, der diese Gewaltmärsche durch pappigen Schnee gerechtfertigt hätte. Abe hatte beschlossen, so lange herumzulaufen, bis er die Zusammenhänge begriffen hatte. Wieso konnte Liebe sich so plötzlich in verriegelte Türen verwandeln? Deshalb hatte er sich so lange geweigert, sich zu öffnen: Er konnte die Liebe nicht aushalten. Er war kopfüber hineingestolpert wie diese Idioten, über die er sich immer lustig gemacht hatte. Teddy Humphrey zum Beispiel, der sich nicht mehr beherrschen konnte und dem es einerlei war, ob er sich zum Narren machte; er stellte den Wagen vor Nikkis Haus ab, spielte auf seiner Anlage dröhnend laut wehmütige Songs und hoffte Nikki damit in Erinnerung zu rufen, dass man verlorene Liebe auch wieder finden kann.

Teddy Humphrey tat Abe Leid, und er selbst tat sich nun auch Leid. An manchen Tagen hatte er ein bedrohliches Gefühl in der Brust, das nicht mehr weichen wollte. Er ging sogar nach Hamilton in die Klinik, um sich untersuchen zu lassen, weil er wusste, dass Mrs. Jeremys Sohn AJ, der erst siebenunddreißig war, vor zwei Jahren einen Herzinfarkt gehabt hatte. Aber die Schwestern konnten nichts Außergewöhnliches feststellen. *Nehmen Sie säurebindende Mittel,* sagten sie ihm. *Trinken Sie nicht so viel Kaffee. Laufen Sie bei schlechtem Wetter nicht draußen herum, und ziehen Sie Handschuhe und einen Schal an.*

Von der Klinik ging Abe direkt zum Drugstore. »Was unterscheidet Liebe von Sodbrennen?«, fragte er Pete Byers, der sich als Einziger am Ort mit so etwas auskannte.

»Muss ich mal überlegen.« Pete, stets bedächtig, wollte sich Zeit lassen, um dieses vermeintlich schwierige Rätsel zu lösen. Doch er brauchte nicht lange dazu. »Ich hab's«, verkündete er. »Nichts.«

Auf diesen Rat hin kaufte Abe sich wieder eine Packung Magentabletten und schluckte einige davon, mitsamt dem Löwenanteil seines Stolzes. Kein Wunder, dass er nie jemandem hatte Vertrauen schenken können – die Menschen reagierten einfach zu unberechenbar. Im einen Moment lächelten sie einen an, im nächsten waren sie verschwunden, ohne Erklärung und Abschiedsgruß. Aber kein Mensch auf diesem Planeten bekam alles, was er sich wünschte, welches Recht hatte

Abe also, sich zu beklagen? Er war schließlich noch da, oder? Er wachte jeden Morgen auf und konnte den Himmel sehen, er trank seinen Kaffee, kratzte das Eis von der Treppe vor der Haustür, winkte den Nachbarn zu. Er war kein Junge, den man betrogen hatte, der nie die Chance bekommen hatte, erwachsen zu werden und eigene Entscheidungen zu treffen, ob sie nun richtig oder falsch ausfielen. Was Tragödien und schlichtes Pech voneinander unterschied, war jedenfalls leicht zu bestimmen: Vor dem einen konnte man weglaufen, und das wollte Abe tun, einerlei, wie viele Meilen er zurücklegen und wie viele Stiefel er dabei verschleißen würde.

Die Armbanduhr
und der Brotlaib

Den ganzen Dezember über schneite es. Wie eine weiße Decke lag der Schnee auf dem Weihnachtsbaum vor dem Rathaus und schmolz wie jedes Jahr erst, wenn der Baum am Samstag nach Silvester entfernt wurde. Um diese Zeit des Jahres fegte eisiger Wind durch die Stadt, schleuderte Mülltonnen auf die Straßen und rüttelte an den Markisen der Geschäfte. Die Tage waren so kurz, dass um vier Uhr nachmittags der Himmel dunkel wurde, und abends war die kristallklare Luft so kalt, dass einem der Atem in der Luft gefror. Die Sterne hingen über den Dächern von Haddan, als habe man sie händeweise hochgeworfen, und erleuchteten die Nacht. Manche Leute meinten scherzhaft, man müsse nachts eine Sonnenbrille tragen, um nicht geblendet zu werden, denn der Schnee glitzerte so hell im Licht der Sterne, dass sogar gesetzte Bürger alle Hemmungen verloren und sich jauchzend in die größten Schneewehen stürzten.

Der Bootsschuppen der Haddan School an einer Biegung des zugefrorenen Flusses war unbeheizt und zugig und blieb eigentlich bis zum Frühjahr geschlossen, was nicht hieß, dass er nicht benutzt wurde. Freitagabends wurden Bierfässer neben den mit Planen abgedeckten Booten aufgestellt, und einige von den neuen Schülerinnen hatten dort neben den Kajaks und Kanus schon ihre Unschuld verloren. Obwohl es

Carlin peinlich war, sich in dieser Hinsicht nicht von den anderen Mädchen zu unterscheiden, hatte auch sie viel Zeit mit Harry im Bootsschuppen verbracht, aber am Ende des Schuljahrs war alles anders geworden. Wenn sie jetzt mit Harry zusammen war, fand sie immer einen Stein in der Tasche von Gus' Mantel; einige waren schwarz, andere weiß und einige grau-blau und durchsichtig wie das Eis über den Untiefen des Flusses. Der Boden von Carlins Schrank war bedeckt mit solchen Steinen. Jedes Mal, wenn sie ihre Stiefel herausholte, klapperten sie, und bald merkte sie, dass die Steine von Stunde zu Stunde transparenter wurden, bis man schließlich um Mitternacht durch sie hindurchblicken konnte und sie dem menschlichen Auge beinahe verborgen blieben.

In den Winterferien fuhr eine ganze Gruppe von Schülern zu Harrys Familie nach Vermont. Alle gingen davon aus, dass Carlin mit von der Partie sein würde, und erst am Tag der Abreise teilte sie Harry mit, dass sie nicht mitkommen konnte.

»Das ist nicht dein Ernst.« Harry war wütend. »Wir machen wochenlang Pläne, und nun kommst du nicht mit?«

Er hatte die Pläne zwar alleine gemacht, aber Carlin bemühte sich, ihm verständlich zu machen, dass sie in der Schule bleiben musste. Miss Davis kam nicht mehr ohne Hilfe von ihrem Stuhl hoch und war häufig so erschöpft, dass sie am Tisch einschlief, ohne ihr Essen überhaupt angerührt zu haben. An Thanksgiving war Miss Davis über Carlins Anwesenheit so dankbar gewesen, dass Carlin sie nun über die Feiertage nicht allein lassen wollte.

»Ist mir egal«, sagte Harry. »Ich bin egoistisch, und ich will, dass du mitkommst.«

Doch Carlin ließ sich nicht umstimmen. Sie blieb im Bett, als sie um fünf Uhr am nächsten Morgen hörte, wie Amy das

Zimmer verließ. Der Kombi, den Harry gemietet hatte, wartete auf dem Parkplatz, und als Carlin lauschte, hörte sie die Stimmen der Auserwählten, die Harry zum Skifahren begleiten durften. Sie öffnete die Augen erst, als der Wagen vom Gelände gefahren war; in der Ferne hörte sie noch das Motorengeräusch, als sie auf die Main Street einbogen, an den mit weißen Lichterketten geschmückten Zäunen vorüberfuhren, an der leuchtenden Tanne vor dem Rathaus und dem Friedhof hinter St. Agatha's, wo viele um diese Jahreszeit schon ihre Kränze niedergelegt hatten.

Am ersten Ferientag war St. Anne's wie ausgestorben, nur die Mäuse waren geblieben. Die Mädchen waren alle zu Freunden oder Verwandten gefahren, und in der Stille gab es einen Moment, in dem Carlin sich verloren fühlte. Sie ging zum Telefon und rief Sue an, ihre Mutter, die weinte und sagte, ohne Carlin sei Weihnachten nicht schön. Carlin hatte ihre Mutter sehr gern, dennoch war sie froh, in Haddan zu sein, als sie wieder auflegte. Sue Leander hatte Carlin ein Fläschchen White Musk geschickt, das Carlin wieder neu verpackte und Miss Davis als Geschenk überreichte.

»Sie müssen ja denken, ich will mir einen Mann angeln«, sagte Miss Davis, als sie ihr Geschenk auspackte, aber sie ließ sich überreden, sich ein, zwei Tropfen auf ihre Handgelenke zu tupfen. »Na bitte«, verkündete sie. »Jetzt bin ich ein heißer Feger.«

Carlin lachte und machte sich an die Zubereitung der Soße für die Gans, die sie vom Schlachter aus Hamilton hatte liefern lassen. Carlin verfeinerte ihre Kochkünste von Tag zu Tag. Sie, die mit Tiefkühlkost und Makkaroni mit Käse groß geworden war, konnte nun in Sekundenschnelle Paprika und Karotten klein schneiden. An einem Nachmittag hatte sie eine Gemüsesuppe gekocht, die so köstlich duftete, dass mehrere Mädchen im Wohnheim einen Heimwehanfall erlitten und in ihre Kissen weinten, weil sie nach Hause wollten in die Häuser, in denen sie ihre Kindheit verbracht hatten.

»Pekannüsse in der Füllung?« Miss Davis spähte Carlin über die Schulter und schnüffelte. »Rosinen?«, erkundigte sie sich argwöhnisch.

Carlin hielt die Gans am Hals hoch und fragte, ob Miss Davis vielleicht übernehmen wolle. Für Miss Davis sah die Gans recht nackt und sonderbar aus, und da sie schon mit der Zubereitung eines Käsesandwiches die Grenzen ihrer Kochkunst erreichte, fand sie die Vorstellung, dass sie sich mit einer nackten Gans befassen sollte, geradezu haarsträubend. Sie besann sich rasch eines Besseren. Vermutlich konnte man mit Pekannüssen in der Soße leben.

Helen hatte diesem Mädchen, das für sie arbeitete, innerlich nicht nahe kommen wollen; es war idiotisch, jetzt, wo es zu spät war, Bindungen einzugehen. Sie hätte niemals zugegeben, wie froh sie war, dass Carlin über die Feiertage in der Schule blieb. Es war angenehm, sie um sich zu haben, und sie besaß die Fähigkeit, Probleme zu lösen, die für Helen unüberwindbar waren. Zum Beispiel hatte Carlin ein Taxi bestellt, damit Helen in St. Agatha's zur Messe gehen konnte und nicht nur zum Gottesdienst bei Dr. Jones in der Schulkapelle. Helen war im katholischen Glauben erzogen worden und hatte sich gewünscht, die Messe in St. Agatha's mitzumachen, auch wenn sie befürchten musste, als Außenseiterin in der Gemeinde nicht gerne gesehen zu sein, vor allem, da sie sich so lange nicht mehr in der Kirche hatten blicken lassen. Wie es sich herausstellte, wurde sie herzlich empfangen. Pete Byers geleitete sie zu einem Platz, und danach fuhr ein netter junger Mann namens Teddy sie zur Schule zurück. Als sie dort ankam, stand ein richtiges Weihnachtsessen auf dem Tisch, mit kandierten Süßkartoffeln und Rosenkohl, das Helen an die Mahlzeiten erinnerte, die ihre Mutter an den Feiertagen gekocht hatte.

Während des Essens schaute Helen Davis aus dem Fenster und erblickte wieder diesen gut aussehenden Mann. Abel Grey stand dort bei den Rosensträuchern, obwohl es schneite. Er war der bestaussehende Bursche, den Helen je gesehen hatte, und sie sagte sich, dass sie sich so einen Mann hätte suchen sollen, als sie noch jung war, statt dem nichtsnutzigen Dr. Howe nachzutrauern.

»Schauen Sie mal, wer da ist«, sagte sie zu Carlin und trug dem Mädchen rasch auf, ihn hereinzuholen. Carlin rannte durch das Schneegestöber, und der schwarze Mantel flatterte über ihrer weißen Schürze und ihrem guten blauen Kleid.

»Hey«, rief sie Abe zu, der nicht erfreut schien, dass man ihn entdeckt hatte. »Miss Davis möchte, dass Sie mit uns essen. Da Sie sowieso hier herumlungern, können Sie das ruhig machen.«

Sie hopste auf und ab, um sich warm zu halten, aber die Stiefel, die sie bei Hingram's gekauft hatte, leisteten gute Dienste, und Gus' Mantel war ein wahrer Segen bei solchem Wetter. Immer noch segelten diese großen Schneeflocken herab, und Abes Haare sahen wie bestäubt aus. Er wirkte ziemlich verlegen mit seiner Schneemütze, was nur normal war, wenn man dabei ertappt wurde, dass man in anderer Leute Fenster starrte.

»Ich gehe spazieren«, stellte er richtig. »Ich lungere nicht herum.«

»Miss Chase ist mit Mr. Herman in einem Hotel in Maine. Sie können also genauso gut mit uns essen.«

Abe hatte sein Weihnachtsmahl bereits im Millstone zu sich genommen – zwei Bier vom Fass, einen Hamburger und eine große Portion Fritten.

»Na kommen Sie schon«, drängte Carlin. »Ich tue so, als hätte ich Sie nie um drei Uhr morgens vor dem Mädchenwohnheim herumschleichen sehen, und Sie tun so, als seien Sie höflich und wohlerzogen.«

»Was gibt es denn zum Essen?«, fragte Abe widerstrebend.

»Gans mit Pekanfüllung und kandierte Süßkartoffeln.«

Abe war überrascht. »Haben Sie das gekocht?« Als Carlin nickte, hob er die Hände in die Luft. »Es ist Ihnen tatsächlich gelungen, mich zu überreden.«

Die Dämmerung brach herein. Abe hatte nicht wirklich damit gerechnet, dass Betsy hier sein würde, und er hatte sich auch keine Worte zurechtgelegt. Hätte er sie angefleht, sich alles noch einmal zu überlegen? War es so weit mit ihm gekommen?

Als sie sich dem Wohnheim näherten, öffnete Helen Davis die Verandatür und winkte.

»Ich glaube, sie ist verknallt in Sie«, vertraute Carlin Abe an.

»Sie wird mir den Laufpass geben, ehe wir zu Ende gegessen haben.« Abe winkte auch. »Hallo, Helen«, rief er. »Fröhliche Weihnachten!« Der Kater erschien auf der Veranda. »Da bist du ja, mein Freund.« Abe schnalzte mit der Zunge, als riefe er Hühner herbei, doch der Kater schenkte ihm keinerlei Beachtung, sondern strich Carlin um die Beine.

»Braver Junge.« Carlin bückte sich und kraulte ihm die Ohren.

»Ihr Kater hat Sie schon wieder nicht erkannt«, bemerkte Helen, als sie alle mitsamt dem Tier in die Küche spazierten. Helen hatte die Süßkartoffeln mit einem Topfdeckel und das Gemüse mit einem Teller abgedeckt, um die Sachen warm zu halten. Ein paar Bewegungen und diese kurzen Momente auf der Veranda hatten sie enorm angestrengt. Wie sie da an ihrem eigenen Tisch stand und die Stuhllehne umklammerte, sah es aus, als werde sie jeden Augenblick stürzen, wie damals Millie Adams auf der Forest Street. Sie war genauso gewesen, bevor sie verstarb, so schwach, dass Abe häufig nach seinem Dienst bei ihr vorbeischaute, um sich davon zu überzeugen, dass sie den Tag überstanden hatte. Jetzt geleitete er Miss Davis zu ihrem Platz.

»Wie nett, dass Sie vorbeigekommen sind«, sagte sie. »Gerade rechtzeitig zum Essen.«

Carlin, noch im Mantel, eilte zum Schrank, um ein weiteres Gedeck aufzulegen. »Er lungerte da draußen herum.«

»Sieh mal einer an«, sagte Miss Davis erfreut.

»Ich bin spazieren gegangen.« Als er das Essen vor sich sah, rieb Abe sich die Hände, als sei er völlig ausgehungert.

Carlin suchte in der Geschirrschublade nach Silberbesteck für Abe, als sich etwas in der Manteltasche bewegte.

»Ziehen Sie den Mantel aus und setzen Sie sich«, befahl Helen Davis. »Ohne Sie können wir nicht essen.«

Carlin legte das Besteck ab. Auf ihrem Gesicht lag ein sonderbarer Ausdruck. Sie hatte die Preiselbeeren vergessen, tat jedoch nichts, um diesen Fehler zu beheben. Midnight sprang auf Helens Schoß und begann leise zu schnurren.

»Was ist los?«, fragte Helen.

Wenn man jemanden lieb gewann, war man unseligerweise dazu verurteilt, sich um diesen Menschen zu sorgen oder Dinge zu bemerken, die man sonst übersehen hätte. Helen fiel jetzt zum Beispiel auf, dass Carlin bleich geworden war und dass sie dünn und kläglich aussah in diesem schwarzen Mantel, an dem sie so hing.

»Was ist passiert?«, fragte Helen drängend.

Carlin griff in die Manteltasche und brachte einen kleinen Fisch zum Vorschein, den sie auf den Tisch legte. Helen beugte sich vor, um ihn genauer zu betrachten. Es war eine der silbrigen Elritzen, die man im Haddan fand, und sie zappelte hilflos auf dem Tisch herum. Helen Davis hätte den kleinen Fisch in ein Glas Wasser gesteckt, wenn sich nicht Midnight auf ihn gestürzt und ihn mit einem Bissen verschlungen hätte.

Carlin musste unwillkürlich lachen. »Haben Sie das gesehen? Er hat ihn gefressen.«

»Du böser, böser Junge«, schalt Helen den Kater. »Du Lümmel, du.«

»Ich hab Ihnen doch gesagt, dass Gus mir Sachen hinterlässt«, sagte Carlin zu Abe. »Sie wollten mir nicht glauben.«

Abe lehnte sich verblüfft zurück, aber Helen Davis war weitaus weniger erstaunt. Sie hatte immer daran geglaubt, dass schlimmer Kummer stoffliche Gestalt annehmen kann. Nach dem Tod von Annie Howe zum Beispiel war Helen mit roten Pusteln übersät gewesen, die noch nachts juckten und brannten. Der Arzt im Ort behauptete, sie sei allergisch gegen Rosen und dürfe nie wieder Rosenwassergelee essen oder in Rosenöl baden, aber Helen wusste, dass er sich irrte. Sie war nicht mit Rosen in Berührung bekommen. Es war der Kummer, den sie in sich trug, der Kummer, der durch die Haut nach außen trat.

Die Erinnerung an jene Zeit verursachte Helen unerträgliche Schmerzen, oder vielleicht setzte ihre Krankheit ihr nun so zu. Es ging ihr jedenfalls so schlecht, dass sie sich zusammenkrümmte, und Carlin rannte los, um ihre Morphiumtabletten zu holen, die sie im Gewürzschrank versteckt hatte.

»Es ist nichts weiter«, behauptete Miss Davis, aber sie widersprach nicht mehr, als die beiden sie auf ihr Zimmer geleiteten. Danach machte Carlin für Miss Davis einen Teller für den nächsten Tag zurecht, räumte die Küche auf und aß zwischendurch ein paar Bissen. Abe verputzte heißhungrig sein Essen und sah später nach, ob Miss Davis eingeschlafen war. Sie schlummerte tatsächlich, aber Abe fand, dass sie beunruhigend leblos aussah, fahl wie das Eis im tiefsten Winter.

Als Carlin und Abe sich auf den Weg nach Hause machten, war die Luft so kalt, dass schon das Einatmen schmerzte. Am Himmel funkelten die Sternbilder, und man konnte die Plejaden sehen, jene Töchter des Atlas, die zu ihrem eigenen Schutz in den Sternennebel versetzt worden waren. Wie schön es war, keine Menschen um sich zu haben, nur die Sterne.

»Wieso lungern Sie nicht mehr vor dem Wohnheim herum? Vermisst Miss Chase Sie nicht?«

»Sie ist verlobt.« Abe hatte die Sternbilder von seinem Großvater erlernt, und als Kind hatte er vor dem Einschlafen nicht Schäfchen gezählt, sondern all die funkelnden Hunde und Bären und Fische, die er durchs Fenster gesehen hatte.

»Das hat Sie früher auch nicht davon abgehalten«, rief Carlin ihm in Erinnerung.

»Ich nehme an, der Bessere hat gesiegt.« Abe versuchte zu lächeln, aber sein Gesicht tat weh in der Kälte.

»Ich habe Geschichte bei Mr. Herman. Glauben Sie mir, der ist nicht mal der Zweitbeste.«

Es hatte aufgehört zu schneien, und jeder ihrer Schritte knirschte auf dem frischen Pulverschnee.

»Weihnachten.« Abe sah zu, wie sich in seinem eigenen Atem kleine Kristalle bildeten. »Was hätte Gus wohl jetzt gemacht?«

»Er wäre in New York«, sagte Carlin, ohne zu zögern. »Und ich wäre bei ihm. Wir würden zu viel futtern und uns drei Filme nacheinander anschauen. Und vielleicht nicht mehr wiederkommen.«

»Gus kann Ihnen diesen Fisch nicht in die Tasche gesteckt haben. Das wissen Sie, oder?«

»Sagen Sie das mal Ihrem Freund hier.« Carlin wies mit dem Kopf auf den Kater, der ihnen gefolgt war. »Er hat Fischatem.«

Carlin dachte immer noch an Gus, als sie später alleine das Schwimmbad aufschloss; jedes Mitglied des Schwimmteams hatte seinen eigenen Schlüssel. Sie schaltete die Notbeleuchtung im Flur an, ging dann in die Kabine, zog ihren Badeanzug an und nahm ihre Kappe und die Schwimmbrille mit. Abel Grey wollte nicht glauben, dass der Fisch bei Miss Davis von Gus stammte, aber Carlin wusste, dass manche Dinge niemals ganz verschwinden, sondern dass sie bei einem bleiben, ob man will oder nicht.

Das Schwimmbecken war nur durch die Lichtspiegelung von dem verglasten Zugang erleuchtet, doch man konnte alles erkennen. Das Wasser sah flaschengrün aus, und als Carlin sich auf den Beckenrand setzte und die Beine baumeln ließ, zuckte sie zusammen, weil es so kalt war. Offenbar wurde das Becken während der Ferien nicht beheizt. Carlin ließ sich langsam ins Wasser gleiten und keuchte vor Kälte. Sie bekam eine Gänsehaut am ganzen Körper, und ihre Brille beschlug sofort. Sie schwamm los, in ihrem stärksten Stil, Delfin, und fand gleich ihren Rhythmus. Das Schwimmen tat ihr gut; sie kam sich vor, als sei sie weit draußen im Ozean, meilenweit entfernt vom Land und den läppischen Sorgen der Menschen. Sie dachte an die Sterne, die sie gesehen hatte, und die Schneeflocken auf den Wegen und die Kälte der Gegend hier, die einem in die Knochen kroch. Als sie eine Weile geschwommen war, hatte sie das Wasser so aufgewühlt, dass kleine Wellen an die Kacheln schwappten. Carlin stützte sich mit den Ellbogen am Beckenrand auf, nahm ihre Brille ab, zog die Kappe herunter und schüttelte ihr Haar aus. Erst da bemerkte sie, dass sie nicht alleine war.

Grünlicher Dunst stieg vom Becken auf, und einen Moment lang dachte Carlin, sie hätte es sich eingebildet, doch dann kam die Gestalt einen Schritt auf sie zu. Sie stieß sich vom Rand ab; solange sie in der Mitte des Beckens blieb, konnte sie immer entkommen. Keiner war im Wasser so schnell wie sie.

Sie kniff die Augen zusammen, die brannten vom Chlor, und versuchte das Gesicht des Mannes zu erkennen. »Bleiben Sie, wo Sie sind!«, befahl sie und stellte erstaunt fest, dass der Mann gehorchte. Er ging in die Hocke und grinste, und da erkannte sie ihn. Es war Sean Byers aus dem Drugstore. Carlins Herz hörte auf zu hämmern, aber ihr Puls raste sonderbarerweise immer noch. »Was machst du denn hier?«

»Das könnte ich dich auch fragen.« Sean legte seine Armbanduhr ab und steckte sie sorgfältig in die Vordertasche seiner Jeans. »Ich bin zwei-, dreimal die Woche hier, wenn abends geschlossen ist. Ich treibe hier regelmäßig Sport. Was ich von dir nicht behaupten kann.«

»Echt? Du schwimmst?«

»Normalerweise im Hafen von Boston, aber hier ist es auch okay. Muss man nicht ständig auf Einkaufswagen oder halb versunkene Boote aufpassen.«

Carlin trat weiter Wasser und sah Sean dabei zu, wie er seine Jacke auszog und sie auf den Boden warf. Er zog seinen Pullover und sein T-Shirt aus, dann blickte er Carlin an.

»Macht dir nichts aus, oder?«, fragte er, die Hand am Reißverschluss seiner Hose. »Ich möchte dich nicht in Verlegenheit bringen oder so.«

»Ach, nee.« Carlin warf herausfordernd den Kopf zurück. »Nur zu. Ich lade dich ein.«

Sean zog seine Jeans aus. Carlin konnte nicht anders, sie musste hingucken, um sich davon zu überzeugen, dass er tatsächlich eine Badehose trug. Amüsiert stellte sie fest, dass es so war. Sean johlte, als er am anderen Ende ins Becken sprang.

»Du hast kein Recht, dich hier aufzuhalten«, sagte Carlin, als er zu ihr schwamm. »Ich hoffe, das ist dir klar.« Am tiefen Ende war das Wasser so schwarz, als sei das Schwimmbecken bodenlos.

Seans Gesicht sah fahl aus in dem schwachen Licht. »In dem Kaff ist doch nix los. Ich muss mich irgendwie beschäftigen. Vor allem jetzt, seit Gus nicht mehr da ist. Du bist eine gute Schwimmerin«, bemerkte er.

»Ich bin in allem gut«, erwiderte Carlin.

Sean lachte. »Und so bescheiden.«

»Und? Meinst du, du kannst mithalten?«

»Auf jeden Fall«, sagte er. »Wenn du nicht so ein zackiges Tempo vorlegst.«

Sie schwammen zusammen, und Carlin änderte ihren Rhythmus nicht, um es ihm leichter zu machen. Sean schlug sich tapfer – er hatte nicht aufgeschnitten, er schwamm wirklich gut, nicht sehr elegant, aber schnell und kraftvoll. Carlin genoss es, alleine im Dunkeln zu sein und doch einen anderen Menschen neben sich zu wissen. Sie hätte ewig so weiterschwimmen können, aber dann bemerkte sie vor sich ein Glitzern im Wasser. Sie hielt inne, glaubte, sie hätte sich geirrt, doch da huschte tatsächlich ein Schwarm winziger Elritzen vorbei.

Sean tauchte neben ihr auf. Seine nassen Haare waren so schwarz wie seine Augen. Unter seinem rechten Auge hatte er eine Narbe, eine Erinnerung an das gestohlene Auto, mit dem er auf einer Nebenstraße in Chelsea einen Unfall gebaut hatte, weshalb er erst vor dem Jugendgericht und dann in Haddan gelandet war. Trotz dieser Verletzung hatte er ein schönes Gesicht, dem er mehr Glück verdankte, als er verdient hatte. In Boston kannte man ihn als Draufgänger, aber jetzt war ihm mulmig zu Mute. Das Wasser war viel kälter als gewöhnlich, doch er fröstelte nicht deshalb. Er spürte eine Bewegung an seiner Haut, Flossen und Kiemen, flüchtig wie ein Atemhauch. Eine silbrige Wolke huschte an ihm vorbei, kehrte dann um und kam wieder zurück.

»Was ist das?«

Sean hatte sich gewünscht, mit Carlin alleine zu sein, seit er sie zum ersten Mal gesehen hatte, aber jetzt fühlte er sich weit unsicherer, als er gedacht hätte. Hier im Wasser sah alles so anders aus. Er hätte schwören können, dass er Fische im Schwimmbecken gesehen hatte, was etwa so wahrscheinlich war, wie wenn Sterne vom Himmel neben ihnen ins Wasser gefallen wären, eisigweiß leuchtend.

»Das sind bloß Elritzen.« Carlin nahm Seans Hand. Seine Haut war kalt, doch darunter loderte er. Carlin bewegte seine Hand nach vorne, sodass die kleinen Fische ihnen zwischen den Fingern hindurchhuschten. »Keine Angst«, sagte sie. »Sie tun uns nichts.«

Pete Byers wusste nicht mehr, wie oft er in Schneestürmen zu seinem Laden geeilt war, um verängstigten Müttern zu helfen, deren Babys hohes Fieber hatten, oder alten Leuten, die ein wichtiges Medikament vergessen hatten, ohne das sie die Nacht nicht überstehen würden. Er öffnete und schloss seinen Laden, wann er es für richtig hielt; an dem Tag zum Beispiel, als Abes Großvater zu Grabe getragen wurde, blieb der Drugstore geschlossen, Wright Grey zu Ehren. Der Trauerzug reichte von der Main Street bis zur Bücherei, und die Menschen standen am Straßenrand und weinten, als hätten sie einen der Ihren verloren. Auch an jenem Tag, als Frank Grey sich erschoss, kam Pete nach Ladenschluss wieder in den Drugstore, um ein Beruhigungsmittel für Franks Mutter Margaret zurechtzulegen, damit sie schlafen konnte.

Er hatte Ernest Grey angeboten, das Mittel vorbeizubringen, aber Ernest hatte offenbar das Haus verlassen wollen, denn er bestand darauf, es selbst abzuholen. Es war schon spät, und Ernest hatte seine Brieftasche vergessen. Er suchte in seinen Taschen und förderte Münzen zu Tage, als würde Pete ihm nicht glauben, dass er seine Schulden bezahlen würde. Dann setzte er sich an den Tresen und weinte, und zum ersten Mal in seinem Leben war Pete dankbar dafür, dass Eileen und er keine Kinder bekommen hatten. Vielleicht stimmte es wirklich, was der Volksmund sagte: Irgendwann im Leben begreift man, dass der Fluch, mit dem man leben muss, zugleich der Segen ist.

Da sich die Stadt in den letzten Jahren so sehr verändert hatte und so viele neue Leute hergezogen waren, konnte sich Pete nicht mehr jeden Namen merken, und sein Alltag war anders als früher. Aber Städte bleiben nicht gleich, sie entwickeln sich, ob es einem nun gefällt oder nicht. Es gab sogar Pläne, draußen unweit von Wrights alter Farm eine High School zu bauen, weil es bald so viele Schüler geben würde, dass man sie nicht mehr alle nach Hamilton schicken konnte. Es war nicht mehr wie früher, so viel stand fest, als man am Samstagabend im Millstone dieselben Leute traf wie am Sonntagmorgen beim Gottesdienst in St. Agatha's und jeder noch genau wusste, was er beichten musste und wofür er dankbar sein sollte.

In letzter Zeit hatte Pete häufig über die Schweigepflicht nachgegrübelt, und auch jetzt, als Abe am Samstag nach Weihnachten zum Lunch vorbeischaute, dachte er gerade darüber nach. Die wenigen Stammgäste – Lois Jeremy und ihre Freundinnen aus dem Garden Club sowie Sam Arthur, der seit zehn Jahren im Stadtrat saß – grüßten Abe.

»Guten Rutsch«, rief er ihnen zu. »Und vergesst nicht, euch für eine Ampel an der Bücherei einzusetzen. Die kann Menschenleben retten.«

Jeder, der Abe eines eingehenderen Blickes würdigte, konnte sehen, dass er nicht viel geschlafen hatte. Während der Feiertage hatte er tatsächlich wie ein Schwachsinniger mehrere Hotels in Maine angerufen, auf der Suche nach Betsy. In einem hatte er ein Paar gefunden, das unter dem Namen Herman eingetragen war, und obwohl sich herausstellte, dass die Leute aus Maryland kamen, war Abe seither bedrückt und deprimiert. Sean Byers dagegen sah prächtig aus. Er pfiff vor sich hin, während er Abes Bestellung aufnahm, die er inzwischen, wie jeder am Ort, auswendig kannte – Truthahnsandwich mit Roggenbrot, Senf, keine Majo.

»Woher die gute Laune?«, fragte Abe Sean, der förmlich sprühte vor Freude. Es dauerte nicht lange, bis Abe dahinter kam, denn als Carlin Leander den Drugstore betrat, strahlte Sean wie der Weihnachtsbaum vor dem Rathaus.

Carlin dagegen sah verfroren und zerfleddert aus. Sie kam aus dem Schwimmbad, und ihre Haarspitzen schimmerten wässrig grün.

»Du bist ohne mich schwimmen gegangen?«, fragte Sean, als sie an den Tresen trat.

»Ich geh noch mal«, beruhigte ihn Carlin.

Als Sean Sam Arthur seine Suppe brachte, ließ sich Carlin neben Abe nieder. Er war hergekommen, weil Carlin ihn darum gebeten hatte, und obwohl Carlin keinen Grund angegeben hatte, nickte Abe grinsend zu Sean hinüber. Liebe war häufig ein Anlass für Hilferufe.

»Wer hätte das gedacht.«

»Nicht, was Sie denken. Wir gehen nur zusammen schwimmen. Ich weiß, dass es nie hinhauen würde – Sie müssen mir nicht sagen, dass ich mir keine Hoffnungen machen soll. So blöde bin ich nicht.«

»Das wollte ich aber nicht sagen.« Abe schob seinen Teller beiseite und trank seinen Kaffee aus. »Ich wollte Ihnen viel Glück wünschen.«

»An Glück glaube ich nicht.«

Carlin studierte die Speisekarte, die in einer Plastikhülle steckte. Zum ersten Mal seit Tagen wurde ihr nicht übel beim Gedanken an Essen. Sie überlegte, ob sie sich einen Pfefferminz-Schoko-Eisbecher gönnen sollte. Unter Gus' altem Mantel trug sie Jeans und einen schlabbrigen schwarzen Pullover, aber in Seans Augen war sie wunderschön. Er starrte sie an, während er einen Himbeer-Zitrone-Ricky für Sam Arthur zubereitete, der sein Insulin abholen wollte und mit einer zuckerfreien Diätcola eigentlich besser beraten gewesen wäre.

»Was wird der andere Mann in Ihrem Leben sagen, wenn Sie sich mit Sean Byers einlassen?«, fragte Abe.

»Harry?« Carlin wollte nicht an das Ende der Ferien denken. Jeden Abend, wenn sie sich mit Sean im Schwimmbad traf, kam es ihr vor, als würde die Schule für immer und ewig ihnen alleine gehören. Ein anderes Mädchen hätte sich gefürchtet, so alleine auf dem Schulgelände, aber Carlin fühlte sich wohl. Sie hörte gerne das Echo ihrer Schritte, mochte die Stille im Haus. Alle Fenster von St. Anne's waren mit einer bläulichen Eisschicht überzogen, und der Wind fegte die Eiszapfen mit einem Knacken vom Dach, das sich anhörte wie brechende Knochen, doch Carlin störte das nicht. Sie war glücklich, aber Glück ist häufig von kurzer Dauer. Zuerst waren es noch sieben Tage, bis die Schule wieder anfing, dann sechs, dann fünf, und dann hatte Carlin aufgehört zu zählen.

»Mit Harry kann ich umgehen«, sagte sie jetzt zu Abe.

»Nein«, sagte Abe. »Ich meine den anderen. Gus.«

Lois Jeremy blieb auf dem Weg zur Kasse bei ihnen stehen und wedelte strafend mit dem Finger. »Sie waren nicht vor dem Rathaus während unseres letzten Treffens.«

»Nein, Ma'am. Ich hoffe, beim nächsten Mal läuft's besser.«

»Das kann ich nicht glauben«, ereiferte sich Carlin. »Sie hat Sie behandelt wie einen Dienstboten.«

»Weil ich hier auch im Dienst bin.« Abe salutierte, als Mrs. Jeremy und Charlotte Evans hinausgingen, und die beiden Frauen winkten ihm kichernd zum Abschied.

Carlin schüttelte verblüfft den Kopf. »Sie leben hier schon so lange, dass Sie nicht mehr merken, wenn jemand arrogant ist.«

»Doch, aber wenn man sich darum schert, was die anderen denken, ist man weg vom Fenster. Diese Lektion lernt man in Haddan.« Abe griff nach seinem Mantel. »Danke für die Einladung. Ich gehe davon aus, dass Sie die Rechnung übernehmen, vor allem bei Ihrer Verbindung zu Sean. Sie kriegen bestimmt Rabatt.«

»Ich habe Sie angerufen, weil ich etwas gefunden habe.« Carlin öffnete den schwarzen Mantel und zeigte Abe eine Brusttasche, die sie selbst erst an diesem Morgen entdeckt hatte. Sie holte ein Plastiktütchen mit weißem Pulver heraus.

Bei Abe stellte sich wieder das Gefühl ein, dass dieser ertrunkene Junge nichts mit dem Schüler gemein hatte, den sein Großvater damals aus dem Fluss gezogen hatte. Dieser hier hörte nicht auf zu ertrinken, und jeder, der dumm genug war, sich ihm zu nähern, lief Gefahr, mit in die Tiefe gezogen zu werden.

»Ich wollte es Ihnen erst nicht zeigen, aber dann dachte ich mir, dass Gus ja keinen Ärger mehr kriegen kann. Ich glaube nicht mal, dass es ihm gehört hat, weil ich wüsste, wenn er was mit solchen Drogen zu tun gehabt hätte.«

Abe sah das anders. Es war erstaunlich, wie man von jemandem getäuscht werden konnte, dem man nahe stand. Als Abe noch ein Junge war, fand er ein bisschen zu viel Gefallen daran, mit Waffen herumzuspielen. Wenn Wright ihn und seinen Bruder mit zu Mullsteins Feld genommen hatte, um schießen zu üben, hatte Frank auf einem Strohballen gehockt und sich die Ohren zugehalten, sobald Abe losballerte. Abe schoss mit allem, sogar mit Wrights schwerer alter Schrotflinte, die sie dann später stahlen, einem Gewehr mit einem so heftigen Rückschlag, dass Abe oft auf dem Rücken landete und in die Wolken blickte, wenn er es abgefeuert hatte.

Abe öffnete die Tüte und wollte mit der Zunge testen, ob es sich um Kokain handelte, aber Pete Byers hielt ihn zurück.

»Lassen Sie lieber die Finger von dem Zeug«, sagte Pete. »Das verätzt Ihnen die Kehle.«

Abe überlegte, um was es sich handeln konnte: Backpulver, Arsen, Kalk, Angel Dust, Kuchenmischung, Heroin. Sam Arthur wandte sich zum Gehen und unterhielt sich mit Sean über den mangelnden Teamgeist der Celtics und trauerte um die guten alten Zeiten, als Larry Bird immer noch das Ruder herumwerfen konnte. Schon den ganzen Morgen war der Himmel so düster, als wolle es schneien, doch jetzt fielen nur ein paar Flocken, die auf den vereisten Straßen hafteten und das Autofahren noch gefährlicher machten.

»Wenn Sie wissen, was das ist, Pete, sollten Sie es mir sagen«, sagte Abe.

Jeder hatte ein Recht auf sein Privatleben, oder nicht? Das hatte Pete jedenfalls immer geglaubt. Zum Beispiel Abes Großvater, der seine Medikamente nicht mehr nahm und sich schlichtweg weigerte, die Sachen im Drugstore abzuholen, die der Arzt ihm verschrieben hatte. Eines Abends fuhr Pete mit den Nitroglyzerintabletten in der Tasche, die seit Tagen in einem Regal lagen, zur Farm, aber Wright hatte Pete nicht wie sonst herzlich hereingebeten. Er hatte nur durch die Fliegengittertür geblickt und gesagt: *Ich habe ein Recht darauf, das zu tun,* und Pete merkte, dass er ihm nur zustimmen konnte. Wenn ein Mann die Grenze zog, wenn er zwischen Recht und Unrecht unterscheiden wollte, dann brauchte er den Mut eines irdischen Engels und jene Form von Weisheit, die Pete Byers bei sich selbst vermisste.

Es war schwierig gewesen, in all den Jahren niemals etwas preiszugeben, neben seiner Frau Eileen im Bett zu liegen, den Kopf voller Dinge, über die er nicht sprechen konnte. Wenn sie am Wochenende zum Silvesterball im Hotel gehen würden, dann wusste Pete, welche Kellnerinnen die Pille nahmen, musste daran denken, dass Doreen Becker so gut wie alles durchprobiert hatte, um ihren Ausschlag wegzukriegen, und wusste, dass Mrs. Jeremys Sohn AJ, der im Hotel immer Platten mit Käse und Garnelen für die alljährliche Party bei seiner Mutter abholte, jetzt ein Mittel einnahm, um seiner Trunksucht beizukommen.

Dieses Wissen hatte dazu geführt, dass Pete mit seinen Äußerungen immer sehr zurückhaltend war. Wenn ihm zu Ohren gekommen wäre, dass Außerirdische in Haddan gelandet seien, die den Kohl von den Feldern fraßen und sich zum Gefecht bereitmachten, dann hätte er seinen Kunden einfach gesagt, sie sollten lieber zu Hause bleiben, die Türen abschließen und so viel Zeit wie möglich mit ihren Lieben verbringen. Pete war der Überzeugung, dass jeder Diskretion verdient hatte. Die Menschen hatten ein Anrecht auf ihren Tod, wenn sie sich bereit für ihn fühlten, und sie hatten ein Anrecht darauf, ihr Leben zu gestalten, wie sie es wollten. Er hatte noch nie mit jemandem über einen Kunden oder das Privatleben eines Freundes gesprochen, zumindest bis zum heutigen Tag nicht. Er zog sich einen Stuhl heran und setzte sich; er hatte ein Anrecht darauf, müde zu sein. Seit fünfundvierzig Jahren stand er an diesem Tresen, und ebenso lange bewahrte er Stillschweigen. Er seufzte und putzte seine Brille an seinem weißen Kittel. Manchmal tat ein Mann aus den richtigen Gründen das Falsche, traf aus dem Moment heraus eine Entscheidung, so wie er an einem brütend heißen Augusttag in einen kalten Teich sprang.

»Gus kam jeden Nachmittag her. Er erzählte mir, dass die Jungen, mit denen er zusammenwohnte, ihn quälten. Einmal schlug ich vor, dass er etwas nehmen sollte gegen seine Schlaflosigkeit. Das Schlimmste war irgendeine Mutprobe, die er mitmachen musste, um von den anderen akzeptiert zu werden. Er sagte, sie hätten ihm eine Aufgabe gestellt, die niemand lösen konnte. Sie wollten, dass er weiße Rosen rot färbt.«

»Das war die Mutprobe?«, fragte Abe verwundert. »Keine Sauferei bis zum Umfallen? Keine verbundenen Augen und Gruselnächte?«

»Sie haben ihn vor eine unlösbare Aufgabe gestellt«, sagte Carlin. »Er konnte es nicht schaffen, und damit wären sie ihn los gewesen.«

»Aber es ging eben doch.« Pete hielt das Tütchen mit dem Pulver hoch. »Anilinpulver. Ein alter Trick. Man streut es auf weiße Rosen, wendet sich kurz ab, lässt jemanden Wasser draufgießen, und bitte sehr. Das Unmögliche ist vollbracht.«

Als Carlin später zur Schule zurückging, blieb sie vor dem Lucky-Day-Blumenladen stehen. Die Glocke über der Tür klingelte, als sie eintrat. Während Ettie Nelson, die ein paar Häuser neben Abe in der Station Street wohnte, sie bediente, dachte Carlin darüber nach, welche Formen Grausamkeit annehmen kann. Als sie sich für sechs weiße Rosen mit üppigen bleichen Blüten und schwarzen Dornen entschied, waren ihr schon unzählige Möglichkeiten eingefallen. Die Rosen waren teuer für eine Schülerin, und Ettie erkundigte sich, ob sie für einen besonderen Anlass gedacht seien.

»O nein«, sagte Carlin. »Nur ein Geschenk für einen Freund.«

Sie bezahlte, und als sie aus dem Laden trat, kam es ihr vor, als falle der Himmel auf die Erde. Es schneite heftig, und der Himmel war grau und mit dichten Wolken verhangen. Die Rosen, die Carlin ausgesucht hatte, waren so weiß wie die Schneewehen, die sich am Straßenrand bildeten, doch sie dufteten so stark, dass alle Leute, die den Schnee von ihren Wegen und ihren Autos fegten und inständig auf besseres

Wetter hofften, innehielten und dem schönen Mädchen nachsahen, das weinend Rosen durch das Schneegestöber trug.

Am ersten Tag des neuen Jahres, kurz vor Mitternacht, fuhr der Kombi, den Harry gemietet hatte, auf den Parkplatz am Chalk House. Carlin hätte es vermutlich nicht bemerkt, da Motor und Scheinwerfer vorher ausgestellt wurden, aber sie wachte auf, als sich mit einem Klacken der Türknauf drehte und Amy ins Zimmer schlich. Pie war an diesem Tag auch zurückgekommen, aber sie schlief immer so fest, dass ihr Amys verstohlene Art gewiss entgangen wäre, ebenso wie die Tatsache, dass sie sich hastig auszog und ins Bett kletterte, um die Knutschflecken an ihrem Hals und ihren Schultern zu verbergen.

»War's gut?«, flüsterte Carlin giftig.

Sie sah, wie Amy zusammenzuckte und sich die Decke bis zum Kinn hochzog. »Klar. Super.«

»Ich wusste gar nicht, dass du Ski fahren kannst. Und ich dachte, du kannst Winterwetter nicht ausstehen.«

Carlin setzte sich auf und lehnte sich ans Kopfbrett, um besser sehen zu können. Amys dunkle Augen glänzten, und sie sah ängstlich aus. Sie gab ein betont lautes Gähnen von sich, als sei sie schon am Einschlafen. »Du weißt vieles nicht über mich.«

Amy drehte sich zur Wand, weil sie glaubte, an ihrem Rücken könne man nichts ablesen, doch Betrug kommt in vielerlei Formen zum Ausdruck. Carlin sagte sich, dass sie Amy dankbar sein sollte, weil sie ihr die Trennung von Harry leichter machte, aber am nächsten Morgen fühlte sie sich so verstört, wie das vermutlich jedem passiert, der dazu gezwungen wird, sich von seiner Liebe zu verabschieden. Harry dagegen tat, als sei nichts vorgefallen. Als sie sich im Garten begegneten, packte er Carlin und zog sie in seine Arme, ohne ihr Zögern zu bemerken.

»Du hättest mitkommen sollen.« Sein Atem bildete weiße Wolken in der kalten Luft. Er wirkte erholt und noch selbstsicherer als sonst. »Der Schnee war toll. Wir hatten einen Höllenspaß.«

Vielleicht hatte Harry die Absicht, sie beide für sich zu behalten. Er könnte Carlin hintergehen, indem er Amy versicherte, dass er sich bemühte, sich von Carlin zu trennen, und dann aber die Trennung auf Monate ausdehnen. Er könnte Amy weismachen, er sei ein Gentleman, der niemanden verletzen wolle, wenn es nicht unumgänglich war.

»Ich hab was für dich«, sagte Carlin und löste sich aus seiner Umarmung. »Komm später auf mein Zimmer. Du wirst staunen.«

Sie ließ ihn stehen. Er war gespannt und so neugierig wie selten. Das hatte ihn schließlich am meisten beeindruckt an ihr, nicht wahr? Dass sie anders war. Schwer zu durchschauen. Er würde sich ins Zeug legen müssen, um Amy zu erklären, warum er sich mit Carlin traf, aber Carlin war sicher, dass er sich etwas Glaubwürdiges einfallen lassen würde. Ein guter Lügner wusste immer eine Ausrede, und sie wusste, dass die ihm viel leichter über die Lippen kam als die Wahrheit.

Er erschien vor dem Abendessen und warf sich auf Amys Bett, auf dem er schon ziemlich häufig mit Amy gelegen hatte, wovon Carlin nichts wusste. Während Carlin beim Schwimmtraining war, verführte er ihre Wohngenossin, was durchaus vergnüglich war. Harry gefiel die Vorstellung, es mit zwei Mädchen auf demselben Bett zu treiben, und er zog Carlin zu sich, doch sie löste sich wieder von ihm.

»O nein. Ich hab dir doch gesagt, ich will dir was zeigen.«

Harry stöhnte. »Hoffentlich lohnt es sich«, sagte er ärgerlich.

Beim Hereinkommen hatte er die weißen Rosen nicht bemerkt, die in einer Vase von Miss Davis auf dem Schreibtisch standen. Er stützte sich auf die Ellbogen, als sie ihm auffielen.

»Von wem sind die?«

Sie begannen schon zu verblühen, hatten ihre Pracht eingebüßt, und die Blütenblätter wurden am Rand schon braun, doch in der schönen Kristallvase von Miss Davis sahen sie noch immer eindrucksvoll aus, wie das Geschenk eines Rivalen.

»Ich habe sie mir selbst gekauft. Aber jetzt habe ich es mir anders überlegt. Du weißt ja, wie das ist, wenn man was Neues haben möchte.« Sie nahm den schwarzen Mantel aus dem Schrank und zog ihn über. »Mir wurde klar, dass ich rote Rosen haben wollte.«

Ein Funken Misstrauen glomm in Harrys Augen auf. Er setzte sich auf, um Carlin besser beobachten zu können. Er hasste es, hinters Licht geführt zu werden, aber er hatte eine gute Erziehung genossen, und das Lächeln, mit dem er Carlin ansah, war noch immer charmant.

»Wenn du rote Rosen möchtest, dann schenke ich dir welche.«

»Schenk sie Amy«, schlug Carlin vor.

Harry strich sich durchs Haar. »Hör zu, wenn es wegen Amy ist, dann gebe ich zu, dass ich einen Fehler gemacht habe. Ich wusste ja, dass sie deine Freundin ist, und habe nicht erwartet, dass irgendwas passieren würde, aber sie hat mich nicht mehr losgelassen, und ich gebe zu, dass ich mich nicht geweigert habe. Wenn du mitgekommen wärst, wäre es gar nicht dazu gekommen. Amy bedeutet mir nichts«, versicherte ihr Harry. »Komm her, dann vergessen wir sie.«

»Und die Rosen?« Carlin blieb auf Abstand. Sie hatte so viel Zeit im Wasser zugebracht, dass ihre Nagelhaut bläulich aussah, und sie war so blass, als hätte ihre Haut nie das Sonnenlicht erblickt. Sie wandte Harry den Rücken zu und nahm das Tütchen mit dem Anilin aus der inneren Manteltasche. Etwas schnürte ihr die Kehle zu, aber sie drehte sich zu Harry um. Sie hatte nur noch Pulver für eine Rose, doch bevor sie die Blüte befeuchten konnte, wie Pete Byers gesagt hatte, begann sich die Rose schon zu verfärben und leuchtete schließlich scharlachrot.

Harry klatschte langsam. Sein Lächeln wurde breiter, aber Carlin wusste, dass das mit seinen Gefühlen nichts zu tun hatte.

»Gratuliere«, sagte Harry beeindruckt. »Wer hätte gedacht, dass eine kleine Hexe wie du so viele Tricks auf Lager hat.«

Er stand auf und zog seine Jacke an. Er hatte immer gewusst, wann für ihn nichts mehr zu holen war.

»Ich hab den Trick von Gus gelernt«, sagte Carlin. »Aber du hast ihn ja schon mal gesehen.«

Harry trat so dicht an Carlin heran, dass sie seine Körperwärme spürte, seinen Atem. »Wenn du damit sagen willst, dass ich irgendetwas damit zu tun habe, was Gus zugestoßen ist, dann irrst du dich. Auf den hätte ich keine Zeit verschwendet. Ich halte sein Ableben nicht für einen großen Verlust, im Gegensatz zu dir, und das unterscheidet uns.«

Als er gegangen war, wickelte Carlin die Rosen in eine alte Zeitung und warf sie in den Müll. Sie fühlte sich widerlich, weil sie sich auf Harry eingelassen hatte, so als sei sie irgendwie verunreinigt. Sie ging ins Badezimmer, schloss die Tür ab, setzte sich auf den Rand der Badewanne und ließ heißes Wasser einlaufen, bis der Raum voll Dampf war. Sie fühlte sich schmutzig und dumm; so viele Stunden, die sie an Harry verschwendet hatte und die sie besser mit Gus verbracht hätte. Sie konnte das nicht mehr ertragen, es ging nicht mehr, und deshalb griff sie zu einem Rasierer auf dem Regal. Aber wie oft musste sie sich schneiden, um sich besser zu fühlen? Würden zwölf Schnitte ausreichen, vierzehn oder erst hundert? Würde sie erst zufrieden sein, wenn die Kacheln sich rot färbten von ihrem Blut?

Der Rasierer hätte sich kalt anfühlen müssen in ihrer Hand, doch er war glühend heiß und hinterließ kleine brennende Spuren auf ihrer Haut. Carlin dachte an Annie Howes Rosen und entsann sich, wie sinnlos es war, sich selbst zu verwunden. Schließlich tat sie etwas anderes. Sie schnitt sich das Haar ab, ohne auch nur einmal in den Spiegel zu schauen, hackte drauflos, bis das Waschbecken voll heller Haare lag und der Rasierer stumpf war. Sie wollte sich damit bestrafen, dachte, sie würde danach so hässlich aussehen, wie sie sich fühlte, doch stattdessen war ihr erstaunlich leicht zu Mute. An diesem Abend kletterte sie auf den Sims vor ihrem Fenster, und als sie da saß, stellte sie sich vor, sie könnte fliegen. Ein Schritt vom Dach, dann würde sie mit dem Nordwind segeln, der von New Hampshire und Maine kam und nach Kiefern und frischem Schnee roch.

Danach setzte sie sich jedes Mal auf den Sims, wenn Harry Amy abholte. Die arme Amy tat Carlin Leid. Sie kam sich vor, als hätte sie das große Los gezogen, aber sie würde jeden Tag Angst haben müssen, dass ein hübscheres Mädchen ihr Harry ausspannen würde, und sie würde sich beugen müssen, wie die Weiden am Fluss es taten, um am Ufer zu überleben.

»Er gehört jetzt mir«, brüstete sich Amy, und als Carlin erwiderte, sie könne ihn geschenkt haben, weigerte sich Amy zu glauben, dass Carlin nicht unter der Trennung litt. »Du bist bloß eifersüchtig«, beharrte Amy, »deshalb habe ich auch kein Mitleid mit dir. Du wusstest ihn nie richtig zu schätzen.«

»Hast du das mit deinen Haaren wegen Harry gemacht?«, fragte Pie eines Abends, als sie Carlin dabei zusah, wie sie sich kämmte.

»War so eine Anwandlung.« Carlin zuckte die Achseln. Sie hatte es getan, weil sie es ihrer Meinung nach verdient hatte, in Stücke gerissen zu werden.

»Mach dir keine Sorgen«, sagte Pie fürsorglich. »Das wächst bald wieder.«

Doch es gab Dinge, die sich nicht so leicht beheben ließen. Nachts lag Carlin im Bett und horchte auf den Wind und das ruhige Atmen ihrer Wohngenossinnen. Sie wünschte sich, noch so zu sein wie früher, bevor sie nach Haddan gekommen war, und sie wünschte sich, nachts schlafen zu können. Wenn sie endlich in der kalten grauen Morgendämmerung einschlief, träumte sie von Gus. Im Traum schlief er mit offenen Augen unter Wasser. Dann tauchte er auf und schritt barfuß durchs Gras, munter und gelassen. Er war tot und wusste, wie alle Toten, dass einzig die Liebe zählt, im Diesseits wie im Jenseits. Alles andere wird unwichtig. Carlin spürte, dass er auf dem Heimweg war, und dabei musste er an einem Spalier hochklettern, das voller Ranken war. Doch das hielt ihn nicht davon ab, und obwohl die Ranken voller Dornen waren, blutete er nicht. Die Nacht war dunkel, aber er fand den Weg. Er kletterte in sein Zimmer unter dem Dach und setzte sich auf den Rand seines ungemachten Betts, und die Ranken folgten ihm, wanden sich an der Decke und am Boden entlang, bis alles mit einer Hecke umsponnen war, an der jede Dorne die Form eines menschlichen Daumens mit einem anderen Fingerabdruck hatte.

War es möglich, dass die Seele eines Menschen am Rande unserer gewöhnlichen Welt bestehen bleibt, wenn sie es wünscht, und dabei noch über genügend Kraft verfügt, um einen Efeutopf auf dem Fensterbrett zu verschieben, eine Zuckerdose zu leeren oder im Fluss Elritzen zu fangen? *Leg dich zu mir,* sagte Carlin in dem Traum zu seiner Gestalt. *Bleib bei mir,* bat sie ihn inständig und rief nach ihm. Sie hörte, wie draußen der Wind an dem Spalier rüttelte, und sie spürte Gus neben sich, kühl wie Wasser. Ihre Bettwäsche wurde schlammig und feucht, doch das war Carlin egal. Sie hätte auch über den schwarzen Zaun klettern, hätte ihm folgen sollen, in den Wald hinein. Weil sie es nicht getan hatte, war er noch bei ihr, und er würde bleiben, bis sie ihn gehen ließ.

Es gab nicht mehr viele Leute in der Stadt, die sich an Annie Howe erinnerten. Die Felder ihrer Familie waren zerteilt und verkauft worden, und ihre Brüder waren alle in den Westen gezogen, nach Kalifornien, New Mexico und Utah. Nur einige der Ältesten wie George Nichols vom Millstone, Zeke Harris aus der Reinigung oder Charlotte Evans, die fast noch ein Kind gewesen war, als Annie starb, entsannen sich noch dunkel, wie sie die Main Street entlanggegangen war, und sie waren noch heute davon überzeugt, dass sie nie wieder eine Frau von solcher Schönheit sehen würden, nicht in diesem Leben und nicht im nächsten.

Nur Helen Davis dachte an Annie. Jeden Tag, gewohnheitsmäßig, wie ein frommer Mensch ein Gebet spricht. Deshalb war sie gar nicht überrascht, als ihr an einem kalten Morgen

Ende Januar, an dem eine Eisschicht alles Lebendige bedeckte, Kiefern ebenso wie Flieder und Iris, der Rosenduft in die Nase stieg. Carlin Leander bemerkte den Duft auch, denn er war stärker als das Karamelaroma des Brotpuddings, der gerade im Ofen buk und den sie in der Hoffnung zubereitet hatte, Miss Davis' Appetit mit etwas Süßem anzuregen. Denn Miss Davis hatte sich am vergangenen Sonntag zu Bett begeben und war seither nicht mehr aufgestanden. Sie hatte so viel Unterricht ausfallen lassen, dass man eine Vertretung einstellen musste, und die Kollegen aus dem Fachbereich Geschichte murrten, weil es für sie zusätzliche Arbeit bedeutete. Keiner von ihnen, nicht einmal Eric Herman, wusste, dass die Frau, die sie seit so vielen Jahren fürchteten und verabscheuten, nun tagtäglich zur Toilette getragen werden musste, eine Aufgabe, die Carlin und Betsy Chase nur mit Mühe gemeinsam bewältigten.

»Das ist so entwürdigend«, sagte Miss Davis jedes Mal, wenn sie sie zur Toilette brachten, und deshalb hatte Betsy Eric nicht in den Ernst der Lage eingeweiht. Manche Dinge sollten im Verborgenen bleiben, also standen Betsy und Carlin vor der offenen Badezimmertür und wandten den Blick ab, um Helen noch einen Rest Privatsphäre zu ermöglichen. Doch die Zeit dafür war vorüber, ebenso wie die Hoffnung auf eine Verbesserung von Miss Davis' Gesundheitszustand. Als Betsy jedoch vorschlug, ins Krankenhaus zu fahren oder eine Schwester zu bestellen, war Miss Davis empört. Sie bestand darauf, dass sie nur eine Grippe habe, aber Carlin wusste, dass Miss Davis sich widersetzte, weil sie es nie dulden würde, dass man sie piekte und herumschubste und länger als notwendig am Leben erhielt. Helen wusste, was sie erwartete, und sie war bereit, doch einen letzten Akt der Buße wollte sie noch hinter sich bringen. In der Hoffnung auf Vergebung klammern sich noch die Schwächsten an die stoffliche Welt, halten sich mit letzter Kraft am Rand fest, bis ihre Knochen so brüchig sind wie Gebäck und ihre Tränen blutig werden. Doch schließlich geschah, worauf Miss Davis gewartet hatte, denn an diesem kalten Januartag atmete sie den Duft der Rosen ein, und er war so betörend, als sei ein Strauch durch die Decke ihres Zimmers gewachsen und stünde in voller Blüte, um ihr Absolution zu erteilen für alles, was sie getan, und für alles, was sie versäumt hatte.

Helen schaute zum Fenster und sah den Garten so, wie er damals gewesen war, als sie nach Haddan kam. Sie hatte rote Rosen immer lieber gemocht als weiße, vor allem jene prachtvollen Lincoln, deren Rot von Tag zu Tag dunkler wurde. Sie bekam keine Angst, als ihre Zeit gekommen war, wie sie eigentlich gefürchtet hatte. Sie war zwar dankbar für ihr Leben, doch sie hatte so lange auf Vergebung gehofft und gefürchtet, dass sie ihr nicht mehr zuteil würde, und nun war sie da, ganz plötzlich, als flössen Gnade und Mitgefühl durch sie hindurch. Die Dinge der Welt fanden den Platz, der ihnen zustand, und schienen weit entfernt: ihre Hand auf der Decke, das Mädchen, das sich zu ihr setzte, der schwarze Kater, der eingerollt am Fußende des Bettes lag und im Schlaf ruhig ein- und ausatmete.

Helen spürte, wie sich etwas Liebliches in ihr erhob, und sie sah ein Licht, so gleißend, als blicke sie auf tausende von Sternen. Wie schnell war ihr Leben vorübergegangen; gerade war sie noch ein Mädchen, das in den Zug nach Haddan stieg, und im nächsten Augenblick lag sie hier in ihrem Bett und sah zu, wie die Abenddämmerung ins Zimmer kroch, Schatten warf auf die weißen Wände. Wenn sie gewusst hätte, wie kurz ihre Zeit auf Erden sein würde, hätte sie ihr Dasein mehr ausgekostet. Sie hätte das gerne dem Mädchen neben ihr mitgeteilt, doch Carlin war schon fortgelaufen, um den Notarzt zu rufen. Helen hörte, wie sie einen Krankenwagen zu St. Anne's bestellte, doch die Drangsal des Mädchens beschäftigte sie nicht sehr, denn Helen ging mit ihrem Koffer in der Hand vom Bahnhof zur Schule, an einem Tag, an dem die Kastanienbäume in voller Blüte standen und der Himmel so blau war wie die Porzellantassen, in denen ihre Mutter den Tee zu servieren pflegte. Mit dreiundzwanzig hatte sie ihre Stelle angetreten, und wenn man es recht bedachte, hatte sie ihre Sache gut gemacht. Es war albern, dass das Mädchen sich so aufregte, und Helen wünschte sich, es ihm sagen zu können. Die Angst in ihrer Stimme, die Sirenen draußen, der kalte Januarabend, die tausende von Sternen am Himmel, der Zug aus Boston, das Gefühl in ihrem Herzen, als ihr Leben wirklich begann. Helen gab Carlin ein Zeichen, und sie setzte sich endlich zu ihr.

»Alles wird gut«, flüsterte Carlin. Das war gelogen, und Miss Davis wusste es, doch es rührte sie, dass die Kleine ganz bleich war, wie man es nur ist, wenn man sich große Sorgen macht um einen Menschen, der einem am Herzen liegt.

Vergessen Sie nicht, den Herd auszuschalten, wollte Helen dem Mädchen sagen, doch sie musste die Rosen vor dem Fenster ansehen, die prachtvollen roten, die Lincoln. Bienen summten schläfrig, wie immer im Juni. Jedes Jahr um diese Zeit war der Garten dank Annie Howe ein Farbenmeer von roten und weißen Bändern, gelben, rosaroten und goldfarbenen Schleifen. Manche Leute behaupteten, die Bienen kämen aus dem ganzen Commonwealth, angelockt von den Rosen, und tatsächlich war der Honig aus Haddan ganz besonders süß. *Ver-*

giss nicht, das Leben auszukosten, das dir geschenkt wurde, wollte Helen sagen, doch stattdessen hielt sie die Hand des Mädchens, und gemeinsam warteten sie auf den Krankenwagen.

Das Team, das eintraf, bestand aus freiwilligen Helfern, Männern und Frauen, die man vom Essen weggeholt hatte, und als sie den Raum betraten, wussten sie alle, dass an diesem Abend keiner Leben retten würde. Carlin erkannte einige Leute: die Frau, der das Tanzstudio gehörte, und der Mann aus dem Mini-Mart, und zwei Hausmeister, denen sie schon begegnet war, die sie aber kaum beachtet hatte. Die Frau aus dem Tanzstudio, Rita Eamon, fühlte Helens Puls und horchte an ihrem Herzen, während die anderen eine Sauerstoffflasche hereinfuhren.

»Lungenödem«, sagte Rita Eamon zu den anderen, bevor sie sich Helen zuwandte. »Möchten Sie ein bisschen Sauerstoff, Schätzchen?«

Helen winkte ab. Der Himmel über ihr war blau, und dann waren da all die Rosen: jene, die im Regen ein Nelkenaroma verströmten, und die, von denen ein zitroniger Duft an den Fingerspitzen haften blieb, die purpurfarbenen, rot wie Blut, und jene, die so weiß waren wie die Wolken. Wenn man eine Rose schneidet, wachsen zwei nach, sagen die Gärtner, und so war es geschehen. Jede duftete betörender als die Vorgängerin, und alle waren sie so rot wie Juwelen. Helen Davis versuchte zu sagen *Schaut nur*, doch sie brachte nur einen Laut hervor, der die Leute glauben machte, sie ersticke.

»Sie verlässt uns«, sagte einer der Helfer, ein Mann, der schon so lange bei diesem Team war, dass er nicht zusammenzuckte, als Carlin zu weinen begann. Er war einer der Hausmeister, Marie und Billy Bishops Sohn Brian, der schon seit einiger Zeit an der Schule arbeitete und vor einer Weile auch

Miss Davis' Kühlschrank repariert hatte. Die Leute behaupteten, Miss Davis sei unausstehlich, doch Brian konnte das nicht unterschreiben. Sie hatte ihn sogar eingeladen, sich an ihren Tisch zu setzen, als er fertig war mit der Arbeit, was noch keiner an der Schule gemacht hatte. Es war ein heißer Tag gewesen, und sie hatte ihm ein Glas Limonade gegeben, und nun dankte ihr Brian das. Er nahm Miss Davis' andere Hand und setzte sich zu ihr, als warte zu Hause nicht das Essen auf ihn, als habe er alle Zeit der Welt.

»Sie geht ohne Qualen«, sagte er zu Carlin.

Jemand vom Team musste den Ofen ausgestellt haben, als man aus der Küche bei der Polizei anrief und einen Todesfall an der Schule meldete, denn als Carlin sich Stunden später an den Brotpudding erinnerte und rasch die Backform herausnahm, war der Pudding wohlgelungen, und die süße Soße obenauf blubberte. Beim Dekan wusste man sofort, dass etwas passiert war, als der Krankenwagen vorfuhr. Dr. Jones rief Bob Thomas an, der sich beim Fahrer des Krankenwagens erkundigte, was los sei, und dabei erstaunt feststellte, dass er den Mann irgendwoher kannte. Bob Thomas konnte ihn nicht gleich zuordnen, aber tatsächlich gehörte Ed Campbell seit zehn Jahren zu den Leuten, die auf dem Schulgelände den Rasen mähten und im Winter Salz auf den Wegen streuten. Es war ein trüber Abend, der schlechte Nachrichten ankündigte.

Bob Thomas wartete, bis man ihm aus dem Krankenhaus in Hamilton bestätigte, dass der Totenschein unterzeichnet war, dann bat er den Hausmeister, der gerade im Dienst war, die Glocken der Kapelle zu läuten. Als sich das Kollegium im Speisesaal versammelte, wurde Helen Davis' Tod bekannt gegeben. Sie war so lange an der Schule gewesen, dass sie für keinen mehr wegzudenken war, bis auf Eric Herman, der, wie ihm schien, seit unzähligen Jahren darauf gewartet hatte, endlich ihre Stelle einnehmen zu können.

»Wenn sie krank war, ist es besser so«, sagte Eric, als er sah, wie aufgelöst Betsy war.

Doch seine Worte waren kein Trost für sie. Betsy hatte das Gefühl, als sei etwas in einen tiefen Brunnen gefallen, etwas Kostbares und Einzigartiges. Die Welt ohne Miss Davis kam ihr viel kleiner vor. Betsy entschuldigte sich und ging zu St. Anne's zurück; der Himmel war schwarz und unermesslich und der Nordwind rüttelte an den Bäumen, aber in der Laube hinter St. Anne's schlummerten zwei Kardinalsvögel im Dickicht, einer grau wie Borke, der andere rot wie Rosen.

Carlin war in der Küche und spülte das Geschirr. Sie hatte sich eine von Helen Davis' weißen Schürzen umgebunden, steckte mit den Armen bis zum Ellbogen im Abwaschwasser, schrubbte die Töpfe und weinte. Sie hatte schon drei Gläser von dem Madeira aus dem Schränkchen unter der Spüle getrunken und war alles andere als nüchtern. Ihre Wangen waren rosa und ihre Augen rot vom Weinen. Zum ersten Mal hatte der schwarze Kater nicht darauf bestanden, hinausgelassen zu werden, sobald es dunkel wurde, sondern saß auf der Theke und miaute fragend. Als Betsy hereinkam, hängte sie ihren Mantel über die Lehne des Küchenstuhls und nahm die halb leere Flasche Madeira in Augenschein.

»Sie können mich gerne verpfeifen.« Carlin trocknete sich die Hände ab und ließ sich ihr gegenüber am Tisch nieder. »Allerdings habe ich Sie auch nie verpfiffen, weil Sie Männer bei sich empfangen haben.«

Sie starrten sich an, benebelt vom Duft der Rosen und wie ausgedörrt von ihrer Trauer. Betsy goss sich ein Glas von dem Wein ein und schenkte Carlin nach.

»Es war nur ein Mann«, sagte Betsy. »Nicht, dass ich Ihnen eine Erklärung schuldig wäre.«

»Miss Davis war ganz verknallt in ihn. Sie hat ihn an Weihnachten zum Essen eingeladen. Es geht mich ja nichts an, aber ich finde, er ist der bessere Mann.«

Der Madeira hatte einen schweren bitteren Nachgeschmack, passend zum Anlass. Einige Tage zuvor hatte Betsy abends aus der Telefonzelle im Drugstore bei Abe angerufen, aber der Klang seiner Stimme hatte sie so verstört, dass sie sofort wieder auflegte.

»Es ist vorbei, und es wäre mir recht, wenn keiner was davon erfahren würde.«

Carlin zuckte die Achseln. »Sie sind es, die dabei den Kürzeren ziehen.«

»Wonach riecht es hier?«, fragte Betsy, denn der Rosenduft wurde immer stärker. Der Geruch konnte wohl kaum von dem Brotpudding auf dem Tisch kommen. Betsy wunderte sich, dass Carlin so gut kochen konnte. Heutzutage, wo man fast alles außer der Liebe und der Ehe in einer Fertigmischung kaufen konnte, bereitete kaum mehr jemand Desserts selbst zu. Sie schaute aus dem Fenster, sah die Kardinalsvögel und war einen Moment verwirrt, weil sie den einen für eine Rose gehalten hatte.

Sie ließen den Kater hinaus, als er an der Tür maunzte, dann verschlossen sie die Wohnung, obwohl es dort nichts zu stehlen gab. In wenigen Tagen würde das Personal alles ausräumen, die Möbel zum Trödelladen neben St. Agatha's schaffen und die Bücherkisten zum Antiquariat in Middletown. Der Rosenduft in der Wohnung war unterdessen so durchdringend geworden, dass Carlin zu niesen begann und Betsy spürte, wie sie Quaddeln bekam an jenen Stellen, an denen ihre Haut am empfindlichsten war – im Dekolletee, in den Kniekehlen, an Fingern, Schenkeln und Zehen. Der Geruch zog die Flure entlang, die Treppen hinauf und drang durch geschlossene Türen. In dieser Nacht wälzten sich alle Mädchen, die etwas zu bereuen hatten, erhitzt und unruhig in ihren Betten. Amy Elliott mit ihrer Neigung zu Allergien bekam einen schlimmen Ausschlag, und Maureen Brown, die keine Rosenpollen vertrug, erwachte mit schwarzen Flecken auf der Zunge, die von der Schulschwester als Bienenstiche diagnostiziert wurden, obwohl so etwas um diese Jahreszeit eigentlich unmöglich war.

Am Samstag, dem letzten kalten Tag des Monats, fand morgens in St. Agatha's eine Trauerfeier statt, zu der sich mehrere Leute aus dem Ort einfanden, unter anderem Mike Randall von der Bank und Pete Byers, der beim Blumenladen die Gebinde bestellt hatte und neben seinem Neffen und Carlin Leander in der ersten Reihe saß. Abe kam gegen Ende des Gottesdienstes; in Ermangelung passender Kleidung für einen solchen Anlass trug er den alten Mantel seines Großvaters. Er setzte sich in die letzte Reihe, wo er sich am wohlsten fühlte, und nickte Rita Eamon zu, die jedem Patienten, den sie bei ihren Einsätzen nicht mehr retten konnten, die letzte Ehre erwies. Und er winkte Carlin, die mit ihrem abgehacktem Haar, das in alle Richtungen stand, und dem fadenscheinigen ausgefransten schwarzen Mantel wie ein Kobold aus der Hölle aussah.

Nach dem Gottesdienst wartete Abe draußen in der beißend kalten Januarluft und sah zu, wie die Trauergäste aus der Kirche traten. Carlin hatte sich einen grünen Wollschal um den Kopf gewunden, doch als sie die Stufen herunterkam, sah sie kreidebleich und völlig verfroren aus. Sean Byers ging dicht neben ihr, und jeder konnte ihm ansehen, wie es um ihn stand. Einen ungebärdigen Jungen so besorgt zu erleben, rief Mitleid und Neid zugleich hervor bei den Leuten, die an ihm vorübergingen. Pete musste den Jungen förmlich Richtung Drugstore zerren, um ihn von Carlin zu trennen, und als es ihm schließlich gelungen war, trat Carlin zu Abe. Gemeinsam sahen sie zu, wie sechs starke Männer den Sarg hinaustrugen.

»Sie werden doch Sean Byers nicht das Herz brechen, oder?«, fragte Abe, denn er sah, wie der hoffnungslos verliebte Junge sich immer noch den Kopf verrenkte nach Carlin, als er mit seinem Onkel die Main Street entlangging.

»Wenn Sie mich fragen, brechen sich die Leute selbst das Herz. Nicht dass es Sie was anginge.«

Das Wetter war angemessen für ein Begräbnis, gnadenlos und kalt. Miss Davis wurde auf dem Schulfriedhof beigesetzt, und Carlin und Abe machten sich auf den Weg dorthin. Carlin fühlte sich nicht gestört durch Abe, es kam ihr beinahe vor, als sei sie alleine. Sie musste nicht höflich zu ihm sein, und ihm ging es offensichtlich genauso. Als ihr Schal verrutschte, wies Abe mit dem Kopf auf ihre Haare. »Sind Sie unter einen Rasenmäher geraten?«

»So was in der Art. Ein Akt der Selbstverstümmelung.«

»Ist geglückt.« Abe musste unwillkürlich lachen. »Wenn Sean Byers Sie in dem Zustand immer noch toll findet, ist er Ihnen wirklich hoffnungslos ergeben.«

»Es ist ihm nicht mal aufgefallen«, gab Carlin zu. »Ich glaube, er denkt, ich hätte immer so ausgesehen.«

Sie kamen am Haus der Evans vorüber, und Abe winkte Charlotte zu, die aus dem Fenster spähte, weil sie wissen wollte, wer an so einem schauderhaften Tag die Main Street entlangspazierte.

»Warum winken Sie der?« Carlin schüttelte den Kopf. »Mit der würde ich mich nicht abgeben.«

»Sie ist nicht so übel, wie sie scheint.«

»Manche Leute sind übler, als sie scheinen. Harry McKenna zum Beispiel. Ich glaube, er hat irgendwas zu verbergen. In jedem Fall weiß er, was mit Gus passiert ist. Es ist widerwärtig, wie er so tut, als sei nichts gewesen.«

»Schon möglich.« Sie gingen über das Grundstück von Mrs. Jeremy, um den Weg abzukürzen. »Aber vielleicht auch nicht.«

Sie schritten durch das hohe braune Gras und bogen dann auf den Pfad zwischen den Dornenhecken ein. Die Totengräber waren schon früher am Tag zu Werke gegangen, denn der Boden war gefroren, und sie hatten sich zu dritt vorarbeiten müssen. Eine kleine Trauergemeinde hatte sich am Grab versammelt, hauptsächlich Kollegen von der Schule, die es für ihre Pflicht hielten, Miss Davis die letzte Ehre zu erweisen. Vor dem Zaun lag ein Haufen Erde, und der Weg war mit eisigen Erdklümpchen übersät.

»Ich überlege mir, hier wegzuziehen«, sagte Carlin zu Abe.

Die Vorstellung, Haddan zu verlassen, fand Abe sehr verlockend, vor allem da er Betsy nicht übersehen konnte, die zwischen Eric Herman und Bob Thomas stand. Sie trug das schwarze Kleid, das sie an dem Abend angehabt hatte, als sie zu ihm gekommen und über Nacht geblieben war, doch heute waren ihre Augen hinter einer Sonnenbrille verborgen, und sie hatte die Haare zurückgekämmt und sah ganz anders aus als damals. Der Priester aus St. Agatha's, Pater Mink, ein beleibter Mann, der bei Beerdigungen wie bei Hochzeiten zu weinen pflegte, war eingetroffen, um das Grab zu segnen, und die Trauergemeinde trat beiseite, um ihm Platz zu machen.

Abe sah zu, wie die anderen im fahlen Winterlicht den Kopf

senkten. »Vielleicht sollte lieber ich mir überlegen, hier zu verschwinden.«

»Sie?« Carlin schüttelte den Kopf. »Sie können niemals weggehen von Haddan. Sie sind hier geboren und aufgewachsen. Es würde mich nicht mal wundern, wenn Sie irgendwann auf dem Friedhof hier begraben werden, nur um in der Nähe der Schule bleiben zu können.«

Abe wollte nichts mit diesem Friedhof zu tun haben, nicht an diesem Tag und auch nicht, wenn er bereit war für seine letzte Ruhestätte. Er wollte seinem Schöpfer in der Weite begegnen, wie jene Frau, die draußen bei Wrights Farm begraben lag, und er würde Helen Davis auch seine letzte Ehre hier draußen auf der Wiese erweisen. »Ich wette, ich bin vor Ihnen weg.«

»Ich muss nicht wetten«, sagte Carlin. »Miss Davis hat mir Geld hinterlassen, mit dem ich alle meine Ausgaben bezahlen kann.«

Miss Davis' Testament war eindeutig abgefasst. Ihre Ersparnisse, die der nette Mike Randall von der 5&10 Cent Bank geschickt angelegt hatte, sollten als Stipendien für bedürftige Schüler eingesetzt werden. In jedem Schuljahr sollte damit sichergestellt werden, dass die Betreffenden nicht arbeiten mussten und in ihren Ferien verreisen konnten. Miss Davis hatte festgelegt, dass Carlin Leander die erste Nutznießerin dieses Fonds sein sollte; bis zu ihrem Schulabschluss wurde für alle Kosten aufgekommen. Wenn sie Kleidung oder Bücher brauchte oder für ein Austauschjahr nach Spanien gehen wollte, musste sie lediglich eine schriftliche Anfrage an Mike Randall stellen, der ihr daraufhin so viel Geld aushändigen würde, wie sie brauchte.

»Ich habe finanziell keine Sorgen mehr.« Carlin steckte den grünen Schal fest. »Wenn ich hier bleibe.«

Carlin war fünfzehn geworden, was sie aber niemandem gesagt hatte, da ihr nicht nach Feiern zu Mute gewesen war. Doch an diesem Tag sah sie aus, als sei sie höchstens zwölf. Auf ihrem Gesicht lag der fassungslose Unglauben, der sich häufig mit dem ersten Schock über einen Verlust einstellt.

»Sie bleiben hier.« Abe blickte auf das kleine Steinlamm, dem man einen Jasminkranz um den Hals gelegt hatte.

»Miss Davis hat mir erzählt, dass die Leute es mit Blumen schmücken, weil das Glück bringen soll«, sagte Carlin, als sie seinen Blick bemerkte. »Es ist ein Gedenkstein für Dr. Howes Kind, das nie zur Welt kam, weil seine Frau starb. Wenn ein Kind krank wird, bringt die Mutter so einen Kranz hierher und bittet um Schutz.«

»Die kannte ich gar nicht, die Geschichte. Ich dachte immer, ich kenne sie alle.«

»Vielleicht hatten Sie nie jemanden, der Schutz brauchte.«

Als Carlin sich der Trauergemeinde zugesellte, blieb Abe noch eine Weile stehen, dann wandte er sich ab und ging den Weg zurück, den sie gekommen waren. Pater Minks Stimme klang rau und traurig, und Abe bemerkte, dass ihm Vogelgezwitscher zum Abschied von Miss Davis lieber gewesen wäre, denn trotz ihrer fortschreitenden Krankheit hatte sie nie vergessen, den Vögeln Fett und Körner zu geben.

Seine Ohren schmerzten vor Kälte, und er musste noch zur Kirche zurücklaufen, wo er seinen Wagen geparkt hatte, aber er schlug den entgegengesetzten Weg ein. Es war unsinnig, er hätte sich von der Schule fern halten sollen, und doch ging er weiter über die Wiese. Der Weg war beschwerlich, und er brauchte so lange dazu, dass er durchgefroren war, als er das Schulgelände erreichte. Auf den Bäumen saßen Stare, und wegen des fahlen Sonnenlichts hatten sich viele Vögel in dem

Rosenspalier hinter St. Anna's versammelt. Abe sah sie nicht, aber er hörte sie aufgeregt zwitschern wie im Frühling, auch die Kardinalsvögel. Der schwarze Kater saß mit schräg gelegtem Kopf neben dem Spalier und lauschte dem Gezwitscher.

Es mochte noch andere Katzen mit nur einem Auge geben in Haddan, aber sie trugen nicht so ein reflektierendes Halsband, wie Abe es in der vergangenen Woche in der Mail in Middletown erstanden hatte. Sein Kater war identisch mit dem von Helen Davis, daran gab es keinen Zweifel mehr. Wenn er nicht bei ihm aufgetaucht wäre, hätte Abe gerne alleine weitergelebt wie zuvor, doch nun hatte sich etwas verändert. Er war eine Bindung eingegangen, hatte ein Halsband gekauft, machte sich Sorgen. Und im Augenblick freute er sich zum Beispiel darüber, dem bemitleidenswerten Geschöpf zu begegnen. Er pfiff, wie man nach einem Hund pfeift. Die Vögel flogen auf, weil sie über das Klingeln des Glöckchens an dem neuen Halsband erschraken, doch der Kater würdigte Abe keines Blickes. Stattdessen spazierte er auf Chalk House zu, lavierte sich über Eis und Beton und blieb erst vor den Füßen eines Jungen stehen, der gerade zum Fluss gehen wollte, weil dort ein Eishockeyspiel stattfinden sollte, bei dem sich keiner an die Regeln halten musste. Es war Harry McKenna, und er blickte auf den Kater hinunter.

»Verschwinde«, sagte er grob.

Harry musste sich immer hervortun. Er wollte nicht so dämlich dastehen wie diese Memmen, die sich für wer weiß wie mutig hielten, nur weil sie am Abend vor ihrer Mutprobe ein hilfloses Karnickel fingen. Harry hatte sich stattdessen den schwarzen Kater vorgenommen und besaß nun ein Andenken, das weitaus origineller war als eine Kaninchenpfote. Er bewahrte es in einem Glasbehälter aus dem Biolabor auf.

Inzwischen war das gelbe Auge so milchig weiß geworden wie die Murmeln, mit denen Harry als Kind gespielt hatte, und wenn er den Behälter schüttelte, klackerte es wie ein Stein.

Harry war sicher, dass er Haddan in Kürze hinter sich lassen konnte, genauso sicher wie er wusste, dass die Hockeymannschaft, in der er antrat, den Sieg davontragen würde. Ihn interessierte nur die Zukunft. Er hatte eine vorzeitige Zulassung für Dartmouth bekommen, hatte aber dennoch immer wieder Albträume, in denen etwas mit seinen Abschlussnoten nicht stimmte. Dann wachte er schweißgebadet und entnervt auf und wurde seine Träume nicht einmal los, wenn er schwarzen Kaffee trank. An solchen Tagen war er auf eine Art nervös, die ihn selbst erstaunte. Schon Kleinigkeiten konnten ihn aus der Fassung bringen. Dieser schwarze Kater zum Beispiel, dem er immer mal wieder begegnete. Es war zwar nicht möglich, aber das Vieh schien ihn zu erkennen. Es blieb vor ihm stehen, wie jetzt an diesem Nachmittag im Januar, und weigerte sich weiterzugehen. Harry musste es verscheuchen, und wenn das nichts nützte, warf er ein Buch oder einen Ball nach dem Kater. Es war eine widerwärtige Kreatur, und Harry war der Meinung, dass er ihm schließlich kaum Schaden zugefügt hatte. Nach dem Vorfall hatte ihn seine Besitzerin, diese scheußliche alte Helen Davis, noch mehr verwöhnt. Harry fand, dass der Kater ihm eigentlich dankbar sein sollte, weil er danach verhätschelt und mit Sahne gefüttert wurde. Jetzt, da Miss Davis abgetreten war, würde der Kater es ihr vermutlich gleichtun, und um beide war es Harrys Ansicht nach nicht schade. Die Welt war ein angenehmerer Ort ohne die beiden.

Der schwarze Kater schien über ein erstaunliches Gedächtnis zu verfügen. Er verengte das eine Auge und blickte zu dem

Jungen auf, als kenne er ihn gut. Abe beobachtete, wie Harry den Kater mit dem Hockeyschläger davonjagte und schrie, er solle ihm vom Hals bleiben, aber der Kater blieb in der Nähe. Irgendwann wird jede Grausamkeit ans Licht gebracht, da gibt es kein Entkommen. Es war nur ein dürftiger Beweis, doch Abe benötigte nicht mehr. An diesem kalten Nachmittag, an dem die Stare alle davongeflogen waren, hatte er den Schuldigen gefunden.

DER VERSCHWINDENDE JUNGE

Sie hatten alles ganz anders geplant, aber Pläne misslingen häufig. In jedem jüngst erbauten Haus wird man trotz sorgfältiger Arbeit des Architekten zahllose Mängel entdecken. Irgendetwas geht bestimmt schief: ein Waschbecken wird an der falschen Wand installiert, eine Bodendiele quietscht, Wände, die gerade sein sollten, passen nicht zusammen. Harry McKenna war Architekt ihres Plans gewesen, der zu Anfang nur auf Einschüchterung und Angst basierte. War das nicht schließlich das Fundament der Herrschaft? Waren das nicht die Mittel, mit denen man auch die Widerspenstigen dazu zwang, sich den Regeln zu unterwerfen und sich anzupassen?

August Pierce hatte sich von Anfang an als Missgriff erwiesen. Von der Sorte waren ihnen schon öfter welche untergekommen: Jungen, die nur nach ihren eigenen Regeln lebten, die nie einer Gruppe zugehört hatten, die lernen mussten, dass man nicht nur Kraft gewinnt, wenn man sich zusammenschließt, sondern auch Macht. Man musste sich dazu verpflichten, seine Lektionen zu lernen. Gus hatte sich leider nie um dergleichen geschert; wenn er gezwungenermaßen zu den Treffen erschien, trug er seinen schwarzen Mantel und machte ein verächtliches Gesicht. Einige behaupteten, er trüge Kopfhörer, verborgen in seinem Mantelkragen, und höre Musik, statt sich die Regeln zu notieren wie die anderen Neulinge. Und so machten sie sich daran, ihm seinen Platz zuzuweisen. Täglich schoben sie ihm zusätzliche Arbeit zu und versuchten ihn zu demütigen; er musste Toiletten sauber machen und im Keller den Boden kehren. Doch diese Schikanen, die ihn zur Unterwerfung zwingen sollten, schlugen nicht an: Gus widersetzte sich. Wenn ein älterer Schüler im Speisesaal verlangte, dass er Tabletts zurücktragen oder Geschirr einsammeln solle, weigerte er sich einfach, obwohl sogar die Neulinge in Sharpe Hall oder Otto House wussten, dass man das nicht machte. Er ließ die anderen nicht an seine Hausaufgaben und seine Notizen, und als man ihm mitteilte, dass seine Körperhygiene nicht dem in Chalk House üblichen Standard entspreche, beschloss er, ihnen zu zeigen, was dreckig wirklich war. Er wechselte die Kleider nicht mehr, wusch sich nicht mehr und gab seine Wäsche mittwochs nicht ab. Es wurde noch schlimmer, als einige Jungen es für einen guten Einfall hielten, ihm das Wasser abzustellen, als er gerade unter der Dusche stand. Sie warteten draußen im Flur darauf, dass er mit Shampoo in den Augen herausgerannt kam, und hatten schon Handtücher aufgedreht, um ihm damit auf die nackte Haut zu klatschen. Aber Gus kam nicht aus dem Badezimmer. Er blieb eine halbe Stunde lang frierend in der Dusche stehen, und als sie schließlich aufgaben und verschwanden, wusch er sich am Waschbecken und duschte künftig überhaupt nicht mehr.

Trotz dieser Schikanen hatte Gus etwas Neues an sich entdeckt: Er konnte Bestrafung aushalten. Dass ausgerechnet er stark sein sollte, war im Grunde ein Witz, obwohl er nach allem, was er durchmachen musste, vermutlich sogar der Stärkste der ganzen Stadt war. Die anderen Neulinge im Chalk

House wären nicht auf den Gedanken gekommen, sich den Älteren zu widersetzen. Nathaniel Gibb, der noch nie Alkohol getrunken hatte, bekam durch einen Schlauch, mit dem die Farmer an der Route 17 Gänse und Enten stopften, so viel Bier in den Rachen geschüttet, dass er in seinem ganzen Leben nie mehr Bier riechen konnte, ohne sich zu übergeben. Dave Landen beklagte sich auch nicht. Er kehrte jeden Morgen den Kamin in Harry McKennas Zimmer aus, obwohl er Schnupfen bekam von Ruß, und rannte, wie es die Älteren von ihm verlangten, täglich zwei Meilen, auch bei kaltem und feuchtem Wetter. Davon behielt er einen bellenden Husten zurück, der ihn nachts wach hielt, worauf er tagsüber im Unterricht einschlief und seine Noten sich drastisch verschlechterten.

Es war sonderbar, dass keiner dahinter kam, was sich im Chalk House abspielte. Die Krankenschwester, Dorothy Jackson, dachte sich nichts, trotz der vielen Alkoholvergiftungen, die sie über die Jahre erlebt hatte, und der häufigen Fälle von Ausschlag und Schlaflosigkeit bei den Neulingen. Duck Johnson war begriffsstutzig, aber Eric Herman war sonst immer so penibel – warum fiel ihm nicht auf, dass etwas nicht stimmte? War er nur besorgt um sich selbst, wenn man ihn bei der Arbeit störte? Lag ihm nur daran, dass Ruhe herrschte im Haus?

Gus hatte erwartet, dass die Verantwortlichen ihm irgendwie beistehen würden, und als Mr. Herman ihm nicht einmal zuhören wollte, wandte er sich an den Schulleiter, aber er merkte bald, dass er auch hier nichts ausrichten würde. Man ließ ihn fast eine Stunde im Vorzimmer warten, und als die Sekretärin von Mr. Thomas, Missy Green, Gus hineingeleitete, hatte er klatschnasse Hände. Bob Thomas war ein massiger Mann, und er saß reglos in seinem Ledersessel, während Gus ihm von den grässlichen Gepflogenheiten im Chalk House berichtete. Doch Gus fand selbst, dass er sich jämmerlich und unterwürfig anhörte, und es gelang ihm nicht einmal, Bob Thomas in die Augen zu schauen.

»Wollen Sie mir sagen, dass Sie von jemandem körperlich angegriffen wurden?«, fragte Bob Thomas. »Weil Sie auf mich, ehrlich gesagt, ganz unversehrt wirken.«

»Es geht nicht darum, dass man zusammengeschlagen wird oder so. Es sind eher die kleinen Sachen.«

»Kleine Sachen«, wiederholte Bob Thomas fragend.

»Aber sie kommen immer wieder vor, und sie sind bedrohlich.« Gus kam sich vor wie eine zimperliche Petze auf dem Spielplatz. *Sie haben mir Sand ins Gesicht geworfen. Sie sind gemein zu mir.* »Es ist schwerwiegender, als es sich anhört.«

»So schwerwiegend, dass ich eine Hausversammlung einberufen muss, damit sich die anderen Schüler Ihre Beschwerden anhören können? Möchten Sie das?«

»Ich dachte, das bliebe unter uns.« Gus merkte, dass er nach Nikotin stank und einen halb gerauchten Joint in der Innentasche seines Mantels herumtrug. Seine Anklage der anderen konnte durchaus so enden, dass man ihn selbst von der Schule verwies. Gewiss nicht das, was sein Vater sich gewünscht hatte, als er ihn nach Haddan schickte.

»›Wer anonym bleiben will, dem mangelt es an Mut oder an Ehrgefühl.‹ Das ist ein Zitat von Hosteous Moore aus der Zeit, als er hier noch Rektor war, und dieser Meinung bin ich auch. Wollen Sie, dass ich mit dieser Information zu Dr. Jones gehe? Das könnte ich natürlich tun. Ich könnte ihn bei einem Pädagogentreffen in Boston stören, ihn hierher bestellen und ihm von diesen ›kleinen Sachen‹ berichten, wenn Sie das wollen.«

Gus hatte so oft im Leben den Kürzeren gezogen, dass er wusste, wann ein Kampf aussichtslos war. Von nun an hüllte er sich in Schweigen, und vor allem Carlin erzählte er gar nichts, denn sie hätte sich vermutlich mehr über die im Laufe der Jahre getöteten Kaninchen aufgeregt als über alles andere und wäre sofort zu Dr. Jones gelaufen. Sie hätte für Gus kämpfen wollen, und das konnte er nicht zulassen. Nein, er hatte einen besseren Plan. Er wollte den Club der Zauberer vorführen. Er würde die unmögliche Aufgabe lösen, die Dr. Howe seiner Frau vor langer Zeit gestellt hatte.

Pete Byers hatte ihm gesagt, wie es zu schaffen war. Pete kannte sich ein wenig mit Rosen aus, weil seine Frau Eileen Gartenliebhaberin war. Sogar Lois Jeremy rief gelegentlich bei ihm an und erkundigte sich, wie den Japankäfern ohne chemische Mittel beizukommen sei (mit einer Lösung aus Wasser und Knoblauch besprühen) oder wie sie die Kröten aus ihren Rabatten vertreiben könne (am besten gar nicht, lautete die Antwort, denn sie fressen Schnaken und Blattläuse). Im Juni blühten die prachtvollen Evening Star vor dem Schlafzimmerfenster der Byers so silbrig, das es aussah, als hätte sich der Mond in ihrem Garten niedergelassen.

Pete fungierte nur als Helfer, streute Mulch aus und pflanzte Setzlinge ein. Einige Tage zuvor hatte er eine Gartenzeitschrift durchgeblättert und zu seinem Erstaunen festgestellt, das dort ein Text von seiner Frau über ihr Lieblingsthema, weiße Gärten, veröffentlicht war. Dass sie ihm nichts davon erzählt hatte, erschütterte Pete: Er wäre nie auf die Idee gekommen, dass Eileen vor ihm Dinge geheim hielt. Da er den Artikel sehr aufmerksam gelesen hatte, erinnerte er sich an den Absatz, in dem Eileen schrieb, dass man zur Viktorianischen Zeit gerne weiße Blumen in den Gärten hatte, um mit ebenjenem Trick, nach dem der Junge suchte, seine Zeitgenossen zu amüsieren.

Gus stieß einen Jubelschrei aus, als er hörte, dass die Verwandlung zu bewerkstelligen war; er beugte sich über den Tresen und umarmte Pete stürmisch. Danach kam er jeden Tag vorbei und erkundigte sich, ob seine Bestellung schon eingetroffen sei, und am Tag vor Halloween konnte Pete ihm schließlich das Anilinpulver aushändigen.

An diesem Abend begab sich Gus auf den Friedhof, um seine Nerven zu beruhigen und sich an die Zauberer zu erinnern, die er mit seinem Vater gesehen hatte. Allen, den Mittelmäßigen wie den Grandiosen, war eines gemein: Selbstvertrauen. Die Krähe in der hohen Ulme gab ein missbilligendes Krächzen von sich, als sie Gus' daherschlurfen sah. So ein Vogel war geschickter als er, flink wie ein Dieb. Doch Gus wusste, dass die wichtigen Utensilien dem Auge immer verborgen blieben, und er hielt sich zu Geduld und Stillschweigen an, als er Carlin Leander, die seit Wochen einen Bogen um ihn machte, den Weg entlangkommen sah.

Gus hätte den Mund halten sollen, doch stattdessen ließ er seinem Schmerz und seiner Wut freien Lauf. Nach ihrem Streit, als er über den Eisenzaun gestiegen war, überkam ihn eine sonderbare Ruhe. Nach Mitternacht ging er zum Chalk House zurück, wo die anderen ihn erwarteten. Es war die Stunde der Täuschung und des Grolls, in der viele Leute nicht einschlafen konnten, obwohl es still war in der Stadt und nur das Rauschen des Flusses so nahe schien, dass ein Fremder glauben konnte, er fließe durch die Main Street.

An diesem Abend, dem Abend seines Beitritts zum Geheimbund, ging Gus auf Harrys Zimmer. Die Jungen bildeten einen Kreis um ihn, und jeder war sicher, dass Gus Pierce am nächsten Morgen verschwunden sein würde. Er würde die Aufnahmeprüfung nicht bestehen und entweder aus freien Stücken gehen, oder aber man würde ihn der Schule verweisen, wenn die Lehrer das Marihuana finden würden, das Robbie und Harry im obersten Fach seines Schranks deponiert hatten. So oder so würde er binnen kurzem im Abendzug sitzen und für die Schule der Vergangenheit angehören. Doch vorher hielten sie noch eine Überraschung für ihn bereit, eine Art Abschiedsgeschenk. Sie konnten nicht ahnen, dass auch Gus mit einer Überraschung aufwartete. Obwohl Harrys Zimmer überheizt war, hatte Gus seinen schwarzen Mantel an, denn er hielt darin die weißen Rosen verborgen, die er im Lucky-Day-Blumenladen gekauft hatte. Er glaubte, dass sein Vater stolz auf ihn wäre, denn er hatte so lange geübt, bis er die Blumen mit einer schwungvollen Geste aus dem Mantel ziehen konnte, die einem Profizauberer alle Ehre gemacht hätte. Die Blüten leuchteten in dem halbdunklen Zimmer, und ein einziges Mal verstummten diese Idioten, mit denen Gus zusammenleben musste, diese Widerlinge, die solche Freude daran hatten, ihn zu demütigen.

Es war ein langer wundervoller Augenblick, reglos und klar wie Kristall. August Pierce drehte seinem Publikum rasch den Rücken zu, streute mit flinker Hand das Anilinpulver auf die Blumen, dann wandte er sich wieder seinen Peinigern zu. Und vor ihren Augen wurden die Rosen so leuchtend scharlachrot, dass viele von ihnen sofort an Blut denken mussten.

Keiner applaudierte, und es fiel kein Wort. Die Stille fühlte sich an wie ein Hagelschauer, und da begriff Gus, dass er einen Fehler begangen hatte, dass keiner hier bereit war, ihm Erfolg zu gönnen. Gus' kleiner Sieg sorgte für eine vergiftete Stimmung im Raum. Wenn Duck Johnson sich bemühte, die

Erinnerung an diesen Abend wachzurufen, fiele ihm vielleicht ein, dass es außergewöhnlich still gewesen war im Haus; er musste nicht einmal die Nachtruhe ankündigen. Das war ziemlich ungewöhnlich, aber er machte sich Gedanken über die Rudermannschaft – kein Kampfgeist, keine Anführer – und bemerkte nichts. Eric Herman hörte später Schritte im Flur und hastiges aufgeregtes Geflüster. Zur Aussage gezwungen, hätte er zugeben müssen, dass er sich ärgerte, weil nie Ruhe herrschte hier, nicht einmal nach Mitternacht, und er musste noch arbeiten. Er stellte seine Anlage lauter, als er die Arbeiten benotete, und war froh, nichts zu hören außer Cello und Geigen.

Zwei Jungen hielten Gus den Mund zu, um Schreie zu verhindern, aber er biss einem so heftig in den Finger, dass die Haut aufplatzte. Sie zerrten ihn den Flur entlang zur Toilette; vermutlich hatte Eric das gehört, bevor er seine Kopfhörer aufsetzte. Die Jungen von Chalk House hatten nicht die Absicht, sich durch Gus' Erfolg ihre Pläne vereiteln zu lassen. Sie hatten das Klo vorher alle benutzt, und es war voll und stank, als sie Gus hochzerrten und seinen Kopf in die Schüssel steckten. Sie sollten alle still sein, dazu hatten sie sich verpflichtet, aber einige mussten sich den Mund zuhalten, um ihr nervöses Lachen zu unterdrücken. Gus wehrte sich, aber sie drückten seinen Kopf tiefer. Ein Kichern war zu hören, als er mit den Beinen nach hinten austrat.

»Schaut euch jetzt das Großmaul an«, sagte einer.

Gus' Beine fuchtelten bald, als beherrsche er sie nicht mehr, und er traf Robbie Shaw am Mund. Schmutziges Wasser spritzte auf die Kacheln, und als Nathaniel Gibb keuchte ob der Brutalität, hallte der Laut wie ein metallisches Klirren von den Wänden wider. Manche Handlungen müssen zu

Ende geführt werden, wenn sie einmal begonnen wurden, wie eine Feder, die man zu straff gespannt hat. Sogar jene, die stumm ein Gebet sprachen, konnten nicht mehr zurück; es war zu spät. Sie drückten seinen Kopf nach unten, bis er sich nicht mehr wehrte. Das war doch schließlich das Ziel gewesen, oder? Dass er sich nicht mehr widersetzte. Als sie ihn besiegt hatten, war er wie eine ausgestopfte Lumpenpuppe. Sie hatten ihm drohen und ihm seinen Platz zuweisen wollen, doch als sie ihn wieder herauszogen, war er schon blau im Gesicht und atmete nicht mehr. Sie hatten ihn mit ihren Ausscheidungen und ihrem Hass erstickt.

Einige der Älteren, zähe abgebrühte Schüler, die beim Fußball keine Milde zeigten und jeden verhöhnten, den sie als schwächlich erachteten, gerieten sofort in Panik und wären weggelaufen, wenn Harry McKenna sie nicht angewiesen hätte, den Mund zu halten und sich nicht von der Stelle zu rühren. Auf Pierce' Stirn erschien ein violetter Bluterguss an der Stelle, an der er auf die Schüssel aufgeprallt war. Er hatte zu früh das Bewusstsein verloren und sich deshalb nicht so lange gewehrt, wie sie erwartet hatten.

Harry schlug Gus auf den Rücken, dann legte er ihn mit dem Gesicht nach oben auf den Boden und winkte Robbie herbei. Robbie war seit zwei Jahren Rettungsschwimmer, aber sie konnten ihn nicht dazu bewegen, mit seinem Mund Gus' Lippen zu berühren, die im Kot gesteckt hatten. Schließlich versuchte Nathaniel Gibb verzweifelt per Mund-zu-Mund-Beatmung Luft in Gus' Lunge zu pumpen, aber es war zu spät. Das Mondlicht, das durchs Fenster fiel, beleuchtete das Ergebnis ihrer Taten: Wasser und Exkremente auf dem Kachelboden und ein großer dürrer Junge, der tot war.

Zwei der praktischeren Jungen rannten in den Keller, holten Eimer und Schrubber und bemühten sich nach Kräften, den Boden zu säubern und zu desinfizieren. Unterdessen trugen die Älteren Gus Pierce aus dem Haus. Dave Linden hatte den Auftrag, den Weg hinter ihnen zu kehren, als sie Gus stumm zum Fluss hinunterschleppten. Sie gingen durch den Wald, bis sie eine Stelle fanden, an der das Ufer abschüssig war. Es roch leicht nach den Veilchen, die im Frühling dort blühten, und einer der Jungen musste an das Parfüm seiner Mutter denken und begann zu weinen. Dort legten sie die Leiche ab, so langsam und leise, dass einige grüne Frösche, die im Gras geschlafen hatten, nicht mehr entkommen konnten und unter dem Gewicht zerquetscht wurden. Harry McKenna ging in die Hocke und knöpfte den schwarzen Mantel zu. Er ließ Gus' Augen offen, weil er sich dachte, dass es so sein würde bei jemandem, der in einer klaren Mondlicht ins Wasser ging. Dann kam das Ende der Reise. Sie zogen Gus den Abhang hinunter bis zum Ufer, schleppten ihn im Wasser hinter sich her wie einen schwarzen Holzpflock, zwischen Schilf und Lilien hindurch, und als sie knietief im Fluss standen, ließen sie ihn alle zugleich los, als hätten sie sich vorher abgesprochen. Sie überließen ihn der Strömung, und nicht einer von ihnen blieb stehen, um nachzusehen, wo sie ihn hintrug und wie weit er den Fluss hinuntertreiben musste, bevor er einen Ruheplatz fand.

In der ersten Februarwoche wurden die Jungen im Chalk House krank. Einer nach dem anderen, und nach einer Weile konnte man vorhersagen, wen es als Nächstes erwischen würde, indem man ihm in die Augen blickte. Einige waren so apathisch, dass sie nicht mehr aufstehen konnten, andere taten nächtelang kein Auge zu. Manche Jungen litten unter einem schrecklichen Ausschlag, und andere konnten nichts mehr zu sich nehmen außer Crackern und warmem Ginger Ale. Kaum einer konnte mehr zum Unterricht gehen, und die Stimmung war gedrückt. Das Aspirin verschwand aus den Regalen der Krankenstation, es wurde nach kalten Kompressen und säurebindenden Mitteln verlangt. Am schlimmsten waren die Jungen unter dem Dach betroffen, denn sie behielten ihre Leiden für sich, um keine Aufmerksamkeit auf sich zu ziehen. Dave Linden zum Beispiel wurde von so entsetzlichen Kopfschmerzen geplagt, dass er nicht mehr lernen konnte, und Nathaniel Gibb spürte einen Druck auf der Brust, der ihm immer wieder das Atmen erschwerte, aber er sprach nicht darüber.

Die Schwester musste zugeben, dass sie so eine Plage noch nie erlebt hatte, und überlegte sich, ob es sich vielleicht um eine neue Welle der asiatischen Grippe handelte. Wenn dem so war, blieb den Betroffenen nichts anderes übrig, als darauf zu warten, dass ihre Abwehrkräfte über die Erreger siegten, denn kein Medikament hatte irgendetwas ausrichten können. Doch tatsächlich war diese Epidemie nicht auf einen bakteriellen Infekt oder einen Virus zurückzuführen. Sondern einzig und allein auf Abel Grey, der sich in der ersten Woche des Monats, als Steinfliegen auf den warmen Felsen am Fluss hockten und die Nachmittagssonne genossen, ständig auf dem Schulgelände herumtrieb. Er sprach mit niemandem, aber man spürte seine Anwesenheit überall. Morgens, wenn die Jungen aus dem Chalk House die Treppe hinunterstürmten, hatte er sich schon auf einer Bank in der Nähe niedergelassen, frühstückte und studierte die *Tribune*. Mittags fand man ihn am Eingang zum Speisesaal, ebenso vor dem Abendessen. Jeden Abend nach Einbruch der Dunkelheit saß er auf dem Parkplatz neben Chalk House in seinem Wagen, hörte Radio und verspeiste einen Cheeseburger mit Bacon von Selena's, wobei er sich bemühte, Wrights Mantel nicht zu bekleckern. Jedes Mal, wenn einer der Jungen aus dem Haus lief, um zu joggen oder sich mit seinen Freunden zum Hockeyspielen zu treffen, fiel sein Blick unweigerlich auf Abel Grey. Binnen kurzem zeigten sich die Symptome auch bei den Selbstsichersten und Dreistesten, und sie wurden krank.

Schuld war eine seltsame Sache; manchmal spürte man sie erst, wenn sie sich längst eingeschlichen und breit gemacht hat, wenn sie dem Magen und dem Gedärm zusetzt und auch dem Gewissen. Abe kannte sich aus mit dem Bedürfnis nach Buße, und er achtete darauf, wo es an die Oberfläche kam. Er hatte ein Auge auf die Jungen, die nervöser wirkten als die anderen, schlenderte hinter ihnen her, wenn sie zum Unterricht gingen, und hielt Ausschau nach den Anzeichen des Schuldgefühls: Erröten, Zittern, der Angewohnheit, über die Schulter zu schauen, obwohl keiner da war.

»Warten Sie darauf, dass einer von denen zu Ihnen kommt und gesteht?«, fragte Carlin, als ihr klar wurde, was Abe tat. »Keine Chance. Sie kennen diese Typen nicht.«

Aber Abe wusste, wie es sich anfühlte, wenn die Toten sprachen und den Lebenden die Schuld zuwiesen an allem, was sie getan oder unterlassen hatten. Noch heute hörte er manchmal die Stimme seines Bruders, wenn er am alten Haus seiner Eltern vorüberfuhr. Das suchte er hier an der Schule: den Jungen, der am meisten darum bemüht war, den Geistern in seinem Kopf zu entkommen.

Bei seiner Wache in der Schule wurde ihm auch das Vergnügen zuteil, Betsy Chase zu observieren. Betsy schien über Abes Abwesenheit auf dem Schulgelände alles andere als erfreut. Sie senkte den Blick, sobald sie ihn bemerkte, und machte kehrt, selbst wenn sie deshalb zu spät zum Unterricht erschien. Abe geriet innerlich in Aufruhr und freute sich, wenn er sie sah, obwohl er sich eingestehen musste, dass er unglücklich verliebt war. Allerdings hatte er auch kein Glück beim Pokerspielen im Millstone, wo ihm dann eigentlich sämtliche Asse zugestanden hätten.

Eines Morgens, nachdem sich Abe seit über einer Woche auf dem Schulgelände aufhielt, bog Betsy überraschend von ihrer üblichen Route ab und kam direkt auf ihn zu. Abe hatte auf einer Bank vor der Bibliothek Position bezogen, nachdem er auf dem Revier angerufen und wieder einmal seine Dienste getauscht hatte. Er merkte, dass Doug Lauder, der für ihn einsprang, allmählich sauer wurde. Aber er hatte sich noch nicht deutlich genug beklagt, sodass Abe auf dem Schulgelände blieb und seinen Café au lait trank, den er sich beim Drugstore geholt hatte. Die Narzissen in den Beeten waren schon aufgeblüht, und auf dem Rasen leuchteten Schneeglöckchen, aber die Luft war noch kalt, und aus Abes Becher stieg Dampf auf. Durch den Dunst dachte er zunächst, er habe eine Halluzination, als er Betsy in schwarzem Blazer und Jeans auf sich zukommen sah, aber schließlich stand sie leibhaftig vor ihm.

»Glaubst du, es fällt keinem auf, dass du hier herumlungerst?« Betsy hob die Hand, um die Augen zu beschatten. In dem hellen flirrenden Licht konnte sie Abes Gesicht kaum erkennen. »Alle reden darüber. Früher oder später werden sie dahinter kommen.«

»Hinter was?« Er starrte sie an mit diesen wasserhellen Augen, und sie konnte nichts dagegen tun.

»Hinter uns.«

»Das glaubst du?« Abe grinste. »Dass ich wegen dir hier bin?«

Eine Wolke schob sich vor die Sonne, und Betsy sah, wie sehr sie ihn verletzt hatte. Sie ließ sich am anderen Ende der Bank nieder. Warum war ihr immer nach Weinen zu Mute, sobald sie ihn sah? Das konnte doch wohl nicht Liebe sein, oder? Danach konnten die Menschen doch nicht so verrückt sein?

»Was machst du dann hier?« Sie hoffte, dass sie nicht allzu interessiert oder, schlimmer noch, verzweifelt klang.

»Ich glaube, dass mir früher oder später irgendwer erzählen wird, was mit Gus Pierce passiert ist.« Abe trank seinen Kaffee aus und warf den Becher in einen Abfalleimer neben der Bank. »Ich warte hier nur darauf, bis es soweit ist.«

Die Rinde der Trauerweiden war hell geworden, und grüne Knospen hatten sich an den herabhängenden Ästen gebildet. Zwei Schwäne, aus deren Gefieder Schlamm tropfte, näherten sich argwöhnisch der Bank.

»Huschhusch«, rief Betsy. »Weg mit euch.«

Da er so viel Zeit auf dem Gelände verbrachte, war Abe vertraut mit den Schwänen und wusste, dass diese beiden ein Paar waren. »Die lieben sich«, sagte er zu Betsy.

Die Schwäne hatten neben dem Abfalleimer Halt gemacht und zankten sich wegen einer Brotrinde.

»Das nennst du Liebe?« Betsy lachte. Sie musste zum Unterricht, und sie bekam kalte Hände, aber sie blieb sitzen.

»O ja«, sagte Abe.

Später schwor sich Betsy, dass sie sich von ihm fern halten würde, aber er schien überall zu sein. Beim Mittagessen stand er schon wieder da, an der Salatbar.

»Bob Thomas soll angeblich schäumen, weil er hier rumhängt«, sagte Lynn Vining zu Betsy. »Die Schüler haben sich bei ihren Eltern beschwert, dass sich Polizei in der Schule herumtreibt. Aber, Gott, sieht er gut aus.«

»Ich dachte, du hättest nur Augen für Jack.« Betsy meinte den verheirateten Chemielehrer, mit dem Lynn seit einigen Jahren ein Verhältnis hatte.

»Und was ist mit dir?«, lenkte Lynn ab, ohne zur Sprache zu bringen, dass sie seit einiger Zeit ziemlich unglücklich war, weil sie festgestellt hatte, dass ein Mann, der eine Frau betrog, auch andere betrügen kann. »Du kannst den Blick auch nicht von ihm wenden.«

Abe hatte sich an einem Tisch im hinteren Teil des Speisesaals niedergelassen, aß seinen Salat und beobachtete die Jungen aus Chalk House. Er brauchte nur einen, der seine Mitwisserschaft gestand, und die anderen würden nachziehen und um Verständnis und Verschonung heischen. Bei Nathaniel Gibb schien er die Zeichen gefunden zu haben, die er suchte, und er folgte dem Jungen, als er sein Essen unberührt in den Müll warf. Den ganzen Nachmittag blieb er ihm auf den Fersen, hielt sich vor dem Biologielabor und dem Zimmer auf, in dem er Mathe hatte, und irgendwann fuhr der bedrängte Junge herum.

»Was wollen Sie von mir?«, rief er.

Sie waren auf dem Pfad, der zum Fluss hinunterführte und den viele Leute mieden, um den Schwänen nicht zu begegnen. Nathaniel Gibb hatte allerdings andere Sorgen als die Schwäne. Seit einiger Zeit spuckte er Blut. Er trug jetzt immer ein großes Taschentuch bei sich, einen Lappen, dessen er sich schämte und der ihn daran erinnerte, wie verletzlich ein menschlicher Körper war.

Abe sah, wonach er gesucht hatte, die Angst in den Augen.

»Ich möchte nur mit Ihnen über Gus reden. Vielleicht war es ja ein Unfall, was ihm zugestoßen ist. Vielleicht wissen Sie etwas darüber.«

Nathaniel war ein Junge, der immer getan hatte, was von ihm erwartet wurde, doch nun wusste er nicht mehr, was das war. »Ich habe Ihnen nichts zu sagen.«

Abe verstand, wie schwer es war, mit bestimmten Vergehen zu leben. Behält man sie für sich, kann man den Schmerz unterdrücken. Spricht man sie aus, lässt man ihn zu.

»Niemand wird Ihnen etwas zu Leide tun, wenn Sie mit mir sprechen. Sie müssen mir nur erzählen, was in jener Nacht passiert ist.«

Nathaniel schaute auf, erst zu Abe und dann an ihm vorbei. Harry McKenna alberte mit ein paar Freunden auf der Treppe der Sporthalle herum. Das Nachmittagslicht war gelb und streifig, und die Luft blieb noch immer kühl. Als Nathaniel Harry sah, bekam er wieder einen Hustenanfall, und bevor Abe ihn zurückhalten konnte, drehte er sich um und rannte weg. Abe lief ihm noch eine Weile nach, aber als Nathaniel in einer Gruppe von Schülern verschwand, gab er auf.

An diesem Abend spürte Abe, dass es Ärger geben würde, so wie er es als Junge immer gespürt hatte. Und tatsächlich, als er am nächsten Tag seinen Posten an der Schule kurz verließ, um sich bei Selena's etwas zum Mittagessen zu holen, fuhren Glen Tiles und Joey Tosh auf dem Parkplatz am Chalk House vor und hielten neben Wrights altem Streifenwagen. Abe ging zu ihnen und sprach mit Glen durchs Fenster.

»Sie scheinen Ihren Dienstplan dieser Tage selbst aufzustellen«, sagte Glen.

»Nur vorübergehend«, versicherte Abe. »Ich werde alle Stunden nacharbeiten.«

Glen bestand darauf, Abe zum Essen einzuladen, obwohl Abe erklärte, das sei nicht nötig.

»Doch.« Glen griff nach hinten und öffnete die Tür. »Steigen Sie ein.«

Joey steuerte den Wagen mit einer Hand am Lenkrad. Sein Gesicht war verschlossen, und er wandte nicht einmal den Blick von der Straße ab. Sie fuhren bis nach Hamilton ins »Hunan Kitchen«, wo sie, Glens Diätplan zum Trotz, dreimal Huhn à la General Gao zum Mitnehmen bestellten und dann in einer Straße gegenüber vom Krankenhaus im Wagen aßen. So konnte man unter sich bleiben und sicher sein, dass man hinterher Magendrücken bekam.

»Wussten Sie, dass die Haddan School der Stadt eine Summe gespendet hat, mit der wir ein eigenes Krankenhaus bauen können?«, sagte Glen. »Aus diesem Anlass gibt es am nächsten Wochenende ein Fest, und ich sage Ihnen, Sam Arthur und die anderen Stadträte werden stinkwütend sein, wenn bis dahin irgendwas schief läuft. Damit kann man Menschenleben retten, Abe. Man müsste nicht mehr mit einem Notfall bis nach Hamilton fahren. Vielleicht hätten wir Frank retten können, wenn es damals in der Stadt einen Ort gegeben hätte, wo man mit Schusswunden richtig umgehen konnte. Vergessen Sie das nicht.«

Abe legte seine Essstäbchen in den Behälter mit dem Huhn. Seine Brust fühlte sich beengt an, als umwickle ihn jemand mit einem Band. Dieses Gefühl hatte sich früher immer eingestellt, wenn er den Erwartungen seines Vaters nicht gerecht werden konnte, was fast immer der Fall gewesen war.

»Um unser Krankenhaus zu kriegen, müssen wir also nur wegschauen, wenn ein Junge umgebracht wird?«

»Nein. Sie müssen sich nur von der Haddan School fern

halten. Bob Thomas ist ein vernünftiger Mann, und er hat eine vernünftige Bitte geäußert. Hören Sie auf, seine Schüler zu belagern. Meiden Sie das Gelände.«

Schweigend fuhren sie über die Route 17 zurück. Keiner aß das Essen auf, für das sie so weit gefahren waren. Sie brachten Abe zu seinem Wagen auf dem Parkplatz am Chalk House, der jetzt mit einer dünnen Eisschicht bedeckt war. Joey stieg aus.

»Wenn du den Leuten an der Schule weiter auf den Nerv gehst, schadest du uns allen«, sagte Joey. »Ich finde, dass die Schule dieser Stadt Geld schuldig ist. Wir haben es verdient.«

»Das sehe ich anders.«

»Prima. Mach, wie du meinst. Wir müssen uns ja nicht aufführen, als seien wir Zwillinge, wie?« Joey ging zum Wagen zurück, und Abe rief ihm noch etwas nach.

»Weißt du noch, wie wir damals vom Dach gesprungen sind?« Darüber hatte Abe nachgedacht, seit sie auf der Route 17 an der Zufahrt zu Wrights Haus vorbeigekommen waren.

»Nee.«

»Bei meinem Großvater draußen? Du hast mich herausgefordert und ich dich, und wir waren beide so blöd, dass wir es tatsächlich gemacht haben.«

»Kann nicht sein. Das bildest du dir ein.«

Aber sie hatten es wirklich getan, und Abe wusste noch, wie blau der Himmel an diesem Tag gewesen war. Wright hatte ihnen aufgetragen, die hinteren Wiesen zu mähen, wo das Gras so hoch war wie sie selbst, doch stattdessen waren sie auf den Schuppen geklettert und aufs Dach gesprungen, indem sie sich an der Regenrinne festklammerten und dann hochzogen auf die Asphaltschindeln. Sie waren zwölf damals, in diesem unbekümmerten Alter, in dem Jungen glauben, dass ihnen nie etwas zustoßen wird; sie können durch die Luft fliegen, laut brüllen, alle Amseln in den Bäumen aufscheuchen und atemlos und völlig unversehrt auf dem Boden landen. Damals konnte sich ein Junge seines besten Freundes sicher sein, so wie er sicher sein konnte, dass Luft, Vögel und Strohblumen immer da sein würden.

Joey riss die Wagentür auf und schrie über den Motorenlärm hinweg: »Du bildest dir wieder was ein, Freund. Wie immer.«

Als sie weg waren, stieg Abe in seinen Wagen und fuhr zum Millstone. Es war noch früh am Abend, niemand saß an der Bar, und vielleicht kam sich Abe deshalb vor wie in einer fremden Stadt. Außerdem war ein neuer Barkeeper im Einsatz, der Abe nicht kannte und auch nicht wusste, dass er lieber Bier vom Fass als aus der Flasche trank. George Nichols, der Besitzer der Bar, hatte den Laden geerbt und war schon nicht mehr der Jüngste gewesen, als Joey und Abe ihm ein erstes Mal ihre falschen Ausweise vorgelegt hatten. Er hatte sie ein paar Mal verpfiffen und Abes Großvater angerufen, wenn er die beiden Jungen dabei erwischte, wie sie auf dem Parkplatz herumlungerten und versuchten, die älteren Jungen zu überreden, ihnen Drinks zu kaufen. Als Abe bei seinem Großvater wohnte, musste er einmal im Sommer eine ganze Woche auf seinem Zimmer verbringen, nachdem George Nichols ihn mit einem geschmuggelten Whisky Sour auf dem Männerklo des Millstone erwischt hatte. »Du bist nicht verschlagen genug, um mit so was davonzukommen«, sagte Wright damals zu Abe. »Dich werden sie jedes Mal erwischen.«

Doch was wurde aus den Jungen, die man nicht erwischte, fragte sich Abe, als er Erdnüsse aus einer Schale auf der Bar angelte. Diese Jungen, die ihre Schuld so plagte, dass sie Ausschlag bekamen oder Blut spuckten, wie kamen die mit sich zurecht, wenn man sie nicht zur Rede stellte?

»Wo steckt George?«, fragte Abe den neuen Barkeeper, der so jung aussah, als dürfe er selbst noch keinen Alkohol trinken. »Beim Angeln?«

»Musste zur Krankengymnastik. Seine Knie machen nicht mehr mit«, sagte der neue Barkeeper. »Kommt allmählich in die Jahre, der alte Knabe.«

Als Abe sich von seinem Barhocker erhob, fühlten sich seine Knie auch nicht allzu gut an. Er ging hinaus und blinzelte in die Abendsonne. Er wurde das Gefühl nicht mehr los, fremd zu sein in der Stadt; auf dem Weg zum Mini-Mart bog er zweimal falsch ab und dann fand er auf der Main Street keinen Parkplatz, als er eines von Wrights Sportsakkos bei der Reinigung abholen wollte. Und dort erkannte er niemanden außer Zeke, auch eine von den Alten, bei der er einen Stein im Brett hatte, weil sein Großvater vor fünfunddreißig Jahren den einzigen bewaffneten Raubüberfall in der Stadt verhinderte, der sich just an diesem Ort ereignete. Es waren nur vierzehn Dollar in der Kasse damals, aber das spielte keine Rolle. Der Räuber hatte eine Waffe, und die war direkt auf Zeke gerichtet, als Wright zufällig hereinspazierte, um seine Wolldecken abzuholen. Aus diesem Grund bekam Abe bis zum heutigen Tag zwanzig Prozent Rabatt bei Zeke, obwohl er selten etwas zu reinigen hatte.

»Wer waren diese Leute?«, fragte Abe, als die Kunden vor ihm verschwunden waren und er Wrights Sakko in Empfang nahm.

»Weiß der Himmel. Aber so geht's, wenn eine Stadt größer wird. Man kennt nicht mehr jeden mit Namen.«

Doch noch war Abe in dieser Stadt zu Hause, und in seiner Stadt war es einem Steuer zahlenden Bürger nicht untersagt, sich auf dem Gelände der Haddan School aufzuhalten. Hätte man ein derartiges Gesetz einführen wollen, hätten die

Bürger rebelliert, bevor die Tinte auf dem Erlass trocken war. Man stelle sich nur mal vor, dass Mrs. Jeremys Sohn AJ vom Fußballfeld vertrieben würde, wenn er mit seinen Golfschlägern anrückte, um einputten zu üben. Oder dass der Yogaclub, der sich seit über zehn Jahren jeden Donnerstagmorgen traf, aus dem Garten verscheucht würde, als seien die Mitglieder Kriminelle anstatt Anhänger einer uralten Lehre. Abe forderte das Schicksal heraus, er wusste es, aber er brauchte nicht mehr lange, um Nathaniel Gibb weich zu klopfen. Er begann den Jungen wieder zu verfolgen.

»Sprechen Sie doch mit mir«, sagte Abe, als er sich auf Gibbs Spuren setzte.

Doch diesmal geriet Nathaniel in Panik. »Was wollen Sie von mir?«, schrie er. »Warum lassen Sie mich nicht in Ruhe?«

»Weil Sie mir die Wahrheit sagen können.«

Sie gingen den Weg am Fluss entlang, an dem sich bald Farnblätter aufrollen würden; Nathaniel konnte nirgendwo entkommen.

»Überlegen Sie sich's«, sagte Abe. »Wenn wir uns morgen wieder an dieser Stelle treffen und Sie sagen mir, dass Sie nicht reden wollen, dann werde ich Sie nie wieder belästigen.« Um diese Zeit des Jahres hatte Abes Großvater damals die Schuljungen aus dem Fluss gezogen. Dem unerfahrenen Spaziergänger erschien das Eis auf dem Fluss dick und fest, doch wenn man genauer hinsah, merkte man, dass es eher durchsichtig als blau war, wie immer, bevor es rissig wird.

»Ich war es nicht«, sagte Nathaniel Gibb.

Abe gab sich große Mühe, sich nichts anmerken zu lassen. Er würde diesen Jungen nicht verscheuchen, auch wenn sein Kopf sich anfühlte, als ob er gleich platzen wolle. »Das weiß ich. Deshalb möchte ich ja mit Ihnen reden.«

Sie kamen überein, sich am nächsten Morgen zu treffen, um die Zeit, in der die Amseln erwachten und die meisten Schüler noch im Bett lagen und schliefen. Überall trat der Glanz des Frühlings zu Tage: in der hellgelben Rinde der Weiden, im kobaltblauen Morgenhimmel. Bald würde es wärmer werden, doch noch war die Luft so frisch, dass Abe die Hände in die Taschen steckte, während er auf den Jungen wartete. Er wartete lange dort auf dem Weg am Fluss. Um acht Uhr erschienen Schüler auf dem Weg zum Frühstück oder zur Bibliothek, und um neun saßen sie in den Klassenzimmern. Abe ging zum Chalk House, fummelte am Schloss herum – ein einfacher Druckmechanismus, mit dem jeder Anfänger fertig wurde – und betrat das Gebäude. Im Flur hing eine Namenstafel. Es überraschte Abe nicht, dass Harry McKenna den besten Raum bewohnte, Dr. Howes einstiges Büro, und dass sich Gibbs Zimmer unter dem Dach befand.

»Hey, Sie da«, rief Eric Herman, als er Abe auf der Treppe sah. Eric hatte gerade die Klassenarbeit für die nächste Woche zusammengestellt und war auf dem Weg zum Unterricht, doch er nahm sich die Zeit, stehen zu bleiben und Abe zu mustern. Der Dekan hatte bekannt gegeben, dass er über jede Person informiert werden wolle, die sich unbefugt auf dem Schulgelände aufhielt. »Ich glaube, Sie sind hier falsch.«

»Das glaube ich nicht.« Abe rührte sich nicht von der Stelle. Er hatte seinem Rivalen noch nie gegenübergestanden. Was hatte er sich gedacht? Dass er Herman zum Faustkampf herausfordern würde, dass er versuchen würde, ihn niederzuschlagen? Er spürte lediglich, dass er und Eric Herman etwas gemeinsam hatten, nämlich ihre Liebe zu Betsy. »Ich suche Nathaniel Gibb.«

»Da haben Sie kein Glück. Der liegt auf der Krankenstation.«

Abe war klar, dass er aus Eric, der ihn erbost anstarrte, nichts weiter herausbekommen würde, aber Dorothy Jackson war zum Glück Stammgast im Millstone und wesentlich freundlicher, als Abe sie ansprach. Trotz der Anweisung des Dekans, nicht mit Abe zu reden, erlaubte sie ihm den Zutritt zur Krankenstation.

»Er hatte einen schlimmen Unfall beim Hockeytraining. Fünf Minuten«, sagte sie zu Abe. »Nicht länger.«

Nathaniel Gibb lag auf dem Bett an der Wand. Seine Arme waren gebrochen. Er war mit dem Krankenwagen nach Hamilton in die Klinik gebracht worden, wo man Röntgenaufnahmen machte und ihn in Gips legte, und nun wartete er auf seine Eltern, die aus Ohio kamen, um ihn abzuholen. Man würde ihn monatelang füttern und anziehen müssen wie ein Baby, und es passte ins Bild, dass er auch nicht mehr sprechen konnte. Ob das darauf zurückzuführen war, dass er sich fast die Zunge abgebissen hatte, als die Hockeymannschaft ihn in die Ecke drängte, oder ob es ihm aus Angst die Sprache verschlagen hatte, spielte an sich keine Rolle. Er konnte jedenfalls nichts mehr sagen.

»Ich weiß nicht, was Sie von dem Jungen wollen«, sagte Dorothy Jackson, als sie Nathaniel ein Glas Ginger Ale mit einem Strohhalm brachte. »Aber er wird bestimmt einen Monat nicht mehr sprechen können. Und danach muss er eine Weile zur Logopädie.«

Abe wartete, bis sie gegangen war, dann trat er zu Nathaniel und hob sein Glas, damit der Junge trinken konnte. Aber Nathaniel sah ihn nicht einmal an. Und er trank nicht, obwohl seine Zunge, die in der Notaufnahme von einem Arzt zusammengenäht worden war, der keinerlei Erfahrung mit so etwas hatte, ihm schrecklich wehtat.

»Es tut mir so Leid.« Abe ließ sich auf einem Bett nieder, das Glas Ginger Ale in der Hand. Es roch nach Jod und Desinfektionsmittel. »Ich hätte Sie da nicht mit reinziehen dürfen. Ich hoffe, Sie können meine Entschuldigung annehmen.«

Der Junge gab einen Laut von sich, der ein Lachen oder ein verächtliches Schnauben sein mochte, und warf einen Blick auf Abe, der gegenüber auf dem Krankenbett saß. Sonnenlicht strömte durchs Fenster und Stäubchen tanzten umher. In wenigen Stunden würde Nathaniel Gibb sich mitsamt seiner Habe im Auto seiner Eltern befinden und diesen Ort verlassen. Dieser Junge würde den Boden von Massachusetts nie wieder betreten und keinen dieser bösartigen Winter mehr dort erleben müssen. Er würde meilenweit entfernt sein, behütet in seiner Heimat, und deshalb zwang er sich dazu, den Mund zu öffnen und seine verwundete Zunge zu bewegen und den Buchstaben hervorzubringen, der ihn am meisten schmerzte, ein klares und deutliches H.

Am nächsten Morgen wurde Abe vom Dienst freigestellt und war somit der erste Polizist in Haddan, den man um seine Kündigung bat. Abe war noch nicht einmal vollständig angezogen, als Glen Tiles vor seiner Haustür stand und ihm die Mitteilung machte. Was hatte Abe auch erwartet? Er war auf dem Gelände gesehen worden, wie er Schülern nachstellte, er hatte im Speisesaal gegessen und die Lehrer mit Fragen belästigt. Und Eric hatte sich natürlich umgehend mit dem Dekan in Verbindung gesetzt.

»Sie konnten ja nicht hören«, sagte Glen. »Sie mussten ja unbedingt Ihren Kopf durchsetzen. Ich bin vom Büro des Generalstaatsanwalts angerufen worden in dieser Sache, Abe. Einer von denen ist ein ehemaliger Schüler.«

Die beiden Männer standen sich im hellen kalten Morgenlicht gegenüber. Sie hatten sich beide am Erbe des alten Wright gemessen, und keiner hatte geglaubt, dass der andere die Größe dieses Mannes erreichen könne. Jetzt mussten sie sich wenigstens nicht mehr täglich ins Gesicht schauen. Um die Mittagszeit wusste schon jeder in der Stadt, was passiert war. Lois Jeremy und ihre Freundin Charlotte Evans traten sofort in Aktion, aber als sie Abe anriefen, um ihm mitzuteilen, dass sie in einer Petition auf seine Wiedereinstellung drängten, ging keiner ans Telefon. Nikki Humphrey im Selena's hatte schon das Sandwich zurechtgemacht, das Abe immer zum Lunch aß, aber er tauchte nicht auf. Erst gegen Mittag zog er sich an. Um diese Uhrzeit war Doug Lauder schon zum Detective befördert worden, und das hatte er auch verdient. Er war ein anständiger Bursche, und er machte gute Arbeit, aber sein Beruf würde ihm niemals so wichtig sein, wie er für Abe gewesen war.

Gegen Abend fuhr Abe eine Weile durch die Gegend. Er hatte immer noch Wrights alten Streifenwagen und wollte ihn nutzen, bevor sie ihn abholten. Im Park entdeckte er Mary Beth mit ihren Kindern. In ein paar Wochen würde das neue Baby zur Welt kommen, aber Mary Beth sah noch immer prachtvoll aus, und die beiden Mädchen auf der Schaukel, die knapp dreijährige Lily und Emily, die Ältere, ähnelten mit ihrem dunklen Haar und den weit auseinander stehenden nussbraunen Augen ihrer Mutter. Abe kannte sich nicht aus mit Kindern, aber er wusste, dass sie viel Geld kosteten und dass Joey ihnen so viel geben wollte, wie er nur konnte. Und da lag das Problem. Abe stieg aus und ging zu Mary Beth hinüber.

»Hey, Fremder«, sagte sie und umarmte ihn.

»Du siehst toll aus.«

»Lügner.« Mary Beth lächelte. »Ich bin ein Walfisch.«

Man konnte den Februar wirklich hassen lernen in diesem Teil der Welt, aber die Kinder ließen sich von dem trüben Wetter nicht beeindrucken; sie kreischten vergnügt, als sie höher und immer höher schaukelten. Abe wusste noch genau, wie sich das anfühlte – keine Angst zu haben. Sich keine Gedanken zu machen über die Folgen.

»Nicht so wild«, rief Mary Beth ihren Kindern zu. »Ich hab gehört, was bei der Arbeit passiert ist«, sagte sie zu Abe. »Das ist doch einfach verrückt.«

Der Sohn von Joey und Mary Beth, Jackson, schaukelte wie ein Irrer, er flog zum Himmel hoch und kam atemlos und johlend wieder heruntergesaust. Joey war verrückt nach dem Jungen: An dem Tag, als Jackson geboren wurde, hatte Joey die Türen des Millstone weit aufgerissen und allen einen Drink ausgegeben.

»Ich hab es von Kelly Avon gehört. Joey hat mir nichts gesagt. Was ist zwischen euch vorgefallen?«, fragte Mary Beth.

»Erzähl du's mir.«

Mary Beth lachte. »Kann ich nicht. Mit dir redet er mehr als mit mir.«

»Nicht mehr.«

»Vielleicht ist er einfach erwachsen geworden.« Mary Beth beschattete ihre Augen gegen die Abendsonne, um ihre Kinder zu beobachten. »Vielleicht ist das eben so mit Freunden. Ich glaube, er merkt, dass die Kinder größer werden, und will mehr Zeit mit ihnen verbringen. Früher wäre er über Ostern mit dir zum Angeln gegangen, jetzt fahren wir alle zusammen nach Disney World.«

Ein solcher Urlaub kostete viel Geld, und früher hatte Joey sich von Abe nicht selten Geld geliehen, um die monatliche Rate seiner Hypothek abzubezahlen. Während er darüber nachsann, bemerkte Abe, dass Mary Beth statt ihrer alten Klapperschüssel einen neuen Kombi fuhr.

»Den hat Joey mir geschenkt«, sagte Mary Beth. »Mit dem alten bin ich so lange rumgekurvt, dass ich dachte, ich werde noch darin beerdigt.« Sie nahm Abes Hand. »Ich weiß, es ist nicht mehr wie früher zwischen euch, aber das wird auch wieder anders.«

Sie war immer großzügig gewesen, was die Freundschaft der beiden Männer betraf; sie hatte sich nie beklagt, wenn Abe bei ihnen ein- und ausging oder wenn Joey viel Zeit mit ihm verbrachte. Sie war eine gute Frau, und sie hatte ein neues Auto verdient und noch viel mehr, und Abe wünschte, er könne sich für sie freuen. Doch stattdessen hatte er das Gefühl, als sei Joey ihnen beiden verloren gegangen.

»Ich hoffe, du kämpfst für deine Wiedereinstellung«, rief Mary Beth ihm nach, als er zu seinem Wagen ging, obwohl ihnen beiden klar war, dass er keine Chance gehabt hätte.

Aus alter Gewohnheit fuhr Abe zur Schule, wie ein Jagdhund, der immer um dieselbe Stelle im Gras herumspringt, weil er dort Enten vermutet. Weil er wusste, dass man ihn vermutlich verhaften würde, wenn man ihn auf Privatgelände erwischte, parkte er am Fluss und legte den Rest des Wegs zu Fuß zurück. Er hatte starkes Herzklopfen, wie damals, wenn er und Joey diesen Weg gemeinsam gingen. Sie mussten nicht reden, sie waren sich einig über ihr Ziel und ihre Absicht. Er ging an der Stelle vorüber, wo im Frühjahr die Veilchen blühen, und betrat den Pfad, der auf der Rückseite von Chalk House endete. Er wusste nicht einmal, was er eigentlich wollte, bis er vor einem Fenster stand und in Eric Hermans Zimmer blickte. Da spürte er, wie ihm etwas zu Kopf stieg, Blut oder eine Art Wahnsinn. Er trug Handschuhe wegen der Kälte, oder vielleicht hatte er schon einen Einbruch im Sinn gehabt. Er brauchte jedenfalls nur die Faust zu heben und zuzuschlagen. Das Glas splitterte, und er konnte von innen den Riegel öffnen.

Er zog sich hoch, was nicht mehr so leicht war wie früher, weil er schwerer geworden war und sein Knie schmerzte, und als er in Erics Zimmer stand, atmete er schwer. Er streifte die Splitter von seinen Kleidern und sah sich um. Ein Dieb erfuhr viel über einen Menschen, wenn er seine Räume betrachtete, und Abe wusste, dass Betsy niemals mit dem Mann glücklich werden konnte, der hier wohnte. Er konnte sich nicht vorstellen, wie sie sich in einem so penibel aufgeräumten Zimmer aufhielt, wie sie in dem sorgfältig gemachten Bett lag. Selbst der Kühlschrank offenbarte, dass Herman Betsy nichts zu bieten hatte: Er enthielt lediglich Majonäse, eine Flasche Wasser und ein halbes Glas Oliven.

Bei seinen Einbrüchen hatte Abe immer geahnt, wo die beste Beute zu holen war, hatte die Schätze auf Anhieb aufgespürt, und wie sich herausstellte, war ihm dieses Talent erhalten geblieben. Was er brauchte, fand er im Wohnzimmer, fünf Seiten mit Fragen über die hellenistische Kultur, die nächste Klassenarbeit. Eine mit Maschine geschriebene Namensliste war mit einer Büroklammer daran befestigt. Abe überflog die Seite, bis er fand, wonach er Ausschau gehalten hatte: Harry McKenna.

Er rollte die Seiten zusammen und steckte sie in den Ärmel seines Sakkos. Dann öffnete er die Tür zum Flur. Es war Mittagszeit, und abgesehen von den Jungen, die krank waren, hielt sich keiner im Haus auf. Er ging unbemerkt den Flur entlang und erkannte Dr. Howes altes Büro sofort: der Kaminsims mit den vielen Kerben, die goldfarbenen Eichendielen, die Holzschnitzereien, die alle zwei Wochen von der Putzfrau abgestaubt wurden, und der Schreibtisch, in dem Abe genau das deponierte, was Harry McKenna verdient hatte.

Carlin war auf dem Rückweg von einem Schwimmwettbewerb in New Hampshire, als sie ihn neben sich spürte. Sie hatte den schwarzen Mantel auf den Sitz neben sich fallen lassen, weil sie mit niemandem reden wollte. Und so konnte sich August Pierce dort niederlassen, in seiner nunmehr flüssigen Gestalt.

Carlin hatte zwar eine gute Leistung erbracht, aber der Wettbewerb war insgesamt enttäuschend verlaufen, und so war es still im Bus, wie immer nach einer Niederlage. Carlin hatte nicht einmal geduscht, bevor sie sich anzog. Ihr kurz geschnittenes Haar war noch feucht und roch nach Chlor, aber die Wassertropfen, die jetzt über den Plastiksitz neben ihr rannen, stammten weder aus ihren Haaren noch von ihrem nassen Badeanzug, den sie in ihre Sporttasche gepackt hatte. Carlin sah nach, ob vielleicht ein Fenster offen stand, denn draußen fiel ein leichter Regen, aber die Fenster waren alle geschlossen, und das Dach des Busses war unbeschädigt. Die Flüssigkeit auf dem Sitz war auch kein klares Regenwasser, sondern sie war trüb und grünlich, eine Wasserlache, die Gewicht und Form besaß. Carlins Herz raste, wie wenn sie sich bei einem Wettbewerb zur Höchstleistung zwang. Sie blickte starr geradeaus und zählte bis zwanzig, aber sie spürte ihn immer noch neben sich.

»Bist du das?« Sie sprach so leise, dass niemand im Bus es hörte, nicht einmal Ivy Cooper, die hinter ihr saß.

Carlin berührte den schwarzen Mantel. Der Stoff war tropfnass und so eisig, dass sie unwillkürlich fröstelte. Sie spürte, wie ihr die Kälte den Arm hochkroch, als fließe Eiswasser in ihren Adern. Sie waren schon wieder in Massachusetts und näherten sich auf der Autobahn der Ausfahrt zur Route 17. Draußen war es so dunkel und trübe, dass Zäune und Autos, Bäume und Straßenschilder im Nebel verschwanden. Carlin steckte die Hand in die Tasche des Mantels und stellte fest, dass sie voller Wasser war. Zwischen den Säumen spürte sie Schlick, den sandigen Schlamm vom Grund des Flusses, und ein paar von den kleinen schwarzen Steinen, die Angler so häufig fanden, wenn sie eine Silberforelle ausnahmen.

Carlin blickte zu Christine Percy hinüber, die eingedöst war. Im Fenster neben Christine sah sie Gus' Spiegelbild. Er trug den schwarzen Mantel, und sein Gesicht war bleich wie Teewasser und so durchscheinend, dass es nicht mehr zu erkennen war, wenn das Scheinwerferlicht eines entgegenkommenden Autos in den Bus fiel. Carlin schloss die Augen und ließ den Kopf an die Lehne sinken. Er war erschienen, weil sie es sich gewünscht hatte. Sie hatte ihn zu sich gerufen, und sie rief noch immer nach ihm. Auch als sie einschlief, träumte sie von Wasser, als sei die Welt verdreht und alles, was ihr wichtig war, sei im Fluss gelandet. Sie tauchte durch die grünen Fluten und hielt Ausschau nach der Welt, die sie kannte, doch diese Welt gab es nicht mehr; alles Feste hatte sich verflüssigt, und die Vögel schwammen neben den Fischen her.

Erst als der Bus auf den Parkplatz der Schule einbog, mit knirschenden Gängen und aufheulendem Motor, erwachte Carlin. Sie fuhr hoch, fuchtelte wild mit den Armen wie ein Ertrinkender, und im Bus brach Panik aus. Carlin gab ein gurgelndes Geräusch von sich, als könne sie schon nicht mehr gerettet werden, aber Ivy Cooper behielt zum Glück kühlen Kopf und reichte Carlin rasch eine Papiertüte, in die sie hineinatmete, bis sie wieder Farbe bekam.

»Du bist eiskalt«, sagte Ivy, als Carlin ihr dankbar die Tüte zurückgab und sie Carlins Hände spürte. »Vielleicht warst du zu lange im Wasser.«

Carlin griff nach dem Mantel und ihrer Sporttasche und wollte aussteigen, als sie merkte, dass die meisten Mädchen zu einem Auto hinüberblickten, das vor Chalk House auf dem Rasen geparkt war. Obwohl es schon spät war und nieselte, stand dort auch Bob Thomas mit einem Mann, den keines der Mädchen kannte.

»Was ist da los?«, fragte Carlin.

»Wo bist du denn gewesen?« Ivy Cooper trat neben sie. »Harry McKenna ist von der Schule geflogen. Sie haben gestern die Unterlagen für die nächste Klassenarbeit in seinem Zimmer gefunden. Gestern Abend gab es eine Anhörung, und er konnte sich nicht herausreden. Er ist wohl in Mr. Hermans Wohnung eingebrochen, um an die Arbeit ranzukommen. Hat das Fenster eingeschlagen und so.«

Tatsächlich war der Kofferraum des Wagens voll geladen mit Taschen und hastig hineingeworfenen Sachen: Harrys Pullovern, Sneakers, Büchern, seiner Lampe. Einige Mädchen stiegen aus dem Bus und rannten durch den Regen zu St. Anne's hinüber, aber Carlin blieb stehen und starrte zum Fenster hinaus. Schließlich kam Harry eilig aus dem Wohnheim gelaufen. Er trug ein Sweatshirt mit Kapuze, sodass man weder sein helles Haar sehen noch sein Gesicht erkennen konnte.

Er warf sich auf den Beifahrersitz des Wagens und schlug mit einem Knall die Tür zu. Carlin stieg als Letzte aus dem Bus. Sie konnte Harry noch sehen, doch er schaute nicht zu ihr hinüber. Der Dekan und Harrys Vater gaben sich nicht die Hand, offensichtlich war dies kein freundlicher Abschied. Dartmouth war über Harrys Verweisung von der Schule informiert worden und hatte daraufhin die Zulassung zurückgezogen. Er würde im Herbst nicht auf die Universität kommen, nicht einmal in diesem Jahr die Schule abschließen, da man ihn vor dem Ende des Schuljahrs verwiesen hatte. Carlin folgte dem Wagen von Harrys Vater, als er langsam über die Bodenwellen auf dem Parkplatz rumpelte und dann auf die Main Street einbog. Sie ging weiter durch den Regen, der jetzt heftiger wurde und auf die Dächer der weißen Häuser pladderte. Das Auto war eine Luxuslimousine, schwarz und elegant und so leise, dass es von den meisten Leuten in der Stadt gar nicht bemerkt wurde. Als es am Hotel vorüberkam, legte es an Geschwindigkeit zu, Wasserfontänen spritzten auf, und von den Auspuffgasen blieb eine dünne Spur in der Luft zurück.

Carlin schlich erst nach Beginn der Nachtruhe in ihr Zimmer, aber Amy Elliott schlief noch nicht, sondern saß schluchzend im Bett.

»Bist du jetzt zufrieden?«, sagte sie heulend. »Sein Leben ist ruiniert.«

Carlin legte sich ins Bett, ohne sich auszuziehen. Sie war nicht zufrieden – Harrys Verschwinden konnte Gus nicht wieder lebendig machen. Er würde nicht am nächsten Morgen aus dem Fluss auftauchen und zurückkommen, und er würde nicht morgens in seinem Bett erwachen und zur Schule gehen, neugierig auf sein Leben.

Als der Morgen kam, ging Carlin nicht zum Unterricht. Der Monat ging ungemütlich zu Ende, und es regnete in Strömen. Doch das konnte Carlin nicht davon abhalten, zur Bank zu gehen, wo sie mit Mike Randall sprach. Dann fuhr sie mit dem Bus nach Hamilton, marschierte in ein Reisebüro und kaufte sich mit dem Geld aus dem Fonds von Miss Davis ein Flugticket. Später fuhr sie mit dem Bus wieder zurück nach Haddan und ging schnurstracks in den Drugstore, wo sie sich am Tresen niederließ. Es war nach drei, und Sean Byers hatte seine Schicht angetreten. Er stand am Spülstein und wusch Gläser und Tassen, doch als er Carlin sah, trocknete er sich die Hände und kam zu ihr.

»Du bist völlig durchnässt«, sagte er, und seine Stimme klang besorgt und sehnsüchtig zugleich.

Um Carlins Barhocker hatte sich eine Pfütze gebildet, und die Haare klebten ihr am Kopf. Sean brachte ihr eine Tasse heißen Kaffee.

»Ist dir manchmal danach zu Mute heimzufahren?«, fragte ihn Carlin.

Gewöhnlich herrschte um diese Uhrzeit im Drugstore reger Betrieb, aber der heftige Regen schien die Leute davon abzuhalten, auf die Straße zu gehen. Sam Arthur vom Stadtrat war der einzige andere Gast; er führte sich einen Erdbeermilchshake zu Gemüte, der gewiss nicht zu seiner Diät gehörte, und ging, vor sich hin murmelnd, die Pläne für die Felder anlässlich der Grundsteinlegung für das neue Krankenhaus durch.

»Hast du das vor?«, fragte Sean. Er hatte Carlin seit Weihnachten selten gesehen, jedenfalls nicht so oft, wie er es sich gewünscht hätte. Er stahl sich immer noch spätabends ins Schwimmbad und hoffte, sie dort zu treffen, aber sie war nie da. Es kam ihm vor, als sei ihre gemeinsame Zeit etwas von ihrem Leben Losgelöstes gewesen, wie ein Traum, der verschwindet, sobald der Träumende erwacht. »Du willst weglaufen?«

»Nein.« Carlin zitterte in ihren nassen Kleidern. »Wegfliegen.« Sie zeigte ihm das Ticket, das nur für den Hinflug galt.

»Du scheinst dich schon entschieden zu haben.«

»Harry ist von der Schule geflogen«, sagte Carlin.

»Ach Quatsch. Typen wie der fliegen nirgendwo raus.«

»Der schon. Gestern, am späten Abend. Wegen Betrug.«

Sean freute sich wie ein Schneekönig und führte ein kleines Triumphtänzchen auf, was Carlin zum Kichern brachte.

»Schadenfreude macht hässlich«, sagte sie, immer noch lachend.

»Dich nicht«, sagte Sean. »Ich wünschte nur, du wärst nicht so feige.«

Eine Gruppe hungriger Schüler von der Haddan School hatte sich durch den Regen gekämpft, um an Hamburger und Fritten zu kommen, und Sean musste ihre Bestellung aufnehmen. Carlin sah zu, wie er Burger auf den Grill legte und ihn anstellte. Sogar hier im Drugstore fühlte sich Carlin wie unter Wasser. Die Welt draußen trieb vorbei – Mrs. Jeremy mit ihrem Regenschirm, ein Lieferwagen voller Hibiskus, der vor dem Lucky-Day-Blumenladen hielt, eine Horde Kinder, die in Regenmänteln und Gummistiefeln von der Schule nach Hause rannte.

»Ich bin nicht feige«, sagte Carlin zu Sean, als er wiederkam und ihr heißen Kaffee nachschenkte.

»Du lässt es zu, dass sie dich verjagen. Wie willst du das dann nennen?«

»Heimweh.«

Sean Byers' dunkle Augen verbargen seine wahren Gefühle. Er war immer ein guter Lügner gewesen, hatte sich aus Situationen herausgeredet, in denen andere im Knast gelandet wären, aber jetzt log er nicht. »Das hast du doch schon die ganze Zeit. Warum willst du dann jetzt abhauen, wenn sie's nicht geschafft hätten, dich zu verscheuchen?«

Carlin warf ein paar Münzen für ihren Kaffee auf den Tresen und steuerte zur Tür. Die Kartoffeln in der Friteuse zischten, aber Sean folgte ihr. Es war ihm einerlei, ob der ganze Laden niederbrannte. Der Regen trommelte so heftig auf den Asphalt, dass es klang wie Kanonendonner oder Schüsse. Bevor Carlin auf den Gehsteig hinaustreten konnte, zog Sean sie zurück unter die Markise. Er war verrückt nach ihr, aber darum ging es jetzt nicht. Das Prasseln des Regens war ohrenbetäubend, aber Carlin hörte dennoch Seans Herz klopfen unter seinem Hemd und der rauen weißen Schürze, die er trug. Die Welt da draußen war flüssig und konnte sie in die Tiefe reißen, und deshalb hielt sie sich fest, wenigstens ein Weilchen, und bemühte sich, nicht unterzugehen.

Auf dem Gelände hinter dem Rathaus war ein Zelt aufgestellt worden, auf dem eine Fahne im Wind wehte, damit niemand den Ort der Grundsteinlegung übersehen konnte. Die Baufirma Becker hatte vom Stadtrat den Auftrag für das Gebäude erhalten, und Ronny Becker, der Vater von Nikki und Doreen, hatte das Gelände mit dem Bulldozer eingeebnet, damit der Boden des Zeltes flach war. Schließlich konnte man den älteren Gästen wie Mrs. Evans, die vor kurzem noch am Stock gegangen war, nicht zumuten, möglicherweise über Wurzeln zu stolpern und sich das Bein oder die Hüfte zu brechen.

Für die Musik an diesem Nachmittag sorgte die Chazz Dixon Band, und zwei dutzend Grundschüler aus Mr. Dixons Geigen- und Flötenunterricht wurden von ihrer letzten Unterrichtsstunde freigestellt, um bei der Feier auftreten zu können. Zum Glück zeigte sich das Wetter trotz der Jahreszeit gefällig: Die Sonne schien, und es wehte nur ein mäßiger milder Wind von Westen. Sicherheitshalber hatte man jedoch Heizlüfter im Zelt aufgestellt, damit die Anwesenden ohne zu frösteln die Lachssandwiches und Käsecremewindbeutel verzehren konnten, die das Personal aus der Cafeteria der Haddan School auf Silbertabletts angerichtet hatte. Niemanden wundert es, dass die Einheimischen sich eher an der Bar aufhielten, während die Schulangehörigen am Hors-d'œuvre-Tisch standen und sich an Teufelseiern und Muschelhappen gütlich taten.

Der Antrag, das Krankenhaus nach Helen Davis zu benennen, war bereits von der Schulverwaltung und dem Stadtrat angenommen worden, und man hatte eine Bronzeplakette mit ihrem Namen in den Grundstein eingesetzt. Der Dekan hatte Betsy gebeten, das Ereignis fotografisch festzuhalten, und sie fotografierte den Moment, in dem sich Sam Arthur und Bob Thomas, jeder mit einem Fuß auf dem Grundstein, die Hand reichten. Dann bat man Betsy, die Ärzte zu fotografieren, die man aus einer Klinik in Boston abgeworben hatte, ebenso wie die angehende Chefin des Krankenhauses, Kelly Avons Kusine Janet Lloyd, die hocherfreut darüber war, dass sie nach acht Jahren außerhalb endlich wieder in Haddan arbeiten konnte.

Auf dem Weg zur Feier hatte Betsy Abes Wagen an der Main Street gesehen, wo die Parkverbotsschilder an diesem Tag mit Säcken verhängt waren. Betsy konnte nicht anders, sie musste nach ihm Ausschau halten, aber es war so voll, dass sie ihn erst entdeckte, als die Chazz Dixon Band zu ihrem letzten Set antrat. Er stand neben der behelfsmäßigen Garderobe, auf die Betsy ohnehin zusteuerte, um ihren Mantel zu holen.

»Hey«, sagte sie, als sie auf ihn zuging. »Kennst du mich noch?«

»Klar.« Abe hob seine Bierflasche auf sie, sagte: »Viel Spaß noch«, und verzog sich. Er hatte beschlossen, sich keine weitere Abfuhr einzuhandeln, und ging zur Bar, um sich noch ein Bier zu holen. Trotz des anfänglichen Geschreis kamen die Leute auch gut ohne Abel Grey aus. Mrs. Evans rief jetzt zum Beispiel Doug Lauder an wegen des Waschbärs, der in ihrem Garten herumstreunte, das Vogelfutter fraß und mit ihren Mülltonnen klapperte. Man hatte einen neuen Polizisten eingestellt, der morgens in Uniform den Fußgängerweg an der Grundschule sicherte. Wenn sich der Garden Club versammelte, stand er vor dem Rathaus, regelte den Verkehr und nahm dankbar die Thermoskanne mit heißer Schokolade entgegen, die Kelly Avon ihm nun immer brachte. Leute, die Abe in sehr intimen Situationen erlebt hatte – Sam Arthur, mit dem er am Bett seiner Frau Lorriane gesessen hatte, als sie während eines Besuchs bei der Tochter in Virginia einen Frontalzusammenstoß gehabt hatte, oder Mrs. Jeremy, die geweint hatte, während Abe in einer schrecklichen Frühlingsnacht ihrem Sohn AJ ausredete, aus dem Fenster im zweiten Stock zu springen, wobei AJ so betrunken war, dass er den Sprung wahrscheinlich unbeschadet überstanden hätte –, schienen jetzt peinlich berührt, wenn sie Abe begegneten, weil er so viele ihrer Geheimnisse kannte. Und Abe selbst fühlte sich nicht allzu wohl unter Menschen, nachdem Joey und Mary Beth ihm eindeutig aus dem Weg gingen und die ganzen Übereifrigen von der Haddan School, die ihn beim Dekan verpfiffen hatten, ihn argwöhnisch beäugten.

Er war einzig und allein zu der Feier gegangen, um Helen Davis seinen Respekt zu zollen. Er hatte ihr zu Ehren schon zwei Bier getrunken und kam zu dem Schluss, dass ein drittes nicht schaden könne. Er würde sich ein paar Drinks genehmigen und dann sang- und klanglos verschwinden, aber als er sich umwandte, sah er, dass auch Betsy an der Bar erschienen war. Sie bestellte ein Glas Weißwein und schaute zu ihm herüber.

»Tja, da werd ich nun schon wieder verfolgt«, sagte Abe und merkte erstaunt, dass sie nicht widersprach. »Gib ihr was Anständiges, George«, sagte er zu dem Barkeeper, George Nichols aus dem Millstone.

»Die Schule trägt die Kosten«, sagte George. »Ich schwör's dir, was Anständiges gibt's nicht.«

»Ich hab gehört, sie haben dich gefeuert«, sagte Betsy und trat beiseite, um AJ Jeremy an die Bar zu lassen.

»Ich betrachte es lieber als Dauerurlaub.« Abe blickte an AJ vorbei und signalisierte George Nichols, dass er nur wenig Wodka in den doppelten Wodka Tonic geben sollte, den AJ sich gerade bestellt hatte. »Und dich haben sie wohl zur Hoffotografin ernannt«, sagte er, als Betsy einen Schritt zurücktrat, um Chazz Dixon abzulichten, der mit solcher Leidenschaft Saxofon spielte, dass einige seiner Musikschüler regelrecht schockiert waren. Betsy wandte sich um und sah Abe in ihrem Sucher. Die meisten Leute wurden schüchtern, wenn sie fotografiert wurden, und blickten zur Seite, aber Abe starrte so unverwandt in die Kamera, dass sie völlig verwirrt zu früh abdrückte. Diese blauen Augen brachten sie immer wieder aus der Fassung, schon von Anfang an.

»Jetzt bin ich dran«, sagte Abe.

»Du kannst doch gar nicht richtig fotografieren.« Betsy lachte, als sie ihm die Kamera reichte.

»Jetzt hast du eine Erinnerung an diesen Tag«, sagte Abe, als er sie fotografiert hatte. »Macht man nicht deshalb Fotos?«

Es war ein Fehler, dass sie hier zusammenstanden, und sie wussten es beide, aber keiner konnte sich entschließen wegzugehen, und so hörten sie weiterhin der Band zu.

»Vielleicht solltest du sie für deine Hochzeit anheuern«, sagte Abe.

»Sehr komisch.« Betsy trank ihren Wein zu schnell; sie würde Kopfschmerzen bekommen, aber im Augenblick war es ihr einerlei.

»Ich finde das gar nicht komisch.« Er streckte die Hand nach ihr aus.

»Was tust du?«

Betsy glaubte, er wolle sie küssen, und merkte, wie ihr der Atem stockte, doch stattdessen zeigte Abe ihr einen Quarter, den er hinter ihrem Ohr hervorgeholt hatte. Er hatte geübt und beherrschte den Trick noch nicht perfekt, doch in seiner Freizeit, über die er nun reichlich verfügte, hatte er festgestellt, dass er ein Talent hatte für Zauberkunststücke. Er hatte Teddy Humphrey schon fast hundert Mäuse abgeknöpft, und Teddy kam nicht dahinter, wieso Abe immer wusste, welche Karte Teddy aus dem Stapel gezogen hatte.

»Das kannst du gut«, sagte Betsy. »So gut wie einbrechen.«

»Ist das eine offizielle Untersuchung oder eine private Anklage?«

Betsy wippte im Rhythmus der Musik. Sie würde nichts mehr dazu sagen, obwohl sie sofort an Abe gedacht hatte, als sie von dem Einbruch bei Eric hörte. Sie fragte sich immer noch, ob Harry McKenna diese Tat vielleicht gar nicht begangen hatte. »Ein Jammer, dass Helen Davis nicht hier sein kann.«

»Sie hätte es schrecklich gefunden«, sagte Abe. »Zu viele Leute, Lärm, schlechter Wein.«

»Sie haben schon jemanden an ihre Stelle gesetzt.« Als neuer Fachbereichsleiter hatte Eric bei der Einstellung neuer Lehrkräfte nun Mitspracherecht. Man hatte sich für einen jungen Historiker entschieden, der frisch von der Uni kam und zu unsicher und unerfahren war, um Kritik an seinen Vorgesetzten zu üben. »Sie hatten es eilig.«

»Auf Helen.« Abe hob seine Bierflasche und leerte sie in ein paar Zügen.

Auf Betsys Gesicht lag ein träumerischer Ausdruck. In letzter Zeit war ihr sehr bewusst geworden, wie eine einzige Entscheidung das Leben eines Menschen verändern kann. Sie war es nicht gewohnt, nachmittags Wein zu trinken, vielleicht war sie deshalb so vertraulich mit Abe. »Was meinst du, was hätte Helen anders gemacht, wenn sie ein anderes Leben gewollt hätte?«

Abe überlegte, dann sagte er: »Ich glaube, sie wäre mit mir durchgebrannt.«

Betsy kreischte vor Lachen.

»Hältst du das für einen Scherz?« Abe grinste.

»O nein, ich glaube, dass du das ernst meinst. Ihr hättet jedenfalls ein spannendes Paar abgegeben.«

Als Abe jetzt die Hand nach ihr ausstreckte, zog er sie an sich küsste sie wirklich, vor der Chazz Dixon Band und allen Leuten. Er tat es einfach, und Betsy wehrte sich nicht. Sie erwiderte den Kuss, bis ihre Knie weich wurden und ihr schwindlig war. Eric saß mit den anderen Lehrern am Tisch von Dr. Jones und hätte sie sehen können, wenn er sich umgedreht hätte; Lois Jeremy und Charlotte Evans gingen vorüber und unterhielten sich darüber, dass so viele Gäste erschienen waren, und dennoch küsste Betsy ihn immer noch. Sie hätte bis in alle Ewigkeit so verweilen können, wenn nicht der Schlagzeuger der Band auf die Becken geschlagen und sie so erschreckt hätte, dass sie sich von Abe löste.

Man hatte beschlossen, hinter der Garderobe eine Tanzfläche zu eröffnen, und einige Leute nutzten die Chance, bevor die Band zusammenpackte. AJ Jeremy, dem es trotz der Aufsicht seiner Mutter gelungen war, sich einen anzutrinken, tanzte mit Doreen Becker. Teddy Humphrey ergriff die Gelegenheit und bat seine Exfrau um einen Tanz, und zu jedermanns Erstaunens willigte Nikki ein.

»Hm«, sagte Betsy und versuchte die Fassung zurückzugewinnen. Ihre Lippen glühten. »Wofür war denn das?«

Sie blickte zu Abe auf, aber sie konnte seine Augen nicht sehen, was auch besser war, denn sie kannte die Antwort genau. Jedenfalls gelang es ihr, Abe nicht nachzusehen, als er wegging. Sie hatte ihm gesagt, dass nichts zwischen ihnen gewesen sei, und nun musste sie sich genau davon selbst überzeugen. Sie bestellte sich noch ein Glas Wein, trank es zu schnell aus, dann holte sie ihren Mantel und knöpfte ihn zu, denn es war kühl geworden. Auf dem Zelt flatterten die Fahnen im Wind, und am Himmel zogen schwarze Wolken auf. Die Feier war vorüber, und Eric kam, um sie abzuholen.

»Was ist los?«, fragte er, weil ihre Wangen gerötet waren und sie zu schwanken schien. »Geht's dir nicht gut?«

»Doch, doch. Ich möchte nur gern nach Hause.«

Im Osten grollte Donner, und der Himmel verfinsterte sich.

»Kein guter Zeitpunkt«, sagte Eric. Durch die Zeltplane sahen sie einen Blitz aufzucken. »Wir müssen warten, bis das vorbei ist.«

Aber Betsy konnte nicht warten. Jedes Mal, wenn der Himmel sich erhellte, spürte sie, wie Funken über ihre Haut tanzten, und bevor Eric sie aufhalten konnte, rannte sie hinaus. Als sie die Main Street entlanglief, grollte es über ihr, und ein Blitz zuckte am Horizont auf. Das Gewitter kam näher, und auf der Main Street und der Lovewell Lane gab es einige alte Eichen, die besonders empfänglich waren für Blitze, doch das hielt Betsy nicht davon ab weiterzulaufen. Bald begann es zu regnen, und sie blieb stehen und wandte ihr Gesicht zum Himmel. Aber auch das Regenwasser konnte ihre innere Hitze nicht abkühlen: Alle Versuche, sich selbst etwas einzureden, waren missglückt.

Bob Thomas hatte sie gebeten, die Fotos schnell zu entwickeln, und so ging sie direkt in das Labor im Schulgebäude. Sie war froh, dass sie arbeiten konnte, hoffte, sich damit von Abe ablenken zu können, und wie sich herausstellte, waren die Bilder gut gelungen. Ein oder zwei waren durchaus Material für die Titelseite der *Haddan Tribune* – das eine, auf dem Sam Arthur und Bob Thomas beim Händeschütteln abgebildet waren und eines von Chazz Dixon beim Saxofonspielen. Es war erstaunlich, wie die Kamera Dinge aufnahm, die dem Auge sonst verborgen blieben. Der leicht misstrauische Gesichtsausdruck von Sam Arthur beispielsweise, als er den Dekan ansah, oder der Schweiß auf Chazz Dixons Stirn. Betsy hatte angenommen, dass das Foto von Abe sie wieder verwirren würde, aber er hatte sich bewegt, und es war unscharf und wurde ihm überhaupt nicht gerecht. Im Gegenteil, es war das Bild, das Abe von ihr gemacht hatte, das sie so sehr verstörte. Sie ließ es so lange in der Entwicklerschale liegen, bis es streifig wurde, aber selbst dann ließ sich nicht verleugnen, was auf dem Foto zum Ausdruck kam. Keinem Betrachter würde entgehen, dass die Frau auf diesem Bild unsterblich verliebt war.

DIE LAUBE

Im März, wenn der Himmel die Farbe grauer Perlen annimmt, gab es viel Kummer in Neuengland. Die Welt hüllte sich schon so lange in Dunkelheit, dass es schien, als wolle das Eis nie mehr schmelzen. Allein der Mangel an Farben konnte einem Menschen jede Hoffnung rauben. Der Anblick schwarzer Bäume im Regen verursachte Schwermut. Ein Schwarm Wildgänse, der am fahlen Himmel entlangzog, brachte manchen zum Weinen. Bald würde sich die Welt erneuern, in den Ahornbäumen würde der Saft aufsteigen, die Rotkehlchen würden auf dem Gras umherhüpfen, doch im trüben Licht des März fiel es schwer, sich das vorzustellen. Es war die Zeit der Verzweiflung, und sie dauerte vier schreckliche Wochen, in denen in Haddan mehr Schaden entstand, als jedes Unwetter je angerichtet hatte.

Im März wurden beim alten Richter Aubrey mehr Scheidungen als sonst eingereicht, und mehr Liebesaffären kamen ans Tageslicht. Männer offenbarten Abhängigkeiten, die schlimme Folgen hatten, und Frauen waren so geistesabwesend, dass sie beim Speckbraten oder Bügeln der Tischtücher versehentlich das Haus in Brand steckten. Das Krankenhaus von Hamilton war jedes Jahr um diese Zeit voll besetzt, und so viele Leute litten an Zahnschmerzen, dass die beiden Zahnärzte in Hamilton Überstunden machen mussten. Um diese

Jahreszeit kamen selten Touristen nach Haddan. Die meisten Einwohner sagten, Oktober sei der beste Monat für einen Besuch, wenn das Herbstlaub so prachtvoll war und die goldgelben Ulmen und roten Eichen in der Sonne leuchteten. Andere meinten, der Mai sei am besten, jene bezaubernde Zeit, wenn der Flieder duftete und in den Gärten an der Main Street zuckrig-rosige Pfingstrosen und Rembrandttulpen blühten.

Doch Margaret Grey kam stets im März nach Haddan, des wechselhaften Wetters ungeachtet. Sie reiste am Zwanzigsten, am Geburtstag ihres Sohnes Frank, mit der Morgenmaschine an und übernachtete bei Abe. Abes Vater Ernest blieb immer zu Hause, und Margaret hätte von ihrem Mann nie verlangt, dass er mit ihr zum Grab ginge, ebenso wenig wie sie erwartete, dass Abe sie in Boston am Flughafen abholte. Sie fuhr immer mit dem Zug nach Haddan und blickte hinaus auf die Landschaft, die ihr einst so vertraut gewesen war und nun so schrecklich fremd vorkam mit ihren Steinmäuerchen und Feldern, den Amselschwärmen, den Zaunkönigen, die um diese Zeit des Jahres zurückkehrten und immer zu Franks Geburtstag zum leeren kalten Himmel aufflogen.

Abe wartete wie jedes Jahr am Bahnhof von Haddan auf seine Mutter. Doch diesmal war er früher da als gewöhnlich, und der Zug hatte Verspätung, weil vor Hamilton eine Kuh auf den Gleisen stand.

»Du bist ja rechtzeitig da«, sagte Margaret, als er sie umarmte und ihr den Koffer abnahm. Abe hatte sich sonst immer verspätet, hatte die Trauer hinausgezögert, die an diesem Tag unweigerlich auf ihn wartete.

»Ich bin arbeitslos«, rief er seiner Mutter in Erinnerung. »Ich habe viel Zeit.«

»Den Wagen kenne ich doch«, sagte Margaret, als Abe sie zu Wrights Streifenwagen führte. »Der war schon vor zwanzig Jahren klapprig.«

Sie machten beim Lucky-Day-Blumenladen Halt, wo Ettie Nelson ihre alte Freundin umarmte und ihr erzählte, wie neidisch sie sei, weil Margaret in Florida leben könne, wo es um diese Jahreszeit Sommer sei, während sie hier in Haddan noch das grässliche Winterwetter aushalten müssten. Abe und seine Mutter kauften nur einen Strauß Osterglocken, wie immer, obwohl Margaret diesmal Etties Kränze bewunderte.

»Manche Leute schwören auf die«, sagte Margaret. Ettie band die Kränze aus Buchsbaum, Jasmin, Kiefernzweigen oder himmelblauen Hortensien. »Lois Jeremys Sohn AJ ist als Kind fast an Lungenentzündung gestorben, und Lois ist jeden Tag zum Friedhof an der Schule rausgegangen. Das Lämmchen da hatte so viele Kränze um den Hals hängen, dass es aussah wie ein Weihnachtsbaum. Aber es hat vielleicht genützt – AJ ist stark und gesund.«

»Gesund ist was anderes«, bemerkte Abe, während er Ettie dankte und die Blumen bezahlte. »Er ist ein Raufbold und ein Trinker, aber vielleicht hast du Recht. Er lebt jedenfalls.«

Frank lag auf dem neuen Teil des Kirchhofs begraben. Im September pflanzte Abe immer Chrysanthemen am Fuße des Grabsteins, und im Frühjahr befreite er die Azaleenhecke vom Unkraut, die Margaret in jenem ersten Jahr gepflanzt hatte, als jeder Tag eine Qual war und sogar das Licht, die Luft und die Zeit selbst nur Schmerz und Kummer zu bringen schienen. Als Abe seiner Mutter an diesem Tag dabei zusah, wie sie die Narzissen auf das Grab legte, wurde ihm schmerzhaft bewusst, wie kurz Franks Zeit auf Erden gewesen war: nur siebzehn Jahre. Wenn es Abe gelungen wäre, Ordnung in sein

Leben zu bringen, hätte er einen Sohn in diesem Alter haben können.

»Ich hätte wissen müssen, dass es so weit kommen könnte«, sagte Margaret, als sie beisammen standen. »Es gab Hinweise. Aber wir dachten, es sei ein gutes Zeichen, dass er sich von anderen Menschen fern hielt. Er lernte so viel und war so gut in der Schule.«

Abes Eltern schienen sich immer einig gewesen zu sein, dass Frank durch einen Unfall zu Tode gekommen war, durch einen unglückseligen Moment, in dem ein Junge mit einem Gewehr herumspielte. Doch nun sah Margaret die Tat offensichtlich in einem anderen Licht, oder sie war früher nicht in der Lage gewesen, ihre Zweifel zu äußern.

»Im Rückblick scheint alles Bedeutung zu haben, aber das muss nicht stimmen«, sagte Abe. »Er hat zum Frühstück Toast gegessen, er hat das Auto gewaschen, er hatte ein weißes Hemd an. War das irgendwie wichtig?«

»Er würde heute neununddreißig, so alt wie AJ Jeremy. Beide sind am Tag vor Frühlingsanfang geboren«, sagte Margaret. »Ich wusste, dass etwas nicht stimmte an diesem Morgen, weil er mich küsste. Er legte mir die Hände auf die Schultern und gab mir einen Kuss. Er mochte es nicht mal als Kind, wenn man ihn in den Arm nahm. Frank war scheu. Er ging immer seiner Wege. Ich hätte es damals merken müssen, es war so ungewöhnlich. Es war gar nicht seine Art, zärtlich zu sein.«

Abe beugte sich herab und küsste seine Mutter auf die Wange.

»Es ist deine Art«, sagte sie, und Tränen stiegen ihr in die Augen.

Manchmal bewahrt man Geheimnisse aus Eigennutz, manchmal, um Unschuldige zu schützen, doch meist tut man es aus beiden Gründen. In all den Jahren hatte Abe niemandem verraten, was er für seinen Bruder getan hatte. Er hatte sein Versprechen gehalten, wie damals, an jenem heißen Sommertag. Frank beschäftigte sich so selten mit Abe und gab so wenig von sich preis, wie hätte Abe ihm da etwas abschlagen können?

»Ich habe mit ihm das Gewehr geholt.« Das hatte Abe seiner Mutter seit jenem Nachmittag sagen wollen, aber die Worte hatten ihm im Hals festgesteckt wie Glassplitter, die ihn verletzen würden, sobald er sie bewegte. Er konnte Margaret nicht einmal ansehen. Er hätte den erschütterten und anklagenden Blick nicht ertragen können, den er seit Franks Tod im Geiste immer vor sich gesehen hatte. »Er sagte, er wolle Schießen üben. Also hab ich es gemacht. Ich bin durchs Fenster geklettert und hab ihm das Gewehr geholt.«

Margaret presste die Lippen zusammen. »Das war nicht recht von ihm.«

»Von ihm? Hast du nicht gehört, was ich dir gesagt habe? Ich habe das Gewehr geholt.« Er wusste noch genau, wie Frank ausgesehen hatte, als er in die Hocke ging, damit Abe auf seine Schultern steigen konnte. Nie hatte er einen entschlosseneren Gesichtsausdruck gesehen. »Ich habe ihm dabei geholfen.«

»Nein.« Margaret schüttelte den Kopf. »Er hat dich hinters Licht geführt.«

Am Himmel flogen zwei Falken Richtung Westen und segelten durch die dichten Wolken hindurch. Das Wetter war schlecht geworden, wie häufig an Franks Geburtstag, einem unbeständigen Tag in einem unbeständigen Monat. Margaret fragte, ob sie zu Wrights Farm hinausfahren könnten. Sie hatte immer daran geglaubt, dass Güte wieder Güte gebiert, dass die Wahrheit jedoch umfassender war und einem Menschen das brachte, was er zu ertragen bereit war. Die Wahrheit war seltsam, sie ließ sich schwer bewahren und schwer beurteilen. Wenn Margaret nicht am letzten Tag seines Lebens bei Wright Grey gewesen wäre, hätte sie niemals erfahren, dass ihr Mann, Ernest, nicht der leibliche Sohn von Wright und Florence war.

»Was für ein Unsinn, Opa«, sagte sie zu Wright, als er es ihr erzählte.

Sie war jung, und die Nähe des Todes machte sie nervös. Sie wusste noch, dass sie hoffte, Ernest würde sich beeilen und sie ablösen. Sie war dankbar, als sie draußen seinen Wagen vorfahren hörte.

»Ich habe ihn gefunden«, beharrte Wright. »Am Fluss. Unter Büschen.«

Margaret starrte zum Fenster hinaus, wo Ernest ein Krankenbett aus dem Wagen lud, weil er dafür sorgen wollte, dass sein Vater in den letzten Tagen seines Lebens bequem lag. Während Ernest das Bett im vorderen Wohnzimmer aufstellte, berichtete Wright Margaret, wie er das Kind gefunden hatte, von dem die Leute in der Stadt glaubten, dass es nie das Licht der Welt erblickt hätte. Dieses Kind war tatsächlich geboren worden und lebte. Seine Mutter hatte es der Obhut der Schwäne überlassen, es lag zwischen den Wurzeln der Weiden, als Wright unterwegs war, um Dr. Howe aufzusuchen. Wright hatte sich den Rektor vorknöpfen und verprügeln wollen, weil er Annie so schlecht behandelt hatte, aber es kam nie dazu, weil eine blutige Spur ihn zu jener Weide führte, wo das Kind vor seinem Vater versteckt worden war.

Am nächsten Morgen ging Wright zu Fuß bis nach Boston. Den Säugling trug er am Körper, geschützt durch seinen

Mantel. Er war ein Mann, der stets Verantwortung übernahm, auch wenn er es nicht tun musste. Er kam durch Städte, in denen er noch nie gewesen war, und Dörfer, die aus kaum mehr als einem Postamt und einem Gemischtwarenladen bestanden. Schließlich erreichte er Boston; am Ufer des Charles River erblickte er eine junge Frau, die so herzensgut aussah, dass er sie zu der seinen machen wollte. Langsam ging er auf sie zu, um sie nicht zu erschrecken. Annie Howes Baby hatte es warm und gemütlich in seinem Mantel und nuckelte an einem Lappen, den Wright in Milch getunkt hatte. Wright ließ sich neben Florence nieder, die ein heiteres, einfaches Mädchen war, das noch nie ein schmucker Mann angesehen hatte, und gewiss hatte ihr noch keiner sein Herz ausgeschüttet. Sie zogen den Jungen auf wie ihr eigenes Kind und hofften, dass er niemals Kummer, Schmerz und Trauer erleben müsse. Doch diese Empfindungen gehören zum Leben, man kann ihnen weder entkommen noch sie verleugnen.

Margaret Grey hatte einen Mann geheiratet, von dem jedermann annahm, dass er niemals geboren wurde, und deshalb wusste sie, dass alles möglich ist. »Vielleicht hätte ich solche Kränze kaufen sollen wie Lois Jeremy«, sagte sie zu Abe, als sie zur Farm hinausfuhren. »Vielleicht wäre dann alles anders gekommen.«

Margaret sann darüber nach, was sie mit Gewissheit sagen konnte: dass auf die Nacht immer der Tag folgt und dass Liebe niemals verschwendet ist und niemals verloren geht. Am Morgen jenes Tages war Frank zum Einkaufen gegangen, um Milch und Brot zu holen, und Margaret hatte ihm auf der Straße nachgesehen, bis er verschwunden war. Es heißt immer, dass Menschen, denen jemand nachsieht, bis sie verschwunden sind, nie mehr wiederkommen werden, und so war es auch. Es ließ sich nicht ändern, damals nicht und gewiss nicht heute. Wenn sie tausend Kränze um den Hals des Lämmchens gelegt hätte, so hätte sie ihn doch vor nichts bewahren können.

Bei der Farm öffnete Abe seiner Mutter die Wagentür und half ihr beim Aussteigen. Manche Menschen hatten Glück mit ihren Kindern und andere nicht, und Margaret Grey kannte beide Möglichkeiten. Es überraschte sie, wie groß und stark Abe geworden war. Viele Leute hatten behauptet, aus ihm würde nie etwas werden, aber Margaret hatte das nie geglaubt, und deshalb sagte sie ihm schließlich, wer seine Großeltern waren. Zuerst wollte er ihr nicht glauben, er lachte und meinte, so gut wie jeder in der Stadt habe ihm schon einmal gesagt, wie viel Ähnlichkeit er mit Wright habe. Doch natürlich konnte beides der Wahrheit entsprechen, und man gehörte jenen Menschen an, von denen man geliebt wurde.

Wright hatte Abe die Farm überschrieben. Gelegentlich traten Makler in Erscheinung, die herumschnüffelten, unter anderem ein Bursche aus Boston, der auf dem Grundstück eine Mall errichten wollte wie in Middletown, aber Abe reagierte nie auf ihre Anrufe. Entlang der Route 17 entstanden so viele Gebäude, dass die beiden, als sie auf den Feldweg zu Wrights Haus abbogen, sich vorkamen wie in einer anderen Zeit. Die Rotkehlchen, die aus den Carolinas zurückkehrten, saßen in den Apfelbäumen an Annies Grab, dem Grab auf der Wiese, zu dem Wright die Blumen zu bringen pflegte, die er am Flussufer pflückte. Wegen der Umstände ihres Todes war Annie ein Grab auf dem Friedhof der Haddan School, wo nun ihr Mann lag, und auch auf dem Kirchhof versagt geblieben. Wright hatte ihre sterblichen Überreste vom Begräbnisinstitut der Brüder Hale abgeholt und selbst an einem windigen Tag, an dem Staub durch die Luft wirbelte und nicht ein Wölkchen am Himmel zu sehen war, mit Charlie Hale das Grab ausgehoben. Wenn man jemanden liebt, so bleibt er bei einem, bis in alle Ewigkeit. Der Himmel wird immer blau sein, und der Wind wird immer durch das hohe Gras auf der Wiese streifen.

Im April ging in Haddan das Gerücht um, Abel Grey wolle die Stadt verlassen, doch niemand glaubte es. Manche Menschen sind berechenbar, sie entfernen sich nie allzu weit. Nachbarn stellen die Uhr nach solchen Menschen, und sie wollen, dass es so bleibt. Jedem war bekannt, dass Abe die Stadt nur verlassen hatte, wenn er mit Joey Tosh zum Angeln fuhr oder um seine Eltern in Florida zu besuchen. Sie hielten seinen Wegzug für etwa so wahrscheinlich wie die Möglichkeit, dass er splitternackt durch die Straßen tanzen würde. Ein paar der Jungs aus dem Millstone wetteten um Geld, dass Abe sich aus seinem Haus an der Station Street nicht wegbewegen würde, bis die Leute vom Begräbnisinstitut sich seiner sterblichen Überreste annahmen.

Dennoch ließen sich Tatsachen nicht verleugnen. Jemand, der einen Ort verlassen will, hinterlässt Spuren, und so war es auch bei Abe. Kelly Avon wusste zu berichten, dass er sein Konto bei der 5&10 Cent Bank aufgelöst hatte, und Teddy Humphrey hatte beobachtet, wie er aus der Abfalltonne hinter dem Mini-Mart Pappkartons heraussuchte, was typisch war für Leute, die umziehen wollen. Lois Jeremy war der Ansicht, dass Abe niemals die Stadt verlassen würde, in der sein Bruder begraben lag, aber Charlotte Evans meldete Zweifel an. Man wusste schließlich nie, was ein Mensch wirklich empfand und wie er handeln würde. Man musste sich nur mal diesen netten Phil Endicott anschauen, mit dem ihre Tochter verheiratet gewesen war und der sich während der Scheidung als derart unangenehm entpuppt hatte. Pete Byers, der in seinem ganzen Leben nie über andere geredet hatte, freute sich nun täglich darauf, jeden Abend beim Essen Abes Zukunft zu erörtern. Er schloss sogar den Drugstore früher, damit er eher nach Hause kam und die diversen Möglichkeiten mit seiner Frau Eileen durchsprechen konnte, die ihm, wie er kürzlich festgestellt hatte, vieles sagen wollte und zwanzig Jahre darauf gewartet hatte. So lagen die beiden nun nachts oft wach im Bett und flüsterten miteinander.

Betsy Chase erfuhr von Abes Vorbereitungen, als sie im Haddan Inn mit Doreen Becker zusammensaß und die letzten Einzelheiten für die Hochzeit besprach. Sie hatte den ersten Tag der Ferien für persönliche Erledigungen nutzen wollen. Gerade teilte sie Doreen mit, dass sie nicht die Band von Chazz Dixon haben wolle, auch wenn das hervorragende Musiker waren, als Doreens Schwester Nikki anrief, um zu verkünden, Marie Bishop habe ihr soeben gesagt, sie solle aus ihrem Wohnzimmerfenster schauen, dann könne sie sehen, wie Abe seinen Wagen packe, diesen alten Streifenwagen von Wright, mit dem kein normaler Mensch noch fahren würde.

Das Hotel war überheizt, und vielleicht wurde Betsy deshalb schwindlig, als sie diese Nachricht vernahm. Sie bat Doreen um ein Glas Wasser, was überhaupt nichts nützte. In der Hecke draußen saß ein Star und sang die ersten lieblichen Klänge seines Frühlingslieds, ein Zwitschern, das sich für manche Menschen wie ein Schlaflied anhörte und für andere wie ein sehnsüchtiger Ruf. Im Garten von Mrs. Evans und Mrs. Jeremy blühten Narzissen und Tulpen, und an den Eichen an der Main Street prangten grüne Knospen. Es war ein strahlender Tag, und niemand, der Betsy später die Main Street entlanggehen sah, dachte sich etwas dabei. Man war ja gewöhnt daran, dass sie herumlief, nach dem Weg fragte und sich wieder verirrte, bis sie irgendwann ihr Ziel erreichte.

Leute, die glaubten, Betsy zu kennen, wie Lynn Vining und die anderen Kunsterzieher, hätten nie geglaubt, dass Betsy einen solchen Abgang wählen würde. Sie kritzelte noch hastig die Noten für ihre Klassen auf ein Blatt Papier und rief eine Firma an, bei der ihre Möbel gelagert werden sollten. Lynn war daraufhin gezwungen, für den Rest des Jahres als Hausmutter in St. Anne's einzuspringen, was ihr dauernd Migräne verursachte. Da war es nicht verwunderlich, dass Lynn jedem erzählte, es sei unmöglich, den wahren Charakter eines Menschen zu erahnen. Eric Herman dagegen war nicht wirklich erstaunt über Betsys Verschwinden. Er hatte ihren Blick gesehen, wenn sie Blitze anschaute, und seinen engsten Freunden gestand er, dass er im Grunde erleichtert sei.

Als Betsy bei Abe eintraf, lief der Kater schon hinter der Tür auf und ab und maunzte, damit man ihn hinausließe. Weder Betsy noch Abe hatten viel Gepäck. Sie warfen ihre Sachen in den Kofferraum von Wrights altem Wagen, dann tranken sie in der Küche Kaffee. Sie fuhren erst gegen Mittag los – beide hätten es sich noch anders überlegen können. Da Abel Grey Dinge gerne zu Ende brachte, spülte er die Kaffeekanne aus, bevor sie aufbrachen, und schüttete die Reste von Milch und Orangensaft weg, damit sie nicht im Kühlschrank schlecht wurden. Zum ersten Mal in seinem Leben war seine Küche sauber und ordentlich, was ihm die Abreise noch erleichterte.

Er bemühte sich nach Kräften, den Kater zum Mitkommen zu überreden, aber Katzen haben ihre festen Reviere, und dieser Kater war besonders störrisch. Nicht einmal mit einer offenen Dose Tunfisch ließ er sich auf den Rücksitz locken, sondern blickte Abe so gleichgültig an, dass er lachte und seine Versuche aufgab. Als sie aufbrachen, hockte sich Abe hin und kraulte dem Kater den Kopf, der darauf sein Auge zusammenkniff, ob aus Missfallen oder Wohlbehagen, war schwer zu sagen. Den Kater zurückzulassen, fiel Abe am schwersten bei seiner Trennung von Haddan, und er wartete noch ein Weilchen im Wagen und ließ die Tür offen stehen, doch der Kater wandte sich um und spazierte die Straße entlang, ohne sich auch nur noch einmal umzudrehen.

Sie fuhren aus der Stadt hinaus, an den neuen Siedlungen vorbei, am Mini-Mart und der Tankstelle und den Wiesen, auf denen die Strohblumen blühten. Das Licht war so hell und strahlend, dass Betsy erwog, ihre Sonnenbrille aufzusetzen, doch sie wollte die Schönheit des blauen Himmels nicht versäumen. Im Wald blühten die Veilchen, und Falken segelten über die Felder. An der Farm stiegen sie aus, und als sie die Autotüren zuschlugen, stoben die Amseln auf und drehten ihre Runden am Himmel, als wollten sie dort ein Muster zeichnen. Bienen summten an den Fliedersträuchern neben der Veranda, und obwohl die Farm meilenweit von den feuchten Flussufern entfernt war, hörte man Baumfrösche piepsen. Abe ging auf die Wiese hinaus, um sich mit einem Strauß wilder Iris zu verabschieden, die er am Fluss gepflückt hatte. Ohne den Zaun wäre niemand auf den Gedanken gekommen, dass hier jemand begraben lag, auf diesem Stück Wiese, wo das Gras wucherte und sich im Herbst gelb färbte.

Als Betsy Abe beobachtete, widerstand sie der Versuchung, ihre Kamera zu zücken. Sie stand nur da und wartete darauf, dass er zu ihr zurückkam. Das hohe Gras war frisch und jung, und der süße Duft haftete an Abe. Seine Hände waren blau von den Iris. All das würde Betsy nie vergessen: wie er winkte, als er auf sie zukam, wie ihr Herz pochte, wie blau der Himmel war, ein Farbton, den kein Foto je wiedergeben konnte, so wie man von der Erde aus niemals das Himmelreich sehen kann.

Eine Weile blieben sie stehen und blickten auf das alte Haus, sahen zu, wie die Schatten der Wolken über die Felder und die Straße wehten, dann stiegen sie wieder ins Auto und fuhren nach Westen zur Autobahn. Nach Tagen erst merkte man, dass sie verschwunden waren, und Carlin Leander war die Erste, die es wusste. Sie wusste es schon lange, bevor Mike Randall von der 5&10 Cent Bank einen Auftrag erhielt, Abels Haus zu verkaufen und ihm das Geld zu kabeln, und bevor man an der Haddan School begriff, dass man eine Vertretung für Betsy einstellen musste. Sie wusste es, bevor Joey Tosh sich mit seinem Schlüssel in Abes Haus einließ, wo er zu seiner Verblüffung die Küche so sauber und ordentlich vorfand wie nie zuvor.

Carlin war über Ostern nach Hause gefahren wie die meisten Schüler, aber sie hatte nicht unbedingt die Absicht, nach Haddan zurückzukommen. Sean Byers hatte sich den Wagen seines Onkels geliehen und fuhr sie zum Logan Airport, und ihm fiel auf, dass sie mehr Gepäck dabeihatte, als man für eine Woche braucht. Sie hatte eine Einkaufstasche mit Büchern voll gepackt und ihre Stiefel mitgenommen, die sie bei Hingram's gekauft hatte, obwohl sie die in Florida nicht brauchen würde. Trotz seiner Angst, dass sie vielleicht nicht wiederkommen würde, hielt Sean den Mund, was ihm nicht leicht fiel. Sein Onkel Pete hatte ihn an diesem Morgen beiseite genommen und ihm gesagt, wenn er älter wäre, würde er verstehen, dass Geduld eine wahre Tugend sei, die ein Mann sich bewahren solle, auch wenn er derjenige war, der zurückgelassen wurde.

Deshalb blieb Sean im Wagen seines Onkels sitzen und sah Carlin nach, statt ihr hinterherzulaufen. Er dachte immer noch an sie, als sie am Nachmittag in die feuchtheiße Luft von Florida hinaustrat und ihr im ersten Moment schwindlig wurde.

»Bist du verrückt, Schätzchen?«, fragte Carlins Mutter Sue und umarmte sie herzlich. »Du trägst Wolle im April. Hast du das da oben in Massachusetts gelernt?«

Sue Leander hielt sich zurück und äußerte sich nicht zu Carlins Haaren, aber sie schlug eine Sitzung beim Friseur an der Fifth Street vor, der die neue Haartracht mit einer Wasser- oder einer Dauerwelle etwas in Form bringen könne. Sobald sie zu Hause ankamen, zog Carlin den Pullover und den Rock aus, die sie in der Mall in Middletown gekauft hatte, und schlüpfte stattdessen in Shorts und ein T-Shirt. Sie hatte so lange gefroren, dass sie sich an den Zustand gewöhnt hatte und an die kühle Luft in Massachusetts, die nach Äpfeln und Heu roch. Dennoch freute sie sich, die Stimme ihrer Mutter durchs offene Fenster zu hören und die Rotschulterbussarde über sich am weiß glühenden Himmel kreisen zu sehen. Als sie ihrer Mutter sagte, sie wisse nicht, ob sie an die Schule zurückkehren wolle, meinte Sue, das sei kein Problem, sie schade damit ja niemanden, aber Carlin wusste, dass sie die Dinge anders sah als ihre Mutter und dass sie nur einem damit schaden würde, und zwar sich selbst.

Eines Nachmittags brachte der Postbote Carlin ein Päckchen, das in Hamilton abgestempelt war. Zum Vorschein kam ein T-Shirt mit einem Aufdruck von der Haddan School, wie man sie im Drugstore kaufen konnte, ein Kaffeebecher aus Haddan und ein Schlüsselring. Absender war Sean Byers. Carlin lachte, als sie die Geschenke sah. Als sie mit ihrem alten Freund Johnny Nevens ausging, trug sie das T-Shirt.

»Boola-boola«, sagte Johnny, als er das T-Shirt sah.

»Das ist doch ein Spruch aus Yale.« Carlin lachte. »Ich bin auf einem Internat. Haddan.« Sie wies auf die Lettern auf ihrer Brust.

»Ist doch alles das Gleiche.« Johnny zuckte die Achseln. »Fräulein Oberschlau.«

»Ach, Schnauze.«

Carlin schlüpfte in Sandalen. Zum ersten Mal im Leben war sie beunruhigt wegen der Schlangen, die angeblich in der Dämmerung hervorkamen, um nach Insekten und Kaninchen zu suchen.

»Versteh ich nicht«, sagte Johnny. »Die ganzen Jahre wolltest du mir weismachen, wie schlau du bist, und jetzt, wo ich dir Recht gebe, bist du sauer.«

»Ich weiß nicht, was ich bin. »Carlin hob die Hände zum Himmel, als erflehe sie Antwort. »Ich habe keinen Schimmer.«

»Aber ich«, entgegnete Johnny. »Und alle anderen in dieser Stadt auch, du kannst dich also ruhig entspannen, Schlauchen.«

Sie fuhren zum Park in der Fifth Street, dem einzigen Treffpunkt für Jugendliche außer dem McDonald's an der Jefferson Avenue. Es war eine wunderbare Nacht, und Carlin saß auf der Motorhaube von Johnnys Wagen, trank Bier und blickte zu den Sternen auf. Sie hatte sich innerlich verknotet in den letzten Monaten, und nun spürte sie, wie sich die Knoten zu lösen begannen. Die Zikaden lärmten, als sei der Sommer schon da, und weiße Falter flatterten durch die Luft. Das Mondlicht war silbrig wie Wasser und flutete durch die Straßen. Man war freundlich zu Carlin, und ein paar Mädchen, die sie noch aus der Grundschule kannte, kamen zu ihr und sagten ihr, trotz ihrer sonderbaren Frisur, dass sie toll aussähe. Lindsay Hull, die Carlin immer von allem ausgeschlossen hatte, lud sie sogar ein, am Samstag mit einer Gruppe ins Kino zu gehen, die sich regelmäßig in der Mall traf.

»Wenn ich noch hier bin, melde ich mich«, sagte Carlin.

Sie war nicht sicher, ob sie sich um die Verabredung drücken wollte oder ob sie tatsächlich nicht wusste, ob sie hier bleiben würde. Später fuhr sie mit Johnny in die Sümpfe, wo sie als Kinder einmal einem Alligator begegnet waren. Johnny schämte sich bis zu diesem Tag, dass er damals davongerannt war. Carlin dagegen hatte gebrüllt wie ein Ungeheuer, bis der Alligator die Lust verlor und sich so schnell aus dem Staub machte, wie man das von einem derart schwerfälligen Tier kaum glauben konnte.

»Mann, du hast dem direkt ins Auge geblickt.« Johnny war heute noch stolz auf Carlins Heldentat. Er erzählte von ihr auf Partys und behauptete, sie sei so stark und wild, dass sie einen Alligator das Fürchten lehren konnte.

»Ich hatte vermutlich mehr Angst als du.« Die Nächte hier waren dunkler als in Massachusetts und viel lebendiger, weil Käfer und Falter durch die Luft schwirrten.

»Ach was.« Johnny schüttelte den Kopf. »Du doch nicht.«

Carlin saß die ganze Woche vor dem Fernseher und sah sich die Berichterstattung im Wetterkanal an. In Florida schien die Sonne, aber in Neuengland hatte es mehrere Frühjahrsunwetter gegeben, und Massachusetts war besonders betroffen. Sue Leander sah den Gesichtsausdruck ihrer Tochter und wusste, dass Carlin zurückfahren würde. Schließlich reiste Carlin sogar einen Tag vor Schulanfang ab und traf auf dem verlassenen Schulgelände ein, das ziemlich Schaden genommen hatte. Sie hatte sich vom Flughafen aus von dem Geld von Miss Davis' Fond ein Taxi geleistet, ein Luxus, den Carlin kaum mehr genießen konnte, als sie sah, was alles passiert war. Bäche, die schon viel Wasser von der Schneeschmelze führten, waren über die Ufer getreten, und nicht der Weizen ließ die Felder grün erscheinen, sondern das Wasser, das so hoch stand. Silberforellen waren auf der Straße gestrandet, und ihre Schuppen waren durch Autos in den Asphalt gepresst worden, sodass jeder, der auf dieser Straße fuhr, eine Sonnenbrille tragen musste, auch an trüben Tagen.

»Frühjahrsunwetter sind die schlimmsten«, sagte der Taxifahrer. »Da rechnet man nie damit.«

Die Route 17 mussten sie komplett umfahren, weil sich unter einer Autobahnbrücke ein zwei Meter tiefer Teich gebildet hatte. Stattdessen blieben sie auf der langen kurvigen Straße, die an Farmständen und den neuen Siedlungen vorbeiführte. Die feuchte, grüne Luft war kühl, und Carlin schlüpfte in Gus' Mantel. Sie hatte ihn mit in Florida gehabt und im Schrank aufbewahrt, bis ihre Mutter sich beklagt hatte, weil der Boden feucht wurde. Carlin glaubte, dass sie ihre Erlebnisse in Haddan zurückgelassen hatte, doch auch in Florida fand sie schwarze Steine auf der Veranda, in der Küchenspüle, unter ihrem Kopfkissen. Sie spürte Gus, sobald sie aus dem Sonnenlicht trat, wie kühles Wasser. Jeden Morgen, wenn sie erwachte, waren ihre Laken feucht und knirschten, als seien sie voller Sand. Carlins Mutter behauptete, die hohe Luftfeuchtigkeit sei schuld an dem nassen Bettzeug, aber Carlin wusste, dass es sich anders verhielt.

Als das Taxi schließlich durch Haddan fuhr, blickte Carlin nach draußen. Einige von den alten Eichen an der Main Street waren gespalten, und der Adler vor dem Rathaus war von seinem bronzenen Sockel gefallen. Einige der weißen

Häuser würden ein neues Dach brauchen, doch am ärgsten waren die Gebäude der Haddan School betroffen, denn der Fluss war über die Ufer getreten und hatte die Häuser überflutet, in denen zum Glück während der Ferien niemand wohnte. Der tropfnasse Teppichboden in der Bibliothek würde ersetzt werden müssen, und auf dem Parkplatz hinter dem Verwaltungsgebäude pumpte man immer noch das Wasser ab. Am schlimmsten hatte es Chalk House erwischt, das zu nahe am Fluss gebaut war. Das Haus hatte sich geneigt, als es überflutet wurde, und schließlich waren ganze Teile des Fundaments weggeschwemmt worden. Als man Billy Bishop einberief, den städtischen Bauinspektor, verkündete er, man könne das Haus nur abreißen, bevor es von selbst einstürze. Noch während der Ferien wurde Chalk House dem Erdboden gleichgemacht. Ein paar Bulldozer gingen an zwei Nachmittagen zu Werke, und die Leute aus dem Ort, die zusahen, applaudierten, als das Haus splitterte; ein paar Kinder nahmen sich Ziegel zur Erinnerung mit.

Als die Schüler aus den Ferien zurückkehrten, fanden sie von Chalk House nur noch eine Grube vor. Einige Jungen kamen nicht wieder, weil sie noch nicht von der schlimmen Grippe genesen waren, und die Jungen, die zurückkamen und im Chalk House gewohnt hatten, brachte man für den Rest des Jahres bei einheimischen Familien unter, bis ein neues Wohnheim gebaut wurde. Einige zeigten sich unzufrieden damit, und zwei waren so empört darüber, dass sie die Schule verließen, aber die anderen fügten sich ein, und Billy und Marie Bishop mochten ihren neuen Hausgast, Dave Linden, so gern, dass sie ihn einluden, doch über den Sommer bei ihnen zu bleiben, wofür er im Gegenzug drei Jahre lang den Rasen mähte und die Hecken schnitt.

Da Chalk House ihr nun nicht mehr den Blick versperrte, konnte Carlin direkt auf den Fluss schauen. Sie sah auf das Wasser und die Weiden hinaus, als der schwarze Kater an dem Spalier zu ihrem Fenster hochkletterte. Es war um jene Tageszeit, wenn der Himmel tiefblau wird und die Schatten übers Gras fallen. Als der Kater durchs Fenster stieg und sich auf ihren Decken niederließ, wusste Carlin, dass er bleiben wollte. Katzen waren vernünftige Tiere: Wenn sie einen Besitzer verloren, nahmen sie vorlieb mit dem nächsten, und manchmal waren alle Beteiligten glücklich damit.

Als der Kater bei ihr einzog, wusste Carlin, dass Abe nicht mehr in der Stadt war. Sie ging nach unten, und als sich bei Miss Chase nichts rührte, freute sich Carlin, dass sie es sich anders überlegt hatte. Wenig später fand sie das Foto in ihrer Post, das Betsy von Gus' Zimmer gemacht hatte. Sie stellte es in einem Silberrahmen neben ihrem Bett auf, aber nach einer Weile begann es zu verblassen. Wenn sie im Bad schwimmen ging, dachte sie noch immer an Gus, und einmal spürte sie ihn neben sich, wie er das Wasser zerteilte, doch als sie innehielt, sah sie, dass sie alleine war. Schließlich wurde es zu warm, um seinen Mantel zu tragen, und sie fand nichts mehr in den Taschen, keine silbrigen Fischchen und keine schwarzen Steine.

An schönen Tagen schwamm Carlin im Fluss, zu jener Stunde, in der das Licht fahl und grün ist. Manchmal schwamm sie bis nach Hamilton, und wenn sie zurückkehrte, war der Himmel schon dunkel. Doch bald hielt die Dämmerung bis halb acht an, und im Juni blieb es bis acht Uhr hell. In diesem Monat kannten die Fische Carlin schon, und sie schwammen mit ihr bis nach Hause.